捧 读

触及身心的阅读

韩维

字持国,宋朝左丞相。辅政大臣,风节素高,年老多病。

王厚

字处道,宋朝大将。名将王韶的长子,安平之战的宋军主帅,为人冰冷、用兵稳重。

庞天寿

宋廷内侍。

从八品的入内省内东头供奉官,一直跟着赵煦的从龙之臣,为人和蔼可亲。

薛嗣昌

宋朝官员。

已故太府寺卿、新党干将薛向的中子,以吏材奋,官任从八品都进奏院监院。

刘仲武

字子文,宋朝官员。昭武校尉、兵部职方司员外郎,为人精明能干。

陈元凤

字履善,宋朝官员。宋军宣抚判官兼随军转运使,热衷于权力,为人工于心计。

吴从龙

字子云，宋朝官员。石越的门生，守礼部郎中兼权雄州通判。

石蕤

石越之女，嘉乐长公主。年芳十五，性格奔放，喜爱相扑、赛马。

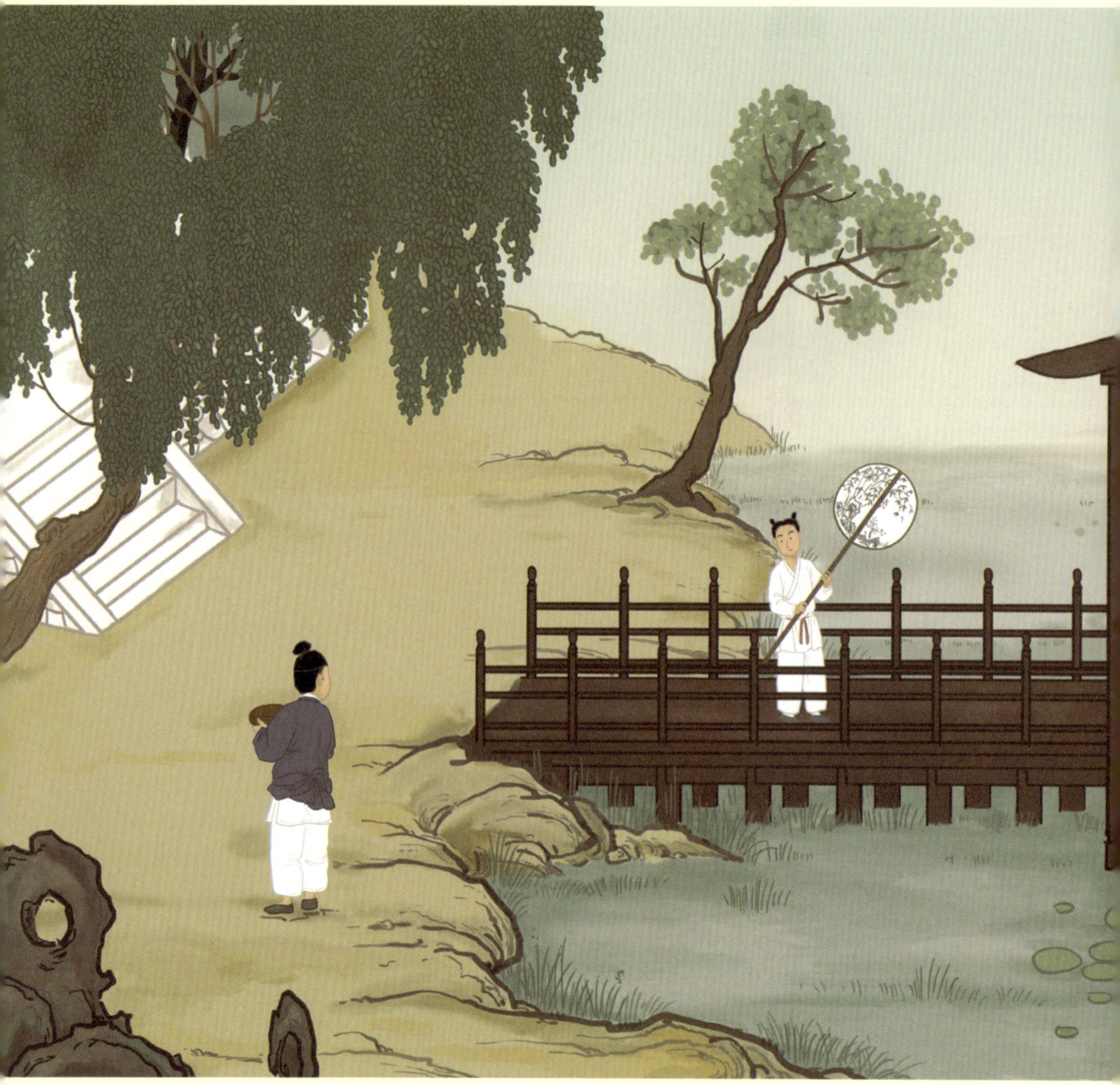

石蕤抚琴图

新 ⑫ 宋

·大结局珍藏版·

关于宋朝的大百科全书式小说

阿越 著

河北人民出版社
石家庄

图书在版编目（CIP）数据

新宋 . 12 / 阿越著 . -- 石家庄：河北人民出版社，2020.2

（新宋・大结局：珍藏版）

ISBN 978-7-202-14384-1

Ⅰ . ①新… Ⅱ . ①阿… Ⅲ . ①长篇历史小说－中国－当代 Ⅳ . ① I247.5

中国版本图书馆 CIP 数据核字（2019）第 261468 号

本卷目录

第十九章　天子之贵	1067
第二十章　青袍学士	1101
第二十一章　明诏北伐	1143
第二十二章　各怀金石	1184
第二十三章　幽州画角	1241
第二十四章　谁解春风	1282
尾声	1358
后记	1366
◇附录一　攻战志	1368
◇附录二　典章志	1419
◇附录三　历史年代对照表	1435
◇附录四　新宋大事简表	1436

第十九章

天子之贵

明明天子,令闻不已。

——《诗经·大雅·江汉》

1

稍早，禁中，内东门小殿。

侍候在小殿院子里的内侍，都感觉到了今日气氛的不同寻常。从早朝之后，皇帝就在小殿里召见刚回汴京未久的内东头供奉官庞天寿、兵部侍郎司马梦求、卫尉寺卿李稷以及少卿曾诜、高公纪，职方司郎中曹谌等一干臣僚，小殿里面的黄铜座钟已经敲响过两次——也就是说，皇帝的这次召见，最少也已经过去了一个多时辰，但完全没有结束的迹象。而除了在小殿内的官员，小殿院子里的几间厢房中还有十余名着绯袍、甚至是绿袍的文武官员在等候召见，这些等候召见的官员全都恭谨地叉手站立在厢房中，不和任何人交谈，一个个表情严肃，神情中带着几分紧张与拘谨，每当小殿中有内侍来传旨召见，被召见的人便低着头目不斜视地随内侍入殿觐见。召见完毕出殿的人也是这般表情，回到厢房之后，更是如木雕泥塑一般。

这些人的情绪，不知不觉间，便影响到了在内东门小殿当差的内侍们，尤其是当他们看到从小殿内走出来传旨的内侍的表情，每个人都意识到，皇帝此刻在殿内与那些大臣们谈论的，绝对不可能是什么让人愉快的话题。于是，每个人也都自觉地变得谨小慎微起来，哪怕最活跃的内侍，此刻也不敢多说半个字的废话。

外面的气氛如此，内东门小殿之内的气氛，就更加令人感到压抑了。虽然小殿内有完善的取暖设施，但是，每个身处其中的官员，都感觉如同待在冰窖之中一般，意志稍微薄弱点儿的人，更是不由自主地打着冷战。

而这一众臣僚中，此刻最为狼狈的，无疑便是卫尉寺卿李稷了。他跪伏在内东门小殿那冰冷的地板上，面如土色，全身战栗不止。这位自上任以后便以苛刻暴虐而闻名军中的卫尉卿，此时此刻的样子，恐怕是无数谈其名而色变的禁军将校怎么也想不到的。连一向对他颇有不满，不断在暗中使出各种手段，想要架空甚至是挤走他的两名卫尉少卿曾诜、高公纪，都不由自主地充满了同情。

只不过，他二人此刻其实也没有多少立场去同情别人，他们也是泥菩萨过江，自身难保，一齐跪在殿中，汗流浃背。而兵部职方司郎中曹谌的情况也好不了多少，此时脸上一个劲儿冒着冷汗。

殿中唯一还能保持从容镇定的，也就只有司马梦求与庞天寿两人了。

从河北回来的庞天寿，带回来的关于安平劳军事件的报告，让大宋朝负责监视军队的两个机构的众多主官，都陷入了极大的危机之中。

根据职方司与卫尉寺的调查，已经可以肯定，安平劳军事件并非偶然，而是一起阴谋。一名五十余岁、操汴京口音的郭姓男子，暗中收买了袁坚、方索儿、韦烈等五名校尉，在石越至安平劳军之时，带头鼓噪，诱使众军齐呼"万岁"。虽然到目前为止，对郭姓男子的追查仍然杳无音信，事情的真相也依旧扑朔迷离，但既然是有人策划的阴谋，那未能提前发现的卫尉寺与职方司，便已难辞其咎。事情过去了这么久，连收买军中校尉的郭姓贼人都未能抓获，更是罪加一等。

但是，这些罪名还不是让李稷如此狼狈的原因。皇帝并非不讲道理的人，再怎么说，能够抓获韦烈，并且撬开他的嘴巴，确定了安平劳军事件是一件人为策划的阴谋，卫尉寺与职方司也算是将功抵了一点儿过。但让李稷等人意想不到的是，在庞天寿带回报告之前，皇帝赵煦还收到了一份来自薛嗣昌的密折！

薛嗣昌宣称他在河北听到一些"不甚切实"的传闻，安平劳军事件并非偶然，而是有人暗中策划，而主谋便是吕惠卿，其目的是陷害石越！

在庞天寿带回确定证据之前，赵煦对于薛嗣昌的密奏是没太放在心上的，在他看来，这更像是市井之中不着边际的无稽之谈。但是，当庞天寿回来之后，薛嗣昌听到的这个流言，便变得有些微妙了。赵煦虽然不至于就此相信这种流言，但心里面也免不了犯起小小的嘀咕。所谓"空穴来风，必有其因"，薛嗣昌听到的流言纵然是捕风捉影，那也是先有那风、那影存在。

然而，让赵煦感到愤怒的是，对于薛嗣昌听到的这个"传闻"，李稷等人竟然一无所知！

堂堂的卫尉寺与职方司两大机构，耳目竟然还不如一个薛嗣昌灵便！

尤其让赵煦心中顿生猜忌的，是当他问到此事之时，曾诜、高公效、曹谌等人都只是顿首谢罪，声称自己无能，从未听到过这个流言。而卫尉寺卿李稷，却辩称自安平事件之后，他便调集得力人马前往河北调查，若然果有这种流言传播，他绝不可能全无所知，此事大有蹊跷，并极力请赵煦下旨，令薛嗣昌"分析"，说明他是于何时、何处，自何人口中听到此流言。

出身名门，却因为考不上进士只能靠着恩荫入仕，于是越发变得争强好胜，事事要强，不肯输人半分，虽然因此得罪无数同僚，却也正是靠着这样的性格，好不容易才爬到卫尉寺卿的高位——但李稷怎么也想不到，他这要强的性格，会在此时坑害自己。

李稷绝对想不到，自己与薛嗣昌往日无怨，近日无仇，可以说是根本就不相干的两个路人，但薛嗣昌已摸透了他的性格，在那份奏状中，早就事先给他挖好了陷阱——他在那份密折中已然向赵煦报告，称自己曾经听到有人议论，吕惠卿熙宁间为相之时，对现在的卫尉寺卿李稷曾有提拔荐举之恩，是以吕惠卿所率太原兵虽常有不法事，但卫尉寺往往置之不问。因此他怀疑此前在汴京从未听到过这些"流言"，可能与李稷有关。

而李稷果然就主动跳进了薛嗣昌的陷阱。

李稷的辩解尚未说完，赵煦已经愤怒地将薛嗣昌的奏状扔到了他的脸上。李稷惊疑不定地捡起薛嗣昌的奏状，读完之后瞬时间便如堕冰窟，变成了如今这副模样。

虽然不知道为什么薛嗣昌要如此陷害自己，但李稷能够走到今日，也不可能是傻子，他知道自己现在的处境已然是百口莫辩。

他自问从来不是吕惠卿的党羽门生，因此才毫无禁忌，敢声称要让薛嗣昌"分析"，但是，薛嗣昌说的也不全是假话，他的确是受过吕惠卿提拔的！吕惠卿为相之时，提拔荐举过无数的官员，而他恰好是其中之一。而太原兵偶有不法之事卫尉寺置之不问，这个事情也是有的，因为太原兵只是教阅厢军，在卫尉寺内部，通常对厢军和禁军的军纪要求是有所不同的。况且太原兵是吕惠卿亲自统率，那毕竟是前任宰相，在新党中至今也是举足轻重的人物，卫尉寺自然不可能事事追究得那么不讲人情。卫尉寺不仅仅是对太原兵如此，比如像田烈武这样的亲贵将领统率的禁军，若有校尉犯事，卫尉寺往往也会做个人情，交由田烈武自己去处置。

但这些事情，大多是心照不宣之事，是无法宣诸于口的，就算在平时，想要解释清楚让皇帝接受，都十分困难，更何况现在皇帝明显正在气头上。

这让李稷越发感到绝望。

宫殿之内，有如死一般的沉寂，只有赵煦恶狠狠地盯着面如死灰的李稷。

此时此刻，小皇帝的心里面充斥着各种各样的情绪，愤怒、失望……甚至还有一丝慌张与惧怕，只是这一部分的情绪，连他自己都难以觉察。

对于李稷，赵煦的心中除了愤怒之外，更多的还是失望。在他看来，李稷的自辩完全是借口，因为他绝对不可能接受令薛嗣昌"分析"的建议，这并非因为他有多信任薛嗣昌——而是"分析"不可能有任何作用，薛嗣昌虽然不是御史，但他既然风闻言事，便同样也轻易不会透露自己的消息来源。这种事情是有先例的，以前也不是没有官员、御史被要求说出消息来源，但大多会被拒绝，多数情况下，他们宁可罢官免职，也不会出卖自己的消息来源。更不用说，一旦令薛嗣昌"分析"，就难保薛嗣昌不把这件事给闹得人尽皆知——这种事情，赵煦绝对相信他的臣子们做得出来。

因此，在赵煦看来，李稷的自辩完全是狡黠奸猾的表现。

至于原因，也许如薛嗣昌所说，他和吕惠卿有所勾结，也许不是如此，他只是在为自己的失职推卸责任……

但这没什么区别。

对于卫尉寺卿，赵煦看重的，是绝对的忠诚。他不介意卫尉寺卿犯错，但是，绝对不能对自己有任何的欺瞒，绝对不能存任何的奸猾之心。

这是不容动摇的原则。在这个原则下，对于卫尉寺、职方司主官的任命，从高太后开始，便已是煞费苦心——卫尉寺卿虽然是李稷，但一文一武两名少卿，曾诜是曾公亮之孙、曾孝宽之子，高公效是高遵裕之子，而职方司郎中曹谌，则是曹太后的弟弟曹佾的儿子！

原本赵煦对李稷还是比较满意的，有能力，不怕得罪人，但现在……

赵煦看向李稷的眼神，恨不能将他撕碎。

这其实不仅仅是因为李稷的"欺瞒"。

赵煦能够感觉到自己的心中，在愤怒与失望之外，始终被一种无以名状的慌乱缠绕着，他并没有意识，或者即使意识到了，也不愿意承认——他其实并没有准备好面对这样的情况。庞天寿带回来的报告是他不希望看到的，他虽然下令秘密调查，但是，当一切证实安平劳军事件真的是一起阴谋的时候，他并没有真正准备好面对这一切。

在这样的情况下，要如何处理和石越的关系？

小皇帝的心里面，是完全没有底气的。但是，他也是绝对不可能承认这一点的。因为，他是高高在上的君主，而石越只是他的臣子。一个皇帝不知道怎么处理和一个臣子的关系？这怎么可能？

赵煦绝不会如此认为。

这让他被一种莫名的烦躁感萦绕，挥之不去，却不知道源自何处。于是，顺理成章地，他把这一切迁怒到了李稷身上。

赵煦盯了李稷很久。

如果此刻小殿内的臣子们敢于抬起头来直视他们的皇帝的话，可以很清楚地从他脸上的肌肉变化感觉到他内心的挣扎——赵煦到底还年轻，还做不到胸有惊雷面如平湖般的喜怒不形于色，他的喜怒，全部反映在他的脸上，善于察言观色的人，可以很轻易地看出赵煦的愤怒，以及他内心深处正在极力克制自己爆发的自制。

不值得在李稷身上浪费太多的精力，还有更加棘手的问题要解决。

尽管心里面恨不能杀了李稷，但是，赵煦还是努力保持着自己的理智——尽管他非常年轻，但在如何克制自己的情绪方面，已然经验丰富，高太后垂帘听政的七年，他可以说无时无刻不在克制自己。

虽然现在他已经亲政，世间已无高太后，但是，赵煦心里面非常清楚，朝中两府的那些大臣，一点儿也不比高太后容易对付。

须做不得快意事！

他始终记得自己和桑充国夫人王氏的一次对话。那是一次宫中内外命妇的闲聚，他无意中遇到王昉，那时候他已经听说过许多关于这位巾帼英雄的传闻，便半开玩笑地问了她一些问题。他记得王昉在评价了她父亲王安石以及司马光、石越等熙宁诸臣之后，遗憾地对他说道："先父无论经术学问、道德文章、经济治国皆胜光、越百倍，光只道德足称，越不过能和人、守中庸，然世人皆谓与越相交，如沐春风，越遂以此佐先帝成其事业。官家有意法先帝，做成事业，则不可忘熙宁初年之鉴，朝中所谓'老成'之人，虽不如意，亦不可尽去之，终要委曲调和，不得此辈拥戴，亦难济事。"

王氏的话说到了赵煦的心坎上，他想要继承他父亲的遗志，将他父亲留下来的家底发扬光大，首先便要得到两府的支持——这一点，在高太后垂帘的时候，他也已学到不少。以高太后的威望，所有诏令，都免不了要先取得两府的支持才能颁布，更何况他一个新登基的皇帝。现在两府的布局，是高太后遗留给他的，他早有更替之意，但这种事情还是得耐住性子，一步步进行。他并没有到非要将两府宰执大臣全部更换的地步，有一些宰执，哪怕是他不喜欢的，也得留在两府，还有一些宰执，即使他想赶走，也未必能那么容易做到——他父亲在熙宁年间定下来的制度，让他无限景仰崇拜的同时，也给了他极大的掣肘，尤其是门下后省制度。没有充足的理由，随便罢免一个宰执大臣，他很难找到一名翰林学士草制，更加难以找到一名宰执副署让诏令生效。因为罢免宰执大臣的诏书是肯定要送到门下后省的，没有足够的理由，就很难保证不被封驳。如果因此而引发廷议，那名副署的宰执、草制的学士，都可能要承担严重的政治后果……在这样的制度下，宰执大臣和翰林学士一般都不会无底线地附和皇帝的意愿。比如许将心里绝对乐于见到吕大防下台，只要有机会他一定会毫不犹豫地落井下石，但是，如果没有充足的理由，许将也不会轻易在一封罢免吕大防的敕书上面署名，他承担不起被给事中们封驳的风险。事情如果闹大，言官拿皇帝无可奈何，攻击的矛头绝对会首先指向草制的学士、副署的宰臣，最后的结果很可能是他和吕大防两人一起下台。

其实，不要说罢免宰臣，就算是想要罢李稷的官，也不是一件容易的事。卫尉寺卿也是朝廷重臣，赵煦对李稷再恼怒，又能将他如何？赐死？这只能想想而已，即使他贵为皇帝也做不到这样的事情。问罪贬黜？他已经准备好将所有的事情公之于众了吗？没有的话，两府、学士院倒还罢了，事情发展到这个地步，赵煦也没必要瞒着宰臣与翰林学士，但是，他要怎么过给事中那一关呢？宰臣与翰林学士不管能否守得住秘密，至少他们知道这件事后不敢公然乱说，给事中就难说了……他愿意冒这个风险吗？

现在不是好的时机。

终于，赵煦还是勉强控制住了自己的情绪。压抑着心中的不快，慢慢将自己的目光从李稷身上移开，无力地挥了挥手，不耐烦地说道："尔等都退下吧。"

听到这句话，殿中众人都是如蒙大赦，正要告退，却听赵煦又说道："侍郎、天寿留下。"

众臣恭声唱喏，鱼贯退出，转眼之间，小殿之内便只余下司马梦求与庞天寿二人。

2

赵煦沉默了一会儿，突然注视司马梦求，问道："侍郎今日为何寡言？"

司马梦求却没有直接回答，反问道："陛下真的相信安平之事，是建国公在陷害石丞相吗？"

赵煦没料到司马梦求会开口问这个，神情微变，凝视司马梦求，但后者一直是垂首而立，一副执礼甚恭的模样，看了半天，也看不出端倪。他亦不回答，只反问道："侍郎以为呢？"

司马梦求摇了摇头，回道："臣以为建国公不会干这种蠢事，如果他真的做了，别人便不可能知道。如今竟然有流言传来，此事甚是可疑。"

"这件事的疑点，可不只这么一桩！"赵煦讥讽地冷笑道，"但是，这件事情，还能查明真相吗？"

司马梦求顿时沉默了，赵煦的目光转到庞天寿身上，庞天寿也是低着头，不置一语。

"果然如此吗？"赵煦"嘿嘿"笑出声来，他无力地坐在御座上，满脸都是难以掩饰的失望。

感觉到小皇帝那难以形容的失望，司马梦求心中更加犹豫了——今日内东门小殿的这次召见，他之所以沉默少言，在旁人看来，那自是因为今日的气氛如此，他谨慎一点儿置身事外明哲保身也理所当然。但司马梦求心里是知道的，他之所以如此，是因为他内心深处一直在激烈斗争着。只是，以他的城府，旁人从外表上自然是看不出一丁点儿痕迹。

赵煦也并没有留意到司马梦求内心的斗争，却仍是又无奈地追问着："真的连侍郎也没有办法吗？"

这一句无意识的追问，却在一瞬间令司马梦求做了决定，他突地抬起头来，注视着御座上的赵煦。

赵煦脸上露出一丝希冀之色，"侍郎可是还有什么办法吗？"

司马梦求看着赵煦，又用眼角的余光瞥了一眼庞天寿，轻轻摇头："虽然证实了安平之事背后有人策划，但主使之人非常谨慎，以臣的经验，那名所谓郭姓贼人，不是远走高飞，便是已被灭口，想要循此线索追查，恐怕是永远都查不到真相了。"

赵煦的脸色再次灰败下来。

但司马梦求恍若未见，继续说道："虽然真相难以查明，却仍有办法澄清一些重要的事情……"

"哦？"这次不只是赵煦，连庞天寿都惊讶地转过头来。

"说到底，那幕后主使的贼人的目的，不过是想离间陛下与石丞相的关系而已。"司马梦求这次没有避开赵煦审视的目光，继续说道，"此人煞费苦心，目的非常明显，是要让我大宋君臣相忌，石丞相不安于位……"

赵煦默默听着，并不表态。

司马梦求脸上没有任何表情，仍然是不疾不徐地说道："臣到今日，仍敢以身家性命担保此事与石丞相无关——这并非因为臣与石丞相的关系，恕臣大胆妄言，若果真石丞相有不臣之心，那安平之时，唐康就不该出来转圜，乃至此后的每一件事情，都不该那般发展，如今石丞相也不该反对北伐！兴兵北伐，他才能手握兵权！或许有人会以为这是因为石丞相临事犹疑所致，但是臣出自石相门下，对石相的性格非常了解，他表面上温和谨慎，却绝不是临大事而犹疑之人。相反，面临大事，他反而会非常果断，并不害怕犯错。否则，他也立不下今日的功业。"

"侍郎所言,朕亦知之。朕并非疑石相公,不过……"赵煦半真半假地说道,突然话锋一转,"不过,此事既有主谋,若非契丹用间,便是谋逆大案,若不能查明真相,岂非令人笑朝廷无人?"

"陛下所言自是正理。"司马梦求瞳孔微缩,语气却依旧平静,"臣亦以为,查明真相,方能彻底还石相公清白。此案关系重大,不得不有所权变,既然案子已陷入僵局,何不另辟蹊径?"

"侍郎的意思是?"赵煦不解地望着司马梦求。

便听司马梦求从容回道:"臣以为,主谋既然查不到,那便先试着排除石相公的嫌疑好了。"

这平平常常一句话,却是恍如平地惊雷,赵煦和庞天寿愣了一下,才听明白司马梦求话中的意思,二人顿时都惊呆了。

赵煦不由得从御座上站了起来,吃惊地望着司马梦求,庞天寿更是汗流浃背,低着头,不敢说一句话。

每一个时代,都有一个时代独特的文化与习惯。在某些时代可能是习以为常的事情,换一个时代,却可能是离经叛道,不可思议之事。暗中调查宰执大臣,如果传扬出去,赵煦根本不敢想象,那会掀起怎样的轩然大波。

但司马梦求连脸色都没有变一下,只是继续说道:"安平之事,既有主谋,那便只有两个可能,或是有人陷害石相,或是石相左右有阴险小人,欲图侥幸。前者难查,后者易明。以臣之见,不如两头并进,卫尉寺与职方司仍旧追查原有线索,陛下则另遣信任之人、老成之辈,先排除了石相左右之人的嫌疑,如此则可君臣相安,方为国家之幸。"

司马梦求说得淡然,赵煦却做不到那么果断,他沉吟半晌,仍是犹疑难定,为难地说道:"侍郎所言,虽然不失为一良策,然恐碍物议。"

司马梦求望着小皇帝说:"臣所献之策,本不足取,陛下若无意北伐,臣进此策,当磔于东市,然陛下若有进取之意,且仍欲用石相,则君臣相疑,必为契丹所乘。非常之时,自当行非常之事。只是陛下须善择其人,只可用老成谨慎可信之辈。"

赵煦目光不自觉地移向庞天寿,吓得庞天寿"扑通"一声便跪倒在地,司马梦求不待赵煦开口，也出声反对："供奉虽然忠心，然岂可以宦寺监察大臣！"

赵煦一怔，想了半晌，才惊觉自己竟然没有可用之人，只得对司马梦求道："如此，此事只得托付侍郎。"

司马梦求仍是反对："臣岂得无嫌疑？"

赵煦不由苦笑道："侍郎以为朕是昏君吗？"

司马梦求连忙顿首："臣不敢。"

"忠奸朕还是分得出来的，断不至于凡是石越门下，便怀猜忌。"赵煦望着司马梦求，推心置腹地说道，"不要说侍郎朕信得过，便是唐康、田烈武，朕都是信得过的。唐康在安平一事，已足见忠义，此番天寿与李邦直使河北，唐康在河间布置，更是煞费苦心，其非忠臣乎？其实安平之事，朕亦从不曾有半分疑石越，只是石越功绩既高，威名早著，便难保有心怀叵测之人，从中设计。便以本朝之事而言，太祖非忠臣乎？一旦黄袍加身，不得不尔。故此，若是有人陷害石越，朕必不中其奸计；但果是石越左右有人意图非分，亦不可姑息，总要将此种阴险小人铲除，方能全君臣之义。"

赵煦顿了一下，又道："侍郎虽曾随石越游，为石府门下士，然先帝已称君忠义，太皇太后在时，亦称君乃本朝奇士，朕更无疑君之理。此事便付于侍郎，幸毋推辞。"

司马梦求连连叩首："先帝、先太皇太后、陛下如此信任，臣感激涕零，此恩万死难报。"却仍是婉辞，"然此事实非臣所能胜任，还望陛下另委贤能。"

"侍郎莫要推辞。此事非君不可，旁人朕亦不能信任。"赵煦态度十分坚决，"便如君所言，宦寺不可监察大臣，而朝中之士，却各成朋党，若所任非人，借机陷害石越，则朕亦难以自处矣。唯有侍郎，朕方能信任。"

小皇帝话说到了这地步，司马梦求已知无法推辞，又婉辞了一回，这才接受任命，顿首道："臣必不负陛下信任。"

赵煦见他终于答应，不由大喜，亲自走下御榻，扶起司马梦求，正要再勉励两句，却听到小殿之外，有内侍尖声禀报："启禀官家，枢密院副都承旨徐禧称有紧急军情求见！"

虽然辽军已经出境，但此时宋朝依然是战争状态，御前会议也未解散，听到有紧急军情，赵煦也不敢怠慢，连忙整了整衣襟，喊了一声"宣"，一面快步走回御座端坐。司马梦求与庞天寿也都各整仪容，叉手侍立两侧。

不一会儿，便见一五十余岁的长须绯袍男子走进殿中，向着赵煦请了安，便将手中一份卷轴递上。庞天寿接过卷轴，送到赵煦案前，徐禧垂首肃立，不断用眼角的余光打量司马梦求。司马梦求感觉到徐禧的窥视，却仍是不动声色，并无半分回应。

司马梦求对徐禧这位枢密院副都承旨了解不多，只知道此公属于新党，熙宁年间以布衣上书，而得不次擢用，在中书任习学公事，因为晋身方式与石越相似，一时间也有人称他为"小子明"。据说先帝也非常欣赏他，后来他与吕惠卿亲善，在熙宁间也算是官运亨通，虽然比不上石越，但短短十余年，便由一介布衣而成为五品大员，也算是一个异数。而且此公好谈边事，在新党中被视为"知兵"。不过石越却十分排斥他，因此宋廷几次用兵，他都不得重用，只是平西南夷之乱时，据说他曾经帮吕惠卿划策，但也只是传闻，因为那时候徐禧正在外地做官。他被召回京师担任枢密院副都承旨，还是年内之事，之前枢密院有一正一副两名都承旨，因为都承旨刘舜卿意外病逝，副都承旨唐康又在河北，密院缺人，趁着石越前往河北，许将便推荐了徐禧。石越后来知道，但木已成舟，也无可奈何。而徐禧自吕惠卿罢相之后，官阶便一直延滞不进，绍圣以来，整整七年时间没升过官，许多后进都超过了他。以这次来说，他是正五品上的资序，本来完全有资格出任都承旨，但虽有许将举荐，他还是被打压，竟然只做了副都承旨，而都承旨的位置却空悬无人。汴京一直有流言说那个位置是为唐康预留的——这次大封赏之后，唐康也已然是正五品上资序，可以名正言顺出任都承旨。因此众人都在暗地里猜测徐禧心里一定会有怨言，甚至有人预言他可能会报复唐康。但这几个月来，他表现得十分低调，完全不似二十年前那个意气风发的徐禧。他虽然是副都承旨，但实际上做的是都承旨的差遣，一些不喜欢他的人在他上任之初，便等着看好戏，因为枢密院都承旨不但需要管理整个枢密院的日常运转，还要在枢密使、副与皇帝三者之间掌握好平衡，这个职务一般官员是做不好的。徐禧任职之时，又正好赶上与辽国的战争，枢密院的事务空前繁剧，如果是二十年前甚至是十几年前的那个徐禧，估计用不了一个月，就会弄得树敌无数、人人侧目。但出乎所有人意料，在州郡迁转十余年后，徐禧判若两人，自上任以来，虽然偶尔也会流露出他恃才傲物的那一面，但单凭他能将枢密院的事务打理得井井有条，便足以让人赞叹。只是司马梦求也听到过一些传言，说徐禧与枢密使范纯仁不太相洽，在密院中，徐禧与枢密副使许将是一派，而枢密使范纯仁则更倚重枢密会议……

不过这也是再正常不过的事，一个是新党，一个旧党，没有点儿矛盾才怪。而且，枢密副使许将素称文武双全，知兵法晓军政，而枢密使范纯仁在这方面却不免有所欠缺，两人又分属不同党派，这中间本来就已不可避免会存在矛盾。如今许将又得徐禧之助，自然免不了要更加活跃一些，汴京之中也有耳言流传，称许将又是支持组建火铳局，又是大力鼓吹北伐，背后便是有徐禧为之谋划。

耳语流言，自然不足采信。但这也从侧面证明了徐禧的影响力不容小觑，不构成威胁的人物，便是对手也懒得理会，枢密院都承旨这个位置，也是通往宰执之位的一道阶梯，资历中有过这么一笔，对未来是大有好处的。司马梦求内心也是希望唐康能任此职的，尤其是这次的大封赏之后，唐康资序已够，而且还是正儿八经的温江侯，如果再出任枢密院都承旨，其分量之重，绝非他官可比。尤其唐康并非科举出身，将来肯定做不了翰林学士，有了这份资历，将来再历部寺，就会有更多机会跻身两府，官拜宰执。

但现在看来，近水楼台，又有枢密副使许将支持的徐禧，很有可能先唐康一步做枢密院都承旨，毕竟徐禧的能力已经受到认可。而官场之中，也总是有一些潜规则的，如果两个人各方面条件相当，都适任同一职位，那一般会让年纪较大、入仕在先的那位做。而在正五品的资序上，除了门下后省的都给事中，再无一个官职比得上枢密院都承旨，以唐康升官的势头，也未必会在正五品的资序上停滞很久，一旦失之交臂，就可能永远错过这个历练的机会。在唐康的履历中，这无疑会是一个极大的遗憾……

因此，司马梦求心里面，是极不希望徐禧在皇帝面前有任何加分的表现的，可惜的是，这一次，他又要失望了。

读着徐禧呈上的卷轴，小皇帝已是情不自禁得喜形于色，差点儿便要击案叫好了。随着赵煦心情的变好，内东门小殿内的气氛也随之改变，原本弥漫在空气中的紧张严肃消失一空，刚才还战战兢兢如履薄冰的庞天寿也明显松了一口气，即使是司马梦求自己，也不由自主地放松了许多。

司马梦求正在心里面好奇是什么消息竟然会让皇帝如此高兴，赵煦却已经迫不及待了——他此刻所读到的内容，正是稍后范纯仁在韩维府中所得知的消息。无人知道，徐禧悄悄用了一点儿小伎俩，利用范纯仁恰好不在枢密院的机会，他先亲自将情报整理妥当，送呈御前，然后才算好时间，安排人马分两次报告范纯仁。

果然，高丽出兵，折克行突围，辽国疑似内乱……这几个好消息突然接踵而至，不但令赵煦喜上眉梢，而且他也几乎是马上意识到——这正是自己等待已久的良机，甚至安平之事的调查结果，也正好可以成为自己一个难得的筹码。

面对如此良机，赵煦一刻都不想耽误，放下手中的卷轴，便迫不及待吩咐道："速遣中使，召韩维、范纯仁、韩忠彦、吕大防、许将、李之纯觐见！"

庞天寿领命退下。徐禧亦随即告退，司马梦求见皇帝已无意继续召对，亦跟着告退，赵煦果然并不挽留。一面想着自己接下的任务，一面揣测着皇帝刚才得到的消息，司马梦求心事重重地与徐禧一道退出内东门小殿，直到走出殿门，他才恍然惊觉一件事情——方才皇帝召见的名单，几乎包括了所有在京的宰执大臣与新任的御史中丞，却不知为何，独独漏掉了户部尚书苏辙！这个发现，让他的心情，变得更加忐忑起来。

3

不管皇帝赵煦有多么迫不及待，这个时代的运转都有它固定的节奏，并不会因为他是大宋的皇帝，便给他例外。当他召见的重臣全部赶到崇政殿时，禁中大内的座钟，都已指向未末时分。

在崇政殿外等候皇帝驾到之时，被召见的六个人，几乎都是立即意识到了这次召见的不同寻常。他们可不是司马梦求，在第一时间，每个人都注意到了户部尚书苏辙不在召见之列，这让众人都不由得在心里面各自揣测，他们很容易就联想到前御史中丞刘挚的去职——苏辙与刘挚罢中丞的案子也是有所牵涉的。另一个不同寻常之处，就是在家里养病的左丞相韩维，竟然与枢密使范纯仁联袂出现，这不免也让另外几人浮想联翩。

不过，这一干宋朝重臣，其实都是知道皇帝这次召见的缘由的。

在赵煦得知高丽出兵、折克行成功突围等消息之后没多久，他们也都得到了报告，其中枢密副使许将因为在枢密院当值，知道得比皇帝还要早些。

因此，每个人心里都非常清楚，这次召见的主题就是北伐。

但是，不论他们在心里面是兴奋还是忧虑，从他们的外表上，都是看不出任何端倪的。贵为宰执大臣，不说喜怒不形于色，若是随随便便就七情上面，那毫无疑问会被人轻视，别人会觉得这个人"轻佻"，不堪大任。

六人几乎都是不发一言，静静地在偏殿之内等候，直到偏殿内那座黄铜座钟的指针终于指向申初，小皇帝赵煦驾临崇政殿，六人才在内臣的引导下，依次进入正殿，行礼如仪。

此时的赵煦也已经完全平静下来，至少在表面上是如此。他身着常服，端坐在御榻，看着六人鱼贯入殿——看见第一个入殿的竟然真的是韩维，赵煦脸上还是禁不住露出一丝讶色。

虽然他派使者去召见了韩维，但那只是为了表达对这位左丞相的一种尊重，韩维病得不轻，他原本预计这位左丞相是不会前来的，因此，虽然之前内侍告诉了他韩维已经进宫，但直到亲见的那一刻，他才相信这个不大不小的意外真的发生了。

不过，赵煦现在应付各种意外，也已经有了一些经验。他脸上的惊讶很快消散，待六人平身之后，赵煦便立即吩咐侍立旁边的庞天寿亲自扶着韩维落座，又压抑着心中的不快，眼睁睁看着枢密使范纯仁在另一张椅子上也坐了下来。

这是几个月前才有的习惯，当时高太后让司马光、韩维、石越三人坐了下来，赵煦心里面就有些担心他们这么一坐，便难以再起来，结果还真是被他不幸料中。此后司马光虽然去世，石越也去了河北，但韩维的身体又有些不好，结果就一直坐着了。而遵循当日的先例，枢密使范纯仁，也跟着一起坐了下来。原本赵煦还指望范纯仁谦逊一下，他顺水推舟撤了座位，没想到范纯仁看起来忠厚老实，在这件事情上却老实过头，和当日的石越一样，他没有半点儿推辞，竟然就那么理所当然地坐了！而且后来韩维告病在家，几次召见宰执，只有范纯仁独坐，范纯仁也没有任何客气。更可气的是，还有人为了拍马屁，在《新义报》上大赞太皇太后恢复三公坐而论道的古制，将此事当成太皇太后的圣德之一，外人不知虚实，一时马屁之声四起，竟然有将这件事情坐实之意。赵煦不是没有想过学太祖皇帝，突然撤座，也想过找几个御史上书，给范纯仁施加压力，让他自己主动不坐。但是，他到底亲政未久，没有这个底气，先是辽人在境，现在又想着北伐，他不想也不敢节外生枝。因为那些马屁精的存在，这件事情已经成为太皇太后的圣德，如果轻易加以改作，难免会引发不必要的争论，最后为了平息纷争，很可能座位没撤掉不说，自己还要亲自下旨，为这件事情背书——这种事情，他是无论如何都不会干的。

而且，在这件事情上，赵煦也已经有些自暴自弃了。就算撤了范纯仁的座又如何？石越马上就要回京，以石越现在的功绩声望，不加礼遇，反而撤座，岂不又要引人议论？如果到时候只有石越一个人独坐，赵煦会觉得更加恶心难受。倒不如留着范纯仁的座，到时候如果韩维不在，至少也有范纯仁和石越一起坐着，看着也要顺眼许多。

至少大朝会的时候，所有人都还是站着的。事到如今，赵煦也只能如此自我安慰了。

但这也让他没有心情再多说什么，转头朝身旁的庞天寿点点头，庞天寿会意出列，手里捧着一叠卷宗，送至韩维座前。

韩维莫名其妙地取了最上面的一份卷宗开始浏览，才看得几眼，便是脸色骤变。

其余五人也是被赵煦这一出戏弄得面面相觑，这时候看见韩维脸色不对，心里更是不知发生了什么事，却一个个都低着头，脸上竭力做出若无其事的样子。赵煦扫视众人，他本无意卖关子，趁着韩维在读卷宗，淡淡解释道："不知诸公是否还记得当日石越在安平劳军之事？此乃庞天寿使河北带回来的卫尉寺与职方司关于此案的卷宗，经由卫尉寺、职方司详加调查，可以确认，当日之事并非偶然，而是有人幕后指使！"

这可真是大出众人的意料。

谁也没有想到，皇帝今日的召见，一开口就抛出了如此敏感的大案。而更让众人意外的是，皇帝言之凿凿，直指安平劳军一案确系有人策划。

一时之间，殿中众臣尽皆大惊。甚至，因为太过于惊讶，竟然没有人接皇帝的话，所有人的目光，都投到了正在读着卷宗的韩维身上，崇政殿内，安静得能听见韩维翻弄纸张的声音。

赵煦也不再说话，只是静静看着韩维读卷宗。颤颤巍巍捧着卷宗细读的韩维却是恍若未觉，只是端坐交椅之上，低头读着手中各色人等的口供——但所有人都知道，此刻他的内心，绝不可能如表面上那么平静。

韩维每读完一份卷宗，便交还给庞天寿，庞天寿又将之送至范纯仁手中，范纯仁读完，又依次送给韩忠彦、吕大防、许将、李之纯传阅。一时间，崇政殿仿若变成了政事堂，五名宰执和一名御史中丞，不管心里面是惊讶、担忧，还是幸灾乐祸，都无比认真地读着手中的卷宗，不肯错过任何一个细节。

也不知道过了多久，终于，最后一份卷宗由御史中丞李之纯读完，交还到庞天寿手中。

最先读完全部卷宗后，便垂眉端坐，仿若老僧入定的左丞相韩维首先朝着赵煦微微欠身，说道："陛下，老臣原本并不相信安平之事背后有何阴谋，但观诸人口供，安平一事背后另有主使确凿无疑，此案非比寻常，以臣愚见，必须穷治，务得水落石出、真相大白……"

韩维的表态，让赵煦既高兴，又意外，但韩维话音未落，兵部尚书韩忠彦已经亢声反对："韩丞相此言差矣！以臣之见，这不过正好证明安平之事，是辽国的反间计，其意便在离间我大宋君臣。若要穷治，正是中契丹下怀，石越亦难自安。"

"师朴参政所言有理。"韩忠彦话音刚落，范纯仁也跟着出声声援，"不论安平之事背后是否有主谋，都可以肯定石越与此事无关——河北诸臣，与石越亲莫过于唐康，石越若有异志，唐康岂会不知？其在安平乃大呼皇帝、皇太后万岁，使奸小之谋不得其逞，足见忠义……"

关于唐康之举，赵煦倒也是颇为认可，接过话来，道："唐康忠义，朕自知之，此番拜温江侯,朕亦颇闻外人非议,且不论唐康战功,只安平之功,便足当封侯。"

"臣亦以为石越当与安平之事无关。"吕大防也跟着说道,不过却话锋一转,道,"但臣以为韩丞相所言,才是正理。此事既是有人意图陷害石越,岂可不查明真相,还石越清白。若避嫌疑,反见猜忌。"

赵煦连连点头,又说道:"有人陷害石越,或亦有之。朕闻河北有流言,或谓是吕惠卿欲害石越……"

"臣以为吕吉甫不致如此。"许将连忙说道。

吕大防却道:"亦未可知。"

范纯仁却是脸色有些难看,皱眉问道:"敢问陛下自何处知之?"一边说着,一边拿眼神去看庞天寿,神色颇为不善。庞天寿感觉到范纯仁的眼神,顿时心惊肉跳,却又不敢分辩,只是暗暗叫苦。须知他虽是天子近侍,但宋朝非他朝可比,范纯仁贵为枢密使,真是惹恼了他,他也没什么好果子吃。

幸好赵煦也看出范纯仁在疑心庞天寿,他也知道其中利害,心里面想着回护庞天寿,不及细想,脱口便道:"范公毋疑,此非庞天寿所言,乃薛嗣昌使河北听闻。"

但范纯仁的脸色越发难看了,盯着皇帝追问道:"不知薛嗣昌何人?"

赵煦被他看得有点儿发虚,勉强回道:"小臣尔。"

"其所闻流言,未知可有出处?"

"既是流言,岂能问其出处?"

"吕吉甫亦大臣也,虽待罪河东,陛下岂能信小臣无稽之语,而疑大臣?"

赵煦被范纯仁逼得有点儿狼狈,讪讪道:"朕亦疑其不实。"

范纯仁这才脸色稍霁,但吕大防不愿意了,道:"范公所言虽是正理,但既有此流言,吕吉甫亦不可久居河北。"

许将听出吕大防心怀不善,念在同为新党的几分香火之情,再次出言回护:"可令其回河东。"

"回河东亦不便。"吕大防摇头,不依不饶,"吕吉甫本守太原,却擅兴兵出河北,致河东章、种反无兵可用,其若回河东,章、种辈焉能制之?"

众人心里都知道吕大防的这番话不是太公道,但同样也难以说吕大防说得不对。许将已然感觉到皇帝的猜忌之意，他与吕惠卿又没什么交情，便无意再为吕惠卿辩护，免得连累自己，其余诸人，更不可能替吕惠卿说话——便是范纯仁刚才，其实也不是为了吕惠卿，他在意的是一些不成文的规矩。

这却是正中赵煦下怀——薛嗣昌所说的流言当然未必可信，但吕惠卿在他心里，也并非什么重要人物，那自然还是处理一下的好，有些事情，宁可错杀，不可错放。但他还是转头假意问韩维意见："丞相之意如何？"

韩维自然是知道他的心思，沉吟了一下，道："莫若移镇他处。"

赵煦立即点头，口里却说道："吕惠卿在河北亦不为无功，且是前朝宰相，朝廷自当优待。"又问，"吕氏是何处人？"

许将也是福建人，便回道："吕吉甫乃福建南安人。"

"南安属何州？"

"泉州。"

"可令其判泉州。"

赵煦话一出口，众人又是大吃一惊。吕大防更是目瞪口呆——他本以为皇帝是想惩罚吕惠卿，那样的话，就应该找一个和太原府级别相当甚至稍高一点儿的府州，不拘何处，只须远离汴京与河北、河东就可，让六十多岁的吕惠卿既远离现阶段的政治舞台，又千里奔波劳累，虽然不至于死在路上，但如此折腾一次，也算是惩罚了。但没想到，说了半天，赵煦却是让吕惠卿衣锦还乡！

虽然泉州无疑离汴京足够远，远得足够让吕惠卿的声音彻底从朝廷中消失，这也是吕大防所喜闻乐见的，但是，任何一个宰相，如果不能老死任上的话，那么最理想的结局，莫过于能回家乡做太守吧？这是真正的恩典，毕竟大宋朝对本地人做本地官是极为忌讳的。

而许将的心里面，却是一阵难以自抑的惊喜。他当然不是为了吕惠卿高兴，而是从这件事情上，感受到了皇帝对于新党的善意。

韩维与范纯仁对视一眼，他们当然也能感受到这是皇帝在刻意展现对新党的宽容姿态，要说心中全无芥蒂自是不可能，但此刻他二人心里所想的，是今日吕惠卿能回泉州当太守，他日范纯仁也许就有机会回南京应天府当留守……一念及此，两人心里面生出来的那一点儿反对的念头，马上便烟消云散。

韩维率先便说道:"陛下如此处置甚好,圣上宽宏,此非只吕惠卿之幸,亦国家之幸。"

范纯仁也开口称颂:"陛下顾念老臣,臣等同沐圣恩。"

他二人既然出声支持,韩忠彦与李之纯本来就无可无不可,六人之中,有五人同声称颂,吕大防虽然不太乐意,但想着吕惠卿从此回到泉州,路途遥远,真正眼不见心不烦,便也不再作声。

小皇帝赵煦心中却是大受鼓舞,他刻意岔到吕惠卿身上,一方面固然是想处置吕惠卿,但更主要的,是想拿吕惠卿来投石问路——他如此处置吕惠卿,如果御史中丞还是刘挚,那绝对是不可想象之事,如今刘挚不在了,但是赵煦并不确定其余的宰臣,尤其是韩维、范纯仁、吕大防三人,会不会有人取代刘挚的角色,因此必须要加以试探。

事实证明并无第二个刘挚。韩维老矣,再也不会事事顶针;范纯仁虽然让他有一些狼狈,但他本性温和,只会在他觉得比较重要的原则上较真,这是一个把规则看得比具体的事情更重要的人;而吕大防虽然性格刚强,但他在处理党争的问题上,明显是心中怀私的——刘挚能够令人畏惧,是因为他认为自己正直公平,无欲无私,便无所忌惮。吕大防正直倒是正直,却做不到公平,偏偏他又以君子自期,既然有所欺心,就算自己不愿承认或者没有意识到,也会下意识地因此而约束自己,如此便有了弱点,便做不到刘挚那样一往无前。

当然,赵煦并不可能对吕大防的性格了解得如此细致,但他关心的也只是结果而已。

吕大防退缩了!

只要知道这个就足够了。

既已得逞,赵煦便不再在吕惠卿的事情上多纠缠,又将议题拉回正途。"既然诸公皆无异议,吕惠卿之事,便如此议定。至于安平一案,范相公所言,甚有道理,朕亦并非疑石越有异志,君臣之间,并无嫌隙。只是朕以为韩丞相与吕参政所言亦是正理,此案既是有人陷害石越,离间我君臣,又岂能听之任之?如此,岂非使人笑我大宋君臣无能?是以,此案仍须穷治。"

4

安平一案比起吕惠卿来，无疑分量要重许多，众人的注意力立即被拉了回来。范纯仁听完赵煦的表态，仍是坚持反对："陛下既然信石越不疑，则奸人之谋不得逞，又何须多生事端？若是穷治，石越既为率臣，统兵数十万，所谓'瓜田李下'，纵是无他心，又岂得自安？此非待大臣之道矣。"

韩忠彦也道："陛下若要穷治，石越儒者，必乞解兵权。如此，则正中契丹下怀。"

吕大防对吕惠卿的事情本就不甚满意，此时见范纯仁、韩忠彦一意维护石越，心中更是不满，冷冷说道："师朴参政此言差矣，安平之事，纵与石越无关，纵然朝廷不穷治，石越若是忠臣纯儒，亦必乞解兵权。臣闻石越已与李清臣回京，已知其断不会再回河北领兵，故尧夫相公、师朴参政所虑，臣以为不过是多虑了。"

许将见着机会，也趁机说道："臣方才细读供词，奸人因知石越在军中威望甚高而设此计，而如案犯韦烈、方索儿辈，之所以铤而走险，亦是知石越极得军心。如此，石越纵然无辜，亦不可使再领兵，此亦为安全之。君子瓜田不纳履，石越乃当世大儒，岂能不知？纵解兵权，其必无怨言。"

他二人的话说得都还算漂亮，但在场之人，又会有谁听不出来话里面藏着的刀子？吕大防还委婉一点儿，许将的话却已经算得上白刃相见了。

但他二人的话是极有道理的，中国传统的价值观，讲究推己及人，你自己跑到瓜田里面，低头去弄鞋子，如果因此被人说成偷瓜贼，那是绝对没有理由责怪别人冤枉你的，因为那是你自找的。任何人都没有理由要求别人无条件信任自己，要避免不必要的误会，自己首先就要知道避嫌。

事情有大小，道理却是相通的。石越明明已经身处嫌疑之地，自己却不懂得主动避嫌，那其实也是没有任何理由埋怨朝廷猜忌怀疑他的——这至少和他"大儒"的身份不相合。如果一介武夫不懂这个，还有可谅之处，但石越如果不懂这个，那就是他在践行儒家的理念上有太大的缺陷，当不得他现今所拥有的声誉。

这也是理所当然之事，对于不同身份地位的人，本来就应该有不同的要求标准。如果一个人背负着"当世大儒"的名声，却要求别人像对待一个普通儒生那样宽容对待他，这已经不是非分之求，而可以称得上厚颜无耻了。

因此，吕大防和许将这番话一说出来，范纯仁心里面再想回护石越，也不好作声了；韩忠彦本来就不擅长辩论，此时也是哑口无言；至于御史中丞李之纯，他根本就不想随便蹚这浑水，因此早已打定主意，只要皇帝不问到自己头上，就绝不开口说话，此时更是三缄其口。

只有左丞相韩维朝着赵煦微微欠身，慢条斯理地说道："陛下，国朝制度，宣抚使本就是有事则设，无事则省，契丹既已被逐出河北，战事已了，包括石越在内，诸宣抚使副，皆当回朝缴旨，是否解兵权本就无须多议。"

赵煦没想到韩维竟然是在这里等着他，不由愣了一下，才勉强笑道："宣抚使司恐尚不能遽罢，契丹在河北受到重创，仓皇北撤，今日诸公应当也都已得到消息——高丽已然出兵夹击辽人，而折克行亦自蔚州突围，耶律冲哥行踪不明，辽国必有内乱。这是千载难逢的良机，所谓'天予弗取，反受其咎'，辽主背盟弃誓，鬼神厌弃，朝廷若不在此时顺天应人，兴义师北伐，他日思之，必悔之无及。"

这是赵煦第一次当着众多宰执重臣的面如此清晰地表明决意北伐的态度。这让一直旗帜鲜明鼓吹北伐的枢密副使许将立即就兴奋起来，马上接过皇帝的话说道："陛下圣明，先帝励精图治，便是为了恢复汉唐故地，遗诏于未收复幽蓟耿耿于怀，如今辽国内忧外患，正是陛下全先帝未竟之志之时。"

韩维脸上露出为难之态，"若陛下有志北伐，以老臣之见，仍须使石越节制诸将。"

韩忠彦也趁机说道："臣亦以为非石越不能为此。"

范纯仁却是弗然不悦，厉声说道："陛下，北伐大事，牵涉国家气运，不可如此轻易定策，况兵者凶器，圣人不得已而用之，臣以为北伐与否，仍需从长计议。"

谁也想不到到了这个时候，范纯仁居然还是反对北伐，众人不由得十分惊讶。

尤其是韩维，他本以为之前已与范纯仁达成共识，却万万没有料到，原来那只是自己一厢情愿。但事已至此，除了苦笑，他也没有别的办法。

但更让众人意外的，是第一个出头对范纯仁表示不以为然的，竟然是吕大防！

范纯仁话音一落，吕大防便马上出列，朗声说道："诚然，兵者国之大事，必庙算无遗，方可兴兵，臣此前亦因此对于北伐持有疑虑，然如今形移势变，却正是天赐良机！若再从长计议，错过良机，正所谓铸九州之铁，不能为此错字。"

"朝廷当以义兴兵，不当以利兴兵！河北遭逢劫乱，百废待兴，朝廷正当安抚百姓，救济黎庶，岂是兴兵之时？"范纯仁今日完全是一反平常的温文尔雅，立即反唇相讥，"况且即便计较利害，亦未必如诸位所想般乐观。辽军虽受重挫，然百足之虫，死而不僵，更何况辽主亦曾励精图治、整兵经武，辽军实力仍然不可小觑。高丽虽然出兵响应，然其与我相距万里，不过是各自为战，缓急难以相济，不足为恃。至于辽国内乱，不过是猜测而已，岂足为凭？"

"若非辽国内乱，那相公以为耶律冲哥又是为何事纵折克行突围？"许将不屑地反问道。

"许公便能确定是辽国内乱？"

"即便不是内乱，能让耶律冲哥放过折克行的，也必是辽人的心腹大患。"许将颇为自信地说道，"若我大宋再兴兵北伐，则辽人便是三面受敌，其以新败之师，受三面之敌，如此良机，若不把握，便是纵虎归山，必为后患。"

"契丹这只老虎，便是归山，也成不了什么大患！"范纯仁辩不过许将，便干脆搬出石越的论调来，"朝廷兴兵，若败则前功尽弃，即便侥幸得胜，契丹败丧幽蓟，则有亡国之势。塞北之地，向非中国能有，契丹既衰，必有新族兴起，臣恐便如石越所言，到时中国之患，才刚刚开始！"

许将不由哈哈大笑，"相公莫不是说笑？若依相公之语，则汉何必击匈奴？唐何必击突厥？皆不过徒劳耳。世间本无一劳永逸之事，但若思虑太多，则近于杞人之忧天矣。朝廷北伐若得成功，我大宋据有幽蓟，据守雄关则河北无患，屯兵大同则可攻可守，战与不战，操之在我，又何必管他塞北由谁称雄，由谁称霸？彼若敢为患，朝廷只须遣一大将，便可以再封狼居胥、勒燕然山，岂不强过由辽人占据幽蓟形胜，使河北腹心之地，令敌来去自如百倍？"

许将文武双全，又是状元、翰林学士出身，辩词无碍，这一番话说出来，恐怕就是石越在此，也不好反驳，更何况范纯仁完全是在以短击长，顷刻之间，就被说得哑口无言。若是以往，他说不过时，自有吕大防、刘挚相助，但今日刘挚已经不在，吕大防受到高丽出兵与折克行意外突围成功的影响，也转变了态度，转而支持北伐。连吕大防都支持北伐了，其余如韩忠彦、李之纯更不用说，心里面多半也是支持北伐的，二人此时不多说话，无非知道大局已定，顾全范纯仁面子，便不多为难他。而韩维又早已明言，不会再反对北伐。范纯仁顿时就陷入了孤掌难鸣的尴尬境地。

崇政殿内，也出现了熙宁以来最为诡异的一幕——新党与旧党的首领人物俨然如同盟一般，而站在他们对立面的，却是另一名旧党领袖。

范纯仁虽然辩不过许将，却也并非被其说服，虽然许将语带讥讽，他也不生气，只是对赵煦欠身说道："陛下，石越曾与臣言：不谋万世者，不足以谋一时。此真不易之理也！臣愿陛下三思。辽人虽行不义，然其与大宋相处已逾百年，渐蒙德化，已非蛮夷可比，此番南犯狼狈而归，足以令其刻骨铭心，若此时议和，则是我大宋德加于辽国，北境可得百年无事。杜诗有云：苟能制侵陵，岂在多杀伤？幽蓟虽是汉唐故地，然太祖、先帝欲收复幽蓟，亦不过是为了得其形胜，以庇佑百姓。若能边境无事，又何必兴无益之兵，反令百姓劳顿、将士死伤？臣愿陛下三思！"

范纯仁这番话言辞恳切，令人动容。百姓与国土，孰轻孰重，何者才是根本，何者才是目的？这原本也是儒家一个争论不休的话题。如《史记》记载冒顿之事，其实并不足法，毕竟冒顿不过一匈奴单于而已，并非中夏圣主。对于中夏来说，为了国土而抛弃人民，那显然是绝不可能被歌颂的，相反，真正的儒者，是一定会将百姓置于国土之上的。

只是，但凡牵涉国土的问题，又都是极为复杂的，绝不会只是简单的百姓与国土孰轻孰重的是非题。

吕大防便对范纯仁的这番论调十分不满，忍不住讥道："尧夫悲天悯人，然恐契丹到底还是蛮夷，畏威而不怀德，今日吾不取幽蓟，他日便有契丹再自幽蓟南犯，河北百姓，又要重遭今日之劫！尧夫谓契丹此番遇挫，便不敢再南犯，未免有些以己及人,将契丹想得太君子了。耶律德光时,辽人也曾经仓皇北归,然而真宗时便又再犯;真宗时两国订立澶渊之盟,然辽人如今又再南犯。其劣迹如此,岂可信任?"

范纯仁辩道:"形移势变,岂可一概而论?"

"那尧夫又如何能肯定日后不会又形移势变?"吕大防反问道,又对赵煦说道,"臣一向反对兴无益之兵,国家兴兵,必慎之又慎,然果真能够有机会收复幽蓟,则以臣之见,此刻便是付出一些代价,亦当忍受。此正是为谋万世之利,而为一时之牺牲……"

赵煦高坐御椅,听着他的几位宰臣在那儿唇枪舌剑,不由觉得大开眼界。他心里面自然是倾向吕大防、许将的,尤其范纯仁的那番道理,他本来感觉难以辩驳,没料到竟然被吕、许二人驳得体无完肤,心中不由大觉快意。但他也知道范纯仁并不服气,但既然大部分宰臣都已支持北伐,那即使范纯仁贵为枢密使,也难以阻挡大局了。赵煦也不想几人没完没了地争论下去,待到吕大防说完,他便伸手示意,止住还想说话的许将与范纯仁,委婉说道:"诸公不必再议,朕意已决。"

立即,崇政殿内鸦雀无声。

赵煦高声说道:"朕意已决——若辽主愿去帝号,且割山前诸州为赔款,则两国仍得和好。否则,北伐在所难免!"

他话音一落,左丞相韩维便已率先拜倒:"陛下圣明!臣恭奉圣旨!"

紧接着,吕大防、韩忠彦、许将、李之纯亦恭声说道:"陛下圣明!臣等恭奉圣旨!"

唯有范纯仁默不作声,他稍稍犹豫了一下,便即从座位上起身,向着赵煦长揖,说道:"陛下虽已圣断,然臣忝为枢密使,不敢奉旨。臣请解此职,盼陛下另委贤能,许臣回乡养疾。"

赵煦自然不能答应,摇了摇头,宽言安慰道:"相公不必如此,朕亲政未久,倚赖相公处尚多。朕虽不才,仍望相公不弃,尽心辅佐。"

范纯仁还要说话,赵煦又止住他,对众人说道:"如今对辽之策已定,而太皇太后梓宫仍未奉安山陵,朕每念及此,心难自安,当择吉日,行丧礼,送太皇太后梓宫归葬山陵。"

皇帝突然提起高太后的葬礼，便是范纯仁也不便打断。众人皆是异口同声说道："正当如此。"

韩维早就等着这件事，又说道："依本朝故事，臣为首相，当为山陵使……"

但他话未说完，赵煦已是摇头打断："公久病未愈，岂可再如此劳顿？故太皇太后对臣下素来宽厚爱护，此亦非太皇太后所愿也。且此番石越功勋卓著，亦当再加赏赐。朕意仿太皇太后时故事，公暂罢左丞相，仍加平章军国重事，留在汴京安心养病，待到痊愈，再做计较。而以石越拜左丞相，待其回京，由其亲自主持太皇太后葬礼。"

饶是韩维老谋深算，也没料到小皇帝突然来这一出。但皇帝要罢他的左丞相，他本人岂有不同意的道理？要反对也只能由别人来开这个口。况且皇帝还让他加了个平章军国重事的名头，以他现在的病情，皇帝如此安排，更是谁也说不出个"不"字来。

韩维只得无奈地在心里面叹了口气，低头谢恩。

范纯仁终于又得到说话的机会，连忙说道："陛下，依本朝故事，首相既任山陵使，便当辞相，若以石越为山陵使，则其才拜首相，便即辞相，岂非儿戏？太皇太后在时，待臣恩重如山，故臣万死，敢乞陛下格外破例，以臣为山陵使，以全君臣恩义。"

范纯仁是枢密使，在熙宁新官制后，实际上是与左、右丞相同列三公，资序虽然在后，便的确也有资格出任山陵使。只不过这并不符合一般惯例，更不符合赵煦心意，赵煦想都不想，便即否决："朕与太皇太后本为一体，相公悉心辅佐朕躬，便是报太皇太后之恩，不必非为山陵使。且太皇太后于朕有抚育之恩，于国家社稷有匡扶之功，归葬山陵，岂能不稍隆其礼？以首相为山陵使，方使天下军民悉知太皇太后功在社稷，恩泽万民。至于相公所虑，亦不必担心，朕岂有使石越才拜首相便即辞相之理？以往故事，乃新君即位，祖宗如此安排，自有深意。然朕登基已久，自不必循此旧例。"

小皇帝的这个表态，却是让其余几人都暗暗松了一口气。要知道高太后的葬礼，是比照皇帝规格进行的，否则就不能称为"山陵"了，除山陵使外，还有礼仪使、卤簿使、仪仗使、桥道顿递使以及按行使等等差遣,除了按行使是内侍陈衍早已确定外,其余四使,基本上都得是朝廷重臣充任,规格低一点儿就是寺卿、侍郎之类,规格高一点儿就是尚书、学士、中丞了,在场之人,除了韩维和范纯仁,谁也不能保证自己没份儿。

谁也不想失去自己现在的地位,哪怕是暂时的。

但赵煦的话无法让范纯仁满意。皇帝的意图已是昭然若揭,他坚持让石越出任山陵使,显然也是为了防止节外生枝。为免石越回京后反对北伐,甚至凭他的影响力逆转局势,便干脆再将石越支出汴京,等到石越从巩县归来,生米已然煮成熟饭,便是石越也无可奈何了。除此以外,皇帝如此安排,恐怕多多少少也有安平一案的原因,皇帝对于石越,绝不似他嘴里说的那样毫无猜忌。

但他即使知道又能如何?

皇帝在北伐一事上,已经得到吕大防的支持,这意味着旧党已经不可能协调立场,齐心协力反对北伐。而且,范纯仁心里面也明白,恐怕这一次,吕大防才是真正代表了旧党大多数人的意见。旧党诸君子通常是反对战争的,但这并不是说他们会反对所有的战争,只是大多数时候,他们会认为战争对生产的破坏性太大,而且不可预测的因素太多,因此,他们通常宁愿谨慎一点儿。但即使是旧党诸君子,也不会排斥一场看起来几乎是必然取胜,并且能够获得许多好处的战争。而眼下的北伐,看起来就是这样一场战争。这也是为什么之前吕大防一直心存疑惑,但当得知高丽出兵、折克行突围成功之后,态度便突然转变的原因。

而且,范纯仁大概也能猜到吕大防一些别的心思。

既然已认定这是一场没什么风险的战争,对国家的利益不会造成损害,那么,身为旧党的领袖,他就有必要多为旧党算计算计了。小皇帝已经开始表露他的喜好,没有哪个旧党会希望小皇帝喜欢新党而讨厌旧党,哪怕旧党现在再强势,天子的喜好,也可以改变这一切。难得有不违背原则又能讨好皇帝的机会,吕大防当然不肯放过表现的机会,就算不能让小皇帝喜欢旧党,至少也希望他不要将旧党视为绊脚石。

而一举多得的是,虽然以前新党才是旧党的主要敌人,而石越则是旧党的盟友，但现在情况已经发生变化。吕大防、刘挚以前就已经流露出这样的心思——新党已经不再是旧党的主要竞争对手，快速壮大的石党威胁更大，尤其是在安平大捷之后。而他二人的区别，是刘挚对新党与石党都抱有敌意，而吕大防对新党的态度则不易觉察地趋于温和。

果然，这一次吕大防便毫不犹豫地与许将短暂结盟了。

而他会如此不加掩饰地与自己针锋相对，显然也是因为他心中的不满。这不满的根源，多半正是由于自己对于石越的支持。毕竟，所谓"旧党"，也不过是一个松散的联盟，是对一群政见相近的士大夫们的泛称而已，这并不是什么一辈子的标签。范纯仁过去是旧党，但如果他的政见发生变化，甚至已变得与石越的政见更相近，而与大多数旧党有所差异，那范纯仁究竟还是不是旧党，就成了一个值得深思的问题。

绍圣以来，这种在不同党派中偏移的事情，也渐渐变得多起来。

因此，范纯仁也能感觉到，吕大防恐怕也是在用这种方式警告自己。

这也可以算作刘挚罢中丞的后果之一，如果刘挚还在的话，吕大防顾及刘挚，断然不会如此公然和许将站在一边。虽然在刘挚还是御史中丞的时候，范纯仁对他的许多行为也多有腹诽，但当他离开之后，范纯仁才真正意识到他的重要性。

不过此刻再想这些，已无意义。而他即使知道吕大防的心思，也不会有任何的改变。

范纯仁虽然性格温和，但他同样也有自己的坚持。只是他认可了是正确的事情，他就一定会坚持到底，绝不会无原则地退缩、妥协。

这也是他和韩维不同的地方。也许韩维曾经也如此坚持过，但现在的他已然是老态毕露，多了许多的算计，少了应有的坚持。虽然范纯仁依然尊重韩维，但是，他也从来没有想过会成为韩维那样，每个人都有自己的道路。

这也让范纯仁在这崇政殿中，显得如此孤单。

无人在意范纯仁此刻在想什么。韩维虽然有意帮石越最后一把，但他已无能为力，既然皇帝已经许诺让石越接任左丞相，那这样的安排，在韩维看来也可以接受，别的事情，就不是他需要操心的了。吕大防、许将更是非常满意，石越将拜左丞相本来也是意料中的事情，皇帝想出这样的办法支开他一段时间，在二人看来，便已是很大的胜利。韩忠彦倒是有意再替石越说几句，但是他也感觉到了安平一案对于皇帝与石越关系的影响，皇帝既然还是愿意让石越做左丞相，那似乎也不该逼迫皇帝过紧，以免招致皇帝的反感。至于李之纯，他只是在庆幸这一切没有沾到自己身上，而且原本他这个御史中丞是有很大可能要出任仪仗使的，他从上任开始就担心自己这个御史中丞很可能就只能做到高太后归葬山陵之止，现在听到还有机会继续做下去，心中的惊喜几乎无法掩饰。

但小皇帝依然并不满足于自己的战果，见众人都已接受山陵使的安排，又乘胜追击，顺势抛出最后的议题。

"太皇太后山陵使之安排，便姑且先如此议定，其余使者，待石越与李清臣回京，再行商议不迟。今日召见诸公，尚有最后一事……"

他一边说着，一边朝庞天寿使个眼色，庞天寿赶紧抱起一大堆的奏状，摆到御座前的御案之上。

赵煦指着堆得高高的奏状，淡淡说道："这些都是御史弹劾苏辙的奏状。"然后又拿起最上面的一封，说道："这是苏辙自请出外的奏状。"

"御史所言除了此前王巩一案外，多是论其援引朋党、所荐之士多轻佻，与钱庄总社周应芳及在京蜀商往来密切，收受商人捐赠等事。其实都是些捕风捉影、细枝末节的小事，只是苏氏兄弟喜好文士，其门下多是文多质少，入仕之后，往往便得苏辙为之延誉、荐举，此辈言行轻佻，偶尔犯些小错，也是有的。至于所谓收受商人捐赠之事，朕亦已查明，不过是周应芳等商贾看在苏辙的面子上，筹集了一万贯缗钱为本钱，在汴京购置田产房舍经营，以所获利润资助蜀地来京师游学的贫寒士子。御史遂疑商人逐利，周应芳辈无故出资行善，必是苏辙徇私，其是慷朝廷之慨，为己延誉……这些本不是大事，只是御史交相论奏，苏辙颇不自安，遂坚执自请出外……"

小皇帝轻描淡写地介绍着情况——其实实际情况远比这严重，弹劾苏辙的御史以殿中侍御史杨畏为首，都是得了赵煦的暗示，才肆无忌惮攻击苏辙。内容更没有他说的那么理性，言辞也远不是那么温和。众御史攻击苏辙在刘挚罢中丞之后，居然不坚持辞相，是贪权恋栈、恬不知耻，称其习纵横家权谋之术，在仁宗朝殿试，就以讲宫禁之事，对仁宗不恭，以讨好执政，枉求直名；熙宁时又一意倾附司马光、石越求进，做到宰执并非自己有何才干，而只是会讨好司马光和石越；又说他喜欢欺世盗名，做参政之后，便对川蜀士子百般照顾，援引朋党，所荐之士，多是才多德寡之人，别的官员资助家乡后进，都是自己出钱，而苏辙自己不肯出钱，却令商人出钱资助川蜀士子，沽名钓誉，使得川蜀士大夫皆以苏氏兄弟马首是瞻，汴京有"蜀党"之名。

在这样的情况下，苏辙如果还不坚持自请出外，那也未免太不知好歹了。

但这些内情，殿中众人，连御史中丞李之纯都不知情。因为弹劾苏辙的奏章虽多，但实际参与弹劾的御史只有四人，他们并未知会李之纯，而是独立上奏，其所上奏状，赵煦又基本都留中了。不过杨畏颇会揣测上意，皇帝虽然留中，但他并不罢休，仍是联络几名御史反复论列，摆出不达目的誓不罢休的架势。外人虽然知道杨畏等人在揪着苏辙不放，但大都以为还是王巩的事情，御史们小题大做，也不是什么稀罕事，只要皇帝多表几次态，事情自然平息，便也没太放在心上。

然而杨畏却比众人想象的要厉害得多。他极会罗织罪名，不仅大挖苏辙旧账，而且将攻击的火力集中在了苏辙为"蜀党"领袖之上。其实他口中所谓"蜀党"，乃子虚乌有的东西，不过是这两年一些汴京人士对在汴京的川蜀官员、士子的戏称而已。这些人分属旧党、新党、石党，其中也有中立派存在，并不是一个政治派系，充其量就是一个川蜀士大夫的同乡会而已。绍圣以来党争并不激烈，各派关系最多就是竞争关系，谈不上敌我矛盾，同乡同籍的士大夫也没必要仅仅因为政见不同便老死不相往来，乡党的关系网还是需要维护的，而绍圣间川蜀籍官员以苏氏兄弟地位最尊，两人名望又高，自然便被众人尊为首领。而苏氏兄弟都不是多谨小慎微的人，苏轼的性格尤其不甚讲究，旁人戏称之为"蜀党"，他们也并不当一回事，不但不急着澄清，反而有时候也如此自称开玩笑。

杨畏便拿着这一点大做文章。"蜀党"是什么，又没有什么官方解释，你说是同乡会，我亦可以说你动机不纯，所谋者大。虽然结党也不是什么大事，绍圣以来，朝中的旧党、新党、石党，基本上已是公开的秘密，但那到底是长期被动形成的，王安石不曾主动组建什么新党，司马光也不曾主动组建什么旧党，石越更是至今都不承认有所谓石党。如果苏辙真的在主动结什么"蜀党"，那么，姑且不论这是不是犯了严重的忌讳，至少也已是一个极大的政治问题。

而且，杨畏的确也抓到了苏辙的把柄。

虽然这件事情实际上是苏轼做的。在苏轼的牵头下，以钱庄总社为首的一众商行、商社，共同乐捐了一万贯的巨款，在汴京置办田地、房舍出租，以每年租佃所得用来资助在汴京游学的川蜀籍士子。苏轼是不拘小节之人，自然觉得这是一桩好事，也是一桩雅事。因为白水潭学院声望日隆，各地来汴京游学的士子也与日俱增，但千里迢迢来汴京求学，无疑会在经济上给许多人造成沉重的压力。像川蜀士子出川来京，就算家境还算殷实的，也往往要顺路贩卖点儿货物，以补贴用度。到了汴京以后，生活成本远高于他处，大多也是生活拮据。因此苏轼便牵针引线，做了这么一件事情，在他看来，无疑是一件好事。但苏轼虽然贵为翰林学士、文坛领袖，周应芳等豪商巨贾却也不可能随随便便拿出一万贯巨款来巴结他，一千万文不是一个小数目，他弟弟户部尚书苏辙的面子值得一千万，他一个翰林学士的面子，却值不得。于是这件事情最终还是用了苏辙的名义，苏辙也认可了此事，还写了一篇文章纪念。

这件事情本身，的确是不存在利益交换的。要不然苏辙也不会非常得意，觉得自己干了一件大好事。周应芳等人出这一千万，也只是为了交个户部尚书府的门槛钱。有过这么一层来往，苏辙对他们有了好感，他们也的确得到了进出苏辙府上的机会。

也是苏辙这十几年来仕途过于顺利，便如杨畏等人所讥讽的，他自从与石越结盟，仕途便是一帆风顺，从熙宁六年同判工部事，到熙宁八年做到工部尚书、参知政事，此后除了一段时间出外做官，大部分时间都是位列执政，特别是自熙宁十七年以后至今，已是做了八年多的户部尚书。这么长时间身居高位，养尊处优，无论是谁，没得意忘形都算不错，绝不可能做到事事小心谨慎，不留任何把柄。更不用说苏辙算是石党，本来就在新、旧两党之间左右逢源，加上绍圣以来，各党之争已大为缓和，他更不可能在每件事上都保持警惕。

但当这件事情被杨畏翻出来后，苏辙便明白自己是跳进黄河也洗不清了。

这就是所谓瓜田李下之嫌，杨畏固然没有切实的证据，但苏辙要说自己与周应芳等人私下没有交易，又有谁会相信？

赵煦在这件事的处理上也颇为巧妙，一方面，他压下所有御史弹劾苏辙的奏状留中，但同时他也不是真正置之不问，而是挑了几份奏状亲自交给苏辙，让他解释。苏辙也已是久历宦海，岂能不知道皇帝是什么意思？

皇帝这是顾全他的面子，让他主动辞职。若是他还不知好歹，那这些奏状必然都会刊登在邸报上，到时候恐怕就会掀起一场轩然大波，包括苏轼在内，一大批川蜀籍官员都可能会被连累。

因此，他马上就自辩解释，一方面表明自己无辜，另一方面承认自己的疏漏，辜负了皇帝的信任，自请出外。

苏辙能如此知情识趣，赵煦便也不为已甚，又假意慰留，苏辙当然也不会当真，依旧坚请出外。他心里面非常清楚，皇帝这是准备要变更宰执大臣了！现在的宰臣之中，韩维、石越、韩忠彦是先帝钦定的辅政大臣，范纯仁、吕大防是旧党领袖，旧党刚刚罢了个刘挚，短时间内也不便再动此二人，许将是硕果仅存的新党，新党中若没有合适人选代替，皇帝也不会动他，此外李清臣正得皇帝宠信，章惇在河北没有功劳也有苦劳……稍加考虑，苏辙便发现原来自己的位置其实早已经岌岌可危，而自己竟然毫无所觉！

这些复杂的内情，此刻崇政殿内的六人当然也不会知道。

但赵煦开口之后，也无人感到惊讶。

不说今日苏辙未获召见已是明显的信号，这六人亦不会像苏辙一样当局者迷，作为旁观者，他们早就猜到，如果皇帝打算调整宰臣，苏辙的地位便是最危险。每个人都能感觉到，小皇帝对石越并不信任，石越功劳越大、声望越高，和石越走得太近的苏辙便越是危险。皇帝轻易不能动摇石越的位置，为了平衡各派力量，就有必要从其他地方着手削弱石越的力量，苏辙就是最理想的目标。

如果没有庞天寿从河北带来的安平事件的调查结果，也许苏辙的事还有转机，皇帝不会如此迫不及待下手，应该会等待一个更合适的时机——比如让苏辙出任高太后的山陵五使之一，甚至如果石越转变态度支持北伐，或者苏辙觉察到危机设法获得小皇帝信任，那么结果亦有可能改变。但庞天寿带回的调查结果，以及石越对北伐的态度，无疑都加剧了皇帝对石越的不信任，虽然皇帝不得不拜石越为左丞相，但也让他更加急于赶走苏辙，他甚至已无耐心再等到高太后归葬山陵了！

　　能够削弱石越一派的力量，也是吕大防与许将期待已久的。二人都是格外仔细地听着皇帝所说的"罪名"，待皇帝说完，吕大防马上便说道："陛下，苏辙久居户部，一直尽忠职守，其侍奉高宗、故太皇太后、陛下，皆谨慎守分，从无大错。虽然略有小过，还望陛下从轻处分。"

　　他这是名义上求情，实际上定性，其余几人岂能听不出来？范纯仁心中对他的不满更甚，他今日议事屡受挫折，换成他人，此时便不会再说话，但范纯仁是外圆内方的性格，虽不免气馁，却仍是说道："所谓蜀党一事，甚是无稽，唯受钱庄总社捐赠一事，确有不妥，然亦非私用，陛下明察秋毫，既已知原委，臣以为不当以此小事遂罢执政。"

　　韩忠彦也说道："苏辙掌户部八年，为国家理财，井井有条，人才难得，还望陛下体恤。"

　　赵煦忙道："是苏辙自请出外，非朕欲加罪。"

　　吕大防没想到范纯仁竟然还会替苏辙说话，心中更是不喜，冷言道："所谓君子爱人以德，苏氏兄弟自负才高，行事向来不拘小节，不检之处臣亦多有耳闻，如苏辙既为天下理财，岂宜私见商贾？所谓蜀党一事，亦非无可诟病。凡士大夫显达之后，回馈乡里，建立义仓，扶危救困，办学倡教，本为美事。然凡事过犹不及，苏辙既为执政，当待天下之士为一体，岂能因同乡便加照顾？若朝廷公卿皆学其行，则乡党遍立于朝堂，这朝堂之上，还能有公论？苏辙初时或为人所惑，不觉其非，如今既为御史所察，苏辙亦算是正士，岂能无愧？其既求去，当全其美。"

　　许将也不客气地说道："便是蜀党今日非党，亦难免日后不成党。士大夫若秉于公义，因所见相近，以道德相交，遂互通声气，而成其党，本无不妥，盖其是为天下之公，只因一人势孤，难济大事，遂引同类，以求同舟共济。而乡党则不然，乡党不过因同乡同籍之谊而成朋党，其结党不过是求互相照应，甚至为念同乡之情，官官相护，弄权谋私，此乃国家蠹虫、朝廷大害，本当防微杜渐。苏辙为朝廷执政，岂能连这点儿见识都没有？其之所以无所忌讳，纵不是为厚植党羽，亦是惑于虚名。朝廷不明言其罪，已是陛下宽厚，念其多年辅臣之劳，顾念宰臣体面，其亦自知于此，遂请出外，陛下当全其志。"

这番话说得范纯仁、韩忠彦再无言语。

赵煦又问韩维："韩丞相以为如何？"

韩维知大局已定，只说道："还望陛下多念苏辙在宰府多年之劳。"

赵煦点点头，道："苏辙侍奉两朝，勤劳王事，不为无功，虽有小过，朕亦不以此小过而责大臣，然其既求去，亦全其德。如此，便罢苏辙户部尚书、参知政事，仍赏其功，本官转特进，以资政殿大学士知洪州。"

如此处分，相当于正常罢执政，众人都是无话可说，一齐顿首，称颂皇帝宽厚。吕大防与许将尤为高兴，吕大防在意的是苏辙出外极大削弱了石党的势力，而许将却是觊觎户部尚书的位置，苏辙腾出了位置，他取而代之的机会更大了。

而最高兴的则莫过于小皇帝赵煦，这还是他亲政以来第一次在与宰臣议事时掌握住局势，而且取得的成果更是他之前完全不敢奢望的——不但终于基本上决定了北伐的国策，还通过了让石越担任高太后山陵使、罢免户部尚书苏辙等重要人事变动，这也让他掌握住了接下来两府重新布局的主动权。可以预见，他对于两府宰臣的影响，只会越来越强大。

这也让他终于感受到了做皇帝的快乐！

此前在内东门小殿召见司马梦求、李稷等人时的愤怒、不安，这时候都一扫而空，结束崇政殿的召见之后，赵煦便即返回福宁殿。一路之上，所有的内侍、宫女都能明显感受到皇帝那种轻松与情不自禁的喜形于色。

回到福宁殿后，赵煦终于再也忍耐不住，对跟在身边服侍的庞天寿感慨道："朕承大统七年矣，未有如今日快意者！昔时读《汉书》，见汉高言'吾今日始知天子之尊也'，朕至今日，始知其意！"

第二十章

青袍学士

人有不为也，而后可以有为。

——《孟子·离娄下》

1

汴京城西，汴河金梁桥北，西梁院。

这是一座极不起眼的四合院，尤其是在豪宅林立的汴河两岸，西梁院看起来，就像是一户寻常小富人家的宅邸，就算是世居汴京的土著，如果不是就住在金梁桥附近，恐怕也绝对想不到，此处竟然会是兵部职方司的总部。

此刻，西梁院内的一间四合院内，兵部侍郎司马梦求正在埋头细读堆积如山的报告，而仅仅一墙之隔的另一间四合院内，职方郎中曹谌却是一副心不在焉的样子，时不时抬眼向着司马梦求所在的四合院方向张望——虽然他心里也很清楚，他其实是不可能看得见司马梦求正在做什么的。

但除此以外，曹谌其实也做不了太多事情。职方司郎中名义上是职方司的主官，然而因为司马梦求这个兵部侍郎的存在，曹谌倒更像是一名副使，职方司的决策、人事，乃至重大的案件，司马梦求可以说是事无不预，曹谌只能奉行而已。但他也无可奈何，司马梦求在这方面的经验、能力，远非他可比。而且在兵部，尚书韩忠彦与司马梦求有明确分工，兵部五司中，韩忠彦直管武选、兵籍、库部三司，司马梦求则掌管职方、驿传二司及讲武学堂。对曹谌来说，司马梦求不仅是现官，还是现管，他根本无力抗颉。

曹谌并不是心甘情愿做这个"副使"的，他虽然是外戚，但曹太后早已去世，便是与曹家有亲戚关系的高太后也同样已经逝世，曹家在宫中已经没有直接的倚靠，职方司郎中又是一个很紧要的衙门，因此，曹谌也希望能够有所作为，向皇帝证明自己的价值。出身世家名门，曹谌在许多方面还是颇有优势的，他从小就耳闻目睹，家学渊源，熟知本朝各种典故，兼之曹家是累世将门高第，曹谌不仅非常了解宋朝军队的运作方式，而且因为历代先祖的关系，在禁军之中人脉深广，还有与生俱来的威望——在宋朝禁军中随便找一个高级将领，都可能本人或者祖上曾经是曹谌某位祖辈的旧部，这种祖宗的遗泽也许再过一两代就会消失殆尽，但至少在曹谌这一代，依旧还是切切实实的资本。在极重阶级之法的宋军之中，禁军将领仍然会买曹谌的账。

然而事与愿违，曹谌在职方司的任上，却并不能施展拳脚。他虽然也从在职方司任职的前班直侍卫、内侍中笼络了一批亲信，却依旧远远无法和司马梦求的势力相比。相比司马梦求，他的优势不值一提，尤其是皇帝非常信任司马梦求，而且这个信任可能还在他之上。这让许多班直侍卫、内侍出身的职方司官吏都选择在他与司马梦求之间保持中立。

即使这一次安平事件，卫尉寺、职方司所有人都闹得灰头土脸，但曹谌还是能感觉得出来，皇帝对司马梦求的信任并没削弱。这种关系，让曹谌不自禁感到羡慕，甚至是嫉妒。不过，曹谌继承了祖辈的一些性格特征，尽管是名门望族出身，他也从不会骄矜自大，反而有着缜密谨慎的性格。在外人面前，他从不会表露出任何的想法。职方司乃至兵部的僚属，都觉得他和司马梦求的关系，完全是萧规曹随，甚至会觉得他对司马梦求过于顺从了。

老实本分、宽和厚道的外戚角色——这样的性格，本也是时人对于外戚的期待，而大宋朝的外戚之中，的确也不缺这样的外戚。所以，大家期望曹谌是这样的，也觉得曹谌就是这一类"贤良"外戚中的一员，这就是时下人们一般的想法。

但是曹谌自己是不甘于这样的角色的，这个角色的定位，表面上看是夸奖，但实际上隐含着身为外戚，只要老实厚道就行，不需要有什么能力。这是种无才便是德的侮辱。而曹谌更希望自己的才能受到认可。

这次的事件，曹谌似乎感觉到了一个机会，但这种内心深处的直觉，影影绰绰，似乎就在那里，却极难抓住。对于该做点儿什么，他始终是不得要领。

而隔壁的司马梦求，此时还完全不知道他的下属心里面的那些小心思，他也没有心思再关心其他的事情。自从内东门小殿召见结束后，这一段日子，他所有的精力都放在了对石越"左右之人"的调查之中。

司马梦求并不相信石越会有谋逆之心，为了安小皇帝之心，他甚至以身家性命作保，并且曾经承诺小皇帝，若安平之事果真是石越策划，他会亲自刺杀石越，再自杀谢罪。这个承诺，司马梦求也是绝对认真的，但他并不认为这一切会发生。

司马梦求对于石越的尊敬、信任，甚至可以说是爱戴、崇拜，是毋庸置疑的，没有掺杂半点儿水分。但同样，他对于宋朝的忠诚，对于两代皇帝对他的信任的感激，也是毋庸置疑的。他从未想过二者之间会有任何冲突，他认识的那个石越会是乱臣贼子？这样荒谬的事情，司马梦求想都没有想过。

这不过是奸贼的离间之计而已。他能够理解小皇帝的猜忌，身为皇帝，不可能要求他无条件信任臣下，尤其是在发生了安平事件这样的事情之后，否则那就不是宽仁，而是愚蠢了。皇帝并没有上当，对石越依旧表达了公开的信任与支持，平心而论，这样的处理就算得上相当妥当了。

但在司马梦求看来，石越还能为这个国家做更多，而为了让他能做更多，他需要小皇帝更多的信任。既然小皇帝能够如此信任他司马梦求，那么，小皇帝与石越之间，应该也有那个共存的办法存在——他并不天真，他知道小皇帝与石越这样宰臣之间有天然的矛盾，他只是认为值得去寻找那个共存的办法！

为此，即使是付出一些代价，也是值得的。

因此，他才向皇帝提出，要做这个调查。如果能彻底排除石越左右之人的嫌疑，那么石越的嫌疑，自然就消失了。这种调查，而且还是秘密调查，也许在别人看来，那简直就是异想天开，但司马梦求能够做到。

因为，这个世界上，没有人比他更了解石越的"左右之人"。

能够被石越托付去做这种事情的人，其实是屈指可数。潘照临、唐康、石鉴、陈良……也许还有范翔，最多再加上几个性格缜密的可靠家人。如果说石越真要干"大事"，潘、唐、石、陈四人竟然一个人都不曾参与，那岂能想象？

当然，实际调查的范围会更广，因为皇帝实际怀疑的，应该也是石越左右有人想图非常之富贵，因此河北宣台的一些谟臣，还有一些石越的西军旧部，也需要进行排查。但如果同时全面展开的话，他的人手就会严重不足了。虽然有一些调查，下面的人根本不需要知道在查什么，但重要的部分，还是需要精明强干并且绝对能够保守秘密的可信之人来进行，这样的人，在职方司可不算太多。而且他还不能全部抽调，循正常途径追查幕后主使也要同时进行，虽然希望渺茫，却也不能因此放弃。

所以，司马梦求只能一步一步进行，他首先要拟出一个让皇帝认可的名单来，然后按图索骥，逐个调查名单上每个人这一年内的行止，一一排除嫌疑。而优先调查的，就是潘、石、陈、范四人，以及一些石府下人的行踪。唐康乃至唐家的人，基本上都是不需要调查的，唐康在安平以及之后的表现，已经彻底帮他和唐家洗脱了嫌疑。

至今为止，初步的排查还是颇有效率的。

一些石府的家人，都建立起来了比较完整的时间线，值得怀疑的人都必然在石府有一定地位，这些人在朝堂上可能算不得什么，但在汴京一般百姓之间，却已然也是个大人物，他们这一年内干过什么，去过什么地方，见过什么特别的人，发生过什么特别的事，并不难查清楚。汴京毕竟是一座街坊邻居都极为热情而且好谈是非的城市，很多时候，职方司的吏人甚至不需要花什么心思，只要喝一杯茶，顺口一提，就有人滔滔不绝地将这些人祖宗三代的故事都讲给你听。

从初步排查来看，完全不出司马梦求意料，这些家人今年之内根本就没有人去过河北。石越在这方面相当谨慎，连家书递送都是用宣台的渠道，全是班直侍卫在送信，这既是他的特权，也是一种姿态。在外领兵，石越是很注重这些小细节的。

对陈良等人的调查也不算困难。陈良远在杭州，但他在杭州也是个名人，几名亲从官找到一些刚从杭州来汴京的客商委婉打听，可以确定陈良一整年都待在杭州西湖学院讲学，悠游度日。这一年之内，他纳了两房小妾，其中一个还是杭州名妓，添了一子一女，还在西湖边新置了一座园林，又耗费重金从益州引种牡丹，还邀请杭州名流举办了一次牡丹盛会，此外还两次拒绝了诸侯国的邀请，以及又替某个诸侯国出谋划策、牵针引线办成了某件大事，得到了若干让人羡慕的谢礼……

而石鉴与范翔就更简单了，宣台之内，本来就安插有职方司的亲从官，此外轮调回京的班直侍卫也有不少，这两人在河北基本不离石越左右，偶尔出使，也有班直侍卫跟随护卫，从未单独行动过。

唯一让司马梦求皱眉难断的，就只有潘照临了。

一份份整理所有关于潘照临的报告，司马梦求发现潘照临自从今年二月回到汴京之后，便又重新在汴京住了下来，这是绍圣以来颇为罕见的情况，因为此前潘照临一向是行踪飘忽不定，更是极少回汴京。这当然也称不上可疑，因为潘照临是石越最倚重的谋臣，今年是多事之秋，他在汴京出谋划策，也是情理之中。

而回汴京后这近一年的时间，潘照临中间也离开过几次汴京，但没有人知道他去了何处，只是他每次离开的时间都很短，可以猜测不会去太远的地方。他在汴京的时间，虽然不是深居简出，但也是半隐居的状态，很难追查到他去过哪些地方，见过哪些人，做过哪些事。但这同样也不能算是疑点，因为潘照临的身份与其他人不同，他既不公开活动，却又高高在上，够资格见上他一面的，都不是寻常人物，即使在韩维、范纯仁等宰臣的府上，他也是座上之宾，区区职方司的亲从官，不要说没资格去询问韩维、范纯仁这样的宰臣，就算如李敦敏这样的官员，也是绝不敢去打扰的。如此想要旁侧斜击打听到准确的消息，就要困难许多了。而且潘照临行事的风格一向就是神龙见首不见尾，他的行踪只有他本人才清楚，如今职方司的亲从官想要追溯，本来就只能靠着一些蛛丝马迹进行拼凑，不可能似其余人那样一目了然。

但稍稍让司马梦求有些在意的是，据他所知，潘照临应该是住在贡院附近蔡河畔的一座宅院，那是唐康送给潘照临的礼物，潘照临虽然没有正式接受，但还是暂住在那里。司马梦求也曾过去几次，那座宅子位置清幽，闹中取静，而且还带有一个布局精巧的小型园林，对这份礼物，唐康应该是颇费了一番心思的。除了园宅外，唐康还附赠了一众家仆使婢、马车马夫，以及一具名为"秋籁"的唐琴——司马梦求几次去见潘照临，其中一小半的目的，就是去看那具秋籁。

但是，根据他此刻看到的这些报告分析，潘照临在汴京城内应该还有别的居所，此外在城外可能也有居处。一名亲从官从那一带送报的报童口中得知，潘照临几乎每天都会购买当日的所有报纸，并且出手十分阔绰，而那位报童还在无意中发现，他的一个在戴楼门附近送报的小伙伴，经常也会卖给这位客人同样多的报纸！

职方司的亲从官们早已总结了一套经验，要调查一个人的行迹，每天会固定出现在各家各户门口的报童那里，总是有最多最可靠的消息。那些辽国派到大宋的奸细也许什么事情都不做，但一定会看报纸……潘照临肯定想不到，他的秘密就这么简单暴露了。

亲从官也调查了戴楼门那一处住所的房主，在开封府的档案中，那处房主登记在一个陌生人的名字下，而众多的被调查者则全都认定潘照临才是宅子的主人。这一切都显示，潘照临不想让人知道这处住所的存在。然而，根据调查，那个住所也没有女子、小孩，虽然经常有各色人物出入，却都不像是有官职在身的人。

亲从官调查了几个被确认经常出入那处住所的人的身份，结果让人惊异——这几人身份各异，有的是衙探、省探，有的是行会的牙人，有的则是写话本的落魄文士。更多的人，则是连身份都无法确认。

似潘照临这样的人物，结交三教九流并不算出奇，仅凭现有的线索，也说明不了任何问题。但是，司马梦求总有一种直觉，他反复阅读手中的情报，总感觉这些线索并不简单。

他感觉也许职方司的亲从官们，发现了一些不得了的东西。虽然未必与安平之事有关，但是，应该也并不简单。司马梦求是宋朝现有情报机构的创始人之一，因此他也非常清楚潘照临在这方面的贡献，实际上职方馆最早一批在辽国的细作，有一部分就是潘照临安插的，只是后来才被统合进职方馆。因此，他有些疑心，他是不是在无意中，发现了潘照临经营的情报网！

司马梦求绝不怀疑潘照临有这样的能力。然而，在职方馆与职方司创立之后，任何官员、将领私自组建情报部队在原则上都是不被允许的——若是边境长吏、守将触犯此例，枢密院一般还会睁只眼闭只眼，只要他们能自己设法解决细作的编制，舍得出自己的公使钱当细作的薪俸就行，枢密院也并不深究。但是，除此以外，任何官员，哪怕是宰臣这么做，也是极犯忌讳的。尤其这还明显是针对本国官员的，即使是宋廷本身，在这方面都是小心翼翼，生怕激起士大夫的反弹。

这也让司马梦求有些投鼠忌器，如果他的怀疑被证实的话，他不知道这是潘照临自作主张，还是得到过石越的授意。以司马梦求对石越的了解，至少从熙宁末开始，石越在这方面就相当谨慎了，到了绍圣年间，就更加小心不触犯任何忌讳。这也是合乎常理的,到了宰臣的地位,若还要靠着上不了台面的力量来维持自己的地位,其实是很无能的表现,因为在宋朝的政治文化中,这种行为即危险又无太大的好处。比如这种私下里的情报网,任何参与其中的人只要心中有所不满,跑到登闻鼓院一击鼓,就能彻底毁掉石越——这相当于石越主动送把柄给人以方便其在需要的时候勒索自己。

如果石越是那种一手遮天的权相,拥有这种上不了台面的力量还稍微可以理解一点儿,因为其后果也就是被人诟病,丧失人望,在史册上留下不光彩一笔。但绍圣年间是三党鼎立,做这种事就殊为不智了。

即使司马梦求还在石越门下的时候,石越也不曾做过这样的事情。因此他并不相信这件事情与石越有关。但即使如此,事情一旦证实,石越也还是很难脱得了干系。虽然现在表面上潘照临已与石越没有关系,但以潘照临和石越的关系,潘照临出了事,石越又怎么可能将自己撇得一干二净?

司马梦求心里面再次生出干脆将此事掩盖下来的想法,他又仔细检查了报告上的几名亲从官的名字,都不是班直侍卫与内侍出身,其中一人还是他从职方馆带过来的亲信,只要费点儿手脚,这件事情,完全是有可能装作没看见的……

如此想着,司马梦求拿起一份报告,放到了身旁的火盆之上,手掌感受着火盆传来的温热。司马梦求稍稍犹豫了一下,终于,还是一咬牙将报告扔进了火盆中。瞬时,火盆内的火苗猛地蹿了起来,不用多时,一份报告便化为灰烬。

烧了第一份报告后,后面的事情就简单多了,一份份关于潘照临的报告在司马梦求面前烧成灰烬……但是,报告中的每一个字,都刻在了司马梦求的心中,让他始终难以释怀。

潘照临究竟想做什么?绍圣以来,他已经退出了石越的幕府,这么久了,还维持着这样的情报网,究竟又是为了什么?还要继续任由他如此胡作非为吗?这件事这次是被自己发现的,下次难保不被曹诵或者其他人发觉,到时候连累的,还是石越……

各种各样的疑问纷至沓来,想得越多,司马梦求就越发感到潘照临疑点甚多。他心里面,甚至萌生起不好的预感来。

皇帝那边,潘照临的嫌疑也终究是要排除才能让其信服的,对潘照临的调查,并不能就此打住。司马梦求心中莫名生出一丝悔意来。看来，之后对潘照临的调查，必须由自己亲自指挥，甚至是亲自进行了。

火光映照在司马梦求紧锁着双眉的脸上，他暗暗做了决定——为了掌握主动，无论如何，他都要先将潘照临的事情查个水落石出。

2

数日后，北京大名府。

晴朗的冬日里，万里无云，淡淡的阳光照耀着这座河北名城，令整座城市都沉浸在一种明朗的严寒中，透出一种坚硬、洁净的美来。

但对此刻身在大名府的潘照临来说，他毫无心情去感受这样的景致。石越的行程比他预想要慢许多，他在大名府已经等了十来天了。这多少让他感到有些不耐。

他还不知道司马梦求正在暗中调查他，对于职方司对安平事件的调查进展，更是一无所知，他也不知道小皇帝在崇政殿召见众宰臣时的情况——他毕竟也没神通广大到事无不知的地步。但是，他现在掌握到的情报，便已经足够让他感到不安了。

这些日子，汴京朝廷中，以封赏有功之臣的名义，大除拜接连不断。

先是左丞相韩维罢左丞相，拜侍中、平章军国重事。然后是石越罢右丞相。虽然没有正式拜左丞相，但从罢右丞相敕书上的溢美之词来看，拜左丞相是板上钉钉的事了，只是等着石越回京就正式下诏。而接替石越拜右丞相的，则是枢密使范纯仁。

紧接着，兵部尚书韩忠彦拜枢密使，户部尚书苏辙辞相自请出外，枢密副使许将拜户部尚书，工部尚书章惇拜兵部尚书，工部侍郎曾布拜工部尚书，翰林学士安焘拜礼部尚书……接连不断的大除拜让人眼花缭乱，两府宰臣之中，竟然只有吏部尚书吕大防、刑部尚书李清臣、枢密副使王厚三人没有挪位置！其中王厚也是新除不久。

两府宰臣的变动是最引人注目的，但汴京朝廷的重要人事变动远不止于此。

翰林学士院也发生了大变动，除苏轼仍任翰林学士，安焘高升外，皇帝又新任命了英宗治平二年的状元彭汝砺为翰林学士，又以尚书左丞钱勰、新党干将蒋之奇出任翰林侍读学士。

而在钱勰腾出位置后，又让尚书右丞梁焘升任尚书左丞，召回张商英，让他出任尚书右丞这个极为重要的职务。此外，又任命有名的才子，熙宁年间修撰《两朝宝训》，绍圣间又修撰《高宗宝训》的林希为中书舍人，同时负责修撰《高宗实录》。

刚刚换了御史中丞的御史台也迎来大调整，安惇时隔十余年，再次被任命为侍御史，原来御史台中不少旧党的监察御史、殿中侍御史纷纷去官，离开御史台，前往地方上担任各州通判，而以刘拯为代表的立场偏向新党的官员，以及以贾易为代表的程颐门生取而代之，成为御史台中两股新的势力。

门下后省同样没能逃过这次大调整，原都给事中胡宗愈高升，出任太常少卿，而以三槐王氏第五代中颇有名望的王震接任此要职。三槐王氏乃宋朝名门世家，出过真宗朝名相王旦这样声名赫赫的人物，王震的叔祖王素也是历事仁、英、高三朝的名臣。但王震立场偏向新党，为吕惠卿所荐，熙宁年间曾经在中书习学公事，出任中书检正官，为变法立下汗马功劳，后来又出任过起居舍人等近职，熙宁末年始出外任职，如今风水轮流转，再次回到中枢，还出任都给事中这样举足轻重的官职。而副都给事中，则由弹劾刘挚立下大功的刑恕担任！

至于此外的各种任免除拜，更是不胜枚举。

这一次的人事调整，有如暴风骤雨一般，又猛又急，涉及几乎所有重要的机构，是熙宁、绍圣以来，变动最为剧烈的一次调整。即使是熙宁初年，新党初得志之时，也没有过如此剧烈的人事变动。

但这次剧烈变动没有激起值得一提的反对声浪，几乎是一帆风顺通过了。其中奥妙，便在于这次变动的"剧烈"，其实只是表面上的。

以两府的格局来看，表面看来变化虽大，实际上却只调整了两位宰臣，一个是本就准备致仕的韩维，一个就是自请出外的苏辙。得知苏辙出外的时候，包括潘照临在内，所有人都吃了一惊，以为皇帝在针对石越，但曾布拜工部尚书的消息马上化解这种怀疑。朝中三大势力，旧党范纯仁拜右丞相，吕大防仍任吏书，在两府中的势力可以认为是加强了；新党许将得到了期盼已久的户部尚书位置，不用说也是加强了；石党少了个户部尚书，却多了个左丞相和工部尚书，也是加强了。其余宰臣则都是游离于新党与石党、石党与旧党之间，要么升官，要么仍维持原职，并没有人利益受损，三党的势力格局也得以继续维持，难得的皆大欢喜，自然不会有太大的反对声音。

其余学士院、御史台这些次一等的核心官衙，虽然的确加入了一些新党，但原有的旧党纷纷升官，并非被贬逐，留任的旧党也依然占据优势，新任命的官员中也同样有如贾易这样的旧党官员，即使一些旧党官员对某些新任新党官员心存芥蒂，也很难找到反对的理由。现在三党至少在表面上还是合作的状态，总不能说这些官职只能旧党做得，新党便做不得。此外吏部尚书吕大防对于新党的暧昧态度，也对这些任命得以如此顺利通过极为有利，在崇政殿召见之后，范纯仁与吕大防之间，更是已经走到接近分裂的边缘，在这样的敏感时刻，旧党也根本不可能组织有效力量去阻止对这些新党官员的任命。

而且许多的官员，比如张商英、林希、刑恕，其实已经很难说他们是哪一党，张商英在一些人眼里其实是石党，另一些人则认为他是新党；林希和二苏、章惇都是好友，他被提拔很大程度是因为《高宗宝训》编得好；刑恕到底还是不是旧党，现在已无人说得清……这些人，只能说他们是小皇帝比较喜欢的那一类官员。此时的旧党连如安惇这样的新党复出都无强烈意愿阻挡，更不用说去针对这些派系难以判断的官员了。

自然，对于这种种内情，潘照临亦不能尽知，对于旧党在这次大除拜中的微妙变化，他也不明所以，但他依然敏锐地感觉到了隐藏在这次大除拜中的不利因素。

通过这次大除拜，两府、学士院、御史台、门下后省，小皇帝全部实现了"异论相搅"，尤其是旧党丧失对御史台与门下后省两个至关重要的机构的绝对控制之后，表面上是三党势力格局继续维持，实际却是小皇帝在一步一步收复自己的失地。从此以后，小皇帝有了更多的筹码，在面对宰臣时将掌握更多主动权，三党之间的互动也将因此变得更加微妙。

而重新起用安惇、张商英、王震等官员，则是小皇帝在更加明确地向外界释放信号——他想要有所作为，他想要积极进取！他已开始培养自己的人马。

小皇帝想要进取有为，这不是什么新鲜事，潘照临亦不在意。为了让小皇帝的志向得以实现，他还暗中帮过皇帝一把，操纵杨畏、刑恕赶走刘挚，打破朝中平衡，削弱小皇帝推行北伐之策时的阻力。

但如今看来，这个忙似乎帮过头了。小皇帝比潘照临想象的要聪明。在他原本的设想中，刘挚罢中丞后，小皇帝不会再将御史中丞的位置交到旧党手里，新党有机可乘，也一定会觊觎这个重要的位置，两党即使不撕破脸，也会为此来一番明争暗斗。而与此同时，旧党内部的平衡也会被打破，潘照临对算学、几何之学也是颇为精通的，深知三角结构才能稳定，两个巨头则难以平衡。旧党只余下吕大防与范纯仁，若吕大防地位比范纯仁高还好些，范纯仁性格温和，能居人下，可能二人之间的矛盾还要小些，但现实是范纯仁地位比吕大防高，如此性格温和反成为范纯仁的弱点，他的性格绝对无法让性格刚强的吕大防以领袖视之，如此，旧党内部的斗争也将不可避免。旧党势力若然分裂，而小皇帝为了进取之志，多半又会重用一些新党，这必然会招致旧党的警惕与反弹，但内部不团结的旧党绝对无法阻止新党的复兴，甚至会因此招致皇帝的反感，导致一些激进的旧党大臣被贬逐，这又将迫使旧党做出选择——他们将不得不重新巩固与石越的同盟，与其选择新党，不如选择关系更好的石党。这是一个再自然不过的决定。旧党无论如何，也会将石越推于北伐领导者的角色上。但这一次结盟，再也不是以前，因为石越的地位已然今非昔比，而旧党却再也没有司马光这样的重量级人物了……

这就是潘照临原本的如意算盘。

但现实大大出乎他的预料，首先小皇帝在新御史中丞的任命上，就让潘照临小小吃了一惊。御史中丞仍然是旧党接任，这让旧党对新党复兴的警惕感大为降低。而由此带来的影响，则是吕大防的态度完全出乎潘照临的计算。刘挚罢中丞后，吕大防的确将自己当成了旧党真正的领袖，并矢志要继续巩固旧党的地位，让大宋走在正确的道路上，但因为皇帝并没有对新党流露出过分的亲近，结果他反而将石党视作了最大的竞争对手！而潘照临更大的失算，则是他完全没有想到，吕大防会改变态度，支持北伐！

吕大防的这个态度至关重要，这让小皇帝有了充足的选择。小皇帝并非天生反对旧党，他只是想要积极进取，有所作为，而旧党一般会偏向保守、稳重，因此他不得不削弱旧党的力量。但如果旧党也支持北伐，他又何必要给自己找麻烦？

任何事物都是会不停变化的。这个世界上，几乎没有真正一成不变的东西存在。熙宁、绍圣年间所谓"旧党"，在仁宗庆历年间，曾经也是变法的"新党"，庆历新政就是旧党的变法。他们虽然失败了，但他们并不认为是自己的理念错了，而是归咎于朝中的权奸。终于有一天，他们都熬成了朝廷元老，宋朝也迎来了再一次变法的时机，他们本以为自己会有第二次机会，可以再来一次庆历新政，因此，在治平、熙宁初年的时候，旧党也曾经是希望改革的。但上天没有给他们第二次机会，宋廷走向了一条完全不同的变法之路上，于是，新的"新党"诞生了。正如在革命党的眼中，洋务派亦只不过是保皇党而已，因此，过去的改革派理所当然也就变成了"旧党"……但其实，所谓"旧党"的政治理念，基本仍然是以范仲淹的政治蓝图为基础的，只不过是略有修正调整，从无本质的改变。

但人类在观察别人的时候，总是会自觉不自觉地给别人打上标签，然后又用固有的标签去解读别人。

从富弼在熙宁初年对皇帝说"愿二十年口不言兵"开始，旧党给人的印象，便始终是对战争持极度谨慎的态度。人们早已忘记，其实当年庆历新政的内容也包括修武备，面对元昊来势汹汹的入侵，是范仲淹与韩琦几乎从无到有在陕西经营起了一支能战斗的禁军，虽然这看起来也没什么值得称道的，因为他们几乎打输了每一场战役，最后不得不坐视元昊建国称帝，与之议和了事。但从战略上来看，他们还是挫败了元昊入主关中的野心。而且，那个时代败给元昊的也不止范、韩，面对元昊，十六七万辽军铁骑也同样闹了个灰头土脸。不可否认，旧党中哪怕最杰出的人物，军事才能也相当有限，至少远远不及元昊，而且，惩于五代之弊，几乎所有的旧党人物对于武人都极不信任，防范猜忌之心甚强。但很少会有人去细想，这其实正说明了旧党在战争上的极度谨慎态度，是有极其复杂原因的。

人类是一个很容易产生所谓"路径依赖"的物种。比如对待战争，如果本身具备相当的军事才能，并且也曾经取得过一些军事上的胜利，在解决问题的时候，军事手段就会很自然地成为常规手段之一；但如果本身军事才能平庸，又不曾在这方面取得过什么成绩的话，那么，军事手段也会很自然地成为最后不得已时才会考虑的选择。

从庆历到治平，宋军那不甚光彩的战绩，很自然就会让旧党在对待战争时变得格外谨慎。再加上传统的民本思想的影响，反战主义在旧党中成为主流也就不难理解。

但是，从熙宁到绍圣，宋朝在军事上取得的胜利堪称辉煌。虽然人们在思想上的转变往往会困难而缓慢，尤其是在对西夏的战争胜利之后，宋军又一度在西南夷战争中折戟，这无疑也产生一定的影响，但是，安平大捷的意义是不同寻常的！

比起西夏，辽国对于宋朝是完全不同的意义。哪怕西夏最强大之时，宋朝的士大夫也从未平等对待过它，始终视之为一个臣邦。但辽国不同，辽国在宋朝士大夫心目中，却是一个平等的大国，而且还是一个在军事上占据优势的大国。

因此，全歼数以万计的辽国铁骑，对于宋朝每一个人心理上的冲击，都是难以形容的。

许多旧党君子在对待战争的态度上，早已发生微妙的变化，只是如果对他们不够了解的话，就很难觉察。因为他们慎战的态度是不会转变的，这是根植于思想深处的，就算宋军所向披靡，他们也不可能变成狂热的战争支持者。但是，避战、畏战、反战的思想早已烟消云散。而在很多时候，这种变化是看不出来的，因为避战、畏战、反战，在初期，肯定都是以慎战的名义出现的。

潘照临虽然精于细察人心，但是，在吕大防身上，他还是免不了被自己固有的印象欺骗。

而且，他再料事如神，也绝想不到会发生折克行自蔚州突围成功的事情。

大雪封山，又被耶律冲哥这样的名将以优势兵力围困，怎么看都是身处绝境，谁又能想到会发生这样的事情呢？

这件事情，无疑对吕大防如此彻底地转变态度，起到了很重要的作用。折克行的突围，不仅让吕大防觉得宋军北伐的胜算已经足以让他都感到极度乐观，而且在心理上，也是一个极佳的鼓舞。所有的儒家门徒都不会甘心任由所谓"天命"摆布，但同样，也绝对没有一个儒家门徒会完全不相信所谓"天命"。折克行的突围，看起来就像是一种"天命"，昭示着上天的旨意。

无论是否觉得荒诞，但这是切切实实会影响人的选择的东西。

便是潘照临本人，心中也不由自主地有一种感受到上天运势的感觉。高丽出兵他倒是可以料到，但折克行的突围，亦让他慨叹不已。

折克行得以从蔚州突围的真正原因，如今也已经清楚。虽然坊间流传各种传说，但潘照临已经从可靠渠道得知，这并不是因为辽国发生内乱。折克行突围之后，石越便急令河东章楶、种朴不惜代价探查清楚辽国发生了什么变故。章、种二人也并非真的无能，他们在得知折克行突围之后，便已马上挑选了几十骑精锐骑兵，深入辽国西京道打探虚实。虽然付出惨重代价，但也终于得到了可靠的情报。

原来，早在辽军南征之先，辽国统治下的克列、粘八葛部早有反意。克列乃阻卜之雄、北阻卜诸部盟长，信奉景教[1]，其新任酋长名为磨古斯，其人雄心勃勃，早有背辽自立之意，只因辽国强盛，两耶律之名威震草原，因此不敢轻举妄动；而粘八葛部同样也是塞北大族，之前就曾发动过叛乱，被韩宝征讨平服也没多久，其新首领名为秃骨撒，对辽国也只是表面臣服，心中仍怀自立之意，只是与克列部一样畏惧辽军兵威，才装出恭谨之态。巧的是，此部也同样信奉景教。

这磨古斯与秃骨撒，自辽军兴兵侵宋始，便暗中召集部属，准备叛乱。只是二人对辽军颇为畏惧，便打了个先观宋辽成败的主意。没想到结果让二人大感惊喜，看起来不可一世的辽军，竟然在河北吃了大亏，连韩宝这样让他们害怕的猛将都被割了首级。在二人看来，这无疑是千载难逢的机会。趁着辽军新败，磨古斯与秃骨撒歃血为盟，两部尽起精锐，大举东侵，兵锋直指辽国的西京大同府。此时辽国西京道内，耶律冲哥的注意力全在宋军身上，哪能料到会有克列、粘八葛之乱？西京道西部兵力空虚，被二部长驱直入，连西京大同府都差

[1] 景教，即基督教聂思脱里派。

点儿被一举攻克。幸好大同府也算是一座重镇,守将也是久历战阵,颇为得力,而克列、粘八葛部又不擅攻城,辽军总算没把这五京之一给丢了。但大同府也因此被克列、粘八葛部的大军围了个水泄不通。

宋军还在河北对南京道虎视眈眈,高丽出兵东京道,克列、粘八葛又叛乱围攻西京,辽国三面受敌。而无论如何,西京大同府是不容有失的,失了大同府,辽国就守不住西京道,西京道一失,南京道也守不住。权衡利益,无可奈何之下,耶律冲哥只得舍弃折克行这到嘴的肥肉,率部驰援大同府。但他到底是一代名将,知道绝不能轻易让宋军知道虚实,虽然撤离蔚州,却同时大布疑阵,让折克行以为辽军还在围困他,只是因为大雪不得攻城;另一方面,又派出兵马,在河东路边境做出佯攻之势,牵制章楶、种朴,并且封锁道路,彻底切断西京道与河东的联系,以防克列、粘八葛与宋军勾结。章、种本来就自顾不暇,被耶律冲哥这么一通虚张声势,更是草木皆兵,哪里会想到就在几百里外,大同府已是岌岌可危。而磨古斯与秃骨撒也并无与宋朝联系的意思,因为磨古斯对宋朝的防范、猜忌之心,较之契丹更甚。他二人的想法很简单,就是占据西京,迫使辽国放弃宗主权,与辽国割草原而治。磨古斯还妄想未来继续占据大同府,与辽国结盟,共抗宋朝。而秃骨撒的要求就更简单,粘八葛部世居草原西部,他对于西京没有半点儿野心,只要辽国放弃宗主权,承认粘八葛为独立之国,便心满意足。如此他便可以与西夏结盟,打回西域。秃骨撒虽与宋朝无利益冲突,也无防范宋朝之意,但也终不可能不顾及磨古斯这个盟友的想法。

结果,宋军就这么被耶律冲哥玩弄于股掌之间,耶律冲哥的主力早已返回大同府,与克列、粘八葛部交战,宋朝却一无所知,直到折克行穷途末路,终于决定孤注一掷,才戳破了耶律冲哥的虎皮。

此时宋朝还不知道磨古斯和秃骨撒的想法,还在商议派遣使者联络二部,但这明显不是一件容易的事。耶律冲哥对西京道的封锁十分严密,而且他的大军就在大同府一带与克列、粘八葛部对峙,使者想要进入克列、粘八葛部的军营,基本上是九死一生。这种出使任务只能靠自愿,目前为止,还没有人毛遂自荐,即使有,也不一定能成功。

但不管怎么样,磨古斯与秃骨撒的叛乱,都是对宋朝极为有利的。

这件事情,不但极大坚定了宋朝北伐派的决心,即使原本对北伐有所犹豫的人,态度也因此发生了转变。只有极少数的人,到这个时候仍然固执己见。

然而,这并非潘照临所希望的局面。

凡事过犹不及。

潘照临虽然希望宋朝北伐,但是,他希望的是由石越主导的北伐。理想的形势,是要宋朝君臣,尤其是小皇帝觉得,宋朝虽然有优势,但仍然需要石越去统率诸军,才有一定把握打赢北伐战争。

在此之前,一直是如此的局势。小皇帝虽然想要北伐,但他也知道需要石越才能有把握赢下北伐战争;态度犹豫的旧党就更不用说,如果不是由石越统兵,他们甚至不会考虑支持北伐;即使是新党,大多数人恐怕也认为还是需要石越统兵才可靠……

但现在,不需要什么情报,潘照临也已然意识到,形势发生了变化。

克列与粘八葛的叛乱,让小皇帝在北伐的事情不再那么需要石越了。如果说在此之前,小皇帝需要石越成为他北伐胜利的保障的话,现在,形势对于宋朝空前有利,他只需要石越不反对就行。

潘照临此时若能知道庞天寿带回去的安平事件调查报告的内容,他会有何反应?这着实让人难以猜到。但即便是现在这种状态,他也已经敏锐觉察到形势正朝着不利于自己的方向发展。

这让他的心中生出一种急迫感来。

事情仍尚可为,重要的是说服石越,如果石越能明确态度,断然支持北伐的话,小皇帝是绝对没有办法将石越轻易撇开的。

在大名府驿馆的住所内,潘照临反反复复翻阅着这十来日的报纸、邸报以及私密信件,在心里面一次又一次进行着推演、计算……眉间却始终难以舒展。虽然有诸多出乎意料之事,但在潘照临看来,这些其实都不算什么,再完美的计划都可能会有意外,他本也没指望能够一帆风顺,事情最困难的一环,始终还是石越!

在潘照临看来,很多时候,石越都不是一个主动的人,他需要有人去推动他。他这位主公身上有着太多的束缚,有时候,这是很好的优点,受到束缚并不见得是一件坏事,它能让人有节制,知进退;但有时候,这却是极大的缺点,它会阻止人迈出应当迈出的步伐。在这个时候,他有责任去推石越一把,迫使他前进。

但做到这一点并不容易。潘照临经常感觉到,石越所顾虑、所思考的一些事情,甚至是他都无法理解的。石越所担心的一些事情,甚至让他感觉到一种杞人忧天的荒谬。遇到这样的情况时,想要说服石越,就会变得异常困难。因为,要说服一个人,首先必须能够真正理解对方的所需所想,否则的话,终究不过是各说各话而已。

潘照临在心里面构思了无数套说辞,但始终没有一种是有把握的。

但他也无法放弃。

"先生……"潘照临抬起头来,看了一眼出现在门口的随从,"永文?"刚叫出对方的表字,他突然想起对方的任务,不由激动地站了起来,问道,"子明丞相到了?"

潘照临从未有过的失态让叫"永文"的青年愣了一下,才点点头,回道:"石丞相一行已至安平门外,大名文武官员皆已出城相迎。我已打听清楚,石丞相一行会在普照寺下榻。"

"普照寺吗?"潘照临沉吟了一下,便即说道,"那吾等便先去普照寺等子明丞相一行。"

3

不得不说潘照临决定先去普照寺的决定是十分英明的。尽管不曾宣扬,但燕国公石越一行抵达大名府的消息,还是很快传遍了这座河北陪都,大名府士民顿时沸腾了,争相出门要去看"左辅星君"转世的燕国公石丞相。石越一行经过的道路几乎被人海堵塞,虽然有大名府的公差与随行的班直侍卫开道,但潘照临仍然在普照寺等了快一个时辰,才终于见到石越的车驾。不过,也幸亏普照寺的住持与潘照临是旧识,向负责普照寺安全的大名府官员一力担保,他才得以进入普照寺,与一众僧侣一起等候石越的到来,否则,名扬汴京的潘潜光要见石越居然被挡在了普照寺外，传扬出去，那可真是要颜面全无了。

石越的车驾一到寺前，普照寺便山门大开，住持领着全寺僧侣在寺门之外列队相迎，潘照临亦随众僧出寺，便站在那住持身旁，等候石越一行的到来。

这样的场面，对于潘照临也是颇为新鲜的体验——他在石府虽只是一介谟臣，然石越待若上宾，他也自高身份，岂会轻易降阶出迎？就算是汴京满朝朱紫，也多闻潘照临之名，没有人敢如此轻慢于他。这一次如果他不是急于见到石越，待石越入住普照寺后再来求见，那也必然是石越亲自出门迎接他，而不是他在此迎候石越。

不过迎接石越的话，潘照临倒并不介意。与普照寺住持站在寺门之前，看着一队队班直卫士骑着高头大马迎面而来，在寺前分成两列而立，然后便是卤簿鼓吹，依次是清道兵吏、幰弩骑士、约二十名前部鼓吹，持麾、幢、节、槊的骑士等等，各有两班，并为先导，中间才是石越、李清臣所乘的两驾马车，皆是四马牵引，马车之旁骑马以备替换的驾士便多达数十名，全是由紫绣抹额的班直卫士充任，至于两侧簇拥护卫的班直卫士更是数倍于此。马车之后，又有散扇、方伞、后部鼓吹，以及持戟、槊、刀盾、弓矢等各式兵器的仪仗人员上百名，同样也是两班。队伍的最后，则是数百名身披钢甲、挟弓佩刀的骑兵。

如此一大队人马逶迤而来，远远望去，的确是大有威仪，亦无怪古人常见贵人车驾而心生羡慕，不由自主，便兴"大丈夫当如是"之叹。

石越、李清臣的马车直至寺前，方才停下。石越未及下车，骑了一匹白色河套马随车而行的石鉴已先见着众僧之中的潘照临，大惊之下，慌忙下马，掀开车帘，一边扶石越下车，一边在石越耳边轻语："丞相，潜光先生亦在。"

石越也是有些惊讶，抬头望去，果然见潘照临也在众僧之中，急忙下了马车，快步走到众僧之前，也不理会众僧行礼，对着潘照临笑道："先生别来无恙！"

潘照临终于见到石越，心中亦是不由一阵激动，但表面上只是微微欠身回礼，淡淡说了句："相公亦别来无恙。"

石越知他脾性，笑道："日前已知先生在大名，我早已吩咐石鉴，一到大名，便让他来请先生相见，先生又何必在此相候。"

潘照临此时脸上才露出一丝笑意，回道："相公大破契丹，为天下立下大功，某理当迎候。"

石越也不知他这话是认真还是开玩笑——此时李清臣也已下车,见到潘照临,脸上亦是露出讶色,他自是认得潘照临的,也快步过来,与潘照临见礼,问道:"潘先生不是在汴京吗?却是何日到的大名?"

对李清臣,潘照临礼数就周全许多了,认真回了一礼,道:"劳参政下问,在下本欲北上见子明相公,至大名,偶感风寒,遂在此相候。"

石越却半点儿也不信,对李清臣笑道:"邦直千万莫信,他必是料到我已南归,不想白白车马劳顿,才在此守株待兔。"

说笑之间,石鉴、范翔也过来见礼,又是好一阵寒暄,才由普照寺住持引导众人入寺。

寺中僧侣早已收拾好石越、李清臣居所,石越住的地方是一座独立的小院,本是用来招待富贵香客的,此时便收拾出来,给石越与石鉴等随从居住。这小院虽然简朴,倒也颇为清雅,住持引石越至室中奉茶,石越与他闲聊几句,他也便识趣告退,自去找李清臣求墨宝,紧接着,范翔、石鉴等随从也纷纷告退,房间之内,便只剩下石越与潘照临二人。

石越端起茶盏来,轻饮浅啜,潘照临亦端坐不语,只是静静看着石越。

沉默了好一阵,石越才终于先开口苦笑道:"先生之前来信,劝我支持北伐,又不辞劳顿而来河北,无非亦是为了此事。如今大局已定,朝廷北伐几成定局,先生应当可以放心了……"

潘照临嘿嘿冷笑,"果真如此,某亦不必急着来见相公了。"他望着石越,开门见山说道,"朝廷北伐不北伐是一回事,相公是否支持北伐,却是另一回事。便如相公所言,如今朝廷北伐几成定局,相公纵是反对,亦不过是让皇上不高兴,相公何不顺势而动,干脆支持北伐?"

"先生急着来见我,便是为此吗?"石越不由笑道,"某之前劝皇上不要北伐,如今又改口支持,反反复复,岂非小人?"

"吕大防此前亦不支持北伐,谁又敢说吕大防是小人?"潘照临反问道,"如今高丽出兵,且契丹又有克列、粘八葛之乱,形势今非昔比,相公改变态度,支持北伐,亦在情理之中。"

石越淡淡笑道："的确如此，可惜某之前劝皇上不要北伐的理由，却并未消失。"

潘照临听出他话中的坚持，不由皱了皱眉，道："相公又何必如此固执？某实在难以理解相公为何到今日仍要坚持反对北伐，如此除了让皇上对相公心生不满，更有何益？即便如相公所言，北伐是一场无意义的战争，但若战争本身已经没有意义，不能打赢的话，岂不是更加糟糕？为国家社稷计，相公亦当委曲求全，若相公支持北伐，则皇上必以相公为率臣，这场战争，至少不会有最差的结果。但若是相公一意反对，皇上也只能另委他人，届时若万一有不可言之事，相公悔之何及？"

这番话却甚是犀利，石越神情复杂地看了潘照临一眼，沉默无语。

如果仅仅是站在宋朝的立场上，潘照临的话是难以反驳的——不管石越之前反对北伐的理由是否成立，既然如今北伐之战已成定局，那么，不管怎么说，都肯定是打赢比打输要好。虽然石越也不能说自己担任主帅就一定能打赢，但至少也比别人胜算要高出许多。更换主帅不是那么简单的事情，以石越为主帅的宣抚使司，无论是宣抚使司内部，还是与诸军的关系，都已经经过战争的考验，彼此之间也建立起了一定的信任与默契，换一个人出任主帅的话，即使别的方面都没有问题，这些也需要从头来过。不要以为这只是细节问题，无足轻重，很多战争实际上便是输在这些不起眼的地方——正是因为这些细节没有处理好，才引起了其他导致战败的问题。

而且，石越若转而支持北伐的话，即使只是锦上添花，对小皇帝也是极大的支持。

因此，正如潘照临所说，石越继续主导北伐之战，无论是于公于私，都是最好的选择，石越不应当有继续反对的理由。尤其是石越在政治上，一直是个务实主义者。

潘照临并不知道，如果他不是在大名府等这么些时日，而是早一点儿北上见到石越的话，石越很可能已被他说服⋯⋯

正是从河间府南下至大名府的途中，让石越想清楚了许多的事情。

在河间府决定与李清臣一道南归的时候，石越已经有了初步的想法。那个时候，他认为继续北伐收复燕云，对于宋朝并不是最好的选择。虽然那是宋人自建国以来就梦寐以求的事情；虽然那是被割裂出去的汉唐故土，身为华夏正统的宋朝有义务有责任将之收复；虽然那也曾经是令石越都耿耿于怀的事情，也曾经是石越自己最初的理想与抱负；虽然那块土地被辽国割裂占据，一直被视为宋朝衰弱的一种象征，若能收复，意义重大……但是，石越还是认为，维持辽国的存在，对宋朝利远大于弊，而辽国的存续，需要山前山后诸州。现在的宋朝，实际上已经不需要幽蓟诸州来证明自己的强盛，那块土地对于宋朝，心理上的象征意义，已远大于实际价值。

即使是针对北方的防务来看，定都开封府的宋朝，以大名、河间、真定三府构建防线，虽然无法做到御敌于国门之外，但这种以大半个河北路为诱饵的收缩防守，实践证明也是非常有效的。与在雄州、定州沿边州郡构筑防线以求御敌于国门之外不同，以大名、河间、真定为基础的防线，能极大拉长敌人的补给线，缩短宋军的补给线，而且利用河北的纵深，还可以使敌人的兵力分散；反之，宋军却能聚集于几座坚城之内，兵力集中。只要这三城不失，也没有任何敌人敢于轻渡黄河，开封府京畿之地可以确保安全。宋军据坚城而守，在河北本土作战，有野战能力则可以图谋拖垮并歼灭敌人，即使没有野战能力，也足以保证河北不失、汴京安固。虽然如此构筑防线，一旦有外敌入侵，大半个河北就会沦为战场，代价也是极为惨重，但比起在雄州、定州等边州构筑防线，效果仍是要好太多。因为地形的原因，后者并不能真正御敌于国门之外，反而会使宋军补给线过长、兵力分散，如果敌人大举入侵，往往一击就破，反而使得敌人得以长驱直入，直接威胁到汴京——因为宋朝不可能同时在雄、定等边州与大名府防线都部署重兵。

而若收复幽蓟的话，从表面上看，对宋朝构筑北方塞防将非常有利，占据形势，据险而守，有大名府防线之利而无其弊，但这实际上同样有极大的隐患。守大名、河间、真定的话，宋军兵分三路，稍远的河间、真定为侧翼，不足以成为内患，而大名府离汴京又很近，宋廷能够很方便地控制大名府禁军。而且，大名府地处腹地，只要没有大规模的外敌入侵，平时宋廷可以将大名府兵权分给几名将领，使其互相制衡。但守幽蓟则不同，宋军兵力固然得以高度集中，补给也不需要千里转运，但兵权同样也会高度集中。其地离汴京又远，宋廷难以直接控制，再加上幽蓟是边郡，随时可能与外敌发生冲突，就算宋廷刻意分割兵权给几位将领，在不断的战斗中也极容易产生有威望的将领……有兵有粮有威望，兼之幽蓟在手，宋朝又不可能再在河北部署重兵——若是幽蓟主将滋生野心，将可以毫无阻挡地直下汴京，兵临汴京城外，动作快一点儿的话，宋朝君臣恐怕连仓皇出逃都来不及——或者说，即使幽蓟主将原本没有野心，如此有利的造反格局，也会鼓励幽蓟主将滋生野心。

于是，宋朝要么承受隔一段时间就发生一次安史之乱的风险，要么就要同时在大名府防线仍然维持一支与幽蓟守军相当的禁军。

也就是说，收复幽蓟之后，因为幽蓟地区特别适合拥兵自重、割据称雄，如果宋廷不打算迁都析津府的话，为了吓阻叛乱，宋朝在河北的兵力不但不能削减，加上幽蓟的守军，反而要翻倍！

但如果是这样的话，宋朝只要在雄州、定州一带再增加足够的兵力，同样也能令任何侵略者不敢轻易入侵。甚至，极端一点儿，将这笔钱省出来，宋朝完全可以沿现在的宋辽边境重新建一道长城——之前之所以没这样做，是因为辽国的压力，对辽国来说，宋朝营造长城无异于宣战，那是宋朝准备彻底打破军事平衡的战争行为，但今非昔比，现在宋辽之间的旧平衡早已打破，宋军不北伐辽国就谢天谢地了，辽国哪儿还敢对宋朝建长城说三道四？

北有长城，南有大名府防线，河北完全可以固若金汤，而且还没有叛乱的风险。

更不用说，经过安平之战后，如果双方能成功议和，即使宋朝什么也不做，辽国再次入侵的可能性，在几十年内都接近于零。

因此，所谓幽蓟能够有利于宋朝构筑北方塞防，其实只是一种虚假的期望。这是由宋朝立国的形势决定的——对于一个立都于开封的国家来说，说得到幽蓟有助于国家的安全，无异于一群羊说，得到了那只老虎的保护，我们再也不需要害怕那群狼了。

在石越看来，如果宋朝只是打算采取守势的话，幽蓟并无真正的价值，并不值得通过战争去夺取。幽蓟地区的价值，主要是象征意义上的，是心理上的。

又或者,如果宋朝对塞北及东北地区抱有进取之意的话,那么,幽蓟地区便至关重要了。

燕云诸州,究竟是对宋朝重要一些,还是对辽国更重要一些?其答案恐怕有些耐人寻味。

没有了燕云诸州,宋朝就难以如汉唐强盛时那样扬威塞北,但是,如果宋朝有一日亡国了,其原因,也绝对不会是因为它不曾拥有燕云诸州。

正是基于这样的理由,石越才决定要谏阻小皇帝北伐。

不管把话说得多么漂亮,在这个时代,中原民族都是无法真正控制塞北的,对塞北的策略应该是防止入侵,而辽国的存续,正好能够帮助宋朝实现这个战略目标。

这也是石越最初的想法。

是石越站在宋朝的立场上,得出的结论。

人心,的确是极其微妙的。

一旦下定了决心,要回汴京谏阻小皇帝北伐,石越便也有了即将下野的觉悟。又或者说,是石越已然觉悟到他与小皇帝的关系十分棘手,难以处理好,才令他这一次断然决定要谏诅皇帝北伐……许多事情都是这样,因果纠缠,无法分辨何为原因,何为结果。

但是,要离开权力中枢,不是一件容易的事情。虽然石越并不是想要真正归隐,他设想的是退居地方,却仍然能对朝政产生影响……但即使是这样,也是说起来容易做起来难。

从离开河间府开始,石越心中那种恋恋不舍的情绪,便日甚一日。

他甚至会不时想起关于项羽的那个笑话——韩信曾经嘲笑项羽,说他要给人爵赏时,官印拿在手里,翻来覆去,棱角都磨圆了,还舍不得给人。石越不禁感觉,自己竟然也有了类似项羽的心情,腰间的那方右丞相印,从未如此可爱过。想着很快将要与之永别,那种难以割舍的感觉,委实无法控制。

这种忽然兴起的情绪,让石越也感到荒诞、可笑,但是,那是真实存在的,他也无法自欺欺人。他会不时想起自己还有很多事业未能完成,还有许多抱负未能实现,心里面不时变得犹豫——自己是不是应该再妥协一次?如果转而支持北伐的话，或许，可以和小皇帝处理好关系？

虽然，即使这一次和小皇帝处理好了关系，也会是暂时的，他和小皇帝之间的矛盾从长远来看，是无法调和的，这涉及政事堂与皇权之间权力分配的斗争，以石越的威望与能力，只要他还在两府之内，权力的天秤就会非常不利于小皇帝。小皇帝迟早，也必然会想方设法赶走他，无非只是过程与结果难看不难看，是和平还是血腥而已……但是，虽然如此，石越仍然可以多赢得一点儿时间，不是吗？他仍然可以多获得一些时间去做自己想要做的事情，不是吗？

妥协仍然是值得的，不是吗？

但另一方面，石越在心里面也不断告诉自己，自己做出的是正确的决定。正确的事情，就应该坚持。

石越从来不抗拒妥协。

但是，妥协是一门艺术！

许多人并不是真正理解这句话，他们是如此理解这句话的——只要妥协了，就是艺术。

然而，事实并非如此。毛笔字是一门艺术，并不是说，提起毛笔随随便便写几个字，就是艺术。

妥协是一门艺术，是说要做好"妥协"这件事情是非常复杂与困难的。何时妥协、如何妥协、哪些事情可以妥协、哪些事情不可以妥协、向谁妥协……如此种种，须得将每一个细节都做得完美无缺，方可以称得上是妥协的艺术家。如果在不该妥协的时候妥协了，在不该妥协的地方妥协了，向不该妥协的对象妥协了，又或者妥协过分而变成了献媚，妥协不够被人误会为冥顽不化……如此种种，则便成了所谓"画虎不成反类犬"。

所谓政客与政治家之间的区别，其实也不过就是对妥协的理解而已。

石越的确经常妥协，与新党妥协，与旧党妥协，与皇帝妥协……但是，他所有的妥协，归根结底，都只是为了绕个远路以便更快到达目的地而已。

即使在熙宁年间，他也不曾以妥协的名义向赵顼献媚！

这一次他明明心里是反对北伐的，如果连试着谏阻都没有尽力试过，就因为害怕与小皇帝关系交恶，因为眷恋权位，就打算"妥协"……石越有一种感觉，如果他真这样做了，他将会彻底失去某一样东西。

某一样他绝对不愿意失去的东西。

于是，他就这样犹犹豫豫，一直走到了冀州。

他到达冀州的时候，正逢冀州在大做水陆道场，超度战争中死去的亡灵，一时间僧道云集。既然适逢其会，石越便与李清臣也在冀州停留了几日，一齐祭拜在战争中死难的军民。

便是在冀州停留的时候，一日石越途经某座小寺，见到寺内信众齐聚，在听一僧人讲经——自古以来，战乱之后，往往便是宗教兴盛之时，石越之前也有所闻，知道这次辽军刚刚退出河北，便已有不少大德高僧前来河北，收捡骸骨，念经超度，并妥为安葬，同时还为灾民看病施药，以此深得百姓信任。而河北官员也对此意见分歧，有些官员认为这是好事，官府理应予以褒奖鼓励，有些官员则担心这些行为会损害官府权威，甚或有邪教趁机传播，应当保持警惕甚至予以禁止。两派官员为此争吵不休，前者讥讽后者尸位素餐还杞人忧天，后者则说前者鼠目寸光养虎成患。官司一度打到宣抚使司。宣台之内，同样也是意见分歧，难以统一，结果石越也只是勉强压下，权且掩耳盗铃，只当此事不曾发生。

这次亲自遇到，石越心血来潮，便即停车入寺，旁听那僧人讲经。

让石越略略有些意外的是，那名僧人并不是多有名的高僧，讲的东西也极为普通，是佛经之中，最基础的"四念处观"。这"四念处观"，是佛教的一种修行之法，所谓"四念处"，指的是"观身""观受""观心""观法"，教人如此四念处的修持，而消除烦恼。

这些最浅显的东西，石越虽然对佛教并不十分了解，却也曾经有所涉猎，这些内容，此前也是知道的。但那个时候，知道也就是知道而已，并无什么特别的感觉，只觉得这和禅宗的"明心见性"或有渊源。仅此而已。

然而这一次，在这座冀州小寺中，听无名之僧讲最浅显的佛法，却是忽然之间给了他内心深处极大的触动。

他在那座小寺中听了许久的经，但那讲经僧人所讲的内容，他十之八九都没听进耳中，然而，他却确确实实有了顿悟的感觉。

那无名僧人讲的"四念处观"，并没有教给石越什么，却如同一道药引，让石越瞬间想通了一直困扰他的问题。

人们为何烦恼？

那是因为人们总是易于忘记自己的初衷。

这让石越意识到，若想要摆脱自己的困扰，最根本的办法，就是弄清楚，自己想要的究竟是什么？！

但这并不是一件容易的事情。

比起欺骗别人来说，人类最擅长的事情，还是欺骗自己。告诉别人自己想要的是什么很容易，但是，找到内心深处自己真正想要的，永远不会容易。

他首先便拷问自己，自己想要的东西是权力吗？

心里面马上浮出来的答案是否定。但是，那是真的吗？再次追问，石越便无法如最初那样信心十足。权力是个好东西，石越明白那种滋味，即使他不需要靠权力来欺压别人、获取财富，他的理想、他的抱负，也同样需要权力才能实现。而理想实现的那种满足感，是用尽世间的一切语言，都无法形容的。如果没有了权力，那么，恐怕想要实现什么，都会举步维艰。

需要掌握权力是为了理想，为了抱负，看起来倒是挺高尚的。但是，如果对自己诚实的话，石越也无法肯定，这是不是也是一种为了满足自己的权力欲而进行的包装？自觉或者不自觉地美化自己的行为动机，这原本就是再正常不过的人性。

但是，自己真正想要的东西，真的便是权力吗？

不管问多少次，石越也无法相信，或者绝不愿意承认他会给出肯定的回答。

每一个问题，皆是如是。

即使是关起门来问自己，即使是竭尽所能地对自己保持诚实，绝大多数问题也并没有确定的答案。

答案似乎总是在是与不是之间。

得不到令自己满意的答案，于是，石越又尝试着回到最初的时间，换一个方式来寻找自己的答案。

他试着问自己，他最初是为了什么？从熙宁二年的那个冬天开始，近二十四年的时间，他所做的一切，究竟是为了什么？

所谓"初衷",是为了什么?

他花了很多时间,认认真真梳理自己这二十四年的光阴,结果却是吓了自己一跳。

许多他认为自己从未改变过的东西,他认为至关重要的东西,其实,亦只是表面上未变而已,而内里,早已不知不觉变化了。

而他,却从未觉察,或者说,一直在视而不见。

二十四年,是非常漫长的时间,但石越并未忘记自己的"初衷",他能够轻易记得他在熙宁二年时的所有梦想,所有抱负!虽然他并不需要经常想起它们,并不需要这些东西时时刻刻给自己精神支撑,但是在内心深处,他一直以为这些都是让他一路走到今时今日的理由。因此,他虽然不会时时想起,却也不至于随便遗忘。

但这一次的自我审视,却让他猛然觉悟到自己与二十四年前的变化。

熙宁二年的石越,想要的东西是简单而又真诚的,简单得可以归纳为一句话——他想要保护宋朝!

因此,他竭力所能,想让宋朝变得强盛,帮助她击败西夏,希望她能收复燕云,不再重蹈那悲剧的命运。他将此,当成自己背负的使命。

二十四年过去了,至少在这件事情上,原本石越并不认为自己有任何改变。直到这一次,当他终于决定要从政治舞台的前台落幕,他才意识到自己的犹豫与动摇,他才决定认真地重新认识自己,正视自己的变化。

二十四年的时间,任何人都会发生变化。然而,大大出乎石越的意料,他发现,自己最大的变化,并非是有朝一日他其实也同样会变得贪恋权位,也不是他意识到自己其实异常在乎建立千秋功业、青史留名,如此种种……

他的初衷未改,他仍然想要保护宋朝!

然而,二十四年过去了,他对"宋朝"的解读,却发生了天翻地覆的变化!

熙宁二年的时候,他想要保护的"宋朝",是很简单的,就是这个国家而已。

然而不知不觉间,他心中的"宋朝",却早已发生变化。"宋朝"不仅仅只是他脚下的这个国家,它还是一种生活方式,一种文化,一种文明……

二十四年的时间,让石越意识到,他真正想要保护的"宋朝",更多的是文化象征意义上的，甚至是精神象征意义上的。

这个"宋朝"，难以言喻，很难明确地形容、解释，但是，懂的人，自然能够理解。

他熙宁二年想要保护的那个宋朝，自然也是其中的一部分，而且是最重要的一部分，是他真正想要保护的"宋朝"的载体，所谓"皮之不存，毛将焉附"，正是言此。

但那亦并非"宋朝"的全部。

宋朝固然是"宋朝"最重要的部分，西夏与辽国，也许没有那么重要，但同样亦是"宋朝"的内容。

石越已经很难弄清楚自己是从什么时候开始，有了这样的改变。也许是从他故意纵西夏西窜的那一刻？又或者，是从熙宁二年开始，这样的想法便已深藏心中，只是自己没有意识到而已。否则，他不会那么小心翼翼地对待每一件可能改变宋朝的事情。

改变宋朝的命运需要变化，但是，如果改变之后，宋朝不再是"宋朝"，那么，这一切又有何意义？

但不管怎么说，石越都很清楚，那个时候，他的想法并不如今日这么清晰。

他现在能确定的，只是不管是有意的，抑或只是受到潜意识的影响，当他帮助宋朝击败西夏，真正走向中兴之路后，他其实就已经在改变。他经营、布局，不再只局限于宋朝一个国家。也许，从那个时候开始，石越心底里就已经意识到，如果他在意的"宋朝"是一个文明，那他就不应该局限于汴京统治下的这个国家，理想的方式，应当是构建一个以汴京、以宋朝为中心的文明圈。

如此，他心中的"宋朝"，才能亘古长存。

因此，他才暗中支持西夏的复兴，才大规模地封建南海诸侯……

再加上受宋朝影响日深的大理、高丽、交趾，他构想的"文明圈"已然初见雏形，如果这幅地图上能添上北方的辽国，那么，他所希望的世界，基本上便可成形。

如果是站在这样的立场来思考，辽国的存续，便是至关重要的。在某种意义上，辽国是一个理想的国家——只要不解体，它就强大得足以让宋朝感到威胁。但是，因为它复杂的内部问题，尤其是它所处的特殊历史阶段，又让它再怎么样努力，也很难有能力对宋朝形成真正致命的威胁。它对游牧民族保持着自己的优势，并且被其视为自己人；但同时，其国内数量众多的汉人，又让它不可避免受到中原文明的影响，绝不至于脱离诸夏，彻底沦为蛮夷……换言之，现在的辽国，比起西窜西域的西夏，更加天然的就是石越所设想的"宋朝文明圈"的国家。如果不持续对西夏施加影响，西夏是可能异化的，但辽国不可能——只要辽国不失去燕云！

只要有燕地汉人存在，就完全不用担心辽国不受宋朝文化的影响。

那是一座天然的、稳固的桥梁！

从河间到大名府的这段路程，许多的问题，石越依然没有找到答案，但是，他的确确弄明白了自己之所以反对宋军北伐的真正原因！

他之前站在宋朝的立场上想出来的理由，也许都是成立的，但那不是真正的原因。真正的原因是，他已将辽国视为他构想的文明圈的一部分！他不希望辽国灭亡，甚至不希望辽国失去燕云。对石越来说，理想的局面，就是在安平之战的基础上，构建一种全新的宋辽关系。

当原本影影绰绰的东西变得清晰之后，一部分的决定，亦随之变得简单。

比如对于北伐的态度，石越便不再有任何犹豫。

但是，正当石越下定最后的决心，回汴京后要尽可能阻止宋朝北伐之时，折克行自蔚州突围的消息传来——这让石越意识到，即使是他，也已经无法阻挡即将到来的北伐。

既然如此，石越也只能接受命运的安排。但他绝不会转而支持北伐，甚至如潘照临所期望的那样，试图去争夺北伐的指挥权，哪怕这样的确会有利于他控制战争的走向。

大丈夫当有所为，有所不为。

正如石越若在心里面反对北伐，那么他哪怕多想继续做宰相，也不会为此改变立场；同样的，他也绝不会去谋取一场他不想赢的战争的指挥权。

虽然率领宋军打赢了几场战争，但石越并没有自大到觉得自己已经到了可以随意操纵战争胜负的程度。辽军虽然受到重挫，也不是可以随意捏拿的软柿子。

如果选择了战争，就必须竭力全力争取战胜——即使这样，也未必能够称心如意。

如果石越继续担任宋军的主帅，他绝不会故意去求一个平局或者什么，如果他抱着如此自大狂妄的想法，宋军一定会为此付出惨重的代价。这些事情，别人理解不了，但石越毕竟也带了这么多年的兵，不可能不知道厉害。战争之中，最忌讳的就是上下不同心，若宋军迫于实力，上上下下都一意求和，倒也罢了；若主帅想要求和，下面的统兵将校与士兵却想要锐意进取，这样的军队，是不可能有好结果的。

至于故意去输掉这场战争，那更是石越所不可能去做的事。

且不说宋军真的输掉这场战争也未必有利于建成石越想要的文明圈，即便可以，石越自问自己的内心也尚未"强大"到那样的地步。为了这样的原因，亲自让成千上万信赖他的宋军将士去送死？也许有些人可以做得到，但石越做不到。他宁可承受挫折，选择更艰难的道路。

不想赢，也不愿意输，更加不相信在这个时代有任何人可以做到随心所欲操纵战争的结果……世事有时就是如此，有时候，人们就会面对如此处境——无论怎么样选择，都不会有好的结果。

这个时候该怎么办？

每个人可能都会有不同的选择，甚至同一个人在不同的时间，选择亦会不同。

这一次，石越的决定是，如果自己暂时找不到一个理想的办法，那就不妨先退出这一局，让别人来试试。一个宏大的理想，不可能事事顺利，能够发展到现在，石越已经感到满意。这个地方受挫，那也不妨暂且避其锋芒，先在其余的地方努力，等到时机合适，再回过头，也许会发现，那时候有更好的机会。

这不算是一种有勇气的选择，但是，却不失为明智。

石越觉得，人生就是如此，有时候需要的是勇气，有时候需要的是明智。他不能保证自己的选择是正确的，但他相信自己做出了最恰当的选择。

但面对潘照临的质问，他的理由没办法诉之于口。

难道要告诉潘照临，他那个"文明圈"的理想吗？即使是潘照临这样的才智之士，恐怕也无法真正理解。在这个问题上，如果是王安石，时机合适的话，石越也许还相信对方可能理解自己，甚至认同自己。司马光大概也能明白自己在说什么，但多半会觉得他太不务实，因此绝不会认同他。除此之外，如果辽国的萧佑丹未死的话，也许有机会成为石越的盟友……

但可惜的是，石越认为这个世界上有可能理解他的三个人，全都去世了。

活着的人中，也许还有一个人会认同他——桑充国应当会认同自己，但石越永远不会对他说这些。因为他担心桑充国可能会将这种观念传播出去。那样的话，自己之前、现在、以后，一切对西夏、辽国的政策，乃至封建南海的国策，都可能被人以此为借口来重新审查。石越承担不起这样的风险。

4

潘照临一直是咄咄逼人地凝视着石越。

石越沉默了许久，才长叹了一口气，他没有直接回答潘照临的质问，只是委婉说道："先生有所不知，在得知苏子由罢参政的消息后，某便已经上表，向皇上举荐宣抚使司诸君……"

潘照临怔了一下，便立即反应过来，他神情复杂地看了石越一眼，"相公这是担心皇上有猜忌之意吗？"

"和先生说话，便可少了许多顾忌。"石越笑了笑，坦白说道，"苏子由这个时候罢参政出外，弦外之音，某还是听得懂的。虽然皇上又刻意拜子宣为工部尚书，听说某也将进位左丞相，然而，这又是另外的意思了。况且，某回到汴京后，即使拜首相，也是一定要出任太皇太后山陵使的……"

"那却未必……"潘照临皱眉说道。

石越却摆了摆手，打断了他，继续说道："先生不必多言，某若为首相，却不出任太皇太后山陵使，还像个人臣的样子吗？就算皇上不让我去，我也一定要去，这个道理，先生应当是明白的。"

潘照临亦不由默然。的确如石越所说，若他是首相却不出任山陵使，一定会被人讥为贪恋权位而不忠不孝，而且，在这个时代，这就是事实，并非别人冤枉他。不过，若石越此刻正以首相的身份出外领兵，那还是有充足理由让石相范纯仁代行的。但石越自然也明白这个道理，他既然不提这种可能，那就是表明了他的态度。

石越又笑道："况且，先生也应当知道我为何要在此时向皇上荐举宣抚使司诸君……"

潘照临点了点头，却没有多说话。石越的用意再明白不过了，大封赏刚过，此时的"举荐"，必然是说给宣台诸谟臣推荐新的差遣官职，这等于是石越主动解散了宣抚使司，是向皇帝表示他没有任何贪恋兵权的野心，同时也是在试探小皇帝的心意。而且，石越肯定也会故意给每个谟臣都推荐一个美官要职，这既是犒赏跟自己辛苦几个月的一众谟臣，也是在进一步试探小皇帝的态度。

果然，便听石越又说道："我向皇上推荐折遵正出任兵部武选司郎中，游景叔为尚书省左司郎中，何莲舫兼任侍卫亲军马军司都训练检阅使，范仲麟为扬州知州，高世亮为广信军知军，黄裳为舞阳县知县，何去非为枢密院编修所计议官……"

哪怕是事先有所预料，潘照临还是略有些惊讶，他望着石越："皇上都答应了？"

石越点了点头，苦笑道："不错，全部照准。"

潘照临忍不住还是追问了一句："连折可适出任武选司郎中都准了？"

石越点了点头，笑道："武选司掌管着五品以下武官的磨堪选任大权，武举亦由其负责，是兵部第一司，出任武选司郎中必须换文资，折遵正武资为正五品上，换成文资为正五品下，资序正好合适……"

潘照临却是不由得一声长吁，摇了摇头，发出一声苦笑："折可适越转定远将军才几天，便可做武选司郎中？看来，皇上已经做好相公不统兵北伐的准备了。"

说完，他又神情复杂地望着石越，连连摇头，叹道："可惜！可惜！"

失望之情，溢于言表。

石越不由问道："这又有何可惜？"

潘照临叹道："举数十万之兵，北伐幽蓟，收复汉唐故郡，此乃何等功业？！这是百余年来，天下英雄豪杰无不朝思暮想之事，相公二十余年之功，不正为此？

奈何事到临头，反失之交臂，与他人做嫁衣？"

他话中遗憾、失望，无不发自肺腑，说完这番话，整个人都变得十分沮丧。

见石越不以为然，他又说道："相公苦心经营二十余载，若得亲自率军收复燕地，亦可算功德圆满，他事又何足道哉？且于相公而言，不但可以趁机修好与皇上的关系，相公的声望，亦将达到前所未有的顶点，相公亦可当之无愧地成为大宋开国百余年来第一人……"

石越笑道："吾如今声望，亦已不低，月盈则亏，又何必做什么第一人？"

"非也，非也。"潘照临头摇得跟拨浪鼓似的，"相公莫要以为率军击退契丹，便如何如何。须知人心善忘而易变，假使有人收复了幽蓟，那么相公击退契丹的功业，相形之下，也就不过如此了。旁人不会记得相公击退契丹的艰难，反倒会觉得，这等事业，换成旁人也照样能成功。除非北伐失败，世人才会重新记得相公的功业。但以今日的形势，北伐又如何会失败？"

说完，他又怅然慨叹："可惜！北伐之事，皇上本是瞩意相公，以时势而论，除相公本也不做第二人想。然这等事业，相公不做，倒白白便宜了章惇、王厚辈！"

石越却是没想到潘照临会如此失望，竟至有几分失态。

他不由摇头劝道："先生又何必如此耿耿于怀？天底下的事业，难道要由我一人做完？况且常言道功高震主，某若真的继续出任北伐主帅，也未必是好事。"

见潘临照仍然是怏怏不乐，石越又说道："人贵知足，知足则常乐。某本来是反对北伐的，如今北伐已成定局，某不必再想方设法阻止皇上北伐，做那个挡皇上道、招皇上厌的人，其实便已是赚到了。再者说，先生以为我还能在两府待多久？市井小民，都知道一朝天子一朝臣，我原本也不可能一直做宰相，又何必在意这些虚名？"

这些话，石越一半是劝慰潘照临，一半也是说给自己听的。他看了看潘照临，又自嘲似的笑道："其实我也不是没有憾事，不过，我之憾事，却无关那北伐的功业……"

潘照临感觉到一丝希望，凝视石越，问道："却不知相公之憾事为何？"

石越摇了摇头，苦笑了一声，叹道："我自熙宁二年至汴梁，二十余年矣！这二十余年时间，也算是做了不少事业，亦帮着我大宋立了下一些规模，然便如古语所云——善始者不必善终，到底还是有一些要紧之事，我还没来得及做。"

"却不知是何要紧之事，在相公看来，竟比收复燕云更加重要？"潘照临带着几分不解，又带着几分不以为然地问道。

"这几桩事，在我看来，的确远比收复燕云更加重要。"石越没有理会潘照临语气中的讥讽，认真说道，"因为这些事情，涉及本朝的立国之本！"

"先生当知，我大宋立国，迥异于汉唐，然其中最为根本之不同者，却不过两件事而已。其一为汉唐建国，天子皆是与军功贵族及地方豪强士族共天下，而本朝却是与士大夫共天下；其二则是汉唐治天下任人，而本朝治天下专任法，我大宋自太祖、太宗皇帝始，天下之事，事无大小，一听于法，此亦与汉唐大异也。"

"而这两件事情，不但是我大宋的立国之本，更是天道运转使然，顺之者昌，逆之者必亡。譬如本朝与士大夫共天下，便是因为士大夫之兴起，乃天数。便如世人皆以为是汉武罢黜百家，独尊儒术，才使儒术昌盛，却不知至汉武之时，百家衰微，已是穷途末路，而天下凡识字之人，却皆是自儒生处启蒙，儒术大兴，本已是无可阻挡，汉武亦不过顺天应人而已。本朝之事，亦大抵如此，前唐开科举，已然打破门阀士族之垄断，至本朝，印刷之术昌盛，五经不再操之经师之手，天下英杰之士，无论贵贱，莫不戴儒冠、诵儒经、为儒士。当此之时，若人主不与士大夫共天下，则覆亡不过旋踵间矣。故我大宋历代重文治，亦不过是顺应时势而已！人主欲治天下而与天下英杰之士为敌，天下可得而治乎？此亦秦所以二世而亡也。"

"故此，当今之世，不同于古。今人主若不与士大夫共天下，则无论再如何聪明睿智，亦绝不可能保长治久安，宗庙倾覆，亦是迟早之事。然而士大夫治天下，亦有三弊！"

"此三弊，其一曰好议论，其二曰好结党，其三曰忌武人！"

"因其好议论，故本朝政事，凡有大更革，必集百官议之，不允于公议，则难以施行，而亦因此之故，又常因议论纷纷难定，延误时机，甚至白白荒废事业；因其好结党，故自仁宗以来，士大夫常以政见不同，各成朋党，互相攻讦；因其忌武人，故本朝以文御武，将从中御，武将地位卑下，军将无奋勇之心，每遇外敌，十战九败，遂成积弱之势。"

"此三弊亦并非不能更革，去弊存利。只不过是本朝与士大夫共天下，乃前代未有，故国家制度，自然亦不可能尽善尽美，遂有此三弊存在。然要去此三弊，亦非易事。我以二十余年之功，亦不过除其第三弊而已！"

"至于好议论与好结党，我却只不过是稍去其弊，远未根除。"

说到这里，石越又是长叹一声，继续说道："其实这三弊，当世有识之士，亦多有论及。如结党事，欧阳修作《朋党论》，便是尝试解决，此后论之者不绝。好议论一事，苏子瞻亦曾写文章论及，以为人君者，乃天下公议之主，理当以公议为是；大程更是曾经公开吁请朝廷设立延英院，延揽四方贤士，专门详定政事、讨论典礼[1]……"

"但总而言之，忌武人还有不少士大夫认为其弊不小，而好议论与好结党二事，士大夫却大多不以为弊，故此，想要更革，更加困难。熙宁年改制，我力主设门下后省，便是为了稍抑其弊。但真要说彻底解决，至今我也没有把握。"

"而且，此二弊亦并非我一人之力可以解决。这天下，说到底是士大夫的天下，若士大夫中未先有一定的共识，我纵然做再多的事，也只是徒然。但若能再给我一些时间，我仍然能够做一些事情。"

"比如大程延英院的设想，我便有一些构想，可以稍加修改，若能得以施行，应当能起到不错的效果，但如今朝廷既要北伐，我便是仍做宰相，亦难以进行大的更革。等到北伐结束，我也该差不多要罢相了，此事终究只能抱憾。"

石越苦笑着自嘲地摇了摇头，又说道："此外如本朝专任法治，与汉唐不同，亦有其因。苏子瞻言任人任法之利弊，谓任人而不任法，法简人重，任法不任人，则法繁人轻。某亦曾经编修敕令，深知本朝法令严密，远非汉唐可比，可称一事之小，一罪之微，皆有法待之，法严令具，无所不有。在本朝做官，不同乎汉唐，士大夫若不知条贯律令，则必为滑吏所欺，甚至与傀儡无异。士大夫中，亦颇有欲复汉唐故事者，然终不可得。盖因如今天下之大势，一趋于法，欲一切反之于任人，此虽天地鬼神不能易矣！"

"这并非因循苟且的托词。本朝之所以专任法治，实是因为本朝立国之势

---

[1] 苏轼与程颢之主张，皆为史实。按，世人皆以为自明末王夫之始倡立中国式议会，极少有人知道北宋程颢已有此主张。惜北宋亡国，中夏道统遂衰，南宋亡国后，更不堪言，有明一代，士大夫用数百年时间，方续上宋人道统。

与前代不同。本朝立国，不禁兼并，不抑商贾，商业发达，商税甚至重于两税，而坊市人口，亦远超汉唐，城市之内，不立坊墙。若说汉唐是以自耕农户为国家根本，自耕农户兴盛则国家强盛，本朝却并非如此，对大宋而言，坊郭之民[1]能否安居乐业，与自耕农户同等重要，甚至尤有过之。商业兴盛，坊郭人口繁滋，若不专任法治，那除非所有官吏皆贤明似圣人，否则天下必然大乱。是以本朝专任法治，亦不过是顺应大势而已。"

"但也正因如此，朝廷的一切条贯敕令，都并非深思熟虑后设计颁行，不过是施政之时遇到某事，事后便补上一条法令弥补。如此这般，全是东缝西补，因事而设，日积月累，遂成规模，号称严密，却并无章法。法令前后矛盾，互相抵牾者也所在不少。而且，大多数士大夫也并未真正意识到本朝与汉唐不同之处，极少有专门立法，以令坊郭之民兴旺，保障商业发展，大多数立法，完全是被大势推动，被动而为。即使是那些有利于商业之法令，立法之初衷，亦不过为了增收税收而已。"

"此外如本朝法制，州郡以上，已然远胜汉唐，然县以下，却仍旧因循前代，实际弊端，反又超过汉唐。其根本之原因亦在于此，因为州郡以上，坊郭之民繁滋更加明显，因应这种变化，司法制度亦不得不随之完善；而县以下，仍是汉唐之世，便依旧用汉唐之法。然汉唐各县，实为本县贤达自治，县令长吏多有贤士；而本朝英杰之士咸聚于州郡，朝中英才亦多居州郡为知州、通判，故此本朝县治，反不及汉唐。"

"这一切弊政，某早欲有所更革。熙宁间某所见不及于此，且既要调和新旧两党，又要解除西北边患，亦无暇顾及。绍圣以来，先有交钞危机，又是封建诸侯，好不容易安稳一阵，又遇辽国南犯，六七年间，竟然找不到合适的机会……如今更不用提。"

说到这里，石越凝视着潘照临，道："先生，平心而论，你不以为这些事情若能得到推动，不比收复燕云更加重要吗？"

潘照临神情复杂地沉吟了许久，他本是聪明绝伦之辈，也自负智计无双，然而，石越说了这么一大通的话，却都是他从未想过的。但以他的智慧，虽然

---

[1] 指城市居民。

以前虑不及此，如今听石越说出来，便也马上意识到，石越所说的，恐怕还真是切中宋朝的要害了。

他想起熙宁年间初见石越，他也曾经与石越讨论时弊，当时二人针对的是冗兵、冗官、冗费等等问题，二十余年来，对症下药，宋朝也的确达到了富国强兵的目的，在潘照临心中，的确是以为改革已经取得成功，宋朝已然中兴。

但二十四年后，再与石越一席谈话，潘照临突然生出一种感觉，他们二十四年的努力，其实也只是完成了一些初步的改革。当年所谓冗兵、冗官、冗费等时弊，其实可能只是表象而已。石越今日所说的，可能才是宋朝一切问题的根本原因！

也就是说，他们用了二十四年之功，却很可能只是完成了"治表"的任务而已！

石越和潘照临说了这么多，其实简单来说，他所讲的，就是宋朝正处在一个特殊的历史时期。这个时期因为知识下移、技术进步，导致了士大夫阶层、商人阶层、市民阶层三个阶层的同时崛起。其中士大夫是统治阶层，他们需要解决的问题是如何建立一个高效稳定的文官政府，而这着重要解决的就是与军队的关系、政党政治，以及如何兼顾公议与效率——因为这是前所未有的局面，此前宋朝的士大夫们都是摸着石头过河，在各个方面都做得不够理想，石越努力了这么久，其实也就是勉强为宋朝找到了文官政府与军队关系的那个平衡点，并且为政党政治充作润滑油打下了一些好的基础，没让他们一开始就把事情搞砸。

至于商人阶层与市民阶层的崛起其实是一件事情，虽然这是两个不同的阶层，但是如果没有商业的繁荣，城市居民的数量就不会大幅增长。如果说汉唐的统治基础是自耕农，自耕农不破产，国家的统治就能维系，那对宋朝来说，其统治根基却是由商人、市民、自耕农三者共同组成的，这也是前所未有的事情。汉唐也有商人与市民，但这两个阶层在国家的经济结构、人口比重中，相比自耕农来说完全是无足轻重的。但在宋朝，三者却已然可以分庭抗礼。

也正是因为这两个阶层的崛起，导致宋廷需要更多的官吏进行治理，治理自耕农与治理商人、市民需要的官吏数量是完全不同的，于是就导致了官员数量的激增。同时，这两个阶层的崛起，也导致了宋朝需要更多的法律、政策来解决新的问题。宋朝的法律非常繁密，而这些繁密的法令，基本都是一些临时颁发的敕令，遇到新问题就颁个敕令，然后过一阵时间就整理一下，从来没有系统性、规范性地立法,也没有真正有针对性、有目的性地立法。但就是这样,也基本上达到了一个法令相当严密的程度。宋朝的士大夫也都非常清楚,本朝就是重法令、任法,并且这种任法也不同于秦朝的任法,然而,他们却没有弄明白宋朝为什么要任法,为什么要讲法治?因为"任人"的政治,治理自耕农为主的国家,当然不成问题;要治理一个商人、市民阶层崛起的国家,却根本不可能做到。他们只是根据需求,被动做出了选择。但在这种情况下,法令的混乱也就可想而知。不但如此,一些士大夫还将这种混乱归咎于"任法"的国策,试图向汉唐盛世中学习成功的历史经验,结果自然只能进一步加剧这种混乱;还有一部分士大夫则坚定地相信自耕农才是国家强大的关键,试图将宋朝扳回到汉唐的成功道路上去,结果当然也是除了添乱以外不可能有任何效果;而即使是比较开明的那部分士大夫,他们大多也只是觉察到大势难以抵挡,所以消极地不做徒劳反抗,他们所做的一切,也不过是为了增加国家的财政收入而已。商人与市民阶层已经成为举足轻重的力量,但不只是士大夫,整个国家都完全没有做好接受这个现实的准备。

也因此,要推动这些方面的改革,比起石越之前二十余年所做的,要困难得多。

熙宁以来,宋朝进行的改革,在士大夫中间其实都是有共识的。主张变法的新党自不用说,旧党其实也同样想要变革,所谓"旧党",本身就是庆历年间的改革派传承下来的,旧党反对的只是新党的变法,他们与新党,只是在变法的方向、方式、程度上面有着极大的争议。如果从儒家的角度来说,新党主要是接续古文经学派的遗绪,旧党则主要是今文经学派的传承,儒家这两大学派从西汉斗到宋朝,虽然早已经不再泾渭分明,许多人都以为在宋朝已然没有今古文之争,但这持续千年的斗争,仍然在不那么明显地影响着宋朝的士大夫们。因此,对于变法,新党与旧党在思想根源上就存在着冲突。但是,无论对新党、旧党来说,三冗问题、财政困局、对外不振,这些都是他们想要改变的。需要变革的共识,在士大夫间还是普遍存在的,在哪些方面需要变革的共识,也是同样普遍存在的。

有了这两个前提,石越便有发挥的空间,小心翼翼地寻找双方都能接受的公约数,妥善处理与两党的人际关系,身段柔软一些,用上一些权谋,再加上一些运气，虽然并不容易，但终究还是成功了。

但二十四年后，石越指出来的这些问题，想要推动改革，却要困难得多。

即使在士大夫中间，也只有最优秀的那屈指可数的几个人，才可能已经意识到了这些问题的存在。连石越都是慢慢地、逐步地发现这些问题的，遑论他人？

思想上完全没有任何准备，在一些问题上，可以预见，士大夫中间会存在根本性的分歧，甚至是一边倒的反对。即使以石越如今的威望，想要变革，也不可能得到什么有力的支持。哪怕是所谓"石党"，石党之所以为"石党"，是因为他们认可石越的理念，但如果他们不认可、不理解、不接受了，一件两件事情，也许还会因为石越的个人威望惯性地支持，多了的话，这些人就可能不再是石党了。

但这些事情也不是完全做不成。如果是完全没希望的事，石越也不会有所遗憾。

绍圣七年虽然并非做这些事情的成熟时机，却也已然有了一些可供播种的土壤。

比如政党政治，经过几十年的发展，人们对于党派的存在已经习以为常，朝中党派的存在也已经半公开化。而三党的关系，也不是你死我活，只要能够构建出一种合适的理论，就可能推动政党政治再向前迈进一大步。

又比如法令，人们已经普遍接受"任法"的现实，而且都对繁杂混乱的众多法令感到不满，如果石越能够找到一个合适的机会，以解决法令混乱繁杂的名义，亲自主持修订一部法典，也不是没有可能来一次瞒天过海、移花接木，搞一次静悄悄的大变革。无疑，这需要相当长的时间，以及足够多的人才，靠着石越一个人，是编不成一部法典的。因此，若想做成这件事情，需要很好的时机，合适的外部环境，以及想办法得到一些重量级宰执大臣的支持……这并不容易，但不是没有可能。

而所有这些事情，只要任何一件能够做成，其影响都将无法估量。

虽然潘照临的认识不可能这么清晰、深刻，但如他这样聪明的人，对很多事情往往都有常人难以企及的直觉。只是凭着直觉，他就已经能意识到，这些事情哪怕做成一件，其影响都可能不逊于收复燕云！

一念及此，潘照临忍不住长叹一声，道："相公识见绝人，吾不如也。"

说完，又意味深长地说道："相公说的这些事情，我虽不曾查究，但也知皆是千秋万代之事。但其实这些事情，若相公统兵北伐，收复燕云之后，仍可做得。"

石越似笑非笑地睨视潘照临："不论我是否统兵北伐，先生真的以为北伐成功之后，我还能做得几年宰相？"

潘照临不由又是一阵沉默，他嘴皮动了动，想要说什么，但终究还是忍了下来。

石越又笑了笑，淡然说道："其实先生也知道，只要朝廷决定北伐，很多事情，便很难再有机会做了。北伐即使成功，收复了燕云，辽人也不会善罢甘休，北面的局势不会就此平静下来。而且连年大战，就算无事，也该休养生息一阵，这段时间，也不宜多生事端。恐怕转眼之间，又是十余年，十余年后，我岂能还在两府？"

潘照临看着石越，心中头一次这么犹豫难决，他很想趁此机会，向石越和盘托出自己真正的计划。但是，他看着石越，再三犹疑，到底没有开口。

石越并不知道潘照临在想什么，只是继续说着自己的想法："其实，这些事情纵然做不成，有点儿遗憾，也没什么要紧。这种事，便如同为人父母一般，做父母者，总会想着帮子女将所有的事情都做好了，子女只需坐享其成便可，但谁又说得清，这于子女，究竟是福是祸呢？一代人做一代人的事情，我这二十余年，算是勉强做好了这二十余年内该做的事，来不及做的事情，便当相信后继者自有其智慧。若没有这份信任，我便多做一两件事，亦没什么意义。"

"而且，在我看来，朝廷这次北伐，恐怕未必会如想象的顺利。如今劝谏皇上不要北伐已是无用，但等到辽国再打上几仗，久战无功之后，再劝谏皇上，便能听得进去了，顺便也能让辽人再吃点儿苦头，正是一举两得。到时候，若我还在两府，便与范尧夫一道，再花个三五年时间，为国家好好选拔一批人才，替大宋经营一个更好的局势，然后我也就可以安心告病，离开汴京了。我已经写信给唐甘南，托他帮我在杭州觅一处宅院，到时便可举家南迁，在杭州继续做我入仕前的事业，著书立说。"

"如我方才所说的事情，其实不做宰相，也同样能做不少事情。待告病南迁之后，我便召集一群儒生，一同探究思考，也许能够为士大夫治天下与任法治天下，提供一些适用的理据……如此，便算不在汴京，亦不算寂寞。"

说完，他又半开玩笑半认真地对潘照临说道："先生亦不必太过执着，我与先生相交二十余年，如今也算功业粗就，虽不能称尽善尽美，也足以无愧于此生了。先生何不效法子柔，多置良田美宅，娶几位娇妻，再生几个子女，尽享天伦？人生如朝露，又何须自苦如此？"

潘照临没料到石越竟然会劝他功成身退，学陈良一般享受荣华富贵，一时间不由愕然，过了好一会儿，才哑笑失笑，摇头笑道："陈子柔大智若愚，其实比我要聪明得多。不过人各有志，他那样的日子，我终是学不来的。"

话已至此，潘照临也知道他这次来见石越的目的已经失败，再多说也无益处。虽然过程有些出乎潘照临的预料，但这个结果他其实也早有心理准备。因此，他心底里，倒也并不算多么气馁。他筹划已久的计划，更不可能就此放弃——实际上，与石越的这番交谈，反倒让潘照临更加坚信自己要做的事情是正确的。

石越虽然已在筹划着退隐的事情，但潘照临并不相信事情会如石越设想的那样发展。所谓形格势禁，最终，石越仍将不得不回到他所计划的轨道上来，只不过换一种方式而已。

因此，潘照临便也闭口不再谈北伐的事情，只是与石越叙些汴京、河北的趣闻轶事，便仿佛这根本就不是他特意前来河北会见石越的原因。

第二十一章

明诏北伐[1]

> 九世犹可以复仇乎？虽百世可也。
> ——《春秋·公羊传·庄公四年》

---
[1] 出自刘敞《万卷生》："莫笑青袍学士老，太平能颂连中弦。"

1

绍圣八年正月。

"朕荷皇穹之眷命，守列圣之丕基，于兹八年，常思安民息战，每戒边臣，勿侵外境，岂黩武以穷兵者哉？而契丹不遵道理，背盟弃义，侵我边州，深入封圻，涂炭生民，故天所以厌之，今已遣上将，分路致讨，终麾貔虎之威，大破逆虏之众。而辽主尤无愧悔，仍怀侥幸。幽燕奥壤，本中华故地，自五季石氏割赂，契丹盗据一百五十余年矣，朝廷顾澶渊、熙宁之誓，守此信书，不忍兴兵，蠢兹邻敌，乃谓之当然，辄背世盟。朕闻春秋以王者大一统，先帝遗诏，亦以幽燕未复为憾。今朕顺天应人，整饬师徒，兴师北伐，恭行天讨，以扫边民之积耻，雪中国之世仇，收复幽燕，以正封疆，凡尔众多，宜体兹意。幽燕黎庶，皆我汉唐遗族，应大军入界，当安抚百姓，不得误有伤杀，不得发掘坟墓、焚烧庐舍、斩伐桑枣、掳掠人畜，犯者并斩；契丹文武官吏，若有识机知变，举众来降者，即以本任授之，仍加优赏；军镇城邑乡村民户，待幽州平定日，皆免二税外一切无名科率，耶律氏若能率其徒属舆榇[1]军门者，亦当以王礼待之。布告中外，咸使知闻。"

汴京城西，新郑门。连接着大宋朝东西两京的官道，便是由此门开始，蜿蜒向西，经数百里，最终抵达到西京洛阳。这也是大宋朝最重要的一条官道，大宋朝虽然共有四京，但在政治地位上，无论是北京大名府，还是南京应天府，都无法与西京河南府相提并论，更不必说首府东京开封府了。而且，这条官道，不仅连接着宋朝两个最重要的政治中心，它还经过一个对于宋朝来说非常特殊的地区——巩县。

在那里，有着大宋朝自宋太祖以来所有帝后的陵寝。

宋朝每一位帝后，在死后，都会沿着这条官道，前往他们的永眠之所。

因此，宋廷对于这条官道的修葺维护，可以说是不遗余力。熙宁十八年高宗赵顼驾崩，虽然其时宋朝财政极为拮据，赵顼的丧葬费用不过六十万贯，但

----
[1] 舆榇，本意是载棺以随，引申为决死或自请死罪。

山陵使司马光还是从牙缝里挤出了一些钱来，给桥道顿递使韩忠彦修葺道路桥梁。似乎是预感到自己时日无多，绍圣间垂帘听政的太皇太后高滔滔，在执政期间虽然躬行节俭，不治宫殿，但在她执政的七年之内，只要朝局财政稍有好转，便总会挪出一些钱来，用于修葺这条道路。

高太后此举的确颇有先见之明，绍圣七年她驾崩之际，正逢宋辽激战正酣，宋廷甚至腾不出手来办理她的丧事，只能让她先停柩大相国寺。安平大捷之后，宋朝虽然取得了阶段性的胜利，但是，东方的战争并没有战败者赔款的传统——无论战争的结果是赢还是输，都意味着国家财库的大缩水。败了自不用提，即便赢了，单单是犒赏三军的费用，便足以让许多统治者肉疼。比如这一次的安平大捷，宋廷单单是赏赐、抚恤河北将士的费用，便高达数十亿文。再加上战争的巨额花费，以及还要为接下来的北伐做最低限度的储备，宋廷自绍圣以来六七年时间的积蓄，基本上已被消耗一空。在这种情况下，宋廷根本就掏不出高太后的丧葬费用。而高太后在去世前也留下遗诏，宣布她的丧葬诸事一切从简。

高太后留下这样的遗诏，很大程度上自然是因为她去世之时，宋辽的战争并未结束，她垂帘近七年，对宋朝的家底心知肚明，因此才主动留下这样的遗诏，以免给赵煦造成困扰。如果她能够预料到，在她去世后没多久，宋军就在河北战场取得了决定性的胜利，而赵煦却雄心勃勃地准备继续挥师北伐——若这一切她都能事先知晓，不知道她是否还会留下如此遗诏。

这个答案已然无人能知。不过，有关高太后葬礼的发展，却也同样出乎许多人的意料。不少知晓宋廷家底的大臣，都以为小皇帝赵煦会为了北伐顺水推舟，从简办理高太后的葬礼，许多人私底下预料高太后的丧葬费用不会超过赵顼的六十万贯，甚至可能更少。但结果让他们大吃一惊，小皇帝赵煦大笔一挥，竟然拨出了二百万贯的巨款，来操办高太后的丧事！

以常情而论，赵煦要隆重操办高太后的丧事，也是情理之中的。因为高太后毕竟只是他的祖母，中间隔着辈分，一个人若由父母带大，乃天经地义，但若由祖母带大，就理当格外感恩一些，这是天理人情。此外，高太后曾经垂帘听政七年，不论功过如何，这总是一件颇为敏感的事，赵煦既然亲政，不管他是打算以稳定政局为重，还是想要释放出新的风向，都有必要表明他对于高太后垂帘这七年的态度——高太后的谥号、丧事的隆重程度，都是能够传递清晰的政治信号的。如果赵煦真的遵照高太后的遗诏，简陋办理高太后的丧事，也必然会引起朝野反弹，诸如"不孝"这样的罪名，恐怕就会扣在他的头上；甚至于国史馆的史官那儿，也免不了会有些"微言大义"出现在史册上；那些服紫佩金的大臣中，也免不了有一部分人要被史臣拉出去替皇帝背这个黑锅。但绝大部分的大臣，都是不希望自己背上这样的名声的。而为了避免这样的事情发生，他们通常会做两件事——上表表明自己的立场，然后将奏章到处宣扬，在公共场所大声议论；甚至，为了更加保险一些，他们还会悄悄保留下有关的奏章、书信，甚至干脆就私修史书，藏在家里，等十几二十年后，再让子孙公布出来。总而言之，在宋朝是不存在愿意主动替皇帝在史书上背黑锅的"忠臣"的。有钱北伐，没钱给高太后办葬礼，在中国的传统价值观中，也绝对是难以让人认同的。赵煦既不想为了这件事被人议论——不论是生前还是身后，背个不好的名声，也不愿意在北伐大局已定的情况下横生波澜，所以，他也只有打肿了脸充胖子，大办高太后丧事。

　　为了筹到这笔治丧的巨款，赵煦想尽了一切办法。他考虑过节省宫禁开支，但宫禁开支从高太后时代起，就已经节省到无法再削减；他想过要增发交钞或者盐债，结果才露出一点儿口风，就遭到激烈反对，只好放弃此想；他甚至悄悄找到刚刚晋封的燕国大长公主，也就是温国，想以私人的名义借钱，却被温国嫌弃地拒绝——温国完全不相信他的偿还能力……

　　最终，还是户部尚书许将帮他渡过了这个难关。

　　在许将的建议下，赵煦将汴京左右厢店宅务管理下的数百段空闲"舍地"，也就是宅基地，以及一千多间空闲、损坏官屋全部拍卖，筹到了约二十万贯；又以在京店宅务的利润为抵押，和钱庄总社谈妥了一笔为期十五年，年息一分的一百八十万贯的"低息"贷款——从熙宁十年每年上缴利润超过二十一万贯后，在京店宅务的利润一直稳步上涨，如今已经稳定在每年三十万左右，每年偿还本息二十四万贯左右绰绰有余，对钱庄总社来说，这是一笔风险极低的生意。

　　但在绍圣时代，许将和钱庄总社谈成的这笔生意，绝对称得上是一个惊世骇俗的创举。此时无论是官府、钱庄还是私人放债，时间通常是几个月、半年或者一年，三年就是极长的周期了，十五年的贷款周期，这几乎是普通钱庄无法想象的事情；而且这个时代贷款风险很高，贷款收不回来的事情很常见，因此贷款利息也很高，正规钱庄通常是二到三分的年息，民间私人借贷利息更是高达五分、七分乃至一倍。所以，当年王安石推行青苗法、市易法，规定官府给农民、商人二分息的贷款利息，结果却因为和市场利息相差太大，导致出现大量腐败。经手的官吏一面不甘心让好处被农民、商人得到，于是私自提高利息，赚取差价；一面又要完成上级规定的贷款任务，加上官府主导的放贷事业如果出现亏损会影响到官吏考绩，为了保证贷款能顺利收回，这些经手官吏就强迫放贷给那些不需要贷款的农民与商人，导致他们背上沉重的利息包袱而破产——在某种程度上，王安石的变法就是被这两分的"低息"贷款给弄得乌烟瘴气的，而许将却能和钱庄总社谈成一笔一分年息的长期贷款，对大宋的钱庄业来说，无疑是投下了一颗重磅震天雷。这甚至导致了一些御史上章弹劾许将，指责他压迫商贾，败坏皇帝的名声，在许多人看来，这根本就不可能是一次正常的商业贷款。

为了洗清嫌疑，许将主动请两府宰臣召见钱庄总社周应芳等人查问，最终证明他的确没有任何强迫行为。钱庄总社同意这笔贷款固然有讨好皇帝与新任户部尚书的因素，但主要还是出于商业考虑，因为有盐债的成功先例在前，钱庄总社将这笔贷款当成一次小规模的定向盐债来对待。在钱庄总社看来，在风险极低的情况下，这么大规模的贷款，一分的年息已经是一笔很不错的交易，更不用说这笔贷款带给钱庄总社的其他好处——有实力给皇帝和户部尚书放贷，这无疑更加巩固了钱庄总社在大宋钱庄心目中的地位。

这次成功的操作，也让新任户部尚书许将很是出了一番风头。虽属牛刀小试，但他的理财能力也因此得到了自赵煦以下朝野的认可。

成功筹到治丧费用后，赵煦就开始大张旗鼓地兴办高太后的丧事。

当时仍在回京途中的石越对高太后的丧事也显得非常热衷，他还没到汴京，就迫不及待地上表主张尊谥高太后为"宣仁圣烈"皇后。宋朝自宋真宗开始的传统，凡曾经垂帘的皇太后，谥号为四字，同时皇后谥号要冠以帝谥。高太后是宋英宗的皇后，英宗是庙号，他的谥号是宪文肃武宣孝皇帝，后加谥"体乾应历隆功盛德宪文肃武睿圣宣孝皇帝"，其实就是宣帝。高太后的四字谥号，除"宣"字是继承自她的丈夫英宗，其余三字，所谓"扬善赋简曰圣""有功安民曰烈""秉德尊业曰烈"，"圣""烈"二字都是美谥，也是恰如其分地说明了高太后的执政风格与功绩，但最核心的那个字，则是谥号中的第二个字"仁"——宋朝帝后谥法，皇帝最核心的谥号是倒数第二个字，皇后最核心的谥号却是正数第二个字。中国传统中，"高文武宣明"是皇帝最好的五个美谥，"仁"字本不在谥法之列，因为谥法传承自周公，而"仁"却是孔子才开始提倡的儒家核心价值。到宋朝，历史上第一次以"仁"为庙号，但宋仁宗的谥号其实是"明帝"，而石越又是第一次将"仁"当成谥号，追尊高太后。

在儒家的话语体系中，"仁"字毫无疑问是极高的评价。石越的奏章一到汴京，立即就受到范纯仁、吕大防等人的热烈响应，汴京舆论对此尊谥也是反应积极，一些人甚至在报纸上称颂高太后是"女中尧舜""千古第一贤后"。

面对朝野如此氛围，赵煦虽然内心颇多腹诽，也只能顺水推舟，接受石越的建议。而这表面上君臣和谐、母慈子孝的一幕，却让一种微妙的气氛在汴京朝廷中蔓延。

许多人仅仅是透过石越给高太后上尊谥表，就已敏锐察觉到他的去意——石越如此襃扬高太后，未来又岂能不做高太后的山陵使？

但赵煦仿佛什么也没有察觉。

绍圣七年年末，当石越和李清臣终于回到汴京之时，赵煦给石越举行了盛大的欢迎仪式，虽未如传闻一般天子亲自出城郊迎，但规格已是大宋建国以来最高——礼部尚书安焘亲自至陈桥驿相迎，右丞相范纯仁与枢密使韩忠彦则一同率文武百官在汴京城北的长景门外出迎，而赵煦在文德殿升殿，接见石越，拜石越为左丞相。至此，石越的官爵已至人臣之极，其余更高的官职，都是为致仕、罢免的宰相准备的荣衔了。

而石越所受的拥戴，更是前所未有。他自长景门入城后，汴京外城从长景门到内城的丽景门，内城从丽景门到皇城的宣德门，街道两旁，挤满了前来欢迎的汴京士民。当日，拥有过百万人口的汴京城竟然万人空巷，汴京市民倾城而出，石越所过之处，热情的汴京市民一边高喊着"石相公"，一边漫天抛洒鲜花。因为正值寒冬，鲜花极为罕见，汴京城内外的梅花几乎被摘采一空，如此尤嫌不足,人们又用绸缎裁剪成各色花朵,和清香沁鼻的梅花一道抛洒……汴京上一次出现这样的盛况,还是清河郡主下降。

然而,面对此情此景,石越既无过分的得意与喜悦,也没有丝毫的惶恐与不安。他坦然享受着这应属于他的荣耀,也准备好了面对接下来的变化。

他返京拜左丞相的次日,赵煦和向太后又一道亲临新赐的左丞相府——这是一座位于汴京内城的御街东侧、毗邻州桥与汴河的宅院,是赵煦在一天前赏赐给石越的。御赐的左丞相府占地不过六宋亩左右,规模不算特别宏大,但庭院的建筑、园林皆由宋朝最优秀的工匠设计、建造,由汴河引活水入宅,开凿溪池,围绕溪池布景,临水构筑园林建筑,而植株则以松、梅为主,从各处移植老松七棵,梅树数百株,使得整座左丞相府清雅古朴、秀若天成。更难得的是,这座府宅地理位置极为优越,墙外是车水马龙,热闹非凡的州桥、御桥与汴河,而墙内却有蕉窗听雨的清幽静美。至于钟鼎之家的显赫之处,就更不用提,自正门的"左丞相石府"门匾,几乎所有的建筑匾额,都是赵煦御笔亲题。

赵煦和向太后亲临后,又是大肆赏赐,除了韩梓儿晋封燕国夫人外,向太后更是收石蕤为养女,因其年方十五,尚未出阁,依宋朝制度,以二字美名为封号,封为嘉乐长公主——这额外殊恩,完全超出了石越夫妇的意料,饶是石越已然宠辱不惊,对此也是又惊喜又感激。对石越而言,这无疑是对他所有封赏中最宝贵的。

石蕤获封嘉乐长公主,也震惊了整个大宋朝,有人欣慰,有人嫉妒,但石越此时正如日中天,倒也没有太大的反对声音。有个别大臣为此上章劝谏,但被向太后一句"此吾家事,干卿何事?"便封堵了回去;而赵煦则对反对的大臣解释:"石相公女性情肖似延禧长公主,太后欲收养久矣。"

延禧长公主是向太后所生的长女,甚得高宗与向太后宠爱,不料十二岁即夭折,追赠为燕国公主。[1] 向太后没有亲生的子女在世,赵煦说石蕤性情与延禧相似,向太后思念爱女,爱屋及乌,欲加收养,也是让人难以反对的事。

这件多少有些惊世骇俗的事情,便就此顺利通过。

---

[1] 延禧公主与淑寿(温国)公主,皆曾受封燕国长公主。在宋朝这是平常之事,只要不同时存在两个相同封号的公主就可。

倒是消息传出的当天晚上，随石越一同返京的潘照临便来求见石越，用长孙无忌的故事再次劝说石越。

当年武则天为了当皇后，让她母亲几次前往长孙无忌府上送礼说情，没有效果后，又和唐高宗一起，亲自前往长孙无忌府，大加赏赐，甚至贿赂长孙无忌，但长孙无忌始终对武则天立后持反对态度。结果，武则天当上皇后之后，对长孙无忌十分忌恨，在她的报复下，长孙无忌最终被贬惨死。

潘照临告诉石越，赵煦这次分明也是在贿赂石越，上位者不惜放下面子，去贿赂下位者，若依然遭到拒绝，恼羞成怒也是情理之中的事。因此，石越若还是坚持反对北伐，必然会招到小皇帝的记恨。

潘照临的游说，一度让石越动摇。

但宋朝毕竟不是大唐，石越相信自己即使被小皇帝怨恨，落到长孙无忌一般下场的可能性并不大。因此，在他回京的第三天，赵煦在宫中单独召见，询问他对北伐的看法之时，石越犹豫了一下，还是决定实话实说。

让石越稍有意外的是，小皇帝赵煦虽面露不悦，但并没有特别生气。他并不知道，赵煦在他回京前，私下里在宫中见过几次桑充国夫妇。桑充国早就提醒过自己的这位学生，石越外柔内刚，不是轻易可以为外物所动的；而桑夫人也委婉地告诉赵煦，如果石越真的反对北伐，那么，只要石越不固执地阻挠他的北伐计划，便已经是极大的妥协与让步，赵煦应该视为一种成功。

桑充国夫妇对赵煦的影响毋庸置疑，这一次，他们在中间的转寰，也的确极大缓和了赵煦和石越之间可能的冲突。赵煦既然能勉强心平气和，石越也没有咄咄逼人。当然，这其中更重要的原因，还是因为君臣二人都知道，北伐已经是不可阻挡之事。形移势转，赵煦认为现在他已经可以不必依赖石越而北伐，那么，只要石越不破坏他的计划，他就可以暂且优容这位左丞相；而石越既然清楚北伐已成定局，他虽然不愿意勉强自己做他心里觉得不正确的事，但也无意做只有破坏而没有建设性的反抗——此时此刻如果他固执己见地阻挠北伐，个人荣辱姑且不论，对国家也不会有任何益处，只会动摇军心民心，影响政局稳定，给辽国更充足的准备时间……

心里认为不正确的事一定不要做，但心里认为正确的事，未必一定要做。

小恶固当毋为，择善不必固执，这是许多人无法理解的道理。但石越很清楚，在他来的那个时空，宋朝的悲剧，乃至中夏文化的悲剧，都出在"择善固执"四个字上，人们过于坚持自己认为正确的事情，抱着"汉贼不两立"的心态不肯妥协，结果导致一幕幕的历史悲剧循环上演。大宋、大明、大清……无不如此。

因此，石越每天都要提醒自己"毋作聪明"，不要以为自己所思所想便一定是正确的。包括对北伐的态度，亦是如此。要反对，就一定要做个建设性的反对者，倘若不能，便宁可退一步。他的性格，也从来不是田丰那样让人讨厌的谏臣。在北伐这件事上，如果赵煦是对的，他欣然接受；如果他才是对的，他也希望给赵煦预备好台阶，事后君臣之间仍有腾挪的空间。因为，他和赵煦之间，谁对谁错，绝对没有大宋与中夏的利益来得重要。

于是，君臣之间这次召对，最终波澜不惊地结束。

次日，赵煦便下旨，以左丞相石越为高太后山陵使，礼部尚书安焘为礼仪使，工部尚书曾布为卤簿使，御史中丞李之纯为仪仗使，知开封府王岩叟为桥道顿递使，入内内侍省都知陈衍为按行使——山陵五使加上按行使，完全按着宋朝的惯例安排，让人挑不出任何毛病。

而石越在领旨的第二天清晨，便启程前往巩县英宗的永厚陵，与陈衍会合，督察山陵的相关工程，为迎接高太后合葬永厚陵做准备。

仿佛是约定好的，在石越前往巩县后，吏部尚书吕大防、兵部尚书章惇、户部尚书许将、刑部尚书李清臣、宣抚判官兼随军转运使陈元凤、京东路转运使兼京东路宣抚副使蔡京等大臣分别上表，正式请求朝廷北伐。

一时之间，不仅文武大臣应者如云，宋朝官私报纸也都纷纷响应，鼓吹北伐。朝野都一致认定，这是收复幽蓟最好的机会。

面对朝野上下一致的呼声，一直未肯明确表态的辅政大臣、枢密使韩忠彦也很快向赵煦表明态度——既然皇帝已经决意北伐，他愿意全力支持皇帝的决策。

紧接着，另一位辅政大臣、侍中、平章军国重事韩维，也表态支持皇帝的决策。

孤掌难鸣的右丞相范纯仁自知无法阻挡北伐，决意辞相，但被赵煦慰留。最终，在陈元凤的游说下，范纯仁也终于妥协，表示愿意相忍为国，不再阻扰北伐，并将右丞相做到北伐结束。

而此时，已然是绍圣八年的正月。终于扫清障碍的小皇帝，早已经迫不及待，他甚至等不及过完上元节，便向天下颁布了《北伐诏》。

人们还在爆竹声中欢庆着新年的到来，颁诏的使者已骑着快马，从汴京出发，向四面八方驶去。很快，北伐的消息就传遍了大宋的国土。

2

绍圣八年正月十五，上元节。

巩县，永厚陵。

天空阴沉沉的，细细的雪砂漫天撒下。身着白裘的石越，在陈衍等人的陪伴下，一边巡视着永厚陵的工地，一边和陈衍闲聊："当年谢安在雪天考校族中儿女，问白雪纷纷何所似，他侄子谢朗回答'撒盐空中差可拟'，而谢道韫回答'未若柳絮因风起'，后人皆盛赞道韫之才，谓之'咏絮之才'，今日看来，其实是冤枉了谢朗。"

见众人不解，他指着漫天落下的雪砂，道："道韫以柳絮拟雪，想必当日下的必然是鹅毛大雪，而从来下大雪之前，必先下雪砂，你看这雪砂，岂不就像撒盐空中吗？"

陈衍愣着神，抬头看了半晌，不禁哑然失笑，"相公说得是，想那谢朗也是少有文名，《世说新语》说他'文义艳发''博涉有逸才'，本是才思敏捷之辈，又岂会以盐来比喻鹅毛大雪？想必谢安出题之时，下的正是雪砂，故此谢朗才有此喻，至谢道韫之时，雪砂已停，下的已是鹅毛大雪，故此兄妹二人所喻不同。"

石越笑道："必是如此。《世说新语》记载此事，只说谢安听后大笑，并未评价谢氏兄妹高下，后人不解其中曲折，竟贬谢朗而崇道韫，使谢朗蒙千古之屈。"

"谁说不是呢？世人浅薄，大抵如此，谢朗的委屈，也不过其中一例而已。"陈衍意味深长地叹息，又发牢骚道，"不要说古人，便说今日之事，宣仁太后所受的委屈，又少了吗？太后尸骨未寒，如今朝中便已有谤语了。"

"哦，什么人这么大胆子？"

陈衍愤愤不平道："胆子大的可不少。老奴听说，如今汴京，颇有些新进的贵人，在官人面前说宣仁太后垂帘之时处事不公，偏袒旧党，打压新党……"

石越瞥了陈衍一眼，淡然前行，轻描淡写地说道："宣仁太后是女中尧舜，这已是盖棺定论的事。小人碎语，都知又何必在意？"

陈衍听到石越这句话，顿时大喜，停下来长揖谢道："全赖相公保全。相公为太后所上尊谥，老奴感激肺腑，早欲向相公道谢。"

石越见他如此，竟不由唏嘘，停下脚步，扶起陈衍，道："都知不必如此，我亦不过是尽人臣本分而已。"

陈衍连连摇头，他想说什么，却终是欲言又止，只叹道："疾风知劲草，板荡识忠臣。宣仁太后在世之时，若知今日之事……"

石越正打算安慰他几句，却听到身后传来一阵马蹄声，他转头望去，见石鉴头戴斗笠，身披蓑衣，骑了一匹白马疾驰而来。

见到石越，石鉴"吁"的一声勒住坐骑，翻身下马，快步走了过来，向石越、陈衍分别行了一礼，才对石越低声禀道："丞相，幽蓟宣抚使司的部署已送到了。"

石越点了点头。

陈衍见状，知道石鉴是有军国大事禀报，连忙主动说道："相公既有要事，后面的工地，由老奴督促便可，相公尽管放心。"

石越也不客气，拱手道："那便拜托都知了。"

说罢，早有随从牵马过来，扶石越上了马，簇拥着石越骑马离去。

不多时，石越一行便回到在巩县皇陵附近的临时住所。侍从引着石越、石鉴二人穿廊过室，来到书房，房中早已烧好暖炉，侍从伺候着石越更衣，方才退去，只留下石越与石鉴主仆二人。

石鉴给石越倒好茶水，待石越坐定轻啜一口，放下茶杯，这才从容禀道："丞相，幽蓟宣抚使司决定采纳的是王枢副的策略……"

"这是不出所料之事。"石越对此没有半点儿意外。

石鉴却微有不平之色，说道："可这对温江侯不公平。"

石越微微摇头,叹道:"康时还是缺了历练。"

"康时你还是缺了些历练。"

河北定州,雪后天晴,飞武一军军营校阅场旁边的一座小山包上,潘照临身穿浅白直裰,外面披着鹤氅,头戴东坡冠,一副普通的文士打扮,和锦帽貂裘的唐康一起,居高临下观察着校阅场上著名的"定州兵"训练。

经历过一次次实战,这支火铳部队的装备也有了一定调整,作战方式也发生一些变化。所有士兵都穿着适合在寒冷天气作战的棉甲,依旧是一排腰挎短刀手持大盾的刀牌手在前方排成横队立盾防御,但刀牌手后面不再有弓弩手和长枪兵,而是一排排手执火铳,身上挂着一根缓慢燃烧的火绳的士兵。在指挥使"第一排""点火""放""第二排""点火""放"……的口令声中,一排排士兵有次序地轮番上前,将手中上好火药的火铳架在插入土中的铁架上,用身上的火绳点燃火铳,轮流射击。校阅场内,"呼呼""呼呼"的火铳声震耳欲聋,到处都是硝烟弥漫。

潘照临目不转睛地观看着定州兵训练,一面幽幽说道:"以前,外人总是小瞧你,以为你能有今日之成就,靠的是身世与背景,但实际上,在川蜀,在陕西、河北,成就你的,是你身上那股勇往直前披荆斩棘的锐气。但是,康时你要明白,今时已不同往日。如今,你已贵为温江侯,是皇帝亲自任命的幽蓟经略招讨左使,你已经真正进入到了大宋朝的中枢,面对的对手,比以前何止厉害百倍,以后行事,须比过去更加聪明才行。这一次,便当成一个教训好了。"

"先生教训得极是。"唐康低着头,一副学生受教的模样,但接下来的话,透露了他内心的真实想法,"但这次输给章子厚,实在非战之罪。"

"非战之罪?"潘照临转过头,看着唐康,嘴角露出讥讽的笑容,"子明丞相出任宣仁太后山陵使后,上表乞解三路宣抚使,皇帝便顺水推舟解散了原来的宣抚使司,又在颁布《北伐诏》的同一天,下诏章子厚以兵部尚书兼幽蓟宣抚左使,总领北伐诸军,王处道以枢密副使兼幽蓟宣抚右使,受章子厚节度,又拜陈履善和蔡元长、章质夫三人为幽蓟宣抚副使,任命康时你为幽蓟经略招讨左使,田烈武为幽蓟经略招讨右使……皇帝煞费苦心,创出了这么多新官职,这番安排，康时你是怎么看的？"

"皇上要北伐幽蓟，对河北人事、兵力进行重新部署也是理所当然之事。新创这些官职，说到底，也不过是为了平衡。章子厚是兵书，但王处道也是贵为枢副，无论资序、能力，分任左、右使比分任正使、副使，要更加合理，对王处道来说，也更能接受一些。任命陈履善他们三人为宣副，我与阳信侯为经略招讨使，也不过是同样的道理，我和阳信侯资序不如陈履善三人，阶级上理当比他们低一级，但让陈履善三人来指挥我和阳信侯，我也断不可能服气，故此朝廷让我们五人各自开府治军，互不隶属，皆受幽蓟宣抚使司节度……"

"只是如此？"潘照临似笑非笑地看着唐康，"康时以为，只是为了理顺你们几人的关系这么简单？"

唐康讪讪一笑，道："我还听说，这次的新安排，虽是皇上旨意，但实际是韩枢使操刀，若传闻属实，恐怕朝中的两府诸公并不信任章子厚……"

"你倒是学会说话了——什么两府诸公？不过就是韩师朴刻意架空章子厚这个宣抚左使而已！河北、河东、京东三路的军队，王处道直接控制了原来的中军行营、前军行营的军队，康时你则掌握了原来的左军行营以及折遵道、吴镇卿等部，田烈武也控制着原右军行营的军队，除你三人实力最为雄厚外，陈元凤有原南面行营的横塞军，蔡京、章楶也有原河东、京东路的军队，只有章子厚，手里反而无兵无将……皇帝虽然聪明，但到底还是年轻，他看不出韩师朴打的算盘——韩师朴根本就不信任章子厚，所以，他才这么大费周章，目的无非就是想让他心里会打仗的王厚来主导这次北伐。"

唐康左右看了一眼，见跟随的随从兵士离得都很远，这才放心笑道："但章子厚并不觉得王处道能有本事架空他。章子厚一向眼高于顶，极为自负，他绝对相信他能将我们六人收拾得服服帖帖，所以，他根本不在乎韩枢使的这点儿小心思，坦然接受了朝廷的安排，没有提出任何异议。"

"至少现在看来，章子厚的自信，也不是完全没有来由。"潘照临讥道，他根本不理会唐康的难堪，继续说道，"章子厚的确高估了自己的威望，他不是子明丞相，即使有宰执大臣兼宣抚左使的身份，也无法让康时你们六人俯首听命……但章子厚也有他自己的手腕。"

唐康沉默了一会儿，恢复了平静，缓缓说道："这正是我想不明白的。没有丞相的支持，章子厚赢不了这一局……"

"小人不明白的是，丞相为何要支持章参政？"

巩县石越的书房，石鉴也是一脸不解地望着石越。

"我没有选择。"石越平淡地回道。

"因为你们让子明丞相没有选择！"

定州飞武一军军营校阅场旁边的小山包上，潘照临毫不客气地批评着唐康，"章子厚的屁股在宣抚左使的位置上还没坐稳，你们六个宣抚使、副、经略招讨使，就给他出个大难题，在北伐策略上各执一词，根本没人理会章子厚的意见。"

"你以天气仍然寒冷，道路阻塞，转运艰难为由，反对从河北仰攻析津府，主张出奇兵再取蔚州，打通河北、河东及辽国西京道的联系，并调兵增援河东，和粘八葛、克列部夹击辽国的西京道，将主战场放在形势对辽国极为不利的西京道，宣称只要攻取西京道，南京道就可成为掌中之物……"

"我的策略是正确的。"唐康温和但坚定地插了一句话，"观城侯也支持我……"

"何止？"潘照临毫不在意地回道，"不止你的经略招讨副使慕容谦支持你，折遵道、吴镇卿都支持你，他们都算是当世名将了，此外，河东的章质夫也支持你，河北诸军将领中，支持你的人也很多。据我所知，朝中枢密使韩师朴、吏书吕微仲都倾向于你的策略……"

"但你的这个策略，章子厚接受不了，蔡元长、陈履善也绝对不可能同意。用了你的策略，在这场北伐中，就没有蔡元长和陈履善的戏份儿了，即便是章子厚，十有八九也会真的被架空！所以，他们三人必然反对你。"

"呵呵！先生可听说过他们反对的理由了？"唐康讥刺道，"他们竟上书朝廷，说什么西京道远不如南京道重要，又说什么粘八葛、克列并非我大宋盟友，若贸然进攻西京道，很可能与粘八葛、克列爆发冲突，反而为辽人解厄，让我大宋军队变成腹背受敌……"

"这些理由不过是个由头罢了,你以为他们三人不知道仅凭这些理由,不可能说服朝廷吗?"潘照临反问道。

唐康再次沉默了。

"章子厚三人,用兵未必强过你,但皆是擅长权谋之士。正好,王处道意见与你相左。王处道觉得你的策略不可预知的风险太大,他觉得既然大宋占据优势,就没必要去冒险用兵,完全可以堂堂正正步步为营攻向析津府……"

"呵呵!堂堂正正!说什么主力不必急于出境作战,只需要派小股部队骚扰辽境,侦探敌情便可。而主力则先向定州、保州、雄州一线集结,同时征发民夫,修葺城墙,屯聚粮草军资,修筑甬道运粮,待一切妥当,再大举出境,进攻析津府,如此,辽军除了和宋军主力决战定胜负,将别无他法……"一提起王厚的战略,唐康就忍不住激动起来,"用兵之法,原本就是要避实击虚、以强攻弱,辽军在析津府及整个南京道严阵以待,而大同府与西京道却是遍地起火,不抓住辽国弱点下手,却去南京道和辽军主力硬碰硬,简直是不可理喻!主力决战,就算他真有自信打赢辽军,损失也小不了。"

"或许你说得没错。"潘照临忍不住笑出声道,"实际上,河北、河东、京东,没人支持王处道的战略。有传言,章子厚、蔡元长私下里讥讽这是打呆仗,就算赢了,也是杀敌一千自损八百,显不出他们的功劳,反而还可能令他们受到朝中政敌的抨击;陈履善,根本没有与辽军正面决战的信心;章质夫当然希望将主战场放到西京道,这样他才有机会一雪前耻;即便是田烈武,虽然不敢公然反对王处道,但他私底下也流露出担忧,担心这样的作战方略,对刚刚遭受兵祸的河北地区来说,可能是雪上加霜……"

"可惜所有人都慑于王处道安平大捷的威名!以为王处道是什么不世出的名将,明明心里不认可,但要说出来时就瞻前顾后。安平大捷!安平大捷根本就是丞相指挥之功,王处道不过是谨遵丞相军令而已。"唐康愤愤不平地发着牢骚。

"这就是你在给韩师朴的堂札[1]中,讥讽王厚'运筹帷幄,本非所长'的原因吗?"潘照临望着唐康,忍不住叹气,"你知不知道,王处道的方略,在朝

---

[1] 堂札,宋代臣下上呈宰执大臣的一种公文。

中得到了右丞相范尧夫、刑书李邦直的支持？"

"尧夫相公笃信'诸葛一生唯谨慎'嘛！在尧夫相公看来，失败机率最小的方案就是最好的方案。至于邦直参政，他出使河北一趟，已经钻进牛角尖里了，他支持王处道的原因，竟然是王处道的方案中大量征发民夫为军队效力！他竟说这是两全其美之事，可以起到赈灾、稳定河北局势的作用……"唐康放肆地讥讽着，发泄着心中的不满。

"但不管怎么说，有了两位宰臣的支持，加上安平大捷的光环，王处道的方略在朝廷中也有不少支持者。而你和王处道各执己见，争论不休，却白白送给章子厚机会，他借机迫使蔡元长和陈履善站在他那边，然后驱虎吞狼，利用王处道来压制你。可事情发展到这个地步，康时你仍然没有半点儿退让之意，你和王处道的争执，不仅蔓延到汴京朝廷上，连在巩县的子明丞相也无法清静——不但你写信给子明丞相发牢骚，王处道碍于子明丞相的面子，对你投鼠忌器，也写信向子明丞相抱屈。你们都希望子明丞相能主持公道，但你觉得这可能吗？"

唐康又一次默然。

"子明丞相当然不可能来给他们主持这个公道，甚至不可能回复你们。这个例子如果一开，那么从此以后，不要说章子厚这个宣抚左使，恐怕你和王处道连韩师朴这个枢密使都不会再放在眼中。而皇帝对子明丞相的猜忌，也势必更加激烈。因此，子明丞相心里纵有想法，也只能劝你们二人听朝廷裁断。这也是章子厚早料到的，所以，他才放任你们打这官司。"

"但这件事情，朝廷也裁断不了。宰执们各执一词，皇帝只好找韩持国这个辅政大臣问策。不料韩持国又把球踢给子明丞相，让皇帝来问子明丞相。皇帝碍于脸面，不好派使者直接问子明丞相意见，于是，范尧夫和韩师朴只好分别以私人名义修信给子明丞相，征询他的建议……"

听到此处，唐康不由大受挫败，不甘心地问道："难道丞相的意思，是赞同王处道的方略么？"

"平心而论，其实我也无法判断谁的战略更可能取得成功。"巩县的书房里，石越平淡地对石鉴解释道，"如果是我本人统兵，我会折中处理，让王处道率主力屯兵于河北边境，从康时、慕容谦、折遵道、吴镇卿诸将中，择一二人率领一支精兵为奇兵攻入西京道，再根据具体情况来处理下一步。"

"那丞相为何不如此建议呢？"

"因为，现实并非我来出任率臣。因此，情况就要复杂得多——如果让双方各行其是，即便双方不互相掣肘，也有很大机率出现其他变化，比如一旦康时率军在西京道取得进展，王处道就绝不可能再安然于河北边境屯兵，他会迫于各种无法抗拒的压力，在准备不足的情况，提前进攻南京道！类似的事情，历史上发生过不少，以后也还会发生，而结果，绝大部分情况下，都会是悲剧！"

石鉴沉默了，"所以，丞相才给范相公和韩枢使回了一模一样的话？"

定州。

"子明丞相怎么看你们的分歧，我不清楚。我只知道，子明丞相给范尧夫和韩师朴回了同样的话——朝廷既设置了幽蓟宣抚使司，任命了左右使副，就该用人不疑，交由幽蓟宣抚使司来决策。"潘照临悠悠说道，"子明丞相说，选择哪一种方略并不重要，重要的是要让河北诸臣同心协力，各军将领清楚令出何处……康时你觉得子明丞相真的还有别的选择吗？子明丞相并不是支持王处道，而是康时你和王处道一起，逼着子明丞相支持了章子厚！你们不仅逼着子明丞相支持章子厚，还顺带着逼着范尧夫和韩师朴也别无选择。"

唐康这一次的沉默，比任何一次都长。良久，他抬起头来，直视着潘照临的眼睛，说道："先生，我明白了。"

潘照临淡淡问道："果真明白了？"

"明白了。"唐康点了点头，平静地回答，"要我老谋深算，和章子厚他们斗法，那是以己之短攻彼之长，但我也有我立身的本事，若还有下次，我不会再去打口舌官司，先斩后奏，做了再说。"

"孺子可教！"潘照临点了点头，转头望向正在训练中的火铳兵，似漫不经心地问道，"康时可知道陈履善也想训练火铳兵？"

唐康不屑地回道："左右不过是想讨好许户书罢了。"

3

唐康说陈元凤想训练火铳兵是为了讨好许将,其实只说对了一半。

当唐康和王厚为了北伐方略大打官司的时候,陈元凤对自己的处境有了更加深刻的认识——因为掌握的军队实力不足,即使朝廷已经宣布北伐,但他依然没有多少话语权,因此甚至还要被迫支持章惇。

他想要突破现在的困境,就必须抓住每个机会。

而章惇最终决定支持王厚的北伐战略,则给了他难得的一点儿时间。

王厚下令唐康的幽蓟经略招讨左使司所部各军向定州集结,而其余诸司,除了河东禁军外,全部向雄州、保州一带集结。于是,宋军各部开始缓慢向河北沿边诸城集结——这并非有人故意懈怠,而是受到后勤补给的拖累。所谓"大军未动,粮草先行",军队向沿边诸城集结容易,但数以十万计的人马过去后,吃穿住行,都必须有一定的保障。因此不可能乱哄哄地一拥而上,而是必须由宣抚使司进行统一规划。哪些军队先行到达,哪些军队要等粮草到达后才能前往,这些都是很考验宣抚使司谋臣的能力的。

章惇、王厚的能力毋庸置疑,他们麾下也不缺能人。只是,他们也需要受制于客观条件。在李清臣的倡导下,河北各州县都贴出榜文,招募受战争影响的难民充当民夫,前往雄、保、定一带修葺城寨军营、运送粮草。然而,现实总是很骨感的,不管李清臣用心如何良苦,招募足够多的难民并且将之组织起来,本身就是一件很耗时间的事情。而且,去给前线军队充当民夫,也绝不是人们所愿意做的事情,大部分普通百姓希望的是趁着开春赶紧回乡耕种……总之,各种各样意想不到的现实问题,让招募民夫的工作进行得很不顺利。但更麻烦的还是运送粮草,没有运河的支持,粮草的运输就成了大麻烦,尽管为了减少运粮路程,章惇与王厚决定军粮全部送到雄州屯集,将雄州建设成北伐的后勤补给基地,但从河间府到雄州这段看似很短的陆路运输,就已经让幽蓟宣抚使司上下十分狼狈了。

不过，凡事皆有利弊。

趁着为北伐做战争准备的时间，章惇率先扩张自己的势力。其实，和唐康他们所想的不同，在章惇看来，田烈武掌握的军队，和他本人直接掌握的军队没有什么区别。但他并不满足于此，他上表请求重建拱圣军，并将之作为自己的宣抚左使司直属的军队。这是十分合理的请求，理所当然得到了皇帝和朝廷的批准。于是，章惇以兵部尚书的身份下令，招募功臣、烈士子弟，重组拱圣军，而原本要去武骑军做军副都指挥使的刘延庆，竟又幸运地成了拱圣军的权军副都指挥使，并负责拱圣军的重建事宜。至于军都指挥使，则是由皇帝亲自指定曹太后的侄子曹诱出任，他没有急着前来河北，而是在汴京招募兵员……

章惇的所作所为让陈元凤豁然开朗。他发现了快速增强实力的办法——抽调其他禁军到他麾下很困难，但他可以不去动别人碗里的东西，直接组建新军。而考虑到朝中的几位宰执大臣可能不太愿意再增加禁军的编制，陈元凤需要至少获得一位宰执大臣的支持，才有机会成功。他很容易就想到了薛嗣昌，想到了许将。吕惠卿既然已回福建老家，也到了该他向薛嗣昌兑现承诺的时候了。

于是，陈元凤立即上表，响应段子介的倡议，请求朝廷允许他组建一支火铳军，为了获得许将的支持，他的主张比段子介和许将要更加激进，他希望这支火铳军是禁军的编制，方式则是直接扩充横塞军为左右军。他的理由也很充分，这支部队既可以为北伐增加力量，同时也能够通过实战检验禁军列装火铳的可行性——之前段子介的定州兵，毕竟不是完整建制的禁军。

陈元凤的请求果然得到了许将的强烈支持。

其他宰臣对此事也不出预料的不热衷，但讽刺的是，陈元凤的计划没能成功，并不是被其他宰臣阻挠，而是受制于火铳产量——火铳虽然在南海诸侯中大行其道，但宋朝本土几乎没有火铳作坊，直到定州兵出名之后，宋廷才颁下图纸，在河北真定有一个军器作坊开始制造火铳，主要是给定州兵提供补给，产量非常低。除此之外，只有军器监那边曾让直辖的作坊尝试打造了一批火铳，作为珍奇器物上供，以讨好温国公主，也就是现在的燕国长公主，但数量也只有六十支而已——这件事其实也在陈元凤预料之中，他早就私下里了解过情况，即使临时打造，以汴京的火器作坊的能力，一个月内迅速打造出一两千支火铳，是可以做到的。

但他没有想到的是，许将、薛嗣昌到处鼓吹建火铳局，却被蔡京不声不响地截了胡。

安平之战才结束，蔡京就悄悄上了密奏，强调火炮在对辽战争中的作用，并认为未来如果北伐用兵，火炮可能会决定战争的胜负。在他后来公开的《取幽蓟十策》中，也有大造火炮，增设神卫营一策，而在此之前，他早就秘密建议宋廷立即全力生产火炮。由于安平之战中宋军神卫营遭受严重损失，当时的枢密使范纯仁虽不支持北伐，但也认可火炮对宋军的价值，他咨询了枢密会议的意见后，果断采纳了蔡京的建议，制定了铸造三百门各型火炮的计划，并很低调地立即开始实施这个计划。

这是只有极少数人才知道的事情，等到许将为了陈元凤的建议实现，想让火器作坊赶制一批火铳之时，才发现宋朝火器作坊的产能，此时基本上被这个铸炮计划占据。许将想尽办法，汴京的几大火器作坊在这一个月内，最多也就能造出一百支能用的火铳。

这也让陈元凤扩编横塞军的计划丧失了意义。这件事情最终无疾而终。但为了挽回颜面，也为了不因此得罪许将，陈元凤还是硬着头皮向朝廷申请在横塞军内改编一个火统兵指挥，交由军部直接指挥，为未来组建火统军做准备。

陈元凤的态度保住了许将的面子，让许将不至于因此而迁怒于他。

而陈元凤也不得不将事情做得更加漂亮一点儿。

于是，那一百支火铳还没有生产出来，陈元凤就找段子介借了两名训练官，开始提前训练他的"火铳兵"。同时，他还向朝廷要来火铳图纸和几名熟练的火器工匠，以幽蓟宣抚副使司的名义，在河间府征募了一批工匠，尝试自己制造火铳……

在赵煦颁布《北伐诏》后，宋辽之间并没有马上爆发激烈的战争，绍圣八年的正月，就这样在平淡、繁忙与琐碎之中，消磨了过去。

4

二月八日。

汴京街头各大勾栏瓦舍，都响起了噼里啪啦的爆竹声——这是汴京的娱乐场所重新开业的日子。在卜者的建议下，给宣仁太后补办的禫祭定在二月七日，丧礼则从正月初十开始，到二月七日正式结束。这让绍圣八年的正月，过得远远不如平常那么喜庆，原本正月最热闹的上元节受到最直接的冲击，皇宫与开封府都没有组织任何的节庆活动。虽然皇帝特别以宣仁太后的名义下旨，不禁民间组织灯会，但上元节观灯的活动没有了官府的支持，真正的权贵之家也不会如此没眼力见，上元节灯会注定只能草草虚应下时节。而一切勾栏瓦舍，在此国丧期间，更是禁止营业，这让没有了娱乐消遣的汴京市民，不得不转而去看没被禁止的蹴鞠、赛马等竞技比赛。蹴鞠、赛马等等本就在繁荣发展的赛事，竟因此迎来一个发展的小高潮，各种赛事观众场场爆满，一票难求。因为这些赛事几乎都与关扑有关，关扑投注额更是创下前所未有的新高峰。这甚至引起了新任御史中丞李之纯的关注，为此，认为这败坏民风的李之纯和开封府打了一轮又一轮的笔墨官司，但即使知开封府王岩叟和他同属旧党，并素以刚正清廉而闻名，却也不可能在这件事上向他让步。作为各大赛事唯一合法的关扑大庄家，这笔巨额收入对于开封府已是举足轻重，就是靠着这笔钱，王岩叟才能在知开封府这个动辄得罪权贵的位置上，赢得这么好的官声——即使宋朝还在打着仗，但他已在任内增建了十几所施药局、慈幼局、养济院、漏泽园，修了好几座桥梁，还给开封府的官吏发了不少的津贴……而让李中丞多少有点儿尴尬的是，皇帝与两府大臣没人关心这事，而真正打心里支持他的，却是汴京的勾栏瓦舍。汴京的勾栏瓦舍不仅在绍圣八年正月损失了一大笔收入，更感受到了强大的竞争压力。看着解禁重新开业后，那远不如预期的客流，整个汴京的娱乐业都感受到了阵阵凉风……

但这些小事，入不了赵煦和两府大臣的法眼，他们心里甚至因此对李之纯颇为不满，所有人都觉得，在现在这个时间点，这根本就不应该是御史中丞关心的事。

的确有更值得关注的事情。

根据王厚的北伐方略，河北宋军除了小规模骚扰辽境，大军一个多月未出宋境一步。这不仅让小皇帝赵煦的耐心渐渐耗尽，两府宰臣也开始沉不住气。宋军虽未出境作战，每天花掉的缗钱却是实打实的——从幽蓟宣抚司组建的那一天起，河北三路的禁军再次进入作战状态，几十万将士每天的津贴、人马的日常用度，全部要按更高的标准拨放，再加上征发民夫的费用，在定、保、雄州修葺城寨的费用……这一笔一笔的巨额开销，仿佛像个锤子一样，一下一下敲在皇帝赵煦以及范纯仁、韩忠彦这些宰臣的心上。

这让他们对进展缓慢的战前准备，越发难以忍受。

他们不好直接催王厚进兵，于是不断给幽蓟宣抚司压力，责问他们为何如此缓慢。幽蓟宣抚司则将锅甩给各州县官员，指责他们征发民夫不力。

面对上司的压力，各州县官员只能变得"积极"起来，没人能承担贻误军机的后果。于是，征发民夫由自愿变成了"自愿"，大批回到家乡准备重新生产的百姓，又"自愿"成为民夫……为了支撑起王厚的计划，又满足朝廷的心意，在短时间内做好战争准备，河北各州县迅速征召了超过四十万的民夫，为军队运送粮草、修葺城墙营寨。

仿佛就在一夜之间，河北民怨沸腾，人们怨声载道。那些在辽军入侵时聚集起来结寨自保的民众，又继续武装起来，但这次的目的是对抗官府。

北伐本就是万众瞩目的事情，而河北又是许多旧党以及皇亲国戚、开国功臣的老家，离开封也不远，想要隐瞒河北的情况是很困难的，更何况，章惇根本就没打算隐瞒。于是，河北的民怨，立即就反馈到了汴京朝廷。

很快，汴京朝廷中，弹劾王厚的奏章一封接一封出现，堆在赵煦的御案上，便如一座小雪堆。其中对王厚最恶毒的指控，是指责他这一北伐方略的真正目的，是想借机捞钱。有人甚至还扯上了他父亲王韶，认为他父亲当年开熙河，就有趁机发战争财的嫌疑。

赵煦对这样的状况也极为不满。于是，他下旨让章惇、王厚等河北使、副"分析"——也就是让他们自己上奏章解释清楚。

赵煦下旨时,并没有就此放弃王厚的意思,他只是单纯有些不满。但是,小皇帝并不知道官场是个什么样子的——章惇早就等着这一天了。

他没有强硬地自己扛下来自皇帝与两府的压力,而是将压力传递给各州县官员之时,就已经预料到后面将会发生的事情。

接到皇帝的旨意,章惇立即上表"请罪",诚恳地向皇帝承认自己的"责任",表示自己身为幽蓟宣抚左使,此前却被王厚在安平大战之中的表现蒙蔽了双眼,失去了判断能力,以至于犯下这一系列的错误——但谁又能因此而责怪他呢?从皇帝到两府宰臣,谁又没有受到王厚在安平大捷中表现的影响?

然后章惇就开始或委婉或直接地攻击王厚,包括引叙唐康的话,指安平大捷本是石越指挥之功而非王厚之能,暗示王厚真实能力不足;又将河北的种种混乱全部推到王厚身上,甚至对王厚的北伐战略提出反省,主张北伐利在速战……

章惇的论调,不仅完全迎合了小皇帝的心思,连范纯仁和韩忠彦在心里都是愿意支持他的。范纯仁虽然不主张立即北伐,但从财政的角度,如果能有更好的方案,他肯定是不愿意支持王厚的战略的。

由章惇带头,蔡京、章楶、陈元凤、唐康……除了田烈武与内侍李舜举,河北、河东、京东诸臣,没有一个人说王厚的好话,怨声载道的地方官员就更不可能支持王厚。

而面对这样不利的局面,王厚只能反复自辩,强调自己的战略对宋朝来说是风险最小的。

然而,皇帝和两府宰相对他的信任,已经在不知不觉中动摇了。

王厚固然是当世名将,但总不能说河北诸臣无人知兵吧?

而章惇最后一封攻击王厚的奏章,也成为压倒骆驼的最后一根稻草。章惇在奏章中指出,就算王厚是当世名将,他本人和王厚的分歧姑且不论,但王厚镇不住蔡京、章楶、陈元凤、唐康等人,那他的统率能力,难道不值得怀疑吗?王厚要怎么才能统率这些不服他的率臣打赢北伐之战呢?

章惇又向皇帝建议用田烈武取代王厚,并提出了三个极有说服力的理由——

首先，田烈武是石越一手简拔，石越曾称其能；其次，田烈武性格宽厚，受到河北诸将的拥戴，与蔡京、章楶、陈元凤、唐康等人都有良好的关系，绝不会出现诸臣不和的现象；最后，田烈武秉性忠良，对皇帝忠诚可靠，皇帝将数以十万计的军队交付到一个人手中，这是举国以托之，如果不是皇帝从内心深处信任的人，必然内外相忌，不可能成功，这是无数历史经验证明的。因此，章惇认为，田烈武是比王厚更加适合的统兵大将的人选。

章惇的这番话，说到了赵煦的心坎里。

河北诸将中，再没有比田烈武更让他信任的人。

许将和李清臣率先察觉到皇帝的心意，马上明确支持章惇的建议，主张召王厚回朝，以田烈武取而代之。

范纯仁、韩忠彦对本分老实听话低调谦逊的田烈武，也很有好感。他们只是担心临阵换帅是兵家大忌，而且担心田烈武资序太低，不足以服众，于是询问蔡京、章楶、陈元凤、唐康等人意见，果然如章惇所说，四人异口同声夸赞田烈武。而实际上的内侍监军李舜举，虽然委婉替王厚说了几句好话，但他对田烈武也很有好感，身为内侍，更不可能故意违逆皇帝，只能两不相帮。

结果，从汴京到河北，唯一对此事坚决反对的，竟然只有吏部尚书吕大防一个人。

吕大防也并不是多支持王厚，在他看来，将事情弄到这个地步，不管怎么说，王厚都可以说是无能，他对田烈武同样也有好感。但是，吕大防是非常理性的人，他坚持反对以田烈武取代王厚的理由，正是因为田烈武的本分老实听话低调谦逊！

而且，吕大防虽然是旧党，但他根本不认为河北闹出的那种事算什么。在他看来，选择了战争，就不要指望有什么美好的事情发生。无数的百姓一定会为此付出代价，遭受难以想象的苦难，同时，也总有人会趁机发国难财，而国家，也一定会背上沉重的财政包袱，乃至于欠上巨额债务……不管什么样的战争，这些都是不可避免的。假装这些不会发生，不是无知，就是虚伪。天底下，没有美好的战争，也无所谓正义的战争，只有值不值得的战争。

他身为旧党领袖，支持了北伐，就已经准备好接受这一切。因为，他相信，只要打赢了这场战争,这一切付出都是值得的。

所以,在这件事上,他瞧不起范纯仁,也看不起韩忠彦,更不用提许将、李清臣了。

然而,这些真实的想法,他是没办法公开说出来的。尤其是他身为旧党领袖,这些话和旧党的价值观是完全南辕北辙的,只要被人稍微断章取义曲解一下,他就是跳进黄河也洗不清。

吕大防不可能犯这种低级错误,所以,他只能用"临阵换将,兵家大忌"这个理由来反对。

他几次三番当着皇帝的面说,他原本并不支持王厚的方略,直到现在,他也认为唐康的策略才是对的,但是,朝廷既然决定了采用王厚的战略,就应该坚持到底,不应该为了一些无聊的小事,而轻易动摇。

但这又怎么可能说服皇帝呢?

前线将帅不和,既然换一个田烈武就能让将帅同心同德,那又何必固守什么"临阵换将,兵家大忌"的说法呢?自古以来,临阵换将而收到奇效的正面事例,也多得很。

孤掌难鸣的吕大防,根本无法阻止事情按着章惇的剧本演变。

就在二月八日这一天,宣仁太后的丧礼刚刚结束,汴京的勾栏瓦舍重新开业争夺顾客之时,崇政殿内,赵煦也在两份诏书上亲自盖上了自己的玺印,然后心满意足地看着内侍将它们送往政事堂与枢密院。

很快,政事堂和枢密使的范纯仁与韩忠彦,也分别在诏书上副署签押,交由堂吏送往门下后省,当值的给事中们没有半点儿犹豫,也在诏令上盖上了自己的印章。

就这样,没有任何拖延,召王厚回朝,以及任命田烈武为幽蓟宣抚右使的两份诏书,被使者以最快的速度送往河北。

两天后,二月十日,在雄州接到诏书的两位当事人都是一脸愕然。

正在视察存放军粮的要塞修筑工程的王厚,在听完自己罢幽蓟宣抚右使,回朝仍担任枢密副使的诏书后,平静地交出了自己的印信,当天就带着亲随踏上了返回汴京的归程。而正在督促云骑军训练的田烈武接到诏书后,惊讶地张大了嘴巴，半晌之后，才抛开向自己道贺的部将，回到营中，上表恳辞，坚拒此任。

但他的奏章还没写完，就被章惇闯进他行辕打断。章惇拿起他未写完的奏章看了一眼，随手就撕成了碎片。

章惇盯着田烈武，厉声质问："北伐大计已定，大军徘徊月余，未出界河一步，徒为契丹所笑。今朝廷罢德安公，以河北数十万大军付郡侯之手，欲与契丹决战，郡侯不思进取之策以报朝廷，反作揖拱之态，此郡侯为国家大将之道乎？！"

就在田烈武愣神之间，章惇又大声说道："事已至此，郡侯以为德安公仍可复为右使吗？郡侯愿受诏令，某当与郡侯同心同德，为朝廷北取幽蓟立不世之功；若不愿受诏，某为左使，郡侯为右使，郡侯奉某命令，为国驱使即可，是非功罪，某一身担之，与郡侯无干。何必反复逊让，徒误军机？"

见田烈武稍有意动，章惇又说道："纵使郡侯让来让去，朝廷诸公议来议去，除了郡侯受些虚名，于国家又有何益？北伐势在必行，石相公不愿领兵，德安公不可能复回河北，试问郡侯，今日大宋，除此二人，还有何人可居此任？最后不过是贻误军机，让将士白白送命，百姓多受苦难而已。"

章惇的这番难，是田烈武无法回答的。

他默然良久，终于向章惇低头拱手："末将才具实不堪此任，愿听大参调遣，唯愿大参以国家为先，莫负陛下之托。"

章惇上前一步，扶起田烈武，一手指天，肃声回道："我章惇指天为誓，必不负陛下、朝廷、郡侯之信任！"

说完，他挽着田烈武的手，一道走出行辕，大声下令："传令，召蔡元长、陈履善、唐康时，速至雄州，后日此时，在此共议北伐之策！"

5

次日。绍圣八年二月十一日清晨，定州，幽蓟经略招讨左使司行辕。

正由侍婢伺候洗漱的唐康，听到一阵急匆匆的脚步声，很快，一名亲信卫士走到门口欠身禀报："郡侯，潘潜光先生求见。"

唐康看了一眼天色，略有些惊讶："这么早？"旋即接过侍婢递来的毛巾，随手抹了一把，整了整衣冠，快步走了出去。

卫士将唐康领到客厅，正在那里淡定喝茶的潘照临见到唐康，立即起身。潘照临也不见外，反客为主地朝一众仆从挥了挥手，众人看了一眼唐康的神色，转瞬之间就退了个干净。客厅之内，只余潘照临与唐康二人。

潘照临不待唐康发问，便已开口说道："康时，昨日使者已至雄州，朝廷已经下旨召回王处道，田烈武现在已经是幽蓟宣抚右使。"

唐康似是早有所料，但还是有些惊讶之色，叹道："果然不出先生所料，章子厚倒真是有些手腕！"

他顿了一下，又问道："此事丞相自始至终，没有反对吗？"

潘照临笑着摇了摇头："现在丞相还是山陵使，远在巩县，皇帝若没有征询他意见的意思，他始终是不便表态的。"

"吕大参也没请皇上问丞相的意思？"

"吕微仲又怎么会知道丞相的态度是什么呢？"潘照临讥道，"他可没有你我了解丞相。在吕微仲看来，田烈武可是丞相的门客出身。况且，他也不会希望朝廷始终摆脱不了丞相的影响。"

"呵呵……"唐康笑了笑，"既如此……"

他正要说出自己的打算，潘照临打断了他："康时，我来除了告诉你此事，还有一事，便是向你辞行。"

唐康大惊："先生要走？"

潘照临点点头："河北事了，我也该回汴京了。"见唐康有挽留之意，又笑道，"康时不必效小儿女态，车马我已备好，就在外面候着，你也不必相送，现在正是建功立业之时，好好做一番事业。"

潘照临说完，也不待唐康回答，便转身离去。唐康连忙跟上前去，一直送到行辕门口，亲自扶着潘照临上了马车，然后躬身行礼："唐康定谨遵先生教诲。"

潘照临也不回答，只见车帘放下，车夫"驾"的一声，马车朝着定州城南驶去。唐康一直躬身行礼，待马车完全离开视线，才直起身来，朝左右吩咐："去请观城侯，升帐议事。"

左右刚刚领命前去宣令，唐康正准备回行辕，却见一骑使者绝尘而来。他驻足观望，须臾间，那使者已至行辕门口，见到唐康，翻身下马行礼：“末将幽蓟宣抚左使司勾当公事张叔夜，见过温江侯。”

"张叔夜？"唐康对张叔夜这个名字可一点儿都不陌生，当日，还是他将这个张叔夜丢到保安军的，这也不是他们第一次见面，但此前唐康也没怎么正眼瞧过张叔夜，这时不由有些好奇地打量了几眼张叔夜，笑道，"你怎么跑定州来了？"

张叔夜从怀中掏出一个封好漆印的木盒，双手呈上，回道："末将奉大参宣使之令，召温江侯、观城侯至雄州议事。"

唐康接过木盒，笑道："就为召我和观城侯去雄州，让你这个宣抚使司的大红人辛苦奔波了一天一夜？"

张叔夜惊讶地抬头："郡侯如何知道末将是昨日出发的？"

唐康笑了笑，没回答，说道："张将军一路辛苦，且好好歇息吧。来人……"

"郡侯！"张叔夜着急一礼，打断唐康，"末将分内之事，不敢劳郡侯下问。只是大参宣使有令，明日就要会议，军情紧急，还请郡侯通知观城侯，早做安排，速与末将返回雄州要紧。"

"明日？"唐康笑了笑，将木盒递还给张叔夜，"那就抱歉了，有劳张将军辛苦一趟，请回报章大参，我定州有紧急军情，无法脱身。"

张叔夜却不接那木盒，"敢问郡侯，是何紧急军情？末将来时，似并未见定州有何异常。"

唐康脸色瞬间冷了下来，双眼冷冰冰地盯着张叔夜。张叔夜一开始还鼓起勇气和唐康对视，但很快就退让地低下头去。

便听唐康恶狠狠地问道："敢问足下是何官衔？有何资格问本侯这等军国大事？"

"末将不敢，但大参宣使有令……"

唐康嗤笑出声，"你区区一个跑腿的使者罢了，公文既已送到，本侯也不为难你，给你一个回执，你回去复命便是。"

说罢，便甩袖转身，朝行辕内走去。

"郡侯……"张叔夜涨红了脸，还想劝说，便见唐康根本不予理会，早已走远。

他正想追上去，才往前一步，就见门口卫士门戟相交，将他挡在辕门之外。

张叔夜早听说过唐康的名声，也知道这趟差使未必会顺利，却从未想过，唐康竟完全不将章惇放在眼里。他站在门口，进退两难，正想先去找慕容谦，刚要转身，就见一名校尉自行辕内出来，朝他抱拳一礼，冷淡地说道："张将军，随我去拿回执吧。"说罢，仿佛猜到他想做什么，又说道，"你不必想着去找观城侯了，观城侯马上就到，他不会见你的。"

话音刚落，就听一阵马蹄之声，几十名卫士簇拥着一名将领来到行辕之前，下马朝行辕走去。门口的谒者大声通传："观城侯到！"

张叔夜一喜，赶紧上前，大声喊道："观城侯，末将是……"

但慕容谦看都没看他一眼，便径直走进行辕。

张叔夜犹不死心，仍站在行辕之外。唐康手下的那名校尉也不催他，只双手抱胸，陪着他在外等候。

接下来，便见一拨拨将领自各处赶来，走进行辕，然而，不论张叔夜在外面喊什么说什么，没有一个人停留下来，哪怕是瞥他一眼。连原本和他一起密谋过"大事"的武骑军都指挥使王赡，都假装完全不认识他一般。

到了这个份儿上，张叔夜也只能无奈放弃，朝身边的那名校尉默默拱了拱手，随着那名校尉离去。

他刚刚离开，段子介就姗姗来迟，没发现任何异常的他，和几名同时赶到的将领互相打了个招呼，一同下马走进行辕。

幽蓟经略招讨左使司行辕正厅之内。

唐康和慕容谦分左右并坐上首，折克行、姚雄、吴安国、王赡、任刚中诸人分坐两列。段子介走进来，朝唐康、慕容谦行了一礼，然后坐到了折克行的对面。

见众将到齐，唐康起身，朗声宣布："诸公，昨日朝廷使者至雄州，召德安公回朝。"他停顿了一下，环视众人一眼，继续说道，"也就是说，朝廷已经不再支持德安公的方略。"

段子介感觉到气氛不对，讪讪接道："但如今大军集结定、保、雄三州，郡侯之前决战西京道的方略，也不可能再实行……"

"段定州说得没错。"唐康面不改色,"所以,我和观城侯商定,修改方略,率军攻入辽境,攻打易州!"

"易州?"段子介一阵愕然。他环顾左右,见折克行、吴安国以下,诸将脸上都毫无惊讶之色,心里顿时一阵苦涩。

"没错,就是易州。"慕容谦接过话来,他嘴角含笑,语气比唐康温和得多,但段子介听在耳里,背上更是一阵一阵发凉,"即便不能直接攻打西京道,也断不能让辽人那么轻松地腾出手来,去解决粘八葛、克列部的叛乱。我们出动大军攻打易州,辽人摸不清我们的真实意图,他们若担心我们从易州攻入山后[1],便不敢放任易州被攻陷。到时候,我们以步军围城,引诱涿州的辽军来援,再用骑兵邀击其援军……"

"若涿州辽军不来呢?"段子介问道。

"不来?"唐康笑道,"易州旧城早已被吴将军毁掉,如今的易州城,不过是辽人仓促修复的,城垣低矮,根本不堪守备。涿州辽军不肯出来,我们就攻下易州,直接进兵涿州。"

"涿州是辽人经营已久的大城,非易州可比,只恐轻易难以攻克。而且没有足够的粮草支撑,即便到了涿州城下,也坚持不了几天。攻打涿州,需要章大参那边的支持。不知章大参可知道我们的计划?他们如何配合?"

"兵贵神速,出兵之后,我和观城侯自会禀明章大参。"唐康轻描淡写地说着惊天动地的事情。

"温江侯、观城侯,这似乎不妥吧?"段子介硬着头皮反对。

"没什么不妥的。"慕容谦温声细语地回道,"朝廷建六司北伐,本来就是让我们各行其是,不必事事请示,以免贻误军机。抓住战机,就该果断行动,否则,有一个幽蓟宣抚使司就够了,又何必再建其余五司?"

唐康更加露骨地说道:"段定州不必担心,只要我们进取涿、易,章大参他们绝对不可能眼睁睁看着我们立功的,我们不会陷入孤军深入的境地。"

段子介听着二人的话,心中已经知道事情无法挽回,但仍然不死心地说道:"既然如此,又何必不先与章大参商议……"

---

[1] 山后,指辽国西京道的武、应、朔、蔚、奉圣、归化、儒、妫八州地区。

一边的吴安国已是有几分不耐烦,斥道:"段誉之你何必如此婆婆妈妈?雄州那边是些什么人你心里没数吗?和他们商议又有何用?一群人在那里钩心斗角算计来算计去,除了束手束脚,替人背锅,还能轮得到我们什么好事?"

段子介无助地将目光投向折克行、姚雄、王赡等人。王赡避开他的目光,姚雄视若无睹,只有折克行脸上露出似乎是自嘲的笑容,淡淡说道:"段定州,难得遇上不怕担责任又懂行的上司,你操那么多心做甚?天塌下来,砸得到你头上?你我不过奉令行事。"

唐康也不由笑出声来,慨然接道:"就是永安侯说得这个理,朝廷责怪下来,都由我唐康一人担待。诸位将军只要愿意和我同心协力,我唐康把话说在明处,建功立业,人人有份,朝廷问罪,我一人负责。"

众将被唐康说得热血沸腾,纷纷回道:"末将愿为郡侯效力!""愿为郡侯效力……"

唐康又转头对段子介说道:"段定州若是有所顾虑,不妨留守定州……"

"温江侯以为我段子介是怕事吗?"段子介大怒,又摇头叹了口气,"我是怕你给子明丞相惹事……罢了!罢了!干了便是。"

唐康大喜,和慕容谦交换了个眼神,两人都是悄悄松了口气。

然后,唐康再度将目光投向厅中诸将,肃容宣布:"计议既定,诸将听令!"

众人一齐起身。

"即刻回营整顿兵马,明日卯正,出兵北伐!"

"喏!"

6

次日,正午时分,雄州,幽蓟宣抚右使司行辕。

章惇高坐大帐之上,原本的主人田烈武坐在他右侧下手,然后一左一右端坐的,是蔡京和陈元凤,两人的下侧,空了两个座位,然后又密密麻麻坐满了宋军将领。

章惇和田烈武的目光，不时投向那两个空座，随着时间的逐渐流逝，田烈武脸上的担忧之色越来越浓，而章惇脸上的不耐也越发明显。

帐中座钟走到午正时分，清脆的钟声响起。耐心已经被彻底耗尽的章惇看了一眼两个空座，举起手来，正要宣布议事正式开始。突然，外面传来一阵喧哗声，不多时，便见疲惫不堪的张叔夜走进帐中。

章惇见进来的只有张叔夜一人，脸色越发难看，寒声问道："唐康、慕容谦呢？"

张叔夜单膝跪倒行礼，低头回道："回大参，末将至定州面见温江侯，温江侯、观城侯皆称有紧急军情，不肯奉令，只让末将捎回关白。"说罢，从胸口掏出一个封着火漆印的盒子递上。

所谓"关白"，是宋朝照会上、下、平级官司的一种移文，意思请对方了解一下，我这边有这件事情发生，理论上，对方看与不看都无关紧要。而原本唐康的幽蓟经略招讨左使司是章惇的幽蓟宣抚左使司的下属官司，按宋朝的规矩，他应该用"申状"。唐康如此举动，显然是没把章惇当成上级。

"关白？！"章惇怒急反笑，大声道，"唐康时，好样的！"

左右早已接过张叔夜递上的盒子，验过封印，将里面的关白取出，递给章惇。

章惇接过关白，只看了一眼，便气得浑身发抖，将唐康的关白一巴掌拍在面上的案几上。他环视众人一眼，脸上竟露出狰狞的笑容，咬着牙，几乎是一字一字说道："也让诸位知道发生了什么！唐康、慕容谦，已于今日清晨，率军离开定州，出兵攻打易州！"

"易州？"

"攻打易州？"

一时间，原本肃静的大帐内，响起一个个惊讶的声音。

"他这是……"愤怒到极点的章惇本打算斥责唐康、慕容谦不听节度、擅自兴兵，然后好好收拾二人，但他话未出口，就被蔡京打断。

"大参。"蔡京平静地看着章惇，"事关重大，可否先借一步说话。"

章惇怔了一下，看了一眼蔡京，又扫视帐中，见田烈武心事重重，陈元凤沉默不语，此外，如种师中、姚麟、贾岩、张蕴诸将，都是眼观鼻、鼻观口、口观心,如老僧入定一般坐着,立时就冷静下来。

他已经明白蔡京想对他说什么——他奈何不了唐康。

不管是石越的余荫,还是唐康本人的交游,总之,结果是唐康在军中拥有众多朋友。王厚刚被召回汴京,唐康就决定出兵攻打易州,这种事情,肯定是早有预谋的。对此,武骑军都校王赡不可能不知情,但他宁可得罪自己这个兵部尚书参知政事兼宣抚左使,也不敢得罪唐康,没向自己透露半点儿风声。更不用说,慕容谦、折克行、姚雄、吴安国,个个都不是好相与的,而这些人,却都和唐康穿上了同一条裤子。如此种种,都可见唐康的影响力。

如果自己真要对付唐康,自己这大帐中,除了陈元凤等人乐得坐山观虎斗,好坐享渔翁之利,蔡京、田烈武,以及种师中、姚麟等人,恐怕都不会支持自己,甚至可能将他们逼到唐康那边去,或者说,是逼到石越那边去。他们不可能不顾虑石越的香火情。连王厚和唐康发生分歧时,都不能不看石越的面子不为已甚,更何况这些人!

而更关键的是,唐康此举,看似鲁莽跋扈,其实却是暗中拿住了自己的脉门——王厚是为什么才被召回汴京的?难道自己要告诉朝廷,王厚前脚刚走,自己马上就重蹈他将帅不和、无法控制部属的覆辙?

所以,在这个时间点,自己不但不能拿唐康怎么样,明面上,还得捏着鼻子帮唐康背书。

蔡京的一句话,便恍若一盆冰水浇头淋下,也就电光火石之间,章惇已经想清楚其中的关键。

"不必!"他语气中仍然带着怒意,但和蔡京迅速对视了一眼。从他的眼神中,蔡京马上明白章惇已经清楚一切。

蔡京立即低头不语。

"有事在此处说便是!"章惇的神色仍是怒气未平,他伸手指着蔡京,厉声质问,"元长,此事该如何应对?"

陈元凤立即听出了章惇用词的微妙变化,不由扭头望向蔡京。

蔡京抬头,又和章惇的眼神对视了一瞬,确认了自己的判断没错,这才拱拱手,平静说道:"以下官之见,温江侯虽然有时不免年轻冲动,但观城侯、永安侯、定边侯皆是老成宿将，既然他们也决定此时出兵攻打易州，必有其道理，只不过仓促之间，无法向大参解释清楚。"

一直心事重重的田烈武听到这话，也连忙附和："元长公说得极是，必是如此。还望大参给他们说明误会的机会。"

章惇假做沉吟。

蔡京又微微笑道："解释其中误会，来日方长，非今日之急务。我等皆朝廷大臣，受皇上重托，率军至此，不论何时，都应当以北伐为重。和契丹速战速决，本就是大参的决定，温江侯他们的行动，说到底，也是在执行大参的方略。既如此，就不必纠结于细末小事，今日之要事，还是商议咱们如何出兵呼应。"

众人听蔡京说起出兵之事，这关系每个人的切身利益，顿时都不由自主地集中起精神细听。

章惇见蔡京三言两语，就不动声色地帮自己转圜，搭好了台阶，他也立即投桃报李，问道："不知元长有何高见？"

"高见不敢。"蔡京谦逊道，"不过，下官知道大参素以国事为先，从不在意虚名。说起来，攻取山前诸州，其实也没什么捷径奇谋可言，温江侯既然已自定州出兵攻取易州，那咱们这边便从雄州出兵，直取歧沟关便是。易州旧城已被吴镇卿焚毁，歧沟关废弃已久，辽人仓促重建，遣兵据守，但都不会太难攻取，攻下易州与歧沟关后，两军便可夹击涿州，只要能顺利攻取涿州，便可兵临析津府。"

章惇和田烈武都不约而同点了点头，众将也没什么异议——从河北仰攻山前诸州，的确也没有多少新鲜的作战方略。

章惇扫视众将，清了清嗓子："既如此，诸将谁愿为先锋，替大军攻取歧沟、范阳[1]？"

种师中、姚麟对视一眼，正要起身，却听蔡京已不紧不慢说道："下官愿意保荐一人。"

"哦？"章惇有些意外，众人的目光也都一起投向燕超。

燕超也以为蔡京打算推荐自己，正高兴地要起身请战，却听蔡京悠悠说道：

---

[1] 范阳，即涿州。

"自辽军兵败安平之后，河北诸军，立功最为心切者，莫过于横塞军。而当日南面行营之战绩，也是有目共睹，简在帝心。宣武二军、骁骑军、横塞军，也有四五万人马，又是渴战已久，大参何不成人之美，遣履善公率宣武二军、骁骑军、横塞军为先锋，先取歧沟，再下范阳？"

蔡京此话一出，大帐中瞬间安静了下来。

所有人面面相觑，不知道蔡京打的什么主意——此时众将大抵心里还是有些轻视辽军的，所以都无法理解蔡京为何要将这功劳拱手送给陈元凤。

只有章惇和陈元凤对此心知肚明，歧沟关当然不是问题，涿州城却是个硬钉子，而唐康更不是个好打交道的，和唐康配合作战，攻打涿州，绝对吃力不讨好。

蔡京是故意将陈元凤送到唐康那边，好借唐康的手收拾陈元凤。至于攻下涿州的功劳，即便陈元凤拿到了，也不重要，反正北伐的真正功劳，必定是在析津府城下。

章惇也早就想收拾陈元凤和横塞军了，他对唐康也是一肚子不满，现在有蔡京开口，他更是乐得顺水推舟，转头问陈元凤："履善可愿为大军先锋？"

陈元凤还未回答，立功心切的王光祖、王襄父子已经起身："末将愿往！"宣武二军都校也跟着起身，道："末将愿往！"骁骑军都校本不愿做这个先锋，但这时候，也丢不起这个人，只能跟着起身大喊："末将亦愿往！"

其实不管陈元凤心里怎么想，他既然被蔡京架了上去，这个先锋也是无法推辞的了。此时他也只能起身说道："请大参放心，下官定为朝廷收复涿州！"

"不只是要攻下涿州！"章惇盯着陈元凤，"而且还要在唐康时他们之前，攻到涿州城下，要让他们知道，大宋朝，不只是他们几个会打仗！"

"大参放心，定不会让大参失望！"陈元凤欠身许诺。

7

六天后，辽国南京道歧沟关前。

歧沟关闻名天下，大宋之人，只要稍知本朝历史，无不知此关之名者。但其实歧沟关从来就算不上什么天下雄关,而只不过是一座小关隘。歧沟关也并不难打,虽然太宗之时,曹彬伐辽,兵败歧沟关,使得宋朝收复幽蓟的努力彻底失败,但当时的歧沟关其实是在宋军手里——曹彬是在涿州与辽军对峙,因为缺粮而不得不退兵。结果为了保护民众撤回宋境,曹彬下令以主力殿后,但在大雨中退兵,宋军无法维持阵形,被耶律休哥追至歧沟关而惨败。当年的歧沟关,还曾经保护了数以万计的汉人百姓。

在某种意义上,歧沟关的历史,正是宋朝的某种缩影——为了坚守自己的价值观,结果付出了惨重的现实代价。人们可以嘲笑当年的曹彬和宋军的愚蠢,也可以喜欢他们的坚持——这是在五代那个黑暗的乱世之后,或者,这是自三国时代季汉灭亡之后,中国大地上第一次有一支军队,会将普通百姓保护在自己的身后。但结果,他们输得一败涂地。

人们从不同的角度,会看到不同的东西,无所谓对错,只关乎选择。

虽然绍圣八年的歧沟关,已不再是曹彬时的那座歧沟关。但当陈元凤在叙阳之下,登上山坡,远眺这座两山之间的小小关城之时,依然忍不住唏嘘。

一百零八年过去了,人固已非,物亦变换,但不变的,是人心。陈元凤看着远处的歧沟关,想着自己即将率军攻取此关,将它重新纳入宋朝的控制之下,这种特殊的历史意义,让他一时间不禁心潮澎湃,甚至感觉被章惇、蔡京算计也不算什么了。

但这样的幽思也不过一闪而过,想起自出兵以来的遭遇,陈元凤立即回到了现实之中,心中闪过一丝担忧。他看了一眼正在关前布阵的宋军,转头对身边的王襄说道:"昭武,速战速决!"

王襄点了点头,轻拍坐骑,疾驰下山。

很快,歧沟关前,鼓角齐鸣。三个宋军方阵,抬着仓促制造的简陋长梯,涌向歧沟关。在一声声号令下,万箭齐射,箭矢如乌云般遮蔽了小小的歧沟关,又像蝗虫一样密密麻麻地落到关内。

简简单单一次冲锋,宋军就冲到了关城之下,十几架长梯靠上了低矮的关城。在震耳欲聋的喊杀声中,身披铁甲的宋军将士手持利刃,踩着长梯,一拨拨杀入关城。

在山上观战的陈元凤还没反应过来,就听关那边传来一阵欢呼声,关门突然打开,数以千计的宋军士兵如潮水一般杀入关内。

然后,不到一炷香的工夫,歧沟关墙上到处都是振臂欢呼的宋军将士。

陈元凤惊讶地看了看左右,"这就攻克了?"

"陈帅[1]运筹帷幄,三军用命,自当攻无不克。区区一座歧沟关,不过螳臂当车罢了!"

陈元凤听到这奉迎之语,回过神来,亦不由得自嘲一笑,道:"一座几百守军的小关隘而已!"

他忽然想起什么,又问道:"易州那边,可有消息传来?"

一名勾当公事上前禀道:"回陈帅,就是攻关之前,收到消息——温江侯十二日出兵,以河套番军与渭州番军为前锋,十三日,前锋就兵临易州城下。但不知为何,这支前锋没有攻城,只是将易州包围。直到两天前,温江侯与观城侯才率主力至易州城下,开始攻城……"

"两天前!"陈元凤沉吟了一会儿,微微松了口气,笑道:"看来,我们集结大军虽然慢了一点儿,多花了点儿时间,但仍有机会先至涿州。传令,今晚夜宿歧沟关,明日行军,赶到涿州城下!对了,别忘记,派使者给章大参报捷!"

说罢,陈元凤拨转马头,拍马驰下山去,只留下一串飞扬的蹄尘。

当晚,雄州,幽蓟宣抚左使司行辕。

看完陈元凤使者送来的报捷文书,章惇脸上却没有半点儿笑容。他将报捷文书丢到案几上,烦躁得来回踱步,忽然停下脚步,走到门外,对卫士下令:"去请阳信侯与蔡宣副来行辕议事!"

卫士唱喏离去。

没一盏茶的工夫,田烈武和蔡京便前后脚赶到。

章惇请二人坐了,将陈元凤的报捷文书递给二人传阅,一面说道:"陈履善顺利攻克歧沟关,明天便可至涿州城下。唐康时那边,据说他们原本是计划围困易州,引诱涿州辽军来援,但辽军应该早就做好了部署,涿州没有任何一

---

[1] 宋朝宣抚使、副使、宣抚判官,皆可称某帅。

支军队出动救援易州，他们已决定改变方略，先打下易州，再率军前往涿州。易州原本驻扎有接近两万辽军，一万步军驻扎易州城内，一万骑军驻扎于城外涞水北岸，吴镇卿本想引诱这支辽军渡河再加以歼灭，但在得知唐康时他们的主力部队将要赶到后，涞水北岸这支骑兵突然撤退，往涿州方向跑了，连吴镇卿都没有追上。据守易州的那一万步军，也不是什么精锐部队，易州城又是仓促修补，这支辽军应该也撑不了几天，全军覆没，是迟早的事。"

蔡京观察章惇神色，笑道："既是两军进展顺利，为何下官见大参反倒面有忧色？"

章惇双眉紧锁，道："元长你好好看看陈元凤的报捷文书！"

蔡京翻弄了一下手中的报捷文书，调侃笑道："想来大参应该不是为歧沟关竟有五千辽军而忧心！"

原本一脸沉重的章惇也不由被逗笑，"这陈履善……"

歧沟关只有五百辽军据守，这是章惇等人早已一清二楚的事。陈元凤要夸大战功，是可以预料的，毕竟他率四五万大军，破个五百辽军据守的关隘，也要报个捷，那未免太说不过去。但谁也没想到，陈元凤大笔一挥，竟将辽军兵力夸大了十倍。不过这是细枝末节的小事，他们也不会为这种事去和陈元凤较真。因此蔡京才拿这事亏陈元凤几句。

"大参担忧的，是辽人可能在坚壁清野吗？"随口开着玩笑的蔡京，很快发现了重点。

"据陈履善这几日的报告，自他率军出雄州踏入辽境后，直到歧沟关，都未见辽军一兵一马，沿途也没见到一个辽人，田地无一棵庄稼，房屋全被烧毁，新城县也被辽人放弃了……易州那边通报的情况，也相差无几。"章惇说着，脸色也再次凝重起来，"从目前的情况来看，辽人显然已经做了充足准备，就是打算效仿耶律休哥的故技，加剧我军的补给困难，拉长我军的粮道，然后再通过截断粮道来击溃我们。新城县干脆放弃，易州也是说放弃就放弃，歧沟关的少量兵力，应该也只是用来给涿州预警的。辽军的目的，应该是将我军引诱到涿州乃至析津府，再进行决战。"

田烈武的脸色也严肃起来，说道："曹武惠王当年之事，不可不防，等我军到涿州时,就是对粮道的第一道考验之时。"

蔡京却是始终神色轻松,笑道:"这是辽人的阳谋,也是我们北伐必然要遇到的困难。知道了又能如何?总不能真如德安公所说的那样,修一条雄州到涿州的甬道运粮吧?"

这件事情,章惇的确暂时也没有太好的解决办法,他摇了摇头,叹道:"其实唐康时他们的想法,我也能明白,趁着辽国在西京道陷入麻烦,尽快打到析津府,使得辽人腹背受敌,首尾难顾。今日之大宋非百年前之大宋,但今日之大辽也非百年前之大辽。曹武惠王时,在山前山后攻取一座城池,是极简单之事,就算涿州这样的大城,几天之内数度易手也是常事。但如今辽人已非当日之辽人,他们也会筑城之法、守城之术,辽人摆明了将第一道防线收缩于涿州城,便意味着涿州城,绝不会如曹武惠王时那么好攻取。而如果涿州城久攻不下,那接下来,就将是考验我军粮道补给之时……"

"那又如何?"蔡京笑道,"当年曹武惠王是率主力在涿州与辽军对峙争夺,而今日出现在涿州的,可并非我军的主力!而且,慕容谦、折克行、姚雄、吴安国,都算是本朝名将,辽人未必就守得住涿州城。"

"正是如此。"田烈武也点头赞同,"大参也不用过于担心,如今我大宋也有不少骑军,以骑军对骑军,我们的粮道也没有当年那么脆弱。当年耶律休哥欺负我大宋骑兵不多,甚至敢派兵至保州、定州断我粮道,今日辽军再敢效此故技,定让其有来无回。"

"没错。"蔡京笑道,"粮道的风险固然是有,但也不必像德安公那样,先自己把自己吓住了。若是大参真的担忧涿州城坚难下,不妨派神卫营带着火炮前去增援。安平之战时,原左军行营的火炮损失惨重,唐康时他们到了涿州城下,恐怕会有点儿头痛……"

"元长、田侯说得极是。"章惇在二人的鼓舞下,精神一振,"但神卫营还是要和主力一起行动,没必要将所有的筹码压在唐康时、陈履善身上。既然唐康时、陈履善将至涿州,我想元长也是时候出动了……"

"下官听从大参调遣!"蔡京有些惊讶,但他很好地掩饰住了,表态表得十分坚决。

章惇果然很是满意，点头道："我想让元长与燕将军一道，率军抄掠永清、固安、武清一带，若有机会，就攻下固安城。"

"下官必不辱命。"蔡京毫不犹豫地点头答应。

第二天，蔡京就和燕超一起，率京东兵出境，抄掠永清、固安、武清等地。蔡京很清楚，这其实是章惇对他一系列支持的回报。幽蓟宣抚、招讨诸司中，蔡京所掌握的军事实力是最弱的，甚至还不如陈元凤，他原本一直在试图争取将神卫营的火炮部队纳入自己的麾下，但无论是王厚还是章惇，对火炮部队都极其重视，不可能将这么重要的部队交到蔡京手下。为了补偿蔡京，章惇给了他这个立功和发财的机会。南京道东南的永清、固安、武清等地，是辽军守备极为虚弱的地区，辽军绝不可能在这些地方浪费兵力，蔡京可以很轻松地获得攻城略地的功劳，而且因为是"抄掠"，还有机会发笔大财。如果有选择，蔡京当然更希望率大军兵临析津府，立不世之功，但手里筹码有限的情况下，他也不是好高骛远的人，当然是能多攒一点儿功勋，就算一点儿。先把能捞到手里的东西捞实了，再慢慢等待时机，寻找更多的机会。

然而，让蔡京没有想到的是，辽人这次竟下了如此大的决心——他与燕超率军进入永清、固安、武清等地后，发现这些地区的辽人，几乎已经全部撤离，只有在城寨中，才有少量的军队与百姓存在。

"坚壁清野"四个字，不断浮上蔡京的脑海，让他对这次北伐的前景也隐隐担忧起来。

两天后，攻破易州、迫降了易州辽军的唐康与慕容谦，也率军抵达涿州，和陈元凤所部分别在涿州城西、城东扎营布阵，将涿州团团围困起来——虽然蔡京说这不是宋军主力，但实际唐、陈所部作战部队相加，也已经有将近十万之众！

而这十万之众，在涿州坚城之前，也不免临一个尴尬的问题。他们缺少攻城器械，不仅如此，涿州附近根本没有足够大的木材采伐，供他们打造攻城器械。

在向章惇请求神卫营的火炮支援被拒后，唐康只好一面派人回定州，将仅存的火炮运来涿州，一面用土办法与辽军对峙。他让吴安国率所部便宜行事，令其北渡涿水，切断涿州与外界的联系，然后从定州征发了一批民夫前来，准备在涿州城外堆起数座土山，和城内辽军对峙。

这种耗日持久的攻城战法，对宋军的后勤补给能力，将是一个严峻的考验。

而与此同时，蔡京也和燕超率军兵临固安城下，对固安城进行了试探性攻打，但固安辽军守备严密，二人没有强攻，很快便率军离开。让他们有些意外的是，当他们准备撤军之时，耶律昭远竟从固安城中跟了出来，主动找到蔡京，希望他让自己见章惇一面。

对耶律昭远此举，蔡京又是惊讶又是佩服。出于一种极为微妙的心理，蔡京派人礼节周到地将耶律昭远送到了雄州。

在雄州见到章惇的耶律昭远，再次向宋朝表达了议和的愿望，但被章惇断然拒绝。不过章惇也没有为难耶律昭远，客客气气地派兵将他一路护送到歧沟关以北。

自此，宋辽之间的外交往来，便正式断绝。

宋朝的北伐战争，也进入一个互相比拼耐心与意志的阶段。

辽朝在涿州构筑第一道防线，并在涿州以南地区全面坚壁清野，集中兵力，只固守少量坚城，与宋军相持。宋军一面派出机动部队在整个涿州以南地区四处抄掠破坏，一面在涿州与辽军进行着漫长枯燥的攻城战——究竟是涿州先被攻克，还是宋军的补给先出现问题，双方都在耐心等待对方先暴露弱点。

而在这场战争中，表现最出人意料的，不是唐康，也不是陈元凤，而是章惇。

虽然在和王厚的权力斗争中，章惇曾经严厉抨击王厚的作战方略过于谨慎、笨拙，然而，当他自己接过指挥权时，却并没有任何冒进的意思，表现得极有耐心。他拒绝将他和田烈武所直接指挥的主力禁军投入到涿州战场，而是让这些禁军轮流休整，完全按着王厚在任的安排，继续有条不紊地向保州与雄州集结……

由于章惇文官的身份，让他在面对来自朝中的催促、批评等压力时，表现得远比王厚强硬。极为讽刺的是，章惇的这种表现，竟反过来让汴京朝廷，从皇帝赵煦到两府宰臣，突然之间都颇为安心。

第二十二章

各怀金石

> 心如金石同谋国。
> ——文彦博《答青州相公二首·其二》

1

绍圣八年，三月二十日。

"草树知春不久归，百般红紫斗芳菲。杨花榆荚无才思，惟解漫天作雪飞。"晚春时节，驰道两旁，柳絮如雪，落满了路边的水沟。

汴京城西的官道上，石越和他的爱女石蕤各骑了一匹白马，在数十名卫士的簇拥下，按辔徐行，一面悠闲欣赏着官道两旁即将逝去的春色。

这是这许多年来，石越最为轻松的时刻，宣仁太后的葬礼已经正式结束——通常来说，皇帝从大行到归葬山陵，需要七个月的时间，但宣仁太后是和英宗合葬，工程量要少很多，所以，他这个山陵使，也不需要做那么久。卸了山陵使的差遣后，石越回到汴京，立即向皇帝赵煦递交了辞呈——这也是一个必须要走的程序。赵煦当然不会在这个时间点同意，但还是体贴地给石越放了十天假，让他可以不用上朝，也不必到政事堂值日，可以好好陪陪家人。

皇帝这样的态度，简直就如同在优容德高望重的老臣，而石越也坦然接受。这个假期，他几乎每天都在陪女儿逛这逛那，买东买西。

这一日，是石越亲自陪着女儿去汴京城西十余里的一个燕家庄，替她招揽两名女子相扑好手——大宋朝这项历史悠久的传统竞技项目，石越虽然早有听闻，但还从来没有亲眼观看过。他听说女子相扑分为两种，一种在这个时代来说，非常开放，比赛的选手会光着臂膀，袒露大半个胸脯，是旧党一直想禁掉却未能成功的活动；而另一种则相对比较保守，主要比拼的是选手的格斗技巧。十五岁的石蕤疯狂迷恋后一种相扑比赛，拥有一个男子相扑社和一个女子相扑社，这让石越的夫人韩梓儿十分担忧。为了挽救自己的女儿，韩梓儿用了很多办法搞破坏，但因为燕国长公主的支持，总是不太成功。原本韩梓儿期盼着丈夫回家后，能帮她教育一下这个女儿，然而，石越虽然对相扑这项在宋朝极受欢迎的运动不太了解，但并不认为女儿拥有两支相扑社有什么不妥，反而对石蕤采取了放纵支持的态度，不仅让自己精通相扑的卫士帮忙训练她的男子相扑社，而答应帮石蕤的女子相扑社再签下几名高手。这让韩梓儿发了好几天脾气。

这个时代的相扑手主要还是走传说中相扑高手燕青的那种路线，特别讲究灵活性，这次石越父女在燕家庄招揽的这两名女子相扑手，身材都非常娇小，但爆发力都不可小觑，在和石越卫士的对战中，竟能不落下风。石越不知道这个燕家庄和传说中的燕青有没有关系，但很肯定这两位高手身价不菲——为了和她们签下五年契约，他一次性付出了一百贯安家费。此后五年内，他不仅要包吃包住，食宿都有相应标准，还要给二人各安排一个女仆并承担女仆的开销，然后每个月还各付二十贯的薪俸。

但贵归贵，只要能让女儿高兴，石越也认了。托大宋朝的福，贵为燕国公、左丞相的石越，薪俸还是很高的。

招揽成功，父女俩都很高兴，就这么晃晃悠悠往汴京城走着，有一搭没一搭地说着闲话。许久没有的幸福感弥漫在石越心头，他不由得希望时光能停在这一刻。

但现实总是格外让人讨厌，石越心中刚刚冒出这样的想法，远远地，他就看到了自己在此时此刻绝对不想看到的脸。

前方官道的柳树下，潘照临骑了一匹黑驴，正似笑非笑地望着迎面而来的石越。

见着石越，潘照临拍了拍胯下的黑驴，缓缓靠近，朝石越和石蕤拱了拱手："见过丞相！见过嘉乐长公主！"

石蕤在马上回了一礼，好奇地打量着这位传说中她父亲的第一谋臣。石越却是有些无可奈何地扶了扶额，问道："先生怎么有雅兴在此？"

潘照临笑了笑，也不介意，轻轻拨转驴头，和石越父女并辔而行，一边说道："特来告诉丞相一个消息。"

"先生可知我现在在休沐？"石越委婉地拒绝。

但潘照临根本不予理会，自顾自地说道："这个消息，恐怕丞相非知道不可。"

石越笑了笑，没有接话。

只听潘照临仿佛漫不经心地说道："我们的'盟友'没了！"

"我们的'盟友'没了!"崇政殿内,枢密使韩忠彦一脸苦涩,"种朴亲自出境确认的情报,耶律冲哥大破粘八葛、克列部,斩首过万,秃骨撒自缚请降,被送到辽主宫中为奴。磨古斯率数千骑向西逃窜,耶律冲哥正纵兵追杀。一旦他彻底解决磨古斯的后患,将粘八葛、克列二部收编的耶律冲哥,会是个大麻烦……"

殿中,赵煦及范纯仁、吕大防、许将、李清臣众臣,都是表情凝重,众人的视线偶尔还会似不经意地扫过枢密副使王厚。此时,崇政殿内的每个人心里,都不免会冒出一个念头——如果当初采纳的是唐康的方略,结果又会如何?

然而,这还不是全部的坏消息,王厚面无表情,接着韩忠彦说道:"此外,据蔡京报告,他抓获了一个辽国贵人,据此人招供,进入辽境的高丽军队已被辽军击溃,高丽军队被斩首五千级!密院已经派人去设法查证此事真伪,但恐怕我们也要做好最坏的打算了……"

"高丽军队无关紧要!"吕大防冷静分析道,"真正的心腹之患,是耶律冲哥。在他彻底稳定山后局势之前,我军至少应该攻下涿州,否则山前的局势恐怕会崩溃!"

"涿州那边战况如何?"赵煦问道。北伐局势的变化来得太快,让他有些猝不及防。召回王厚后,北伐军队迅速出兵,一路势如破竹就攻到了涿州城下,这让赵煦对北伐充满了信心,这一个多月来,他一直在期待涿州传回捷报,幻想着北伐大军攻克析津府的那一刻。谁知道,北伐军队屯兵涿州城下师老无功,一个多月没半点儿进展,前线传来的,却是极为不利的消息。

这让赵煦心里有一种说不出来的烦闷,他隐隐后悔当初没有采纳唐康的建议,后悔召回王厚太晚了。

"唐康还在和涿州辽军激战。"韩忠彦委婉地报告。

"章惇、田烈武呢?"坏消息让赵煦有些不耐烦。

被章惇算计的王厚嘴唇动了动,没作声。

赵煦又更直接地询问:"可否令章惇、田烈武出兵增援涿州?"

"陛下,章惇现在的方略没有太大问题。"韩忠彦连忙回答,"枢密会议推演过,如果章惇和田烈武将主力全部带到涿州,会给我军的粮道增加成倍的压力,辽军只要在涿州坚守十天以上,我们很可能就会自己把自己拖垮。"

"增兵的确没有必要,但臣以为不妨令神卫营带着火炮去增援。"王厚不动声色地下着眼药。

"火炮……"赵煦沉吟了一下,"此事陈元凤也提过好几次,但章惇坚决不同意,他不愿意在攻打析津府前,火炮再出现任何损失。"

"章惇既打定了主意,朝廷纵下指挥,恐怕他也不会听从。"韩忠彦无奈地说道。

赵煦更是烦躁,"唐康几次上表,希望朝廷下旨,让陈元凤所部暂时听他指挥,或许……"

"陛下,陈元凤官阶比唐康高,怎会答应?"许将连忙帮陈元凤说话。

"这也不成,那也不成,那究竟当如何?"赵煦终于发起火来,小皇帝从御椅上腾地站了起来,大声问道,"难道就只能这么看着唐康他们在涿州城下师老无功吗?"

一直没怎么说话的右丞相范纯仁突然轻声说道:"陛下何不问问左丞相呢?"

此刻,城西的官道上,石越听完潘照临带来的消息,瞥了潘照临一眼,状似随意地问道:"不知为何,我似乎觉得潜光兄很高兴?莫非潜光兄还在想着我临危受命接过北伐的指挥权吗?"

潘照临没有回答石越的问题,而是唏嘘感叹:"我好久没听到丞相叫我潜光兄了!"

"是吗?"石越愣了一下神,也不觉感叹道,"原来我们早就在不知不觉间改变了。"

同一时间,西梁院职方司内,司马梦求手里拿着一叠资料,右手竟在微微颤抖。良久,他长叹一声,用几乎微不可闻的声音自语道:"潜光兄,真的是你吗?"

2

耶律冲哥大破粘八葛、克列部，高丽军队疑似全军覆没……石越并没有因此决定提前终止自己的假期。这并不是他不关心北伐战局，而是石越对于北伐的困难，有着比其他人更加清醒的认识。现在的辽国，在军事上仍然是一个强大的帝国，而且还拥有着耶律信与耶律冲哥这样的名将，如果北伐势如破竹没有一点儿风险与挫折，那才是不合常理。大辽不可能仅仅因为粘八葛、克列部的叛乱而动摇，宋军的北伐也不可能寄希望于高丽军队，对此，石越早有心理准备。更让他能如此从容镇定的，是章惇甚至比他想象的还要明智谨慎，而现在在涿州的，是唐康所辖的军队——这些军队以番军为主，说得不好听点儿，即使真的全军覆没，也动摇不了宋朝的根本。而唐康麾下拥有着慕容谦、折克行、吴安国、姚雄这样一大批名将，在兵种上更有大量的骑兵部队，所谓"全军覆没"，那几乎是不可能发生的事情。就算两耶律率辽军精锐齐至，唐康所部最多也就是吃点儿小亏。所以，石越非常镇定，只要章惇保持现有的谨慎，他心里早盘算过最坏的局面——北伐失败，陈元凤部损失惨重——最坏也就如此而已了，这又有什么好慌张的呢？

当局者迷，旁观者清。而石越自北伐以来，可是一直站在局外当旁观者的！

其实，在得知耶律冲哥在西京道取得大胜的消息后，石越心里在好奇，辽军在南京道的指挥官究竟是谁？宋朝君臣一直默认在南京道指挥作战的是耶律信，这可能也是章惇这样嚣张的人也极为谨慎的原因。哪怕耶律信在南侵时吃了大败仗，但人的名、树的影，宋朝君臣将相，心里面还是很认可耶律信的能力的，没有人真的敢轻视他这样的名将。石越一开始也是认为在南京道指挥辽军的必定是耶律信，但随着宋军与辽军在山前的一系列交战，他对这个判断，其实已经有些怀疑了——辽军表现得太中规中矩了，甚至有些消极被动的感觉，似乎完全在照搬当年耶律休哥的战术，而在石越的心里，耶律信却是一个攻击性很强的将领。这让石越有一种强烈的违和感。

但这种直觉性的东西，此时说出来也没有意义，而且，宋朝君臣将辽军主将默认为耶律信也是有好处的，料敌从严总比麻痹大意吃亏上当强。所以，石越也没有向任何人吐露过他心里的怀疑。

和潘照临在内城的宜秋门附近分手后，石越甚至没着急回府，而是又和石蕤一起转道去白水潭附近一座燕国长公主的赛马场，看了一场赛马——和每年冬至前开封府在城北举办的赛马大会，或者汴京其他面向民间的赛马比赛不同，这个马场竟然是会员制的，主要招待汴京的势家权贵，这让石越颇为惊讶。他在这里，看到了不少勋臣外戚权宦，汴京各省部寺监的官员，世代显宦之家的衙内，甚至还有班直侍卫与禁军将领出入其中。石越随便一询问，才知道这个赛马场虽然开办的时间还不到一年，但在汴京上层圈子里已经非常有名。因为这个赛马场的门槛非常高，宗室要求两代以内有公爵以上爵位，内臣要求两代以内做到入内内侍省的内东、西头供奉官以上，其他则需要家族中三代以内有人做到常参官，也就是升朝官，或者甲科进士出身……才有资格申请审核。但这些只是最低要求，十个申请者里面，只有两三人会被同意加入。但越是这样，这个赛马场就越是炙手可热，无数人挤破了头想获得来这里下注的资格。

这让石越有些后悔出现在这里。想都不用想，这里绝对不可能是一个单纯的赛马场这么简单。他旁侧斜击一问，便从石蕤口中得知燕国长公主经常在这里接见诸侯国的使节……这让石越忍不住在心里嘀咕，这位长公主殿下，越来越不像传统的宋朝公主了。但好在石蕤还是比较单纯的，她来这里，纯粹是来给她家松漠庄的一匹赛马助威的。

可惜的是，石越家的这匹赛马不是太争气，在八匹马的比赛中，跑了个第七名，把石蕤气得嘟着的小嘴都可以挂油瓶了。而夺魁的那匹马，主人竟然也是个女孩子，而且也是出身名门，是吕公著的孙女，现任国子监司业吕希哲家的千金。

燕国长公主的这座赛马场，由一座座两三层的宫殿式建筑组成，这些建筑互相独立区隔，连出入的通道都是单独隔离的，可以保证互不打扰。这也是很多权贵之家的女眷很喜欢这里的原因。

吕家那位姑娘和石蕤大约是老对手了，从未想过石蕤会带男眷过来，她赢了比赛后，为了更好地享受胜利的乐趣，在石蕤的伤口上快乐地再撒上一把盐，于是得意扬扬地便带着一干随从冲了过来。不料刚刚闯进石蕤的小楼，抬头却看到了当朝左丞相，吓得她连基本的礼仪都忘了，扭头就跑，场面一时既尴尬又欢乐。

石越得知对方的身份后，也是非常惊愕，他很难想象吕公著的孙女、吕希哲的女儿会是一个赛马狂热爱好者，更难以想象吕家会这样放纵她，这让他感觉非常不合理。但仔细想想，她的曾祖父是吕夷简，一切又似乎非常合理……

但不管怎么说，石越还是非常感激她的，没有她这个小插曲，石越还真不知道要怎么才能哄好自己的女儿。

休沐的时间总是要走得格外快一些。一天的时光，就这样在不知不觉间消耗殆尽，当石越父女回到州桥附近的左丞相府时，汴京城内已是灯火辉煌。

一行人刚刚踏进家门，石越就看到庞天寿领着两个小黄门脚步匆匆地从自己家里的正厅迎了出来。

朝石越行了一礼，庞天寿就焦急说道："石相公，官家召见。"

"现在？"石越不由抬头看了看已然全黑的天空，然后马上意识到，自己的假期，结束了。

迅速换了一身衣服，石越随着庞天寿从东华门入宫。这时候就显出住在州桥附近的优越性了，比住在学士巷时，入宫的时间节省了一半以上。

入夜以后的禁中大内，大部分宫殿都没有点灯，有些黑漆漆的，和宛如白昼的汴京城比起来，显得有几分寒酸。石越知道这是从宣仁太后开始削减宫中开支导致的，从这方面来看，高太后固然是贤太后，赵煦其实也称得上是个好皇帝。宋朝在河北对辽国的战争也好，现在发动的北伐战争也好，并没有太严重地影响汴京市民的生活，反而是皇宫的生活受到很大影响。这是绝大部分君主都做不到的，尤其是赵煦统治的，是一个相当富庶的帝国。虽说宋朝皇帝受到文官政府的强大制约，但毕竟仍然是君主制的帝国，赵煦若然真的要放纵一下自己的欲望，也是很容易做到的。当年强大如关陇集团，也阻止不了李治和武则天夫妇，则天皇后随便找几个李义府之类的投机分子，就可以将李渊、李世民父子两代辛苦建立的政治秩序瓦解破坏。宋朝的文官秩序，又能比当年的关陇集团强多少呢？帝制就是帝制，皇权就是皇权。跟在庞天寿身后的石越，有些心不在焉地发散着自己的思维，又想起潘照临曾经拿长孙无忌和自己相比，突然觉得，在某些方面，自己和长孙无忌还是有相似之处的——当年的长孙无忌，虽然是在山东士族集团接受教育并长大成人，最后却阴差阳错成为关陇集团最后的领袖与守护者；自己同样也不是土生土长的宋朝士大夫，然而，在王安石、司马光这一代真正的士大夫相继去世后，自己似乎也不知不觉间，成了宋朝士大夫秩序某种意义上的保护者……想到长孙无忌和关陇集团的悲剧性命运，又想起另一个时空中北宋的结局，石越忽然间竟有了一丝害怕，他真的不会重蹈长孙无忌的覆辙吗？

"石相公，请在此稍候。"庞天寿的声音将走神中的石越猛然惊醒，他抬起头，这才发现已经到了崇政殿外。

他点了点头，庞天寿趋着小步急急入殿通传，很快又出来，对石越躬身一礼："官家宣相公入殿。"

石越稍整冠袖，大步走进殿中。却见崇政殿内，燃着十几枝巨大的蜡烛，但烛火中闻不到香料的味道，显示这些蜡烛看起来壮观，但其实是些便宜货。明亮的宫殿之内，最显眼的，则是东侧的廊柱间，挂着的一幅巨大的羊皮地图，石越只扫了一眼，就知道那是河北、河东及幽蓟地区的地图。小皇帝赵煦就站在那幅地图前，目不转睛地望着地图。

石越心里很清楚，小皇帝的这个姿态是特意摆给自己看的。他也不慌不忙，行礼如仪："臣石越拜见陛下。"

"相公免礼。"赵煦亲自过来，扶起石越，拉着他一道走到那幅巨大的幽蓟地图前，单刀直入问道，"耶律冲哥之事，相公可知道了？"

"臣已得知。"

"那相公可有应对之良策？"赵煦转头，满脸期待地望着石越。

石越却没有直接回答他，而是看了一眼殿中的一座座钟，没头没脑地说道："陛下，现在已经快到亥正了。"

"啊？"赵煦有些莫名其妙。

"臣以为，最好的应对之策，就是陛下回寝宫安心酣睡。"

赵煦皱起了眉头，有些不太高兴，"相公莫要开玩笑，军情不利，朕如何能睡得着？"

"陛下，如今的情况，就算臣在雄州任宣抚使，除了好好睡上一觉，也别无他法。"石越老老实实回答道，"臣知道陛下担忧什么，但现在在涿州的将领是慕容谦、折克行，还有吴安国，如果他们几个都没有办法，臣也不可能有办法。"

赵煦沉默了一会儿，他打量着石越，似乎想从石越的表情中，判断这是他内心真实的想法，还只是在推搪自己。过了好一阵，他才出声问道："话虽如此，倘若，朕是说万一，万一北伐……相公愿意再替朕去一次河北，主持大局吗？"

"陛下放心，只要章惇不失章法，必不至有不堪言之事。"石越镇定地给赵煦派着定心丸，"若果真有那一天，臣亦义不容辞。"

得到石越的这句许诺，赵煦顿时大喜，高兴地说道："相公果然赤诚为国……"

赵煦的这次深夜召见，又持续了小半个时辰，君臣之间的气氛前所未有的和睦。赵煦拉着石越，问了许多他统兵和西夏、辽国作战的经验，石越的性格到底没有富弼那样的强势，不至于张口就说什么"愿陛下二十年不言兵事"，赵煦问什么，他就老老实实答什么，但也不多说半句，饶是这样，已是让赵煦兴致勃勃。如果不是向太后几次派人来劝赵煦回去睡觉，石越怀疑赵煦能和自己聊一个通宵。

从禁中出来后，石越的马车穿行在汴京的夜市中，石越坐在车里，心事重重地发着呆。也不知过了多久，他猛然回神，从车窗外看到路边出现一个似曾相熟的身影——一个算命的老头，打着卦幡从路边走过，石越看了一眼周围，不由一阵悸乎，竟然真的到了当年他送诗册给楚云儿的地方。"停车！"石越连忙喊道，仪卫马上停下了脚步，所有随从都莫名其妙地看着石越，但没有人敢多问什么。石越快步下车，回头去看那个算命老头，但对方早已消失在汴京夜市熙熙攘攘的人群中。石越也无法确定，他是不是当年自己曾经在这里抽过签的老头。那注签的内容，他二十余年来，一直记得很清楚——"亦予心之所善兮，虽九死其犹未悔。"

石越凝视人群很久，才惘然回首，却没有走回马车，而是走向当年送诗册给楚云儿的那座酒楼。只是，他的身份今非昔比，贵为大宋朝的左丞相，他刚刚朝酒楼的方向走去，随行的石鉴使了个眼色，四名班直侍卫便已抢先几步，准备进去清场。

石越不由叹了口气，更觉意兴索然，停下脚步，正准备放弃这"扰民之举"，却听到旁边的酒楼上传来一个熟悉的声音："子明相公！"他循声望去，赫然看到大宋朝的右丞相范纯仁，正在街另一边的酒楼上，一脸微醺把头伸出窗来，毫无仪态地朝自己挥着手。

同一个晚上，开封府鄢陵县外的一座小山坡上，一身黑袍的司马梦求，一人一马，居高远眺。在他的视线中，是一座映印于松柏之中的小道观。

3

次日，三月二十一日早晨，因为非朔非望，在待漏院等候上朝的官员，都是大宋朝的高级官员，少监、少卿、侍郎、侍御史、起居舍人、中书舍人……差不多都是这等级别以上的官员。在事先没有半点儿风声的情况下，他们惊讶地看到，好久不曾出现在朝会上的左丞相石越，竟顶着个巨大的黑眼圈，出现在了待漏院，脸上还有着无法掩饰的疲惫。然后，他们又看到素来很重视仪容，永远翩翩君子温润如玉的右丞相范纯仁，也是满脸倦容。

这里每个人都知道石越正在休沐中，他突然来参加朝会，已是足以震动汴京的大新闻，而左右丞相的这副样子，更是让所有人都在心里暗自揣测，究竟发生了什么大事，竟让石越和范纯仁都通宵未眠，让石越提前结束休沐。即便韩忠彦、吕大防等宰执大臣，也是同样惊讶，他们一边过来热情地和石越打着招呼，一面忍不住旁敲侧击，心里不免暗暗担心，难道耶律冲哥又搞出什么大事来了？

一肚子心思的石越,一面心不在焉地应酬着众人,一面在心里判断,待会哪些人会是自己的盟友,哪些人会是自己的敌人,哪些人则可以争取……还不时拿眼睛瞟在一边独自出神的范纯仁。

石越心里面回想着昨晚和范纯仁见面的情形——当范纯仁和石越打招呼的时候,虽然在石越看来他只是"微醺",但实际上,范纯仁已是有几分醉意了,否则,以范纯仁的性格,其实是做不出当街喊石越一起喝酒的事情的。

而石越一上去,范纯仁就和他滔滔不绝地聊了起来,说是"聊",开始的阶段,大多数时候其实只是范纯仁一个人在说话。石越到这时,才知道范纯仁身上背负的压力,一点儿也不比自己小,而就两个人的性格来说,范纯仁其实远比他辛苦。他也是这时候才知道,原来,范纯仁也打算辞相。

想着大宋朝的左右丞相都计划着辞相,不知道为什么,作为当事人的石越,在当时真实的感受,并没有什么伤感或者沉重,而是很想笑。他莫名觉得这件事情很好笑。只是顾忌喝多了酒的范纯仁,只能拼命忍着。

和石越不同,范纯仁的辞相是被逼的。高太后给他的遗言,就是"相公宜早归去,让官家自用新人"。从高太后的遗言中,石越能感受到她的无奈,眼不见则心不烦,高太后心里很明白,在她死后,小皇帝真想做什么,别人拦不住。她不指望范纯仁、吕大防他们,也没有指望石越,而是希望范纯仁能有个好下场……这是高太后的智慧,这位宣仁太后比起石越,要更早一步看清楚皇权就是皇权!

这让石越十分唏嘘,他隐隐有种感觉,虽然政见迥异,地位不同,但高太后,其实也是应该归为王安石、司马光这一代人之列的。

但范纯仁内心深处,没有高太后那么看得开,放得下。他内心深处不想辞职,不希望旧党交出对朝政的主导权,更不想让赵煦就这样轻易决定了大宋这艘大船的方向……他也有他想要坚持维护的东西。

这让他内心深受折磨,是做诤臣,还是明哲保身?但坚持不妥协不退让,真的就是对的吗?若不遵从高太后的遗嘱,会不会被人讥笑贪权恋栈?但即使留下来,倘若矛盾激化,党争再次走向激烈,他岂非又成了大宋的罪人?可是,就这样放弃,不仅难以甘心,更觉得自己像个逃兵,辜负了国家,辜负了高太后、高宗皇帝，辜负了司马光，死后更不知道要怎么样去面对自己的父亲……

一直背负着沉重压力的范纯仁，在收到北伐不利的消息后，仿佛最后一根弦崩断了。他支持北伐、相忍为国，这样的妥协，真的是对的吗？

这个晚上的范纯仁，已经不知道什么是对什么是错，自己又应该坚持什么放弃什么……他故意不再理会平常对自己的约束，故意让自己去做一些平常绝对不会做的事，包下汴京的一座酒楼，毫无节制地喝醉……

但仿佛是宿命一般，范纯仁竟见到了石越。

虽然各自立场不同，但是，范纯仁心里知道，石越是除了他父亲与司马光外，对他影响最大的人。他也不在乎会被石越看了笑话，或者说，在内心的深处，是故意如此，他把头伸出窗去，喊出了石越的名字。

而范纯仁的心情，石越心有戚戚焉。或许，此时此刻，整个大宋，也不会有比石越更明白范纯仁心情的人存在了。

两人都有想要坚守的东西，但都迫于种种原因，不得不撒手退让妥协，同样的，他们心里，都无法肯定自己的选择就是正确的。

过于固执坚守所谓正确的东西，结果却经常诞生难以承受的恶果。但妥协退让，真的就能海阔天空吗？

这就像关扑，即使是石越和范纯仁这样，已经位极人臣，也无法知道答案。

于是，听着范纯仁吐露心声，石越感觉每句话都是在说自己，然后，他也不知不觉喝多了，他和范纯仁说起了长孙无忌的事。

范纯仁先是惊讶地听他说着什么关陇集团、山东士族，然后，他就听到了范纯仁的哈哈大笑。

"就算子明你说的那什么关陇集团、山东士族真的存在，大唐之世，门阀已衰，士族将亡，长孙无忌的失败、则天皇后的胜利，亦不过是顺应时势而已。而大宋，却是士人兴起的时代，一个是早晨的朝阳，一个是傍晚的落日，又怎可同日而语？门阀士族自东汉兴起，至五代衰亡，经历了几朝几代？朝代或有更替，大宋也未必不会亡国，但士人的时代，不会随大宋之兴亡而结束！想不到石子明你也会有杞人之忧的一天！"

喝多了的范纯仁，说着即使在宋朝，也有大逆不道嫌疑的话语，大声嘲笑着石越。

但他不经意的话语,却如同闪电劈过夜空,惊醒了石越。范纯仁是对的,哪怕经历了蒙元的浩劫,宋朝的士大夫没了,但明清的士绅却崛起了。即便丧失了理想与尊严,充斥着犬儒主义,甚至满身的奴才味道,但不管怎么说,这个士人的时代,都持续了一千多年!

也许是喝得太多了,趁着几分醉意,石越向范纯仁提出了一个想法。

然后,听得手舞足蹈的范纯仁和石越约定,就在今天的早朝,将这个想法公开说出来。趁着他们两个还是左右丞相,将这件惊天动地的大事办了。

事实证明,人喝多了,胆子是要大许多。

当二十一日的清晨,石越被韩梓儿从宿醉中叫醒后,他马上就一阵头疼——这个时代的酒在宿醉之后是不怎么会头疼的,尤其是范纯仁昨晚请的酒品质算是很好的,但约定就是约定,是个炸弹,今天也得扔出去。否则,他和范纯仁就要成为天下的笑柄了。石越只好仓促写了一封奏章,让人抄好,揣在袖子里,前来上朝。

因为临时要写奏章,石越来得有点儿晚,在待漏院没待一会儿,早朝就正式开始了。石越、韩忠彦在内侍的引导下,领着文武臣僚上殿,觐拜皇帝。然后,石越、范纯仁、韩忠彦各自落座。

行礼如仪后,御座上的赵煦目光落到了石越身上,脸上露出和蔼的笑容,笑道:"昨晚见过子明相公后,朕算是安安稳稳,睡了个好觉。"

殿中众臣的目光,瞬间都落到了石越身上。大多数人都是又惊又喜。不管对石越的态度怎么样,君相不和的隐忧一直萦绕在大宋朝廷之上,对以旧党、石党为主的宋朝朝廷来说,多数官员还是希望朝局稳定一点儿好的。

没想到,一夜之间,皇帝和石越的关系就得到极大好转。

众宰臣之中,对此最为高兴的,是韩忠彦和曾布,两人喜形于色,和面不改色但心里不知道在想些什么的其他宰执大臣,形成了鲜明对比。

皇帝主动示好,石越当然不能不给这个面子,更不用说他今天还有求于人,连忙回道:"陛下宵衣旰食、勤政爱民,实乃天下之幸。但天下之重,系于陛下一人，臣还望陛下保重龙体。陛下万寿安康，才是大宋最大的幸事。"

赵煦越发高兴了，点头笑道："朕知道了。"又笑着问道，"听说子明相公昨晚回去后，和尧夫相公在白衣楼喝酒了？"

这下，殿中众臣更是惊讶了。

对皇帝知道自己昨晚和范纯仁喝酒的事，石越倒是早有心理准备，以他和范纯仁的身份地位，晚一点儿，全开封都会知道这件事。而早朝之前，肯定会有内侍将这事告诉皇帝。不过，他们喝酒的地方叫白衣楼，石越却是现在才知道。

他朝赵煦欠身拱手，一本正经地回道："回陛下，臣昨晚的确是路过白衣楼，偶遇尧夫相公，故此停留，与尧夫相公一道商量了一件大事。"

范纯仁脸红了一下，也朝着皇帝欠身拱手，但没有说话。

"哦？"赵煦饶有兴致地问道，"不知是何大事？"

"兹事体大，还请陛下亲览。"石越从袖子里掏出奏章，双手捧起。庞天寿连忙过来接过奏章，呈给赵煦。

赵煦打开奏章，认真浏览起来。

石越一边向其他宰执及殿中众臣介绍："臣昨晚与尧夫相公商议的，是关于门下后省之事。"

"自熙宁新政以来，立门下后省给事中之制度，行之有年，亦可称效果斐然，但总还是有些弊端。最大的问题是诸科给事中权力既太大又太小，一个给事中，就可以封驳两府宰臣签押之事，这让给事中免不了有邀名之事，即便给事中公允正直，也免不了受限于个人的学识与才能，做出错误的封驳；另一方面，则是给事中也免不了有贤愚不肖，这其中便有漏洞可钻，皇帝、两府有事担忧给事中封驳，有时会刻意绕过刚直的给事中值日之时，等好说话的给事中值日时，才将敕旨送到门下后省，结果又让门下后省形同虚设……"

"因此，臣与尧夫相公商议，建议对门下后省进行改革。改革的重点，是扩大诸科给事中的人数，一方面，由各路、军、州致仕官员、曾考上举人的儒生、侯爵以上勋臣，以及每年纳税额在一百贯以上人家，共同推举本路、军、州士绅清流若干名，经考试经义、律令、钱粮水利之学合格后，授'给事中里行'之职；同时，也增加诸科给事中名额，使诸科给事中与给事中里行人数相当，诸科给事中由皇上与左右丞相、枢密使副、参政知事荐举任命，宰执大臣得各荐举一名诸科给事中，其余诸科给事中则由皇上选任。诸科给事中与给事中里行共同组成门下后省给事中会议，凡事至门下后省，即由诸科给事中与给事中里行共同审议，投票决定是否通过，都给事中、副都给事中自此只负责安排议事日程，主持议事，考核给事中品行等事务，除非投票为平局，否则无投票权……"

"如此，则给事中之封驳大权，全出于公议，兴利除弊，门下后省制度，将可完善。"

石越说完，赵煦也已经差不多看完了奏状，他脸上的笑容早已不见，默默将奏章放在面前的御案上，目光在石越和范纯仁身上游移。

"子明相公、尧夫相公，你们真的只是想要改革门下后省制度吗？"赵煦提出质问时，嘴角间忍不住流露出一丝讥刺的笑容，他将目光投向其他宰臣，问道，"诸卿以为两位相公的建议如何？"

"臣以为不便。"许将见到皇帝的眼神，第一个出声反对，"两位相公所献门下后省新制，规模过于宏大，牵涉过多，朝廷平添许多官职，每岁所增薪俸之费，便已可观；且给事中一多，必增纷扰，每逢一事，争来议去，拖延时日，亦非国家之利。此去一弊，增两弊，臣未见其便。"

"臣亦以为不便。"李清臣也站了出来，高声说道，"汉朝之时，为除郡守不廉少忠之弊，而设刺史，其后地方之权，遂归刺史，而郡守反成下僚。今若设此给事中会议，则是以给事中之职，凌驾于宰执之上，日后天下之事，必不在两府，而在门下后省。臣未见其可。"

许将和李清臣接连表态，而且抨击的地方都在要害之上，石越虽然从未敢小觑天下英雄，但也不由有些意外。但更让他意外的，却是吕大防也站了出来，高声道："臣亦以为不便。天下大事，当出一二人之口，决一二人之手，若兴此议，日后给事中挟所谓'天下公议'之名决是非，朝中大事，军国大政，必皆媚于流俗之论。朝廷若欲行此政，臣纵血溅墀前，亦必死谏！"

所有人都万万没有想到，吕大防竟然一开始就摆出势不两立的决然态度。石越扫了一眼范纯仁，见对方面露犹疑之色，显然，他内心也动摇了。

但即使是石越自己，也不得不承认，吕大防说的并非没有道理。

然而，即使如此，他也没有想到，最后连韩忠彦也断然反对自己。"臣亦以为不便。"韩忠彦语气温和，但言辞十分犀利坦率，"门下后省之制，虽然是熙宁中子明相公所倡，然并非子明相公一人之私见，制度之形成，乃当时先帝与许多大臣共同的见解。其中不乏各种争议，亦包含许多妥协，许多制度，看似不甚合理，其中却有先帝与熙宁群臣之深意在焉。便如门下后省之制度，表面上看，的确有各种漏洞，但中间有先帝的大智慧。先帝之目的，是欲以门下后省制约宰臣，不可以为所欲为，但同时，又让给事中不能真的凭封驳之权，便凌驾于两府之上。给事中官卑权重，其作用，不过是替皇上、替朝廷、替大宋把守最后一道门的守门人，所以，给事中既重要又不重要，便如子明相公所言，权力既太大又太小。但臣以为，这不是门下后省之弊，而正是门下后省制度最巧妙之处。天下之事，若全然寄望于最后的守门人，这个天下，也就不成为天下了，给事中是否出于公议，也已经无关紧要了。"

韩忠彦的这番话，可以说说到了赵煦的心坎里，门下后省是皇帝用来制约宰臣的重要工具之一，如果按石越与范纯仁的建议改革，即使皇帝可以任命大量的诸科给事中，但这个给事中会议如此有代表性，打着"天下公议"的旗号，以宋朝士大夫的秉性，这些人必定会成为皇帝最大的掣肘，赵煦才不想亲自给自己带上脚镣……但他不能亲自出来反对石越的建议，因为赵煦年纪虽小，却并不傻，他知道大宋是与谁共天下，石越的这个献议，明显是站在士大夫立场上的，是讨好全体士大夫阶层。

但正因为如此，它反而不可能成功。

所谓"全体士大夫阶层"是个虚无缥缈的东西，讨好所有人，实际就意味着讨好不了任何人。这殿中的大臣，都属于士大夫阶层，但是，没有明确的敌人，没有明确的反对者，那就没有急迫性，他们就会本能地优先考虑自己的利益——而在这方面，他们的利益和赵煦是完全一致的，皇帝不想被掣肘，难道两府的宰臣会愿意吗？难道各省、部、寺监的官员会愿意吗？现有的门下后省制度他们就很烦了。没有急迫的危机悬在头顶上，这个世界上，有几个人会真正为了虚无缥缈的所有人的利益，去牺牲自己的切实利益呢？

这个时候，赵煦只要稍稍退一步，不去用实际行动提醒殿中的大臣，皇权和士大夫之间是有对立一面的，现有的制度下，士大夫们对皇帝其实并没有真正的硬性制约的手段。大部分人都会满意于现有的和皇权之间的和谐关系，没有人会去思考，为了换一个制约绝对皇权的硬性手段，是否应该放弃、牺牲点儿什么……

说白了，石越和范纯仁所说的门下后省制度，在本质上，根本不是一个所谓"好制度"，它反而是牺牲了很多好的东西，而目的只是预防某些最坏情况发生。这个代价是否值得，不同时代的人，会因为自己的切身遭遇，而有不同的答案。这一点，韩忠彦是错的，石越和范纯仁的门下后省，才是真正的最后的守门者。

但包括石越在内，这殿中的大臣，没有人会想到，还不到二十岁的小皇帝，对这件事情，会有如此深刻的见解。因为他们并不知道赵煦的老师桑充国平时都在研究些什么，他们对桑充国的了解，还停留在十五年前的《天命有司》阶段……他们大部分人都没有听说过，白水潭学院有个"三代社"，这是一个主要对石越的《三代之治》进行推衍、研究的学术性社团，社员人数很少，不到二十人，但是桑充国、程颐都是其成员，他们的学术成果并不公开刊行，外界少有人知道。表面上，这似乎是一个没什么影响力的高端纯学术社团，但实际上，这个少有人知的社团，可能是绍圣年间最重要的组织。因为，皇帝赵煦，是"三代社"的成员！这是除了桑充国和程颐，无人知道的秘密。连三代社的其他成员，都不清楚，他们为皇帝赵煦亲政后如何处理和宰臣之间的关系，如何迅速掌握权力，做出了多大的贡献。

石越并不知道，他已经"过时"了。他在绍圣八年提出来的东西，三代社早就对类似的制度做过无数次的推演与讨论，赵煦和桑充国也不知道悄悄聊过多少次，桑充国对他毫无隐瞒，其中的利弊，尤其是涉及皇权方面，赵煦早已经一清二楚。

石越的建议被宰臣们否决，是赵煦所乐见的，但是，他并不想让石越下不了台，他和这位左丞相的关系好不容易得到缓和，他还指望能在北伐上依靠石越。赵煦在其他事情上，都可以找到石越的替代者，唯独在北伐上，在他心里，没有人可以替代石越。而讽刺的是，北伐是赵煦最重视的事情，却正好是石越最消极的事情。

韩忠彦说完后,殿中大臣一个接一个发言,除了曾布和苏轼帮石越缓颊了几句,其他大臣基本都是认为"不便",即便曾布和苏轼,也没有明确表示支持,显然二人心里的真实想法也是反对。曾布是出于党派利益,苏轼则应该是不想落井下石⋯⋯

赵煦一边心不在焉地听着,一边观察着他的两位丞相——范纯仁显然没有料到现在的局面,有些如坐针毡,他在努力控制自己,应该是想先等石越进行回应;而石越的表情一开始是明显惊愕,但慢慢便恢复了正常,这表示,他对现在的局面有一定心理准备。这让赵煦心里很有些好奇,明明有所预料会受到激烈反对,那为何石越还要上呈此议呢?

这个问题在他心里一浮出来,他脑子里忽然就闪过桑充国夫人曾经对他说过的话——有些时候,有些大臣会向他上一些明知道会被驳回的奏章,这并不意味着他们不知道自己在做什么,上奏章这件事,本身就有其作用。

那石越真实的目的是什么呢?

赵煦原本想替石越找个台阶,但突然明白过来石越并没有指望毕全功于一役,他马上改变了主意,决定静观其变,看石越如何拆招。

又等了好一会儿,殿中所有想发表意见的人终于说完了一轮,便见石越从容地朝自己行了一礼,呵呵一笑,然后轻描淡定地说道:"陛下,既然诸公都如此反对,想来臣和尧夫相公的思虑,或确有不周全之处。便如师朴相公所言,熙宁新官制,臣虽有倡议之微末功劳,但真正成功,却是先帝与熙宁群臣群策群力的结果。今日之事亦然,诸公言之成理处,臣断不敢置若罔闻,门下后省改革,本非细事,也正该广纳天下之言。兼听则明,臣请陛下将此事下两制以上杂议,若朝议果然以为不便,臣亦不敢敝帚自珍,愿听公议。"

"公议?今日朝会之上的声音,还不够公议吗?子明你是要听公议,还是想挟流俗以自重?!"石越的话音刚落,不止是赵煦,殿中许多人瞬间明白了他的真正用意,吕大防马上愤怒质问。但他一而再再而三地提到"流俗",也引起了许将等新党官员的不满——这个词,正是当年旧党经常用来批评新党的。

"微仲公此言差矣,朝廷两制以上官员,怎么也称不上'流俗'吧?"石越淡然回道。

今天的形势出乎意料，尤其吕大防和韩忠彦旗帜鲜明的反对，更是石越没有想到的。但是，他并没有被情绪所左右，保持住平心静气后，石越甚至觉得他们的反对意见挺有道理的，因此，他更没有什么好生气的。

至于他的改革建议，是昨晚和范纯仁喝了酒后灵光一现想出来的，上朝之前匆匆而就写成奏章。如果他指望这样的东西能一鼓作气在朝中通过，那他应该是宿醉至今未醒。

虽然喝多了和范纯仁做了约定，的确是一个重要原因，但石越做事，从来都是很在意步骤的。很多时候，决定事情成败的，往往就是做事的节奏。

想给皇权套枷锁，不由分说拿着手枷脚镣就上？二十几岁的石越都没有这么一厢情愿过，更不用说现在。

从一开始，他的目的就很清晰——将门下后省的改革，作为朝廷严肃讨论的一个改革方案，拿到朝会上，拿到皇帝面前来讨论。它被否决是必然的，但从此，这个方案，就不再是一种理想主义的构想，而成为了一个实实在在的政治方案。只要这微妙的一步迈出来，有石越和范纯仁联名背书的门下后省新制，从此将永远成为一个正式选项。

它可能在很长一段时间都不会成为现实，甚至不会被讨论，但它会一直在那里，告诉皇帝，告诉士大夫，在必要的时候，有这样一个方案可以采用……甚至可以对皇帝构成一种隐晦的威胁，如果你任性妄为，咱们还有另外一个选项……

有人说自由关乎选择，其实权力也一样，权力的本质就是有选择。

一个门下后省新制这样的选项，它不必落实成为现实的制度，就足以对皇权套上一层无形的枷锁，有时候效果甚至比落实了还好。因为正在实施的制度，永远会有各种毛病，但未实施的制度，有再多的问题，它也可以是完美的。

石越一句话把吕大防怼得说不出话来。而殿中众臣，基本上都是极聪明的人，是这个时代的人杰，韩忠彦马上察觉到了石越的真实意图，只要石越不是真的想搞那个什么门下后省新制，让朝议讨论讨论，挺好的。大家都知道原来还有这一种这么不方便的新制之后，就会更加珍惜现在的门下后省制度。但石越的影响力太大,韩忠彦不免担心结果玩脱了,因此说话也很谨慎:"下两制以上杂议自无不可,这是两位丞相一起提出的新制,若有争议,也理当交朝议讨论。但子明、尧夫,倘若朝议否决,又当如何?"

石越回答:"三年之内,此事不再提起。"

范纯仁此时也明白过来,也点头说道:"若朝议否决,三年之内,我与子明皆不再重提起此事。"

"三年……"以赵煦此时的心情而言喻,他想要反对,但是石越的要求完全合理,左右丞相的建议,这点儿要求都不能满足,未免太说不过去。而且他不想和石越在这时候闹不愉快,只好将目光换向李清臣。

察觉到皇帝的视线,李清臣只能硬着头皮站出来,"子明相公和尧夫相公想将此事下朝议,原本亦无不妥。只是,如今朝廷正在北伐,所谓国之大事,在戎在祀,现在朝廷诸事,还当以北伐为先。臣以为,何不暂缓时日,待北伐结束,再下朝议讨论此事?"

这是个不错的理由,赵煦正打算开口将这个缓兵之计给敲实了,但石越看到他的表情,哪里会给他说话的机会,马上抢在他前面驳斥:"邦直此言差矣!北伐固然是大事,但朝廷也没有必要因此停下一切事务。况且这两事之间,并不冲突。恕我直言,难道朝廷让邦直你花几天时间来思考下门下后省新制,就会影响到北伐战局不成?"

石越的讥刺不留情面,范纯仁也默默跟上,补上一刀。

他语态温和地接着石越的话说道:"当日淝水之战,关系东晋生死存亡,谢安遣将调兵后,便高坐谈笑,而桓冲忧心忡忡,时刻担心披发左衽之祸。但最终不管是谢安还是桓冲,都并不能影响到淝水之战的结果,决定胜败的,是在淝水作战的将士。臣不才,忝为右相,但北伐之军在幽蓟,而臣在汴梁,相隔千里,除了尽量调和各种关系,保证前线补给外,臣所能做的,就是让朝廷在战争中维持正常的运转,以免后院着火,给北伐拖后腿。臣以为,就目前来说,似乎还谈不上事务繁剧,让人分身乏术,除了关注北伐外,无暇他顾。反而,维持北伐之外的国家事务正常运转,才是臣的日常事务,所以,臣觉得邦直参政的担忧,似属多余。"

李清臣被二人这么一说，顿时闹了个大红脸，他又羞又恼，想要反唇相讥，但嘴皮微动，便看到石越讥讽的表情，到了嘴边的话立即又咽了回去。他是希望迎合皇帝，以巩固自己在宰执之中的地位，但他并非一个弄臣，而是堂堂宰臣，倘若真要受了太大的羞辱却无法做出有力的回应，那就是弄巧成拙，反而会影响自己的地位。做到这个份儿上便可以了，皇帝不会责怪自己害怕出头，而输给石越和范纯仁，皇帝也不会觉得是他无能。李清臣瞬间用理智控制住了自己的情绪，不再作声。

赵煦无奈地将目光投向许将，但许将也根本没有说话的意思。他反对石越的新制，是担心现在进行改革，门下后省会被旧党和石党控制，尤其是地方士绅举荐的"给事中里行"，必定以同情旧党为主，这明显不符合新党的利益。但察觉到石越并不能真的让新制落实，那许将也就不担心了——未来这个方案，未必就不可以为新党所用，用来巩固新党的势力。一朝天子一朝臣，身为新党的许将，对赵顼去世后，高太后执政新党所受到的打压，记忆深刻，现在的皇帝虽然再度倾向新党，但未来呢？下一任皇帝又会是什么倾向？在帝位更迭之时，石越的这个门下后省新制，不失为一件不错的武器。到时候，完全可以根据储君的倾向，而决定使不使用。打着这样主意的许将，决定退后一步，静观其变。

许将不肯出头，赵煦只好将目光投向下一级别的官员，他亲政后，也慢慢简拔了不少新人，但是，他的目光扫过去，众人纷纷躲避，有少数几人鼓起勇气想要站出来，但在石越的注视下，勇气瞬间消散。

背后上奏章也就罢了，当面对抗当朝左右丞相，二人背后还各自有着根深叶茂的石党与旧党，就算有皇帝的支持，也还是太难了一点儿。尤其是石越，他可从来不是范纯仁那样温文尔雅的谦谦君子。自石越以下，石党之人留给外人的印象，通常都是"长袖善舞、敢于任事、极有手腕"十二个字，也就是说，石党大多朋友众多，经常惹事，为达目的会不择手段……

他们虽然都想让皇帝喜欢自己，想在皇帝面前表现，但他们并不想成为皇帝和石越斗法之中的炮灰。

而这个时候出头，不成为炮灰，可能吗？

赵煦并不清楚他简拔的这些新人心里在想什么，但是，他清清楚楚感觉到了他们的畏惧,对石越的畏惧!而这也让他的目光,渐渐变得冷冽。

权臣!

赵煦心里冒出了这个词。

这就是他此时此刻,最直观、最真实的感觉。即使是他亲自提拔的人,也害怕石越甚于害怕自己。倘若这不是权臣,那什么才是权臣?

但,他才是皇帝!

就在一瞬间,赵煦下定了主意,他不能退缩。至少是此时此刻,他不能退缩。

"子明相公、尧夫相公说得确有道理,但邦直参政所言,也不能不慎重考虑。兹事体大,仓促之间,朕亦拿不定主意。是否要下朝议,改日再议!"

皇帝情绪的变化,也让接下来的朝会气氛变得微妙。

虽然在赵煦开口后,石越和范纯仁都没再就下朝议的事情过多纠缠,然而,众宰执大臣,包括李清臣在内,却也没有一个人理会赵煦的情绪,每个人都视若无睹地继续朝会的程序,公事公办地讨论各种议题……

而赵煦胸中那憋闷的情绪,就这样一直压抑在胸中,无法发泄出来。宰臣们那种对他情绪的刻意忽视,更是让他有了一种无法言说的愤怒。

我是皇帝!

我才是皇帝!

赵煦在心里不住呐喊,却只是让自己越发生气。

直到朝会结束,赵煦回福宁殿的路上,还是怒意难平。

这一天也是多事的一天。赵煦还没到福宁殿,便有内侍前来禀报:"职方司郎中曹谌求见!"

"曹谌?"赵煦怔了一下,马上吩咐,"让他去内东门小殿。"

4

内东门小殿。

稍显阴暗的殿内,只有赵煦、庞天寿、曹谌三人。

"司马梦求秘密调查了左丞相左右之人,在安平之事前后的行踪?"赵煦装出一副惊讶的表情,"此事,你又是如何得知?"

"如此大的行动,司马侍郎再厉害,也需要调动大量的职方司资源,臣忝为职方司郎中,想要完全瞒过臣,即使是司马侍郎,也做不到。而且,臣觉得,司马侍郎根本没有想瞒臣,反而是有意无意,故意让臣知道这件事……但这也是臣费解之处,职方司私自调查左丞相左右之人,这……"曹谌隐隐猜到了事情的真相,但当着皇帝的面,他也不敢问皇帝司马梦求是不是奉了密旨,只能装傻。

"朕知道了,此事朕自会让司马梦求解释。没朕的旨意,你也不得外泄。"赵煦轻描淡写地说道。

"臣领旨。"

"那司马梦求查到什么没有?"赵煦装作随意问道,他心里很清楚司马梦求为何故意让曹谌知道他的调查。

曹谌其实也明白自己的角色是什么,当下心照不宣,老老实实回道:"除潘照临外,其余诸人皆无嫌疑。"他又画蛇添足地加了一句,"臣亦核实过,司马侍郎的结论没有问题。"

"潘照临?"赵煦皱起了眉。

"潘照临自离开左丞相幕府后,向来如神龙见首不见尾,其行踪难以查明,原本亦属正常,不好由此便断定其与安平之事有关。况且,从对左丞相身边左右之人的调查结果来看,潘照临和左丞相在安平之事前后,亦无任何联络……所有的证据,都显示可以推除潘照临的嫌疑。"

听到这个结论,赵煦并没有松一口气的意思——如果这就是最终结论,现在向自己报告的,应该是司马梦求,而不是曹谌。

果然,便听曹谌说道:"但是,臣发现,这次调查中,关于潘照临的内容,太简单了。"

"嗯?什么意思?"

"司马侍郎对其他人的调查,都非常详尽,只要读过这些调查的内容,任何人都不会对将他们排除嫌疑再有任何疑问。唯独关于潘照临的部分,实质性的内容太少了,虽然这可能和潘照临的特殊有关,但是,臣总觉得,这不是我们职方司的能力……"

"你是说?"赵煦的眼睛瞬间瞪大,望着曹谌。

"臣不敢揣测什么。"曹谌的声音有些颤抖,"但臣有些不放心,冒死做了个决定。臣通过家中在军中的关系,悄悄借了两名精锐探马,让他们跟踪司马侍郎!"

内东门小殿内,突然间无比安静,每个人的呼吸声都清晰可闻。

"结果,臣发现,司马侍郎仍然在调查潘照临。也就是说,司马侍郎觉得潘照临仍有可疑,只是他还拿不定主意,所以,刻意没有让臣知道。"

"这是正常的吧?"赵煦强行挤出一丝笑容。

"的确是正常的。"但曹谌的声音仍然在抖,"但是,但是……"

"但是什么?"

"昨天晚上,司马侍郎去了鄢陵县的白鹤观,臣的人看到了潘照临的一个随从出入观中,还带回来几个人的画像,其中一人是……是以前经常出入雍王府的一名道士李昌济!"

"雍王?"赵煦越发惊讶,"李昌济又是什么人?"

"据臣所知,李昌济是当年雍王的重要谋主,石得一之乱后,他便不知所终……"曹谌说着这些事情,背上冷汗直冒。

"石得一之乱!"赵煦腾地起身,"你是说,潘照临和那个李昌济有勾结?"

"并非如此,臣派去的人回报,似乎那个李昌济,是被人软禁在白鹤观……"

"被人软禁?"赵煦有些莫名其妙,只觉得整个事情非常复杂,头绪越来越多,却一团混乱。他怎么也想不明白潘照临怎么会和当年雍王府的人扯在一起,而曹谌的意思,又是潘照临将对方软禁。"这李昌济身上有何秘密?还是他和潘照临有何故旧?否则,不是应当将他举报官府吗?"

"此非臣所知。"曹谌也是不甚了了,"臣只是据此推断,潘照临并不简单,他也不是闲云野鹤独自一人。而司马侍郎会继续暗中调查他,说明他除此之外,应该还有更多的疑点……"

"而臣这边,除此事之外,还有一件事情也和潘照临有关——三天前,负责监视周国使者的亲从官提交了一份报告，说周国使者曾数次见过潘照临……"

"这有什么可疑的？诸侯国交好贿赂大臣左右亲信，不是很平常吗？"赵煦语带讥讽没好气地说道。

"这本来是很平常。只是，只是，臣突然想起了一桩陈年秘辛……"

"陈年秘辛？"赵煦奇怪地看着曹湛，突然想起了对方的身份——他是曹家子弟，曹彬的后代！

"当年欧阳修修成《新五代史》，提到周世宗之子熙让、熙诲时，称不知其所终。臣当年一时好奇，便追问家父熙让、熙诲下落。家父告诉臣，太祖陈桥兵变后，赵韩王[1]欲尽诛恭帝以外周世宗诸子，太祖仁德，不忍，于是将熙诲交由越国公卢琰抚养，改姓卢氏，而将熙让交由郑王潘美抚养，改称潘氏，并让他称潘美为叔。后熙让及其子皆在本朝为官，至真宗皇帝时，真宗对其都格外优容，只是后代不才，其家族便渐渐没落。此事开国诸臣大抵知晓，只是牵涉太多，各家通常都不会对外宣扬，故此世人知之者甚少。到欧阳修时，这些秘辛，更是没几个人知道了。"

"潘美……周国……潘照临……"赵煦惊讶地望着曹湛，"你是说……这应该只是巧合吧？而且，我赵家对柴氏不薄，纵然他果真是周世宗后代……"

"的确，即便潘照临确是周世宗后裔，也不能说明他就心怀叵测。但司马侍郎经常对臣等说，偶尔发生一两件巧合可能是巧合，但若同时发生三四件巧合，那就绝对不可能是巧合。潘照临身处嫌疑之地，他的身世若还藏着如此大的秘密，纵要说他清清白白，恐怕也难以让人相信。臣调阅了所有关于潘照临的资料，他的父母身世无人知晓。但这件事情，他却瞒不住，有人肯定知道？"

"石越？"赵煦脱口而出，但马上摇头，"石越多半并不知情，倘若潘照临真是周世宗后代，他图谋必大，以石越的身份，和他牵涉毫无好处。除非石越在熙宁之初刚认识潘照临之时，就有谋反之心。但这么多年，他屡次掌握兵权，若早有反意……这根本不合情理。"

实际上，在石越自解兵权回京后，赵煦已经彻底不相信石越有什么谋反的意图了，他之所以还要暗中彻查安平一案，担心的正是石越左近之人有非分之想。

---

[1] 赵韩王，即赵普。

只不过，这些话，他没必要对曹谌说。

而曹谌也根本不敢接关于石越那一茬的话，低头说道："臣说的不是左丞相，而是周国公和他的特使。"

"他们……"赵煦摇头道，"就算他们知道，他们也不敢承认的……"

曹谌壮着胆子说道："若是陛下亲自给特使压力，同时亲口许诺不追究周国公……"

"你觉得周国有牵涉其中吗？"赵煦突然问道。

"现在还无法确定潘照临的身份，不过，臣觉得，就算被臣不幸言中，这对周国公也没有半点儿好处……"

"倘若被你说中，那潘照临所谋划的事情……简直无法想象！"赵煦呵呵冷笑，"潘照临这样的人物真要发起疯起来，谁能又保证可以置身事外？周国公！呵呵！石越的事还没有了，又要扯上柴家吗？"赵煦想起太庙里的那块誓碑，顿时一阵头大。

这又是一桩只有宋朝皇帝才知道的秘密——在宋朝的太庙中，有一间夹室，里面立了一块石碑，平时用黄布盖着，进去打扫的内侍都必须是不识字的。每位皇帝在继位之时，都会由两个不识字的小黄门领着，进入其中，跪拜恭读碑词。那块石碑上，刻着宋太祖留下的三条遗训——"柴氏子孙有罪不得加刑，纵犯谋逆，止于狱中赐尽，不得市曹行戮，亦不得连坐支属；不得杀士大夫及上书言事人；子孙有渝此誓者，天必殛之！"

石越的事情已经够棘手了，又扯上了当年的雍王与石得一之乱，现在难道又要扯上柴家？

但曹谌不知道宋太祖誓碑的事，他有一种极为强烈的直觉，潘照临就是周世宗的后代。而一切事情，都与此有关。所以，现在是解开一切谜底的好机会。在他看来，周国是个软柿子，如果潘照临真的有特殊的身世，只要皇帝对周国公和周国使者恩威并施，他们肯定会为了周国的社稷考虑，抛弃潘照临以求自保。这也是他来求见皇帝的原因，曹谌为此赌上了自己的前程，如果他的直觉是错的，他的后半辈子，估计都得在闲职上度过了。但对曹谌而言，他的机会本就不多，既然面前出现了，他就绝对会不顾一切地抓住。

"安平一案扑朔迷离，臣以为，周国也许就是一个意想不到的突破口……"曹谌努力游说着赵煦。

但这让赵煦生起无名火来，"证据呢？朕要证据！没有证据，你以为仅凭朕施点儿压力，周国使者就会哭着喊着向朕求饶吗？"

"陛下，这样的案子，这样的对手，不到一切水落石出之时，不会有证据，最多也就只有线索！"曹谌颤声坚持着自己的意见。

"凭着这点儿线索，朕没办法轻易将一国诸侯扯进来！"

曹谌咬了咬牙，说道："若是陛下不肯将周国牵扯进来，那么臣斗胆，请陛下允许臣率人突袭白鹤观！潘照临冒着这么大的风险软禁李昌济，李昌济一定知道些什么！"

"你是职方司郎中！这种事情，你自行判断！"赵煦疲惫地挥了挥手，决定结束这次召见。他径直走下御床，头也不回地走出内东门小殿，留下独自跪在殿中的曹谌。

殿外，突然电闪雷鸣，风雨大作。

狂风暴雨，长松摧折。开封府鄢陵县白鹤观的山门外，一袭白袍的司马梦求手持油伞，轻叩观门。

观门"吱呀"打开，看门的道童没想到这样的天气，还有人前来，口里一边嘟囔着："谁啊？"抬眼看见司马梦求的风姿，一时竟是呆住了。

司马梦求微笑着看了道童一眼，温声说道："这位小道长，还烦替我通传一声，便说故人司马梦求求见。"

"不敢。"道童下意识地谦逊了一句，忽然惊悟过来："司马梦求？你是司马侍郎？"

司马梦求微笑点头，笑道："看来这白鹤观果然不寻常，连一个看门的童子，也知道在下的身份。"

他说话之间，那小道童连伞都来不及打，就顶着大雨，朝着大殿后面跑去。

这白鹤观规模不大，不一会儿，一名身着黑色道袍的青年便打着伞不紧不慢地迎了出来。他见着司马梦求，眼中微现惊讶之色，却没有半点儿失礼之处，朝司马梦求行了一礼，伸手做了个请的姿势，道："侍郎，请。"

说罢，自己在前面带路，引着司马梦求进了观中，一路绕过大殿，来到大殿后方的一排厢房前。倾盆大雨之中，雨水自厢房的屋顶飞泻而下，仿佛给厢房挂上了一道水帘。随随便便穿了件灰色道袍的李昌济早已在其中一间厢房前相迎，见着司马梦求，隔着水帘长揖一礼，笑道："无上天尊，不料今日竟能得见故人。"

雨中的司马梦求也优雅地回了一礼，笑道："意外的应该是在下才对。"

宛如真的是故人久别重逢，李昌济言笑晏晏地将司马梦求请入一间厢房，两人隔了一座茶台对坐，一名黑衣青年进来奉上茶点，便轻轻退出房间。房间之内，只留下司马梦求和李昌济二人。

司马梦求没有动茶台上的茶水点心，一直打量着李昌济，说道："在下冒昧打扰，实是心中有太多的疑惑，还望先生能为在下解惑。"

"你能找到此处，所谓疑惑，解与不解，其实已不再重要。"李昌济悠闲地喝着茶，一面笑着回答，"别人的事情，我不能替人回答你。我的事情，只怕你也没什么兴趣。"

"能够知道先生的事情，梦求便已感激不尽。旁人的事情，便如先生所说，我自会去问他本人。"

"原来如此。"李昌济饶有兴致看着司马梦求，笑道，"司马纯父，果然与众不同。不知足下想问什么？"

"世人皆道当年先生是雍王的谋主，在下想请问先生，八年前的事，究竟雍王是先生的主公，还是先生的棋子？"司马梦求看着李昌济的眼睛，缓缓问出了自己的第一个问题。

"不愧是司马纯父！"似乎是没有料到司马梦求首先追问的竟然是这个问题，李昌济脸上闪过唏嘘、伤感之色，但他马上恢复正常，决然说道，"当年的事，雍王是无辜的。所有一切，都是我们这些左近之人，瞒着雍王，妄图非分之福……"

"八年过去了，先生对雍王，还是忠心耿耿啊！"

"到了这个份儿上，我还有何必要虚言欺瞒？"李昌济叹息道。

"空口无凭，先生这样说，我也很难相信。"司马梦求笑道，"而且，倘若雍王真的不过是先生的棋子,不是应该将罪责推给雍王才合理吗?棋子本身就是可以随时牺牲的,哪有棋手替棋子担罪的道理?"

"看来,纯父还不知道我的身份。"李昌济慢悠悠地喝了一茶,才轻描淡写说道:"我其实是南唐之后。"

"李后主?"司马梦求倒是真的惊讶了,却仍有点儿疑惑,"李后主只有一个儿子活到成年,他儿子也只有一子,他孙子无子,只有一个女儿……此后虽有过继之后代,却不过是为了使其祭祀不绝,并非真正的直系后裔,足下……"

"李煜……呵呵,纯父不愧是主管职方司的兵部侍郎,对这些亡国之后的情况,倒是知道得很清楚。"李昌济自嘲地笑了笑,"旁人不知虚实的,听说我是南唐之后,也会想当然便以为我是李煜之后……呵呵!谁又会知道,我其实是元宗长子文献太子之后!"

"文献太子?"这可真是司马梦求怎么也想不到的。文献太子李弘冀,是后主李煜的长兄,也是南唐元宗李璟诸子中最有军事才能的一位,堪称智勇双全。他因为与其叔父皇太弟齐王李景遂争位,断然毒杀李景遂,得罪了迂腐的李璟,最后离奇而死,南唐的皇位才落到了李煜手中。若南唐是由李弘冀继位,赵匡胤要实现他先南后北的战略,混一天下,恐怕不会那么容易。但仔细想想,也正因为李昌济是李弘冀之后,才会心有不甘吧?若他是李煜的后代,亡国也是理所当然的事情,又有什么好不甘心的呢?

"纯父兄明白了吧?"李昌济苦涩地笑道,"所以我才有光复之志,雍王不过是被我利用而已。"

"原来如此。"司马梦求点了点头,"先生还真是一片苦心,宁可告诉我这样的秘辛,也要保护雍王。不过先生放心,如果需要上呈朝廷的话,我会按先生所说的来写。"

李昌济无奈地摇了摇头,但他也知道,想要骗过司马梦求这样的人,本就是极难的。对方既然有此许诺,他也可以满意了,当下朝司马梦求郑重行了一礼,道:"多谢纯父。"

司马梦求受了他这一礼,站起身来,问道:"在下还有最后一个问题——先生在此,虽受礼遇,但应当不是自愿吧?"

李昌济默然。

"不愿意杀你，又不能放你去雍国，看来，先生是真的知道潜光兄的大秘密呢……"司马梦求似自语自言地笑道，又朝李昌济行了一礼，翩然离去。

厢房之外，风雨更急了。

司马梦求离开白鹤观几个时辰后，正是鄢陵县城之内华灯初上的时分，大雨滂沱之中，数十名职方司亲从官，头戴斗笠身披蓑衣，骑着快马向白鹤观疾驰而去。

到了山门之后，众人熟练的分兵两路，一队人向两边包抄，将白鹤观包围，曹谌则领了十余人下马，一脚踢开观门，闯进观中。

但观中的情形，让曹谌的心沉到了海底。

触目所见，是一具具服毒自尽的尸体，整个观中，已无一个活人。

他走到李昌济的尸体前，满腔愤怒无处发泄，突然拔出佩刃，大吼一声，一刀砍在旁间的一具古琴之上。古琴被劈成两段，琴弦裂断的铮铮之声，响彻道观。

5

五天后，三月二十六日，早朝之后。

崇政殿内，赵煦一边批阅奏章，一边听着庞天寿的报告。

"那个李昌济死了？"

"是的。"

"五天前的事？"

"是的，曹谌上表请罪，称他追查了五天，但线索全部断绝，没有任何收获。"庞天寿小心翼翼禀报着，"他去过白鹤观的事情，应该瞒不住司马梦求，司马梦求多半已经知道曹谌在跟踪他……"

"白鹤观十余人，全是服毒自尽？并非遭人杀害。"赵煦又问道。

"经核验，十余名死者，皆无被强迫的痕迹。"

"潘照临真乃奇士。"赵煦赞叹道，"不过，这也算是不打自招了。"

"但不管怎么说，证据没了，线索也断了……"

赵煦却不以为然地摇了摇头，"你敲打下曹谌，没有朕的旨意，不许他去打周国使者的主意。"他将手里的朱笔丢到案上，叹道，"牵涉诸侯国，特别是周国，事情必然闹大，现在朝廷一摊子事，不能再扯上这个麻烦。"

"奴才领旨。"庞天寿低眉顺目地答应着，不敢接后面的话。

但赵煦有一肚子牢骚不吐不快，"石越真的不是好相与的。一面盯着门下后省新制的事不放，天天问下朝议的事情，非但如此，他还又上了一个奏章，请求朝廷选派官员，在中书省增设两个编修所，由户部尚书与刑部尚书任提举，分别修订民法诸典与刑法诸典，以后县令只能裁判民法诸典案件，刑法诸典案件由提刑使另遣属员审理，县令只有监督之权……他还真是不消停！按说不应该先集中精力于门下后省新制，以免分散重点吗？"

庞天寿低着头，不敢说话。

"他这主意一出接着一出的，连许将、李清臣都觉得他多事，更不用说范纯仁、吕大防诸人，你说说，咱们这位石相公，心里究竟在想什么？"

"奴才不敢妄议朝政。"庞天寿吓得声音都发抖。

"偏偏这次，不管是朕还是两府宰臣，都不好意思再驳他面子。毕竟他好歹也是朝廷的左丞相，又是刚刚在河北立下不世之功回来，还办了宣仁太后山陵使的差，怎么算都是劳苦功高，可一回朝廷，一个门下后省新制，就碰了一鼻子灰。再提这么一个事情，虽嫌多事，但夺县令之权，重提刑司之任，也不算大事。依本朝制度，牵涉刑罚之事，县令本来也没多大权限，不少案子，都是各县在越权断案，听说冤假错案也实在不少……大家都觉得石越上这么一事，只是为了挽回一点儿面子，再要连这点儿面子都不给他，未免过分，只好且顺他意一回。他这事情倒是不大，可琐碎得紧，又赶上北伐这当口，他这是故意给许将和李清臣找事情做吗？"

宋朝党争之中，故意用繁剧琐碎的事务为难政敌，让政敌出丑，是极为常见的手段之一，也怪不得赵煦会疑心于此。

"但朕总觉得，此事不是那么简单……"

"此事当然没有那么简单。"

政事堂内，值日的吏部尚书吕大防一边批阅各处送来的公文，一面和礼部尚书安焘、尚书左丞梁焘、尚书右丞张商英聊着天，毫不掩饰自己的讥讽之意，"石子明这是明修栈道，暗度陈仓！我本来还奇怪，以他的性格，怎么会递什么门下后省新制札子，原来是为了修什么民法诸典、刑法诸典。若不是此事于民有利，他真以为我会不好意思驳他面子吗？"

梁焘还是不敢相信，道："子明相公乃左丞相，门下后省新制被驳，也是大失脸面的事，为了这什么法典，何至于此？"

"脸面？呵呵！"吕大防讥道，"你以为石子明很看重这东西吗？熙宁以来，他每次要弄点儿什么新花样，何曾似上门下后省新制札子这样直来直去过？他的札子呈上朝廷之前，私底下早就已经说服了皇上，说服了两府诸臣，只有范尧夫那样的实诚君子，才会相信他是喝了一顿酒灵光一现弄出来的……"

声音传到正在另一间房里召见几名地方官员的范纯仁耳朵里，范纯仁起身将门关了，权当自己从没听说过这番话。

安焘见此情形，忍不住发笑，接话道："此事若是旁人，我不会相信，若是子明相公，他玩一出明修栈道，暗度陈仓，也不无可能。"

张商英领悟了其中三昧，在旁击掌赞叹："若真是如此，实是妙招。先提一案，被驳回后，利用大家的愧疚亏欠之心，马上再提一案。不错过任何机会，连失败都能利用到极致，真不愧是子明相公！"

"石子明又不在此处，天觉何必如此？"吕大防不屑地嗤笑道。

"微仲公成见太深，自是难以领悟其中益处。"张商英可不是好相与的，马上反唇相讥，"昔日范文正公作《岳阳楼记》云'不以物喜不以己悲'，吾辈士大夫，本来就不应该过于计较个人荣辱得失，苟能有利于国家，区区脸面，又算得了什么？此正是微仲公大不如子明相公之处也！"

一番话说得吕大防哑口无言，但他的确是比不上石越，这是无法强辩的。他涨红了脸半晌，只能"哼"了一声，斥道："巧言令色，鲜矣仁！"

第二十二章 各怀金石

左丞相府。

湖心水榭之中，白色纱帘之后，石蕤素手轻调，正在弹奏着一曲《醉翁吟》，这首由欧阳修的《醉翁亭记》而衍生创作的琴曲，是此时非常流行的曲目，深受人们喜爱，连苏轼都曾经重新给它填词。不过石蕤的琴技还是颇为生疏，她的年纪，也领会不到那种士大夫"适于山水之间"的志趣，也就是刚刚能将一首曲目弹奏完整的水准。

而在座听琴之人，是皇帝赵煦之下，大宋朝位极人臣的三人——仅存的三个辅政大臣，这三人中，除石越外，韩维、韩忠彦都有极高的艺术鉴赏水准。听着这刚刚入门的琴声，韩维、韩忠彦比起听屠杂乱耳的噪音都要难受，但看到石越闭着眼睛，一副如痴如醉陶醉于琴声之中的模样，二人也只好礼貌地装出欣赏琴技的样子来。

好不容易熬到一曲终了，石越起身热烈鼓掌，二人心里好笑，却也身不由己地跟着起身一起鼓掌，口里还完全不受控制地说些言不由衷的夸赞之辞。幸好此刻水榭之中再无他人，否则，嘉乐长公主精擅琴艺的名声，恐怕用不了一天就会传遍汴京——其实眼下的情况，也同样难以确保类似的情况不会发生，这完全要看石越的节操，而对此，二人也不抱什么希望了。

石蕤在三位辅政大臣的掌声中，抱着琴出来致谢。很喜欢收藏名琴的韩忠彦一眼就看出她怀中抱着的，竟是前唐开元制琴名家雷威所制的名琴"九霄环佩"。他嘴角忍不住一阵抽搐，只觉明珠暗投，莫过于此。

但他没想到，还有更让他难受的事情——只见韩维言笑晏晏地夸赞着石蕤的琴技，然后轻轻击掌，一名随从抱着一张灵机琴走进水榭，韩维接过琴来——那竟然是仁宗时斫琴名手卫中正卫道士的作品——韩忠彦就这样眼睁睁看着它被送到了石蕤手中。

直到石蕤喜滋滋地抱着韩维送的礼物告退，韩忠彦心中还是颇觉怅然，他语带欣羡地说道："子明生了个好女儿啊！"

"就是顽皮了一点儿。"石越虚伪地谦逊着。

韩维却是误会了韩忠彦的意思，叹道："可惜我家没有这个福分。不过，日后有得子明头疼。我们这样的人家,要找门好亲事已是不易,原本还可以指望榜下择婿,看看能不能遇到个少年得志的进士,但令爱竟被赐了公主封号,这下子,连进士都难找了。"

石越原本没有想到这节,此时被韩维这么一点,竟是愣住了,醒悟过来后,不禁忧形于色。

倒是韩忠彦想得开,笑道:"找个进士女婿有什么好?游宦半生,跟着到处奔波,不知要吃多少苦,令爱又不用靠着人家受封荫。倒不如挑个不想当官的,只要出身名门,勉强配得上令爱的身份就行。一生富贵,还不用卷入朝中的苟且事中,那才是神仙日子。"

"师朴说得有道理。"石越转忧为喜。

"儿孙自有儿孙福。可惜你我三人,陷在这朝中的苟且事中,是出不来了。"韩维笑着摇头,"子明,你说吧,你究竟在打什么主意?北伐这么大的事,耶律冲哥这么大的麻烦,你不去操心,却在搞什么明修栈道暗度陈仓的把戏!"

"实非蓄谋。"石越笑道摇头,"只不过是门下后省新制碰了一鼻子灰,我想着这么大的亏,不能白吃,怎么也得捞回来一点儿……"

"你当自己是市井小贩吗?"韩维笑骂道。

"总是一件好事。若是平时提出,朝中只怕得吵上两三个月也不见得有结果。"石越笑道,"不瞒持国、师朴,此事是我思虑已久想要做的事,当年提举编修敕令所,就已有想法,原本以为根本没有机会了。没想到,竟会有柳暗花明之日……"

"你让许冲元、李邦直主持此事,也是故意的?"韩维问道。

石越点了点头,"此事并非一朝一夕能做成的,眼下朝廷只是编撰法典,真正难的事情都在后头。许冲元、李邦直都是皇上面前的新贵,我将事情交到他们手里,虽然现在看起来是麻烦事,但待到太平无事之时,也算得上一桩大政绩,算是白送一件大功劳给他们。日后我若不在朝中,也不至于人亡政息。"

韩维和韩忠彦相互对视一眼,和其他人一样,二人对这件事其实也并不是太关心。便如赵煦所说,宋朝制度与历代不同,县令在刑事案件上权限本来就很小,也就是能审理一些治安案件,稍大一点儿的案子,只有州府一级才有权限审理。虽然因为宋朝广泛采用判例法,导致经常有县令援引汉唐先例,越权的事也时有发生,但那毕竟是少数,也不是轻易能够解决的问题。在二人看来,石越的方案,其实只是进一步厘清地方官员的权责,清理旧弊。编撰诸法典,也不过是比过往的编修敕令前进了一步,成体系的法典能帮助大部分素养不高的地方司法官员更好地理解、执行法令,提高他们的治理水平……也就是说,石越这次的方案,和门下后省新制不同,不是试图推倒重建,而是在原有的基础上进行修补完善,这符合旧党一贯的思路,也易为旧党所接受。而促进司法专业化,同时又是新党自王安石时代开始,就在追求的改革方向,虽然石越改革的方向和新党完全不同,但同样也是新党可以认可的行为——如此调和新旧两党的政见,寻找双方都能接受的第三条道路,则正是典型的石越风格。因此,虽然韩维和韩忠彦都隐隐觉察到石越的方案背后,可能还藏了什么了不得的东西,但是,那又有什么关系呢?

人们会因为对未知的恐惧而害怕全新的事物,认为新的事物背后总伴随着巨大的未知风险,但对于修补旧事物很容易感到放心,因为他们觉得那始终是自己熟悉、了解的事物……因此,只要不触犯自己的利益,在这方面妥协,是相对容易做到的事。

韩维和韩忠彦的关注点,自然而然就转到了石越"日后我若不在朝中"的话题之上。

韩维悠悠叹道:"子明果然已有归隐之志,现在便在为日后做打算了。"

石越毫不介怀,笑道:"这不是题中应有之义吗?范尧夫也和我差不多,日后朝廷,便要多赖师朴了。原也瞒不过持国——现在我就是趁着皇上有求于我,尽量多塞点儿私货。这种日子可不会太多,一旦康时他们攻下范阳,皇上的态度就会转变。"

韩忠彦惊讶地问道:"子明已料定唐康他们能攻取涿州?"

"一半一半吧。"石越犹豫了一下,还是说出了他的怀疑,"从辽军的表现来看,我有些怀疑辽人在山前主事的,并非耶律信,而是辽主或者萧岚。辽主与萧岚虽皆非无能之辈,但面对慕容谦、折克行、吴安国,终究还是要稍逊一筹的。"

"那就是说，北伐成功的可能性很大？"韩忠彦不由得兴奋起来，"只要攻下涿州，北伐诸军就能在山前有个可靠的据点……"

"纸上谈兵，又岂足为凭？耶律冲哥随时可能回师山前，还有个不知动向的耶律信，纵使攻下涿州，还有析津府这座易守难攻的名城……此时恐怕没人能预料到未来的胜负。"石越摇头给韩忠彦泼了一盆冷水，"但北伐之成败，关键的节点可能是在攻克涿州之后。"

"这又是为何？"韩忠彦对石越的意见显得极为重视。

"因为攻取涿州之后，前面就是析津府。从皇上到朝中诸公，到幽蓟宣抚使司，到北伐诸将，所有人的心态，都可能发生巨大转变，甚至对面的辽人也是如此……此前的作战方略，都可能重新调整，而是对是错，却难以判断。"

"原来如此。"韩忠彦长叹一声，道，"不瞒子明，我请持国相公来你这相府，就是想和二位商议，攻下涿州之后，该如何进止……"

石越大吃一惊："涿州真的被攻克了？"

"暂时倒还没有。"韩忠彦摇头道，"不过，我昨晚得到的消息，因为唐康时与陈履善在涿州城下各自为战，互相指责，章子厚有点儿沉不住气了，已令种师中率龙卫军前往涿州增援，阳信侯随后也亲自率领云骑军护送着大批粮草前往涿州，接掌指挥权。章惇上札子说，他已经准备妥当，一旦攻克涿州，就将尽起大军，观兵析津府，趁耶律冲哥回师之前，凭借优势兵力，集中火炮，以迅雷之势，攻取析津府。"

"这哪是因为康时和陈履善不和，章子厚还是在担忧耶律冲哥！他只是要面子！"石越叹道，"师朴准备如何回复他？"

"王处道坚决反对，但枢密会议意见不一，故此我才来向二位问计。"

韩维摇头笑道："北伐之事，还是要问子明的意见。"

石越沉吟不语，过了一会儿，正待开口，忽见石鉴领着一名内侍脚步匆匆地走来。便见那名内侍走进水榭，向石越、韩维、韩忠彦行了一礼，道："韩侍中、石相公、韩枢密，官家召见！"

6

"诸卿！诸卿！"崇政殿内，小皇帝赵煦意气风发，就差手舞足蹈了，自耶律冲哥大破粘八葛、克列部，高丽军队疑似全军覆没的消息传回汴京以来的压抑、紧张的情绪，更是一扫而空。他的目光扫过殿中一众大臣，喜不自胜地宣布："刚刚传回捷报，昨日唐康、慕容谦，已率部攻克涿州城！北伐大军的前面，就是幽州城，也就是辽人所谓析津府了！"

顿时，崇政殿内，除石越、韩维、范纯仁、吕大防几人还能稍稍控制自己的情绪，其余大臣，脸上都情不自禁地露出惊喜交加之色。众人一齐向赵煦道贺："此全赖陛下威德，播于四夷！"

赵煦高兴地摆摆手，矜持地说道："攻下涿州虽是喜事，但此时称贺为时尚早，待到攻克幽州，收复山前诸州，再与诸卿同贺不迟。"

说罢，他目光复杂地望向石越，道："当日子明丞相对朕说，涿州之事，尽可信赖慕容谦、折克行、姚雄、吴安国诸将，相公识度，果然过人啊！"

"陛下谬赞了。"石越微微欠身，谦声回答，心里面却是在忍不住叹息。

赵煦的感慨是有原因的，宋军出乎意料地迅速攻取涿州城，的确便是慕容谦、折克行、姚雄、吴安国四将之功。

耶律冲哥大破粘八葛、克列部的消息传到幽蓟后，坐不住的人，不止是章惇、田烈武。章惇借口唐康与陈元凤不和，不仅让种师中率龙卫军增援涿州，更让田烈武亲自率云骑军以护粮的名义前往涿州。但是，不用说田烈武，连种师中的龙卫军尚在路上，涿州便已被攻破。

因为唐康与慕容谦诸将，比他们更加担心耶律冲哥自山后杀出，抄了自己的后路。

屯兵涿州城下的唐康等人，一开始并不想为涿州城付出太大的代价，他们也很清楚，真正的决战还在后面，而他们手里的军队，是他们建功立业最大的筹码。因此，唐康等人很抗拒正面蚁附攻城，尤其是陈元凤、王光祖父子率部扎营涿州城外，更让唐康一门心思打起了他们的主意，他一时威逼，一时利诱，坑蒙拐骗，手段用尽，就是想哄骗陈元凤去打主攻。

但陈元凤是什么人，横塞军又是什么样的军队？不是他们不肯上当，而是实在没有上当的胆子！不管唐康手段用尽，陈元凤都不为所动。他让宣武二军和横塞军在涿州城外扎起坚实的营垒，又让骁骑军各营轮流巡逡于涿州与雄州之间，遮护粮道，每天从容不迫地垒着土山，擂响战鼓，声势极大，但其实就是吓人而已。

一开始，负责涿州防务的萧忽古还有点儿担心他们，每天严阵以待。但时间一长，连萧忽古也看出了攻城宋军之间的矛盾，知道城东的这支宋军并无真正的威胁，只需集中精力对付城西的那支宋军就好——在城西主持攻城的慕容谦，虽然没有发动过正面强攻，但给辽军的压力却是一刻也没有放松过，又是垒土山挖地道；又是试图截断涿水，利用春汛水淹涿州城；时不时还会发动夜袭，趁着夜色偷偷派小股部队摸上城墙；还有无耻的骚扰战术，夜深人静之时，突然就鼓角齐鸣，搞得辽军连觉都睡不安稳；更有好几次，他还让宋军冒充辽军援兵在凌晨赶到城下，想要赚开城门……再加上吴安国部在涿水以北的活动几乎切断了涿州城与外界的联系。涿州辽军面对这支宋军，承受了巨大的压力，真是一刻都不敢松懈。

因此，萧忽古自然而然将防守重心倾向了城西的宋军。

耶律冲哥的消息传到唐康军中之后，因为对这位大辽名将的忌惮，慕容谦下令姚雄亲自率领横山番军右军近万步军，断然发动了正面强攻。虽然这几次强攻都被辽军艰难击退，但横山番军的红底白鹞战旗，还是让涿州辽军望之胆寒。

无法知道外界发生了什么，也不知道宋军为何突然就开始不顾伤亡强攻，接连几天，萧忽古将全部精力都用在对抗横山番军的强攻之上。

至于城东的宋军，基本上已经被他们忽视了。

然而，就在三月二十五日，当城西的横山番军再度集结，发动强攻之时，城东的"横塞军"也开始出动，配合攻城。之前与横塞军有过几次试探性交锋的涿州辽军，根本没将这支部队放在眼里，以为这和以前一样，不过是城东宋军迫于同僚压力的一次佯攻。他们万万没想到，这次在城东攻城的宋军，是穿上了横塞军战袍、打着横塞军旗帜的飞骑军与河东番骑。折克行麾下的这支残部，虽然已经没有了战马，但是其作战之凶悍程度，即便是横山番军也要甘拜下风。准备不足的辽军，面对这支折家军的强攻，仅仅一次擂鼓，就被攻上城头。

而在城墙上的白刃战中，这支噬人野兽一般的折家军，更是让辽军胆战心惊。随着飞骑军与河东番骑在城墙上控制的区域越来越大，极为擅长观察形势的陈元凤也果断下令真正的横塞军与宣武二军加入战斗。

让人意想不到的是，在折家军凶悍的攻击下，勉力抵抗的城东辽军已经完全失了方寸，眼见又有一支穿着同样战袍、打着同样战旗的横塞军加入战场，假李逵在他们眼里也变成了真李逵，辽军的士气顿时溃散，东城几乎是瞬间失守。

眼见兵败如山倒，萧忽古亲自统率的城西辽军主力也跟着溃败，大势已去的萧忽古下令在涿州城内点起早已准备好的火堆，然后率军向北突围。涿州城内火光四起，进城的宋军忙于救火，无暇追击萧忽古，让其得以从容逃往析津府。

宋军就这样，攻取了涿州城。

但便如石越所说的，涿州城的易主，对于北伐的宋军也好，对于防守的辽军也好，都是一个至关重要的节点。

攻取涿州城后，唐康、陈元凤、章惇分别遣使告捷，三人立场完全不同，描述的过程与侧重点，自然也是大相径庭。唐康站在自己的立场，不免要夸大萧忽古与涿州辽军的实力，然后盛赞慕容谦指挥得当，姚雄、折克行作战勇猛、身先士卒，吴安国深入敌境智勇双全……然后顺便抨击陈元凤、王光祖父子胆小怯战，隐射章惇自私自利、处事不公诸如此类。而陈元凤的重点，则是自己屡为唐康所迫，但相忍为国，顾全大局，并不计前嫌，最终在攻克涿州城的战斗中，发挥了决定性的作用，当然，他也不会忘记顺便给章惇上一回眼药。至于章惇，他身为北伐最高指挥官，自然毫不客气地将胜利的关键归功于自己，并且暗示涿州辽军本就不堪一击，之所以迟迟未能攻克，主要原因还是兵权分散，唐康和陈元凤互相观望云云。

三份捷报三种说法，但胜利可以掩盖一切问题。攻取涿州，击败的还是萧忽古这样的北国宿将，耶律冲哥带来的阴霾被冲散了，自赵煦以下，大宋朝廷中再次弥漫着一股乐观的气氛。耶律冲哥的胜利，只能证明粘八葛、克烈部的弱小，在强大的宋军面前，辽军的战斗力不过尔尔。当宋军认真起来的时候，就算萧忽古这样的宿将，依托涿州的城墙，也是不堪一击。

就算是依然保持冷静的那部分人，也不免怀疑是不是耶律冲哥带走了辽国宫分军中的精锐部队，否则，涿州不应该如此快失守……唯有石越坚定地认为辽军仍然是劲敌，但是，远在汴京的他，也无从判断究竟是怎么一回事。也许，辽军采用的策略，真的是在山前拖住宋军推迟决战，由耶律冲哥率精锐部队先行扫清后患，再回师与宋军决战？

石越本来也不是什么军事天才，他拥有的只是丰富的经验。但他的经验没办法让他猜到辽人葫芦里卖的什么药，倒是能让他清楚地意识到，他和小皇帝赵煦的关系，将再度变得微妙——赵煦一旦觉得北伐进展顺利，他对石越的依赖，就再度降低了。

果然，石越和赵煦的关系，几乎是在迅速冷淡下去。

谈不上过河拆桥，北伐还没有尘埃落定，赵煦还要维持和石越的关系，以便不时之需。但是在某些事情上，赵煦觉得已经没必要再纵容石越，比如门下后省新制下朝议之事，赵煦便直接决定留中，他再度借口北伐进行到关键阶段，拖延对此事的讨论。

但石越不依不饶，照旧不断上奏章给赵煦施加压力。

这并非石越不愿意妥协或者不识好歹，而是他已经看透，他和小皇帝之间并没有私人恩怨，甚至说在私人感情方面，两人之间还是有点儿互相欣赏的。但是，他们有各自的政治利益，所以，不管他怎么做，他们之间的实质关系也不会变好，同时，他们之间的表面关系也不会变坏——他和小皇帝之间，是真正的结构性矛盾，新君与前朝宰相之间，是不可能水乳交融的。赵煦受制于种种原因，必须对石越至少在表面上保持尊重，在有求于他的时候，还会特别热情，但只要有一点点机会，赵煦就一定会想方设法削弱石越，降低他的影响力。

回朝之后的石越，已经很快适应了这种全新的君臣关系，因此，他毫不在意地持续向赵煦施压。这显然不会让赵煦感到高兴，二人之间的气氛也变得很微妙。

而与此同时，章惇开始大举进兵，他下令云翼军、威远军、骁胜军、铁林军、宣武一军、环州义勇、雄武一军、神卫第十营、第二十营诸军自雄州、保州两道并进，前往涿州集结，并将手里能抽调的所有火炮与炮手全部补充进神卫第十营与第二十营，只在雄州留下镇北军、重建的拱圣军、神射军残部以及河北诸镇厢军、巡检驻守，保护粮仓。

得知这一消息后，石越立即请求赵煦下诏给章惇、田烈武，严令其不得轻率冒进，提醒二人从雄州到析津府有一段漫长的距离，即便有涿州作为中间的支撑，也同样需要特别注意防护粮道，建议他至少分出两支精锐骑军驻守涿易，保护侧翼。

许将却认为大军在外，利在速战，辽人自熙宁以来刻意经营析津府，这座北国名城本就难以攻克，应该利用耶律冲哥大军不及回师的时间，打一个时间差，集中兵力争取迅速攻克该城，完成对整个山前地区的控制。否则，一旦耶律冲哥率军回师，北伐可能陷入旷日持久的拉锯战，对宋朝的财政极为不利。他用石越的话来反驳石越，要求给章惇自由裁量之权，朝廷不宜随便指手画脚，在千里之外遥控指挥。

许将的担忧不无道理，朝中大部分宰臣也因为财政原因，赞同冒一些"有限的风险"。赵煦也希望北伐能速战速胜，质疑石越是否过于保守。

但石越坚决反对章惇在攻克涿州后突然改变策略，由之前的稳打稳扎，变得急功冒进，认为不应该轻易受到耶律冲哥或者涿州之战结果的影响。他同意尊重章惇的指挥权，但要求章惇向朝廷详细解释他做此决策的真实原因。

不说石越左丞相的身份，仅仅是他的履历，就足以令他对北伐的策略拥有旁人无法置疑的话语权，赵煦只能心不甘情不愿地下旨，询问章惇原因。

使者在汴京与涿州之间不分昼夜地接力疾驰，传递信息。

因为从河北到辽国的南京道，都有非常出色的官道驿传系统，这也让汴京和幽蓟宣抚使司之间的沟通变得顺畅不少，中午颁下的旨意，最快在第二天早上就可以收到章惇的回复。

章惇的解释非常有说服力——他根据在山前地区活动的探马收集的情报判断，自河北败退后，辽国内部出现了剧烈的权力更迭，耶律信已被罢守东京道，高丽军队之所以遭遇大败，就是因为他们在完全没有准备的情况下，遇到了耶律信这样的名将。而且燕地还有传说，称辽主自南征失败后，面对内忧外患，意气消沉，已经返回中京。此时辽主在中京，耶律信在东京道，耶律冲哥则仍在西京收拾残局，在南京道主持大局的，是外戚萧岚。章惇认为这是上天庇佑，是送给大宋的机会，天予弗取，必受其咎。故此，他决定趁辽主重新振作、耶律冲哥回师之前，聚集最精锐的力量，迅速攻下析津府，抵定大局。

对于北伐，章惇也有自己的理论，他从根本上就反对持久战，认为屯聚大军于幽州坚城之下，本身就是巨大的风险，根本不是什么万全之策。从雄州到幽州城漫长的补给线，他在涿、易之间部署再多的军队，也难策万全。被动防守没有出路，就算建起甬道也不能让粮道绝对安全，辽军甚至可以绕过涿、易，攻到宋朝境内的保州、定州。这是天然的劣势，不可能因为外力而扭转，解决办法只有三个，要么进攻的宋军在兵力上拥有压倒性的绝对优势；要么调动精锐骑兵主动出击，率先找到正隐藏在某地等待机会的辽军骑兵，或者设计将其引诱出来决战，彻底破坏辽军的机动力；要么就是争取在有限的时间内，谋求迅速攻克幽州城。

章惇认为前两个办法要么不现实，要么主动权不在自己手上，而第三个办法，在火炮出现后变得有可能实现，因此，这本来也是他早就在暗中谋划的方案，并非临时改变方略。他宣称他的战法，完全符合兵法"静若处子，动若脱兔"的精神，并且反问宋廷，反正要冒险，为何不选择对宋朝来说利益最大的冒险呢？

章惇的解释成功说服了汴京君臣，自赵煦以下，人人都大受鼓舞，众人几乎一致认为，现在的局面，的确是千载难逢的机会。

石越原本对章惇的情报来源仍有怀疑，但他还没来得及提出质疑，韩忠彦便已经将他"料事如神"，早已经猜到辽国在南京道主事的可能是萧岚的事情说了出来。

这虽然帮石越挽回了面子，但是，也让他再也无法针对章惇情报的准确性进行质疑了。不管章惇的情报是否准确，他的结论和你的推测是一样的，那质疑还有何意义呢？

最后，石越只能无力地提醒，萧岚也并非昏聩之人。

但这种话毫无价值，即使是石越也得承认，相比面对两耶律或者辽主，萧岚已经算是最好的对手了。

这样的结果，也让赵煦非常畅意。形势愈来愈对北伐有利，也让赵煦对石越愈发不满，尤其是得知石越早就猜到是萧岚在主持辽国南京道的战事之后，他更加觉得石越过于谨小慎微了。庞天寿早先也曾告诉过他陈元凤对石越的评价——"善应逆境而不善应顺境，善居卑位而不善居高位"，此时的赵煦，非常认可石越这位"布衣之交"对他的评价。赵煦内心深处也同意，如果要将大宋从棘手的困境之中带出来，普天之下，舍石越不做第二人想。但是，如果是要带领强盛的大宋，走向更加辉煌的时代，石越也许就不再是那个合适的人选。

赵煦并没有想过，他父亲留给他的这位左丞相，其实同样也想将大宋朝带入一个更加辉煌的时代。只不过，他们心中所幻想的那个美好而辉煌的未来，有着很大的不同。

7

涿州。天幕阴沉，小雨淅淅沥沥下个不停。

这座面积不大的北国名城，城内城外集结了超过二十万宋军将士，还有大量马匹、车辆，以及十余万随军民夫——还有数倍于此的民夫正在前来这座城市的路上，整座城市因此变得拥挤不堪，宛如一个混乱的大军营。城内到处都是头戴斗笠身披蓑衣的宋军士兵，纵马在街道上疾驰的信使，冒雨用肩膀搬运一袋袋粮食物资的民夫，胆大的随军商贩，打扮得花枝招展的营妓……

在城内的大街小巷，很难再见到原来的涿州居民。他们的房屋基本上都被宋军强行征用，除了少数投诚的官员富室豪族，原有居民几乎全部被征发为民夫，集中在城外的几处地方居住，并在投诚官吏的指挥下，帮助宋军修葺城墙、砍伐运送薪柴、建造营房……少数人幻想中宋军秋毫无犯之类的美好场景并没有出现，也许在未来的史书或者某些作品的记载中，故事会全然不同，但真实的世界经常只会让人失望。尽管涿州城的居民也是以汉人为主，但无论是作为胜利者进入城中的宋军，还是涿州的汉人居民，彼此在心理上都已经不将对方视为同国同族之人。因此，在唐康等人看来，不进行大规模的公然劫掠，不屠城，便已经算是仁义之师了，至于其他的，当然要以宋军的利益为绝对优先。

于是，唐康和慕容谦率先带头，他们麾下的横山番军、折家军、河套番军、武骑军、渭州番骑、定州兵等部队，在进城后，毫不客气地占据涿州城内最好的那部分房屋——包括辽国原来的各级官衙、佛寺、道观、学校以及靠近这些地区的民居；陈元凤也有样学样，宣武二军、横塞军、骁骑军则占据了剩下的部分。

当种师中率龙卫军赶到后，涿州城中便已经没有他的军队立足的地方了，还是唐康看在未过门的大儿媳妇的面子上，将城西的营垒让给了种师中进驻；至于随后而来的田烈武，虽然贵为幽蓟宣抚右使，但唐康只肯将涿州州衙让出来给田烈武做行辕，至于云骑军，他爱莫能助。田烈武气得拒不进城，表示他不会离开云骑军。最终还是陈元凤不愿意得罪田烈武，下令骁骑军移驻城东的营垒，将房屋腾出来，让给云骑军。云骑军进城后，田烈武也不去原涿州州衙，而是将行辕设在了城东的州学之内。

而在田烈武之后才赶到的军队，基本上就不用考虑入城的事了。州衙田烈武不住，唐康就继续将之空出来，留给章惇，表示他的"尊重"。至于其他的事情，一律免谈。章惇要求给雄武一军、神卫营第十营、第二十营在城中提供驻地，但无论是唐康还是陈元凤，都毫不客气地予以拒绝。他们甚至都不用编造理由，听说要让出驻地给火炮部队，二人麾下军队都是群情激愤，找二人说理，质问："坐拥利器，取涿州未立尺寸之功，城破之后，反欲令披坚执锐冒死杀敌陷城之士避让居所，天下安有是理？"

这口大锅唐康和陈元凤自然不会背，他们立即对众将士表示，这全是幽蓟宣抚左使章大参的意思，他们绝对支持将士的合理诉求，只要他们还在涿州，雄武一军、神卫营第十营、第二十营，一个人都别想进入涿州城中。

第二十二章 各怀金石

于是，后续赶来涿州的军队，统统只能自己想办法在城外找地方扎营。春末夏初，正是雨水绵长的时节，在城外扎营，住起来那自是舒服不了，士兵怨声载道自不用提。更辛苦的还是雄武一军、神卫营第十营、第二十营这些火炮部队，为了防止火药受潮、骡马生病，他们必须优先将营房用于存储火药、火炮，喂养骡马，士兵只能先忍受风吹雨打，虽说没有睡在泥地那么夸张，但半夜被雨淋醒也是司空见惯之事。幸运的是，这里是北国幽蓟之地，若是南方，恐怕用不了几天，就会疾病横行。

但这种事情，也怨不得旁人。军队之间的关系，不可能是互相谦逊礼让的，许多事情，原本就是要靠争、靠抢，这"争抢"除了自己要争气，主要还得看命。禁军将士如果赤膊上阵争抢营地，按宋军军法，会被毫不留情地全部处死，性质严重一点儿，还会连累家人被刺配流放。但长官有脾气有本事，那麾下将士就可以住好房子，吃香喝辣，开开心心地看着友军淋雨。这就是大树底下好乘凉，跟对长官很重要。

横山番军、武骑军们，有唐康出头顶着；陈元凤稍差一点儿，出卖部下换好处时他不会犹豫，但没有好处的时候，他依然会为部下争取最大的好处；田烈武顾不了所有人的时候，也会首先关照自己的云骑军……唯有章惇是高高在上的宰执大臣，在他眼里，所有的军队都是他的部下，无所谓亲疏远近，他会从大局出发试图关照一下火炮部队，但同样也会从大局考虑，撤回他对火炮部队的支持。营寨而已，住哪里不是住？这不是章惇需要过多操心的事情，各军各营这么多将领，如果连自己军队的住处都解决不好，那要他们何用？

斤斤计较、不识大体，这些都是武人固有的毛病，唐康和陈元凤利用武人的这些小心思，刻意讨好手下、收买人心，同时试图给自己添堵——章惇对这些洞若观火，心里一清二楚。但在他看来，这只能说明二人格局不高，站在不同高度的人，眼里的世界是完全不一样的，蚂蚁用尽全身的力量，以为可以让大象感到疼痛？章惇在意的，是未来左丞相的位置，是他在史书上的位置，是他未来配享帝王乃至孔庙时的位置……而这些微不足道的事情，未来的史书上甚至提都不会提起。

因此，没有长官照顾的其他诸军，就只能各凭本事，比如像种师中那样有些关系的，就能争到城东、城西的旧营垒，那基本上也是城外最好的位置了，不仅有现成的营房，而且肯定有蚊虫较少、离水源近、砍柴不会太远等等诸多好处。而没能耐的，吃亏受苦，那也是活该，不会有人同情他们，有的只是幸灾乐祸看热闹的友军。

而高居庙堂的章惇，更绝不可能和他们同甘共苦，他理所当然地率领幽蓟宣抚左使司进驻涿州州衙，在此设立行辕。

涿州州衙是一座典型的宋辽官署建筑，钟鼓二楼、三班六房、五间宽的正堂，后面还有二堂和一座不大不小的园林，园林的景观和州衙一样，中规中矩，普普通通。州衙的规模其实也承载不了幽蓟宣抚左使司众多的将校僚佐，但章惇同样无意在这些琐事上乱费时间，因为在他看来，涿州只不过是前往幽州析津府的一个中途驿站而已。进驻涿州州衙后，幽蓟宣抚左使司的将校僚佐，连行李都懒得从马车上卸下来，只是迅速部署了警备与仪仗，章惇就在州衙的正堂击鼓升帐。传令官戴着斗笠披着蓑衣，骑着快马从涿州州衙内疾驰而出，前往各宣抚、经略招讨使司及各军军营。

第二通鼓响之时，便已经有各军都校、副都校陆续前来。到第三通鼓响，涿州州衙的正堂内，已是众将齐聚。紫袍玉带的章惇高座正位，一身戎装的田烈武坐在他的右侧，在二人的下首，陈元凤、唐康分坐左右，再往下，便是慕容谦、折克行等诸军将领。除了河东的章楶和仍在清理永清、固安、武清一带的蔡京，北伐宋军的主要官员、将领，几乎已齐聚于此。

点卯过后，章惇环视众人一眼，便直入主题："诸公！涿州已复，幽州近在咫尺——自唐玄宗安史之乱开始，这座边塞名城，不听中原号令数百年。至石晋割让于契丹，舜之十二牧、汉之十三刺史部，召公封茅之地、陈子昂赋诗之所，沦陷膻腥久矣！今吾与诸公，拥雄兵二十万，火炮千门，观兵于幽蓟，不世之功，唾手可得！兵贵胜，不贵久，某已决定，明日便挥师北上，以迅雷之势，攻克幽州，抵定山前！"

他话音一落，陈元凤便立即起身，朝章惇抱拳为礼，慨声应道："愿听大参号令，攻克幽州，抵定山前！"

紧接着，陈元凤麾下王光祖父子等将领，幽蓟宣抚左、右使司直辖的诸军将领皆一齐起身唱喏:"末将愿听大参号令,攻克幽州,抵定山前!"

一片慷慨激昂的表态声中,唐康、慕容谦及其麾下诸将,却全是端坐不动,眼观鼻鼻观口口观心,显得格外刺眼,也让堂中气氛变得格外尴尬。

章惇脸色微变,他伸手示意陈元凤与众将坐下,然后转头逼视唐康,冷冷问道:"温江侯可是另有高见?"

"高见不敢,但既蒙大参下问,唐康不敢不答。"唐康朝章惇拱了拱手,毫不顾忌章惇的脸色,顺着竿子说道,"下官以为,当日耶律冲哥未定山后之时,我军若能迅速用兵,抵定山前,自无不妥,但如今山后初定,便不宜再求速胜。现在二十万大军齐聚涿州,我军却只有一月之粮,要在粮尽前攻取幽州,恐非易事。倒不如暂时不取幽州,全力经营涿州,一面派骑兵劫掠附近州县,一面屯聚粮草,辽人断然不可能坐视我们长久占据涿州,我们不去幽州,他们便只能来涿州找我军决战,如此,我军便能反客为主,以逸待劳。只要能在决战中击败辽军,幽州传檄可定,又何必兴兵二十万屯于坚城之下,为敌所乘?区区浅见,还望大参三思。"

章惇哼了一声,讥道:"温江侯想得未免太一厢情愿,若辽人不来呢?我们数十万大军空耗于外,每日要消耗多少钱粮?兵法云:兵久而利于国者未之有也!此前大军逗留河北,逡巡不进,给了耶律冲哥时间平定山后之乱,已属失策!殷鉴未远,我们不思亡羊补牢,反要再蹈覆辙,坐等耶律冲哥从容回师?"

"大参,恕下官直言,若照着兵法打仗就能不败,世间再无败军之将!"唐康端坐不动,词锋却不饶人。

他身旁的慕容谦也帮着说话:"大参明鉴,大军在外,日久无功,的确不是什么好事,但想要速战速决的,未必只有我们!山前诸地是辽人最富庶的所在,如今全在我军铁蹄刀锋之下,辽人只能龟缩于幽州城内。易地而处,若我们处于辽人现在的处境,可能做到淡然处之?就算耶律冲哥、萧岚不在乎,山前诸州的豪族也能不在乎?在山前诸州有诸多产业的辽国贵族也不在乎?我们每天空耗钱粮,尚且肉疼,辽人之疼,岂不倍之?水无常形,兵无常法,此前末将与温江侯皆主张速战,但现在形势已全然不同,再求速战,恐非智者所为。恕末将直言,想在耶律冲哥回师前便攻下幽州名城,才是真正的一厢情愿!"

"观城侯久在西陲，对北边的契丹所知还是太少。"章惇脸上流露出明显的不屑之意，"观城侯对辽人的想象，不过是以己度人。辽人与我大宋不同，我大宋圣天子以仁德治国，四海之内皆天子子民，百姓若子，天子似父，父子之间，总是一家骨肉；而辽人以力服四夷，以兵威临域内，其国中各族，皆为臣仆，而辽主则是主人，臣仆事主，稍不如意，便遭鞭挞，若敢冒犯，则百死莫赎。故辽国之事，皆决于耶律氏与萧氏，无论是辽主，还是耶律信、耶律冲哥、萧岚，平时便不太在意国内各部族之想法，涉及辽国国运之战，更不可能在乎。山前诸州，本以汉人为主，他们又何曾能真正影响到辽国的军国大政？肉疼也好，淡然也罢，辽主和耶律冲哥、萧岚可不会和他们讲道理，倒是会用宫分军的战刀教他们懂道理！他们除了认命，别无他法！"

"纵然如大参所说，山前诸州，那也是辽主自己的家当，耶律氏与萧氏，在山前也有大量的土地财产，辽国财赋，半数以上出自山前诸州，辽人绝不可能不在乎！"唐康慨声争辩，"就算他们现在不心疼，我们也可以打得他们心疼！辽人无力在整个山前实施坚壁清野，除了各州、县城之外，涿州以北的乡村之中，也有大量百姓，我们可以派出军队，四处抄掠人口，或安置于河北，或赠送给南海诸侯……"

"温江侯！"章惇厉声呵斥，打断了唐康，"朝廷的训诫，你还真是一点儿也没放在心上！"

"下官不敢！"唐康也察觉到自己失言，闭上了嘴巴，却怨恨地看了对面的陈元凤一眼。陈元凤迎着他的眼神，呵呵笑道："温江侯年轻气盛，行事偏激，容易行差踏错，我也是为了你好！"

唐康冷冷回道："多谢宣副赐教，唐康必当铭记在心！"

"记住就好！日后温江侯自会明白我的苦心。"陈元凤呵呵笑着，仿佛长辈对待叛逆的少年一般回答着唐康。

章惇看着针锋相对的唐康和陈元凤，心中不由得暗暗摇头。

这是两人刚结下的一起新怨。

唐康、慕容谦攻下涿州之后，对于陈元凤越发不满与不屑。陈元凤资序本在二人之上，但攻下涿州后，大到战利品的争夺、补给的分配，小到驻地的划分，唐康都是盛气凌人，陈元凤只能捡他剩下的东西。涿州的府库、辽军留下的器械军资，陈元凤几乎一点儿也没捞着，不仅如此，陈元凤看中了涿州城内最大的佛寺，想将自己的行辕设于寺中，问唐康讨要，也被唐康拒绝，反而将之分配给了姚雄做横山番军的军部。

受到羞辱的陈元凤自然不会善罢甘休，他马上写了一封奏章，弹劾慕容谦等诸将军纪败坏，称在围攻涿州之时，慕容谦所部，特别是吴安国部军纪败坏，四处抄掠，胡汉不分，滥杀燕地汉人，还曝出吴安国在容城抄掠府库的旧事。并告御状说吴安国之所以如此，全是因为唐康与慕容谦故意放纵包庇。

在奏章中，陈元凤又大赞田烈武治军，一向军纪俨然，秋毫无犯，在河北便深受百姓爱戴，并编造了一些"流言"，说燕地汉人对田烈武也是翘首以盼，希望来的是田侯的军队。他向赵煦进言，宋军北伐的目的，是收复幽蓟，未来是要在幽蓟地区实行长久统治的，因此取得战争的胜利不是全部，收揽民心至关重要。他请朝廷重申纪律，下令约束唐康、慕容谦部，令其部诸军直接听田烈武节度。

事关重大，赵煦召集两府宰执合议。

枢密使韩忠彦一直很欣赏唐康，对此弗然不悦，对赵煦说：兵者凶器，在敌国土地上，岂能效妇人之仁？将领偶尔不那么守纪律，也是难免，朝廷不当深究。

唐康、慕容谦刚刚立了大功，赵煦本无意追究过去的这点儿小事，但他也有自己的考量，于是委婉地反驳韩忠彦：为将来计，似亦不当过于残暴。又说，燕地汉人也是汉人，也是他的子民，不能视为敌国之民。否则，大宋又有什么资格说是在"收复幽蓟"？

赵煦觉得自己所说的，是再理所当然不过的正理，于是顺口询问石越和范纯仁的意见——他认为二人在这件事情上，是必然赞同自己的。

然而，石越和范纯仁的反应却出乎他的意料，二人非常尴尬，支支吾吾半天，虽然没有反对他，却没有明确表态支持他。

赵煦并不知道，他说的虽然很有道理，但实际上，这个问题远比表面上看起来要复杂。

现在已经不是宋初了,宋初之时,幽蓟地区的汉人都认为自己的故国是中原王朝,而现在,又过了一百多年,他们基本上都认为自己就是大辽的子民。燕地汉人的确也是汉人,而且这正是宋朝收复幽蓟的正义性与合法性的最重要的因素,然而,尴尬的是,燕地汉人却已经不认为自己是宋人了⋯⋯那么,他们到底是敌国的子民,还是宋朝的子民呢?

吴安国的作战任务,本来就是四处抄掠,破坏辽国的基层组织,给辽国造成压力的同时,也削弱辽国的战争潜力——在本土作战的辽军一个重大优势,就是可以方便获得本国百姓的各种支持,吴安国的任务就是破坏这种支持能力。让吴安国在执行任务的时候,必须甄别汉人与契丹人?甚至不能抄掠杀害燕地汉人?那是让吴安国去率军游行吗?

然而,即便对这些复杂的问题再怎么心知肚明,身为宋朝的左、右丞相,又真的可以在朝廷上公开讨论燕地汉人的身份认同么?

而且,大宋朝再怎么说,也是奉行儒家伦理的国家。身为宋朝的文官领袖,同时也天然的必须是儒家伦理的维护者,石越和范纯仁有任何立场反对小皇帝的话吗?

没办法反对赵煦的话,可如果明确支持的话,一旦在场有某位宰执决定趁机对唐康、吴安国落井下石,他们连转寰的机会都不会再有⋯⋯

但他们的这种态度,给赵煦造成了严重的误会。

原本就在和石越关系迅速冷淡中的赵煦,觉得这是他的左、右丞相在和自己故意作对,想给自己难堪。连如此明显、如此理所当然的事情,他们都不愿意公开表达一下对自己的支持与赞美!

这让赵煦心里异常愤怒,他当即表示,应该依陈元凤所奏,令唐康、慕容谦部诸军直接受田烈武节度。

将北伐的指挥权分割得七零八落,原本就是赵煦和韩忠彦各自打着小算盘的结果,现在皇帝要再次统一北伐指挥权,吕大防、许将、李清臣立即不约而同表示支持。

心中耿耿的赵煦,再一次故意询问石越的意见。

第二十二章　各怀金石

石越完全没有意识到赵煦心里憋着气,于是老老实实回答:"慕容谦、折克行、吴安国之才远在田烈武上,不如许其自便。"

赵煦越发不忿,道:"军中终须有上下阶级。"

石越终于察觉到皇帝的情绪不对,但事已至此,也只能实话实说:"田烈武忠厚,如折克行、吴安国辈,皆桀骜之将,非田烈武所能制。若强令其受节度,只恐反伤田烈武威信。"

赵煦大为生气,质问道:"如此军中纪律何存?"

石越回答道:"堪为大将者,必各有性格。故自古以来,选任率臣,皆须慎之又慎,若任用不当,必致败军辱国。折克行、吴安国辈,皆国之虎狼鹰犬,田烈武才能、威望、战功、资历、性格,无一可令其心服,朝廷不能善择其人,反问纪律何在,是无道理。"

赵煦怒问:"如此,唐康、慕容谦,又有何可令其心服者?"

石越回答:"二人才能、威望、战功、资历,未必能胜过田烈武,然其气味相投,又能折节下交,故能使其听命。"

赵煦逼问:"既如此,唐康、慕容谦可真受田烈武节度否?"

石越依旧老实回答:"不能。若令其真受节度,田烈武必为二人所欺。陛下若心意已定,臣请陛下念唐康薄有微功,召回唐康,全其性命……"

君臣二人,就这样,一句顶一句,火气越来越盛,眼见着小皇帝要被石越顶得下不了台,范纯仁和韩忠彦连忙出来打圆场,最后的结果,是赵煦下旨严厉训诫唐康与慕容谦,要求他们此后约束部属,严守纪律,要像对待宋朝子民一样对待燕地汉人。但同时拒绝了陈元凤的其他请求,重申唐康、慕容谦仍另为一营,受幽蓟宣抚使司节度如旧。

这件事情的始末,章惇从自己的消息渠道已打探得一清二楚,据说退朝时赵煦很不高兴,而章惇同样也很不高兴。所谓"受幽蓟宣抚使司节度如旧",这"如旧"的意思,就是唐康和慕容谦仍然保留了很大的自主权,他这个幽蓟宣抚左使,只是唐康和慕容谦名义上的上司。没听到皇帝和石越的对答吗?"真受节度",意思就是原来的"受节度"是假的呗……皇帝一气之下,连最后那层遮羞布都当众给扯下来了。虽然皇帝和石越说的只是田烈武这个幽蓟宣抚右使,但他这个左使又能如何?一切只差明说了,唐康他们这些什么宣抚副使、经略招讨使,真正的上司其实是枢密院,而不是幽蓟宣抚使司!

但尽管如此,唐康和慕容谦所掌握的军队,仍然是章惇无法轻易放弃的强大战斗力。

他不耐烦地打断了唐康和陈元凤之间的唇枪舌剑,对唐康、慕容谦说道:"温江侯、观城侯,北伐方略,朝廷已有决断,毋须多言,徒乱军心。两位不会连朝廷敕令也敢违逆吧?"

"下官(末将)不敢。"唐康和慕容谦当然不会傻到在这种事情上授人以柄。

"那便好。二侯但遵朝廷敕令便可!"章惇也不再纠缠废话,直接提出要求,"某欲令二侯仍率诸军为前锋,二侯可愿听令?"

章惇目光逼视着唐康和慕容谦,这样的大事,慕容谦是武将,绝不敢直接顶撞章惇这样的宰执大臣,他也将目光投向唐康。

唐康面不改色,迎着章惇的目光拱了拱手,淡然回答:"大参,下官所部涿州一战损失惨重,将士疲惫,恐不堪重任,有负大参所托。前锋一任,关系重大,还望大参另委贤能!"

"温江侯果真不愿?"章惇寒声再问。

"实是力不从心,恐误军机!"唐康没有半点儿动摇。

"既是如此!"章惇狠狠地看了唐康一眼,目光从他身上移开,不再正眼看他,冷冷说道,"那亦不勉强!"说完这句话,突然厉声喝道,"种师中!"

"末将在!"种师中连忙起身应道,他低头行礼,既不敢看章惇,也不敢去看唐康。

"姚麟!"

"末将在。"被点将的姚麟也连忙出列。

章惇看着二人,下命令道:"令尔等二人为大军前锋,以姚麟为正、种师中为副,率云翼军、龙卫军,明辰出发,限后天天黑之前,扎营于幽州城前!"

"喏!"姚麟、种师中喝喏领令。

"陈元凤!"

第二十二章 各怀金石

"下官在!"

……

随着章惇一道道军令颁下,仿佛一台机械被启动,涿州城内外的宋军都高速运转起来,各军都开始传达命令,清点人马,将军资粮草装车,准备开拔。

章惇的作战命令非常简单,云翼、龙卫二军为前锋,先行赶到幽州析津府,威慑辽军;威远、铁林二军为策前锋,带着数万民夫一同出发,对道路、桥梁做必要修葺;他和田烈武则率其余主力部队跟进。唐康既然借口部队需要休整,那么就留他们驻守涿州兼保护、运送粮草。

他虽然很看重如横山番军、折家军这些强悍的部队,但章惇将攻克幽州析津府的赌注,压在了火炮部队的身上。至于唐康、慕容谦部,有他们当然更好,没他们也不是不行,唐康的推脱也不是完全没有好处——万一未来作战不利,还可以将责任推到唐康和慕容谦身上。

议事结束后,离开涿州州衙的各军将领,都是又兴奋又紧张,唯有唐康、慕容谦部将领,面色都是非常凝重,他们大多认同唐康和慕容谦对战局的看法,但是,没有人甘心在即将到来的大战中,守着涿州运送粮草。这让他们内心都十分矛盾,然而,他们更不敢轻易卷入唐康与章惇的对立当中……

而作为当事人之一的唐康,没人知道他是什么样的心情。他面无表情地出了涿州州衙,在随从的服侍下穿上斗篷,由一众卫士簇拥着上马,没和任何人打招呼,便径直返回了自己的行辕。

唐康的行辕设在城东的二圣祠。这座所谓"二圣祠",是当地人祭祀安禄山、史思明的——唐人道德观念混乱,强力的历史人物,不论忠奸善恶,都受到民间祭祀,如著名的唐朝叛臣吴元济,死后在蔡州竟也受到祭祀。一直到入宋之后,古文运动兴起,欧阳修等人再次强调忠奸善恶之别,吴元济祠才被禁毁。而在辽国的涿州,祭祀安禄山、史思明的"二圣祠"却一直香火不断。直到唐康攻破此城,见到这座二圣祠,当即下令砸了门匾,捣毁安、史塑像,找人画了同为涿州人的祖逖的画像,挂于正殿之中,点香供奉,并将这里改成了自己的行辕。

出身于范阳祖氏的祖逖,在某种意义上算是唐康的偶像。祖逖是历史上著名的儒将,以北伐中原中兴晋室为志向,为人慷慨仗义,永嘉之祸后,以一介儒生率族人南下,沿途无数家族都奉他为领袖。但他同时也有任侠放纵无法无天的一面,为了实现北伐之志,不仅公然招揽亡命之徒,甚至还亲自率领门客抢劫偷盗富人,并且对此行为毫不掩饰。唐康无论是出身背景还是行事作风,与祖逖都颇有相似之处,在以循规蹈矩为主流的大宋,他很难有性格相契的朋友,因此引古人为知己,以祖逖自况。如今率军打到祖逖的家乡,尊奉祖逖是再自然不过的事——在外人看来,都会以为他是在借此表明北伐的决心。

但世间之事,大抵如人饮水,是冷是暖,只有本人才能真切体会。

回到行辕后的唐康,卸下了人前强势的伪装,看到大殿中悬挂的祖逖画像,想起祖逖闻鸡起舞、中流击楫的豪情,北伐受制于权臣士族,壮志难酬的郁郁,联想到自己的遭遇。自北伐以来,他的正确意见没有一桩被采纳,欲以一己之力改变北伐的方向,却屡遭挫折,不由悲从中来,拔剑而起,就在祖逖的画像之前舞起剑来,发泄胸中的愤怨。

只见殿中衣袂飞扬,剑光潾潾。舞得兴起之时,唐康信口占得一绝,高声长吟:"雪洗虏尘静,吹角古城楼。何人写悲壮,击楫誓中流!"[1]

吟罢,唐康一剑劈中殿中案几,剑刃入木数寸。他弃剑哈哈大笑,转身出门,连斗篷也懒得再披,一人纵身上马,便冒雨朝着田烈武的行辕疾驰而去。

到了田烈武行辕,也就是原涿州州学前,唐康翻身下马,将缰绳扔给门口卫士,也不让人通传,大步朝田烈武所居的讲堂走去。

州学讲堂的正中间,仍然悬挂着孔子的画像。和宋朝一样,辽人也素以"华夏"自居,两汉以后,既为诸夏,便没有不祀奉孔圣的道理。辽人对孔圣祀奉甚恭,田烈武虽然暂据州学为行辕,但于此事同样也不敢怠慢,孔圣画像之前,燃着香烛,恭恭敬敬摆着三牲水果等供品。

唐康走进讲堂之中,不管不顾,先捏起三枝香来,点香拜祭孔圣。田烈武正与几名将领在安排开拔前的准备事宜,见到他进来,连忙挥了挥手,令众将先行回避。

待众将离开,偌大的讲堂中,只剩下田烈武与唐康二人。唐康将手中的香

---

[1] 此为作者化用南宋张孝祥《水调歌头》,知者不必骇怪。

插入香炉，转身看着田烈武，问道："田侯也和章大参一样，以为可以速战速决，攻取幽州吗？"

田烈武迎着他的目光，坦然回答："庙堂筹算，非我所长。康时与大参的策略，各有利弊，若让我来选择，我会倾向康时之策。但朝廷既已定策，我为朝廷大将，断无违逆之理。"

"纵然明知是错，也要奉行？"

"我为武臣，岂有不遵朝廷号令之理？"

"即便可能因此败军辱国，也要奉行吗？"

"康时！"田烈武提高了音量，正色道，"两军交战，胜负之数，未必只决于庙算！朝廷已有决断，章大参乃诸军率臣，既已定策，我便怀必胜之心，持决死之志，只要诸将皆能同心协力，士无二心，纵居逆境，亦能转祸为福。何况便如章大参所说，辽军自河北败退以来，屡战屡败，士气必然不高。如今辽主以萧岚为大将，耶律信在东京，耶律冲哥在西京，趁此良机，一鼓作气，攻下幽州，也大有可能。我军胜算，未必有康时你想的那么悲观！"

"但我与观城侯、永安侯、段子介、姚君瑞、吴镇卿推演过数十次，我军绝难在耶律冲哥回师前，攻下幽州！"

"战场上的事，康时真的便可以如此下定论么吗"田烈武反问，"决定胜负的因素有多少，康时你也应该很清楚。庙算推演也只能做参考，康时可知宣抚左使司同样也做过推演，结果却与你们的截然相反？"

唐康默然。

田烈武又轻描淡写地说道："我的宣抚右使司也做过推演。"

唐康顿时瞪大了眼睛。

便听田烈武继续轻声说道："结果没有你那么悲观，也没有章大参那么乐观，但是，即便一切并不如意，推演显示我们仍然有足够的机会及时应变。章大参的方案，并不是孤注一掷！这一次和国初的情况不同，我们的筹码足够多，既然如此，稍稍冒险尝试一下，又有何不可？"

他反过来劝唐康："康时，我知道你一心为国，但军国大事，岂能尽如己意？我为大将，自当以奉行朝廷命令为先，你是大臣，又岂能不以维护朝廷大局为先？

纵使朝廷与章大参的决策有误，你我若齐心协力，未必不能转祸为福，但若因此各自为战，岂非坐视原本不高的胜算变得更低？"

"况且，康时你若真的率军留守涿州，可曾想过皇上会如何看你？汴京的相公参政们，会如何看你？"

……

当天晚上，雨停之后，月明星稀。

刚刚修好的雄州通判府内灯火通明。一身便装的吴从龙手中捏着一颗黑子，面色凝重，皱眉看着棋盘，思虑良久，终于长叹一声，将手里黑子扔进棋篓之中，投子认负。

"下官输了！先生棋艺精湛，恐李憨子亦不能胜。"

他口中的"李憨子"本名李重恩，是仁宗朝以来大宋第一国手，平生除了弈棋之外，一无所知，专精于棋艺，故人称"李憨子"。吴从龙的棋艺非一般官员可比，就算和宫中的棋待诏对弈，也经常是互有胜负，堪称国手，故而他才会将能胜他的人与李憨子相比较。

但坐在棋盘对面的潘照临却没有半点儿胜利的喜悦，他摇头叹道："昔日宋素臣[1]论弈棋之道，称简易而得之者为上，孤危而得之者为下；宽裕而陈之者为上，悬绝而陈之者为下；安徐而应之者为上，躁暴而应之者为下；舒缓而胜之者为上，劫杀而胜之者为下。今吾与君对弈，陷孤危之地，悬绝而陈之，躁暴而应之，以劫杀而胜之……呵呵，谈何国手，谈何与李憨子相比？！"

说完，弃子起身，走到院子之中，抬首仰望星空，不胜萧索！

与此同时，几百里之外。月光如洗，司马梦求骑着一匹白马，在河北的官道上纵马疾驰，留下一串清脆的马蹄声。

---

[1] 宋素臣，即宋白，宋朝著名词人、藏书家。他与李昉共同主编的《文苑英华》，为宋朝四大类书之一。

第二十三章

幽州画角

死生共抵两家事，胜负都由一着时。

——邵雍《观棋长吟》

1

轰！

轰！

轰！

硝烟散去，露出幽州析津府在火炮肆虐下坑坑洼洼千疮百孔的南城墙。神卫营第十营的阵地上，都校张蕴满身灰土，紧紧盯着一里开外的城池，开阳门前瓮城上的箭楼已被轰塌了一半，南城的敌楼、马面也被破坏得七零八碎，但面前这座拥有长达三十六里城墙的名城，依旧巍然屹立。

一名行军参军在他身边压低了声音说道："都校，克虏炮的石弹快不够了。"

"怎么就不够了？"张蕴没好气地问道，"我们不是带了上万枚炮弹吗？"

"我们是带了上万枚石弹，准确地说，我们在河北一共准备了一万两千枚石弹，除去路上出现意外掉进河里的那几辆运弹车，带到幽州的石弹，一共还有一万又九十二枚。"行军参军一面盯着正在给炮管冷却的炮兵，一边给张蕴算着账，"但是，都校你得看看我们这些天的消耗啊！之前为了清除城外那些墩台，我们花掉多少石弹？这几天攻打这开阳门，四十门克虏炮，每天不停从早轰到晚，又要消耗多少石弹？若不是有六门火炮报废，今天我们就会将石弹全部打光……"

但张蕴没心情听报怨，打断他大声喝问："补给呢？"

"没有补给。哪来的补给？职方馆那些只会含鸟的贼驴，直娘贼的根本就不懂火炮。说什么幽州城外无石可采，原来说的是发石机用的那种动不动几百斤的大石弹！宣台那些蠢货信了他们的情报，我们连石匠都没带，石弹全得从河北千里迢迢运过来，本来琢磨这么多石弹别说打个幽州城，就算打汴京城，也该绰绰有余了！宣台根本没做补给的计划！结果宣台根本不知道，辽人在这幽州城外，建起了几十座墩台，一个个跟乌龟壳似的，光是清理这些墩台，石弹就已经用了个七七八八。而且，就算真有补给也没用，这些天这么不停地开炮，克虏炮的炮管都快撑不住了。这样下去再打两天，剩下这三十四门克虏炮，炮管都得报废！这以后的日子，还要不要过了？"

"不过算毬！"张蕴越听火气越大，"你以为宣台那么好心，北伐前给我们补充这么多克虏炮是为了啥？"

正说着话，突然，又是"轰！轰！轰！"一阵巨响，便见几十枚石炮从城中飞出，掠过二人的头顶，砸在了他们阵地的后方，激起尘石飞溅。几名不幸的宋军士兵被当场击中，瞬间被砸成肉泥。

"直娘贼！"张蕴下意识地卧倒，在他的骂声之中，宋军的火炮又开始了新一轮的还击。幽州城内的辽军火炮很快沉寂下来。

重新起身的张蕴一边拍着身上的灰尘，一边发着脾气："三天打了几千枚炮弹，瓮城轰不塌也就算了，连辽人的火炮都没有打掉，在这怨天怨地，有个鸟用？"

"都校，我们只是神卫营，不是神仙营！"那行军参军刚刚三十岁出头，也是将门之后，脾气也是不小，"对面的幽州城，高逾三丈，厚达一丈五！辽人还用厚厚的青砖重新包过外墙，我们对面的南城墙，就有九里长！我们十营只有四十门克虏炮，加上二十营和雄武一军，所有的克虏炮一共也不到两百门！城里的辽人也有火炮，虽然射程、精度各方面都不如我们，但他们的口径比我们的大，架在城墙上，居高临下，还有城墙的保护，打掉辽人的火炮就不要做梦了。要想快点儿轰塌辽人的瓮城城墙，就得拼命推进到两百步布阵，到那个位置，克虏炮就有可能靠着反复轰击，直接轰塌城墙！"

"你个贼配军，说什么鸟怪话！这城下一马平川，连个掩护都没有，到两百步布阵，然后好被辽人的火炮一窝端了吗？"张蕴瞅了他一眼，骂道，"我们消耗大，辽人的火炮也小不了。有这闲工夫，少在这儿放鸟屁！你给我滚过去找二十营和雄武一军商借一点儿石弹……"

"借石弹？"那参军翻了个白眼，"这当口，你让章大参下令，你看看他们肯不肯匀点儿给我们？"

"借石弹？不借！"雄武一军都指挥使和诜头也不回断然拒绝，他目不转睛地盯着面前的一排克房炮，每架克房炮旁边，都有一个什的士兵在忙碌着，重新校准、装弹、点火……"轰轰""轰轰"……伴随着震耳欲聋的巨响、弥漫整个阵地的硝烟，几十枚石弹轰向一里之外的城墙，一部分石弹越过城墙，落到了幽州城内，还有一些石弹直接砸在城墙外立面上，将城墙砸出了十几个大大小小的坑来——雄武一军负责的是破坏幽州南城开阳府与丹凤门之间的城墙，见这波齐射没有一枚石弹击中敌楼、马面这些重要的城防设施，和诜懊恼大喊："没校准！校准！校准！"

正喊着，阵地上硝烟渐散，他看见一群士兵慌乱地朝一门火炮的阵地跑去，心中顿时一沉，大声喝问："怎么回事？怎么回事？"

一名宣节校尉跑了过来，禀道："都校，有一门火炮炸膛了，死了八个同袍。"

"直娘贼！"和诜转头，见都行军参军褚义府还站在旁边，顿时无名火起，粗言秽语脱口而出，骂道，"你个贼配军，还站在这处做鸟？"

褚义府撞上这个晦气，心中暗叫倒霉，但也不能就此离开，尴尬地站在那里，解释道："都校，是章大参和阳信侯的意思……神卫十营和二十营的石弹都快没了，让我们借点儿给他们……"

"你个糊突桶！"和诜更生气了，"叫你去宣台会议，是叫你个贼驴去吃里爬外的？石弹我们自己都不够用，拿个鸟借给他们！你去跟宣台说，要石弹没有，要命有一条，你褚义府就把自己的命留在宣台，叫他们把你脑袋砍下来当炮弹用！"

骂完褚义府，见身边几个行军参军都在低头忍笑，和诜更是气不打一处来，大骂："你们这些腌臜混沌，还不快去清理阵地！军器监那些贼配军，都是些腌臜的杀才，造几门火炮，没放几响就给老子炸膛！炸膛！炸膛！炸个鸟膛！把人抬走，阵地清理出来！下一波，给老子校准了，校准点儿！你们这些猢狲在讲武学堂除了含鸟，就没好好学点儿本事吗？！"

"预备！""点火！"几十名什长一齐点燃面前一字排开的克房炮引线，立即跑到火炮后方，紧紧捂上耳朵，其余站在火炮两侧后方的炮兵，也整齐地转身捂耳。

第二十三章 幽州画角

过了一小会儿，随着"轰轰""轰轰"的巨响，三十几枚石弹飞向幽州城南的丹凤门瓮城，其中有几枚正好击中瓮城上最后一座完整的箭楼，箭楼顷刻之间轰然倒塌。宋军阵地上欢声雷动，仿佛是为了报复，城内马上也打出一波炮弹，但这一波回击准头太差，全部飞过宋军阵地，在宋朝炮兵的后方砸起一阵阵飞尘。宋军士兵从各种规避动作中回过神来后，又是一阵大声的笑骂。

章惇和田烈武远远站在距离丹凤门快两里的地方，观察着神卫营第二十营对丹凤门的炮击——这已经是非常安全的距离，辽军有少数火炮可以打到这么远，但那根本就没有精度可言。

神卫二十营这次成功的炮击，让章惇和田烈武都是长吁了一口气。

这次攻打幽州，比二人想象的，还要更加困难。

首先是一起情报失误，职方馆提供的情报显示，幽州城下没有可以制造攻城炮弹的石材开采，职方馆的情报指的是抛石机所用的那种大型石料，与克虏炮所用的圆形石弹根本是两码事。但这个失误还算好，顶多是浪费不少人力物力，因为按照章惇的作战计划，到幽州城下再制造石弹，还是缓不济急的。

但接下来就真的是情报上的大失误了。由于辽人的封锁，宋军对幽州城防措施改造的了解几近空白，直到大军兵临幽州城下，才发现萧岚已经在城南、城东、城西三个方向，建造了五十四座墩台——这是一种建于城墙之外的军事建筑，在距城墙二百步到三百步的区域之内错落布置，比城墙稍矮一点儿，可以看作一种极其坚固的箭楼，墙体夯实，外包青砖，每座墩台可以容耐五十名弓箭手，部分墩台上还部署了小型火炮，每半里一座，可以互相呼应支援。

这些墩台和城中辽军的配合，让宋军付出了惨重的代价。因为这些墩台的存在，宋军无法越过它们直接攻打城墙，只能先清除墩台，但当宋军进攻墩台时，城墙上的辽军可以毫无压力的操纵床弩、火炮等武器，对宋军进行打击，而且因为处于宋军攻击之外，他们的这种攻击效率极高。而当进攻的宋军在这种打击下阵形出现溃乱时，城中的辽军骑兵就会趁势杀出……这种战术非常简单，但是很有效，宋军第一波的试探性进攻，上千人几乎全军覆没，其后几次进攻，也都是损兵折将无功而返。

迫于无奈，章惇只好下令，动用克虏炮先清除这些墩台。

章惇原本只打算集中火力清除城南的十八座墩台，他并不在乎萧岚知道他的主攻方向，但麻烦的是，倘若放着城东、城西的墩台不管，就没有将领肯去城东、城西作战。就算是佯攻，也不能让人单纯送死，而且这样也无法牵制辽军，起到佯攻的作用。从战术上来说，如果放任辽军在东、西两翼自由活动，宋军也同样无法安全，想象一下当宋军全力在南面攻城之时，辽军骑兵突然从两翼包抄过来……即使事先部署了阻截部队，但究竟要多少兵力才能真正阻挡住辽军的冲击呢？这是个没有答案的问题——宋军甚至连幽州城内究竟有多少辽军都不清楚，但这个数量肯定不会少就是了。因此，只有进攻才是最好的防守，即便摆明了车马要主攻南面，对城东和城西同时保持压迫性的进攻，才是真正能牵制守军的唯一办法。

于是，章惇只能下令，让神卫营第十营清理城西的墩台、第二十营清理城东的墩台，雄武一军清理城南的墩台。

在宣台一众参议、参谋官的计算下，即使清理完墩台，余下的火炮、石弹集中起来，还是足够给幽州的南城墙造成致命的破坏。

然而，事实证明在战场上料敌从严才是颠扑不破的真理。意外永远层出不穷，尤其是当你的敌人也很强大的时候。

清理墩台的战斗，一波三折。

萧岚并没有龟缩城内，被动地等着挨打。宋军一开始将火炮阵地部署在距离墩台两百步的距离，这个距离墩台上的弓箭手望尘莫及，而火炮可以发挥最大威力，但萧岚果断下令辽军骑兵出击，辽军的骑兵在城墙与墩台的掩护下，几乎毫无损失就可以迅速抵达墩台，一次冲锋就可以冲到宋军的火炮阵地。宋军在火炮齐射之后，骑兵必须马上出击，才能阻止辽军骑兵冲进炮兵阵地，给炮兵与火炮造成大量的损伤。但即使有骑兵保护，在骑兵的冲锋交战中，想要万无一失是不可能的，炮兵不可避免地会产生伤亡，而这种伤亡直接就会影响到火炮部队的战斗力。

宋军每每只来得及一波齐射，战斗就演变成双方骑兵的短兵相接。马蹄相交，钢铁相撞，血肉横飞，正面硬碰硬的肉搏战，让双方都损失惨重。对宋军很不利的是，倚城而战的辽军骑兵通常会在宋军火炮第一轮齐射之后发动冲锋，而一旦交战不利，就迅速撤退重整阵形，这让宋军的火炮完全无法给辽军骑兵造成损失，而宋军骑兵稍有不慎，追杀得过线了一点儿，却会被城墙上和墩台上的辽军居高临下的夹击。

在交战双方的实力相差有限的情况下，这样的战场，是攻城一方的宋军无法接受的。两天下来，眼见损失太大，成效不彰，章惇只好下令改变战术，将炮兵阵形后移到距墩台一里多的地方。战场纵深的一点点改变就产生了立竿见影的效果，在这个距离上，宋军就从容多了，辽军骑兵不但几乎完全失去城墙与墩台的远程支援，在向宋军炮兵阵地冲锋时，还会遭遇后方宋军步兵方阵的箭雨打击，有时候甚至是灭虏炮的炮击。而宋军骑兵有足够的时间，可以等待这波打击后，再从两翼发起冲锋，给刚受重创的辽军迎头一击。

萧岚同样也承受不起让自己的骑兵对着宋军的步兵方阵甚至是灭虏炮正面冲锋的损失，吃了几次亏后，辽军的骑兵就不再轻易出动。

战斗变得枯燥无聊，两天的时间里，宋军的火炮没有受到太多的干扰，顺利将辽军的墩台一座一座定点清除。但这个过程消耗的石弹，也是章惇他们完全没有预料到的。克虏炮的有效射程有一里，如果是对付人类或者马匹，这个距离造成的杀伤已是非常可怕，但对付坚固的堡垒，就只是差强人意了。更灾难的是精确度的问题，和城寨不同，墩台的目标并不算太大，号称精确度极高的克虏炮，面对这样的小型目标时，顿时原形毕露，每十发炮弹几乎只有一两枚可以击中目标。为了节省时间，章惇下令对墩台进行覆盖式打击，每次炮击，都有超过十门火炮进行齐射——清理速度果然极大提升，同时，对石弹消耗也是数倍增加。最终，宋军总计消耗过半的石弹，才将这些墩台清除干净，同时还顺便轰塌了城墙外的羊马墙。

七天时间，就这样过去了。

这样的速度，在幽州析津府的辽人看来，简直是可怕。萧岚原本认为他的这些墩台可以坚持一个月，他还是低估了火炮这种武器的出现对战争进程的改变，原本想要围攻析津府这样坚固的大城，至少得三个月起，打上一两年也是常事，但看过城外宋军火炮的数量后，萧岚心里对于是否能坚守到三个月，已经开始动摇。因为墩台和羊马墙都被轰塌，只留下了孤零零突出的外瓮城，萧岚只好下令将外瓮城正面的城门用砖土塞死，只留下两侧城门备骑兵出入。

而城外的章惇也变得焦躁，他没有三个月的时间，做了这么多的准备，就是为了雷霆一击，在耶律冲哥回师前，迅速攻克幽州坚城。这个时间不会超过一个月！

而清理这些墩台就花了七天，如果算上主力行军的时间，十几天已经过去了！

更糟糕的是，之前的战斗让章惇意识到像幽州这样的城池，要靠火炮轰塌城墙或者城门，可能需要半个月以上的连续炮击……幽州城外这个地形，对守城方非常有利，为了躲避城墙上的火炮、床弩等重武器，宋军火炮除了拉开距离，别无选择。

但幸好章惇早就准备了第二计划，他事先制造了大量的云梯，并将它们也拉到了幽州城下。他决定执行第二计划，将神卫营第十营、二十营、雄武一军的克虏炮在幽州城南一字排开，对幽州城南的城墙，从开阳门到丹凤门，在极短的时间内，进行持续不断的饱和炮击。这一计划不追求轰塌城墙或者城门，目的是破坏辽军的女墙、马面、箭楼等设施，摧毁、消耗一部分辽军部署在城墙上的火炮与床弩、抛石机等重武器……

三天时间里，宋军的克虏炮从早到晚炮击幽州城，发射了上万枚石弹。石弹对于炮管的损害是非常大的，不少火炮因为炮管变形直接报废；高强度的炮击下，炸膛事件更是层出不穷；再加上运气不好被辽军火炮击中的，已经有近两成的克虏炮被迫退出战场。

神卫营和雄武一军抱怨不断，但是，章惇心如坚石，丝毫不为所动。

任何武器都是拿来用的，只要能攻下幽州城，哪怕所有的火炮全部报废，那也在所不惜！

他在意的，只有战果。

尤其是已被章惇选为主攻方向的丹凤门。他力排众议，没有将克虏炮最多的雄武一军布置在丹凤门外，也没有用张蕴这样在军中已颇有名气的后起之秀，却大胆重用成军不久的神卫营第二十营。

章惇心里很清楚，因为他强势、冒险的风格，军中已经开始出现对他指挥能力的怀疑，甚至还有人私下里编排他的笑话——一个关于"铁甲火箭车"的笑话。一些无聊的人，借着这个笑话来讥讽章惇病急乱投医。

所谓"铁甲火箭车"，是兵器研究院的一个机密项目。兵器研究院花费超八年的时间，在研制一种威力巨大、号称可以成为契丹骑兵克星的野战兵器，这个项目曾经得到了枢密院的大笔拨款，在北伐前夕，终于造了出来。

那是一个巨大的铁皮怪物，由八节战车车厢相连，外包两寸厚的铁皮，不惧弓箭与骑兵冲击。车厢内原本固定有数门火炮，但由于在试验中，火炮发射后巨大的后坐力导致了所有车厢一同侧翻，而这个难题一直无法攻克，于是车载武器改装成了用火药发射的火箭，这也让全车的重量大为减轻。在兵器研究院的报告中，它只有一个缺点，就是不太灵便，需要大量的骡车牵引。

然而，"铁甲火箭车"造成后，枢密院与兵部都拒绝验收，结果被束之高阁。但不知道兵器研究院的人找了什么门路，将这种新型兵器的情报送到了幽蓟宣抚使司，引起了章惇的注意。章惇还特意询问过田烈武的意见，很巧的是，田烈武在七八年以前就听说过这个项目，但他以为这个项目早已失败，没想到，兵器研究院竟然真的将它造出来了。

于是，章惇抱着试一试无妨的心态，移文枢密院，请求将这种武器运往河北一试。这不是什么大事，枢密院自然照准。

不料，等这"铁甲火箭车"被运到黄河边上，人们才发现兵器研究院的这个新式武器，完全是一朵奇葩——它比黄河渡口所有的船都要长，没有船可以将它运过黄河！

但这又是幽蓟宣抚使司点名要的武器，当地官员不敢怠慢，连忙组织用小船临时架设浮桥，再铺上木板，让骡马牵引从浮桥过河。谁知道，装嵌厚厚铁甲的"铁甲火箭车"，不仅重量超过浮桥的承载能力，平衡性能也很差，在过浮桥的途中突然发生意外，战车侧翻，不幸沉入黄河之中……

这原本不是一件多大的事情，兵器研究院这些年造出来的奇葩武器也不是一件两件，枢密院和兵部的人大概早就知道这武器根本不可能用于实战，只是在官僚体系里，没有人会故意去渲染这件事情。只是谁也没想到兵器研究院可能有两个书呆子不甘心……

从头到尾，这件事情和章惇关系很小，做为幽蓟宣抚左使，他的事务繁多，根本不可能花多少心思去特别关注这么一件武器，也不会真的寄予多少希望在一件新式武器上。

但倒霉的是，这件事情就发生在离汴京不远的黄河渡口，目睹这件事情的人太多了。结果，此事被汴京的报纸详细报道，转眼之间，它就成为一个笑话传遍了整个汴京，然后又从汴京传到了河北，传到了幽蓟军中……普通民众谁会关心兵器研究院？他们也当不起这个笑话的主角，兵部尚书参知政事幽蓟宣抚左使，这样的身份，显然更有资格成为这个笑话的主角……

章惇就这样莫名其妙，成为了人们取笑的对象。而这后面，少不了对他不满的人推波助澜。

章惇内心的愤怒是完全可以想象的，但他并不会过于关注这些，无论人们对他的怀疑还是嘲笑，都不会分散他的注意力。在章惇看来，那些编排他笑话的人，都是些平庸、无能的人，他们不敢尝试新的事物，喜欢取笑别人的失败，以证明自己的正确。那些人不过是些可悲的蝼蚁，历史的尘埃，如此而已。

他绝不会因此而裹足不前，从此循规蹈矩。

他比谁都清楚，他所做的一切，本质上都是在冒险，冒他所能承受的最大的风险，赌最大的收益！

给"铁甲火箭车"一个机会，甚至连冒险都谈不上，只是说明他敢于为了赢下这一仗，去尝试新鲜事物。

而重用神卫营第二十营，则是一次微不足道的冒险。

虽然，在战争中，所有看似微不足道的东西，最后都可能对结果产生或大或小的影响，但不管怎么样，这一把，他赌赢了。

二十营，没有辜负他的信任。

章惇绝不会承认的无形压力，仿佛随着丹凤门瓮城上最后一座箭楼的倒塌，也轰然消散。至少，在这一个时间点上是如此。

突然的放松，让章惇不由得意地大笑，连话也难得多了起来。

"果然，神卫营和其他兵种不同，第二十营虽是新建之营，反比第十营更精锐,更不用说雄武一军。将他们部署在丹凤门外是正确的,如此一来,丹凤门就可以确定成为主攻点了!"

章惇身上背负的压力,也是田烈武始终非常在意的事情,此时,他也不由得松了一口气,笑道:"大参对火炮的运用,末将自愧不如。"

"呵呵……"章惇此刻的心情特别好,"这其实是蔡元长的见解,我不过是觉得他说得有道理,便大胆一试。"

见田烈武一脸茫然,章惇又笑道:"韩师朴下令枢密会议总结此前在河北与辽人作战的经验教训,以备北伐借鉴。枢密院因此移书河北诸军,遍询将帅意见,此事田侯应该也知道。"

田烈武点了点头,有点儿惭愧地说道:"河北之役的重要战斗,末将几乎都没有参与,反倒是吃了辽人不少苦头,我实也想不出什么对付辽人的方略,就请张稽仲帮忙,写了点儿吃亏的教训呈给密院。"

"那是田侯忠厚。"章惇早就知道田烈武的札子是张叔夜帮着写的,倒是没想到田烈武就这样坦然承认了,意外之余,反倒又高看田烈武一眼,他轻轻揭过此事,继续说道,"蔡元长又何尝打了什么大仗,但他的札子,颇有可观之处。他在札子中说,河北之役,预示着未来的战争是火炮与马军的天下,拥有更强火炮与马军的军队将是未来最强大的军队……"

田烈武不由点了点头,却听章惇又继续说道:"他还调查了神卫营等火炮部队的表现,发现和马军不同,决定火炮部队战斗力强弱的,不是领军将领,也不是实战经验,而是火炮本身的优劣,指挥使以下低级校尉与节级的能力!那些什长、什将、都兵使是否出色,和他们有过多少实战经验并没有太大的关系,至关重要的竟是他们的算学水平!因为,火炮并不需要和敌人短兵相接,并不经常要依靠经验做本能的应对,他们需要的是掌握好用药量,控制好炮管的冷却时间,测算好角度与距离……这些事情,算学水平好的人不需要太多的经验,很快就能掌握,算学水平差的人,经验再丰富也没太大用处。"

田烈武认真听完,忍不住赞叹道:"都说听君一席话,胜读十年书。元长公的这番见解,真是让末将受益匪浅!"

"蔡元长这札子的意思,是想建议朝廷增加科举中算学的分量,以促使各学校更重视算学，方便日后招募炮兵。"章惇笑道，"他这是白日做梦……"

章惇瞥了田烈武一眼，忽然语气变得认真了一些，道："蔡元长这个人，有见识、有能力、也有手腕，唯一的缺点，就是功利心过重。人有功利之心很平常，世人都难逃此关，但过重的话，就易偏激。唐康时其实和蔡元长是一个模子刻出来的，只不过，蔡元长的功利心是向外的，所以容易丧失原则，为了功名刻意迎合讨好上司；而唐康时则正好相反，他的功利心是向内的，他功利之心沁入骨髓，却认为自己大公无私，执着于自己认为是对的事情，完全不将上司放在眼里。但唐康时很幸运，他遇到了田侯你……"

章惇突然将话题扯到对蔡京和唐康的评价上，田烈武不由措手不及，他很不愿意触碰类似的话题，因为他一直认为自己没有资格去评价这些人，他觉得这些人都比自己出色。但以章惇的身份，既然开启了这个话题，他也只能尴尬地听着。万万没想到，章惇最后又扯到了他身上。一时间，他完全愣住了，张大嘴一脸茫然："我？"

章惇认真地点了点头，"正是。蔡元长这种人，其实闯不了什么大祸，只要有一个强过他的上司制得住他就行。"章惇并不知道，如果石越听到他这番高论，一定会有不同的见解，但他心里的确是如此想的，在他看来，他自己就有绝对把握让蔡京服服帖帖，"但唐康时不一样，能力强过他是没用的，就算石子明，也未必真管束得住他。不过，他这样目无余子、骄横跋扈的人，反而会向田侯这样待人以诚的忠厚君子低头。我听说子明相公在朝堂对皇上说，田侯你节度不了唐康时……呵呵……子明相公小看了田侯你，也并非真正了解他这个义弟啊！"

田烈武摇了摇头，也认真说道："子明相公没有小瞧末将，他这样做，反倒是为了我好。他是小瞧了温江侯。"

"田侯不必过谦。"章惇不以为然地呵呵笑道，眼角的余光下意识朝着幽州城西的方向瞥了一眼，"如果不是因为田侯，唐康时不会改变主意，率军前来幽州。"

"温江侯不是因为末将才改变主意的，他只是想明白了，兄弟登山，各自努力，到底是不及兄弟同心，其利断金。他是真心盼着大宋能赢下这一仗，才改变主意的。但他能有这个回头的机会,却全是因为他幸运,遇到了大参,有此胸襟,容忍他的一时任性。"

"我可没有什么胸襟!我容忍他,是因为我更想赢下这一仗!他和慕容谦,掌握着数万大军,其中还有横山番军、河套番军、河东番骑这样的虎狼之师!为了赢下这一仗,什么事我都敢赌、敢试!接纳一个唐康时回头,又算得了什么?"

田烈武听着章惇这番过于直言不讳的话语,不由得稍稍有些尴尬。他知道章惇说这些话,很大程度上也是在发泄胸中的愤怒,但这是一个难得的机会,稍想了一下,还是顺着章惇的话说道:"不管怎么说,这也是大参的魄力。既是如此,后日丹凤门的主攻,是否便交给温江侯和观城侯?"

"让他们来主攻原本也并无不妥……"章惇眯着眼睛望着对面的丹凤门,拈须沉吟,"但田侯,诸军将校,谁都想第一个登上幽州的城墙啊!"

田烈武沉默了一下,先登之功,青史留名,这的确是诸军将校都无法拒绝的诱惑,连他云骑军中的将校,也纷纷找到他,想争这个主攻丹凤门的位置。但他身为主帅,肯定是不会同意让骑兵部队做第一波攻城的军队。他心里倾向让横山番军的步军来打这个主攻,但章惇的考虑也不无道理,身为主帅,不可能完全不考虑各军之间的平衡,好事都让唐康、慕容谦占尽,其他禁军将校怎么可能没有怨言,怎么可能尽心尽力?

"那大参可有决定让谁来主攻?"

"且让铁林军一试。"

"铁林军……"田烈武不禁有些犹豫——现在的铁林军,不仅补充了大量的新兵,都指挥使也变成了从汴京空降来的武经阁侍读、枢密院知杂房知事、昭武校尉王师宜……

但另一方面,在田烈武心里,铁林军始终都是张整的那支铁林军,张整死前的情形,他至今历历在目。如果能够给铁林军一个机会重振威名,想来张整在九泉之下,也能瞑目……一念及此,田烈武便怎么也说不出反对的话来。

而且,王师宜虽然还不到四十岁,却是实实在在的名门之后、熙宁宿将。开国功臣之后的王师宜,早在十三年前伐夏之役时,就已经做到骁骑军副都指挥使,伐夏后叙功升为昭武副尉,到熙宁十六年就已经是昭武校尉了——如此深的资历，禁军都校之中没几个人比得上。这也意味着，王师宜的能力与经验绝对不成问题。

而王师宜也不缺建功立业的野心——他已经卡在昭武校尉的资序上十年不得升迁了，从昭武到游击，不立军功，在这个资序上卡一辈子都有可能。就算王师宜的高祖父是开国名将、琅琊郡王王审琦，但这种世家子弟，许多人一生其实也就是做到六品到头，能跨过六品这一道坎的世家子弟，本就少之又少。王师宜这个时候放弃枢密院知杂房知事的差遣，来接任铁林军的都校，摆明了就是来立战功的，给他一个主攻丹凤门的机会，他没有任何不拼命的理由。

心中迅速闪过这些念头，田烈武终于还是点了点头，"王昭武亦是宿将，铁林军应当能当此重任。"

章惇也含笑点头，重用王师宜，是他早就决定的事。田烈武并不知道，王师宜是章惇真正的旧部，早在熙宁年间，就曾经随章惇征讨南方蛮夷……章惇一直很欣赏王师宜，如今王师宜再度到他麾下效力，委以重用，本就是顺理成章之事。田烈武即使反对也不会有用，但能得到田烈武的支持，当然是更好。

"丹凤门以铁林军先攻，龙卫军继之。铁林、龙卫皆精锐之师，不会逊于横山番军。"

田烈武点头认可，又试探建议："既如此，可令温江侯、观城侯率军攻开阳门？"

章惇摇了摇头："我欲令宣武一军攻开阳门，以云翼军继之。"

田烈武顿时沉默。宣武一军都指挥使苗履因为败军辱国，先是被章惇解职下狱，北伐开始之时，又被朝廷处分，武阶贬为振威校尉，调往夏州神锐三军任军副都指挥使，至今宣武一军都没有选好新的都指挥使，暂时由原来的军副都指挥使郭成指挥全军——因为兵败的原因，郭成同样也是戴罪之身，他原本是昭武副尉，现在也已经被贬为振威校尉，副都校的官职上，也加了个"权"字。处于如此境地的宣武一军，真的适合担任攻打开阳门的重任吗？

思忖了一下，正要开口反对，章惇仿佛知道他要说什么，已抢先开口："使功不如使过，苗履无能，但宣武一军终究是天下第一军，郭成也是一名悍将，只要将他们放在合适的地方，宣武一军的战斗力不会逊于横山番军。而且，郭成也罢，宣武一军也罢，他们比谁都需要这个机会，也会愿意为了这个机会去拼命。"

道理的确是这个道理，田烈武不由自主地点了点头。

"此外，我这样部署，还有一个原因。"章惇突然压低了声音，"温江、观城侯的军队，的确很强悍，但他们的军队是以番军为主。中原王朝，一旦军队开始倚重番人，便从来没有好结果，后汉如此，西晋如此，前唐亦是如此。如果我们靠着番军打下幽州城，田侯觉得，日后这些番军心里会不会看不起汉军？如果这场战争让朝廷觉得番军很好用，田侯觉得，朝廷以后会不会越来越倚重番军？"

"大参所虑虽不无道理，但眼下幽州城能否顺利攻取尚是未知之数，似不宜……"

"我当然不会因噎废食。但我也知道，千里之堤，溃于蚁穴，既然给宣武一军一个机会，未必会比横山番军差，那为何不去重用宣武一军试试呢？"

田烈武说不过章惇，不由语塞。半晌，才问道："那大参打算如何安排温江侯、观城侯？"

"铁林、龙卫攻丹凤门，宣武一军、云翼攻开阳门，环州义勇攻两门之间城墙，陈履善率部攻城东，温江、观城率部攻城西，三面齐攻，必可令萧岚顾此失彼……"

章惇手执马鞭，指点幽州城，顾盼自雄，信心满满。

2

咚咚！咚咚！咚咚！咚咚！

急促的战鼓声中，轰隆！轰隆！轰隆！一阵阵的火炮声震耳欲聋。

幽州析津府的丹凤门，完全隐没在浓密的硝烟之中。

从清晨开始，宋军开始发动对幽州析津府的强攻，在主攻的丹凤门外，宋军结成了一个巨大的进攻方阵，最前方是宋军全部的灭虏炮——合计超过两百门之数，全部架在炮车上，各由一个什的士兵推动行进，灭虏炮后方是铁林军的整齐方阵，两翼则是龙卫军骑兵——伤愈归来的军都指挥使种师中亲自率三个营居左，已晋升昭武副尉、副都校的皇甫瑝率龙壁营和第四营居右。在方阵后方，还有云骑军、威远军、骁胜军三万骑兵掠阵。

这个巨大的方阵在进攻的战鼓声中，缓缓向着丹凤门推进。觉察到决战的到来，析津府的城墙上，也吹响了连绵不绝的号角。

城墙上的辽军，开始紧张地操纵起仅存的火炮、床弩、抛石机等重型武器，耐心等待宋军方阵进入射程之内。

丹凤门外瓮城两侧的城门打开，整整一万名辽军骑兵，从两侧鱼贯而出，越过护城河，倚城布阵。

宋军的方阵缓慢向前推进着，每前进二十步，就有校尉大声传令，宋军就会停下脚步，重新整顿方阵，然后再继续前进。

但瓮城两侧的辽军没有理会宋军的节奏，结阵完毕，马上便吹响号角，上万骑兵驱使着战马，缓缓加速，向着宋军的两翼包抄过去。

在后方掠阵的田烈武马上下令挥动五色旗，接到命令的炮兵与铁林军方阵立即停止前进，就地布阵。两翼的龙卫军同时吹响号角，种师中和皇甫瑝拔出佩刀，龙卫军兵分两路，催动战马，开始加速，迎向辽军。

战斗就这样简单打响。蹄声由缓而急，两万匹战马践踏着，大地仿佛都因此而颤抖。四股洪流猛然相撞，震天的喊杀声中，人马相错，钢铁相交，不断有人翻身落马，飞血四溅。

就在百步之外，铁林军将炮兵收入自己的方阵之内后，便仿佛事不关己的看客一般，冷静维持着严密的阵形，等待龙卫军与辽军骑兵的胜负分晓。

在后方掠阵的章惇、田烈武，在丹凤门城楼上指挥的萧岚，也都在默默等待战斗的结果。这是争夺阵地的战斗，之前的炮击战，宋军觉得不顺利，困难重重，但大部分时间在被动挨打的辽军心里更加憋屈。三百步以外，对宋军的克虏炮，辽军办法不多，只能靠着城墙硬扛。但三百步之内，每一块阵地，宋军都必须用血来争夺。

时间似乎变慢，两支骑军的厮杀，感觉上竟是如此漫长。

种师中统率下的龙卫军，悍勇之名威震河北、冠于诸军，他们有如疯狗撕咬一般的进攻,甚至连友军都感到胆寒。原本,章惇和田烈武都以为对面的辽军,即便不是一击即溃,也撑不下几次冲锋。但没想到,这支辽军远比他们想象的要坚韧。

他们已经记不清种师中和皇甫璋反复冲杀过多少次了,每一次辽军看起来都将被击溃,但每一次,对面的辽军都重新整顿起阵形,举起战刀,迎向龙卫军……

章惇、田烈武……所有观战的宋军将校,心里都冒出一个念头:这绝对是宫分军!

部族军和属国军不可能有这样的战斗力,幽州析津府内有宫分军并不奇怪,但易地而处,站在萧岚的立场,他应该相信这会是一场漫长的守城战,在决战刚刚开始之时,就派出最精锐的部队与宋军精锐骑兵血拼,这只能说明一件事,他手里的筹码,比宋军想象的要多!

这让田烈武隐隐感到有些不安,他朝身边的刘近、张叔夜招了招手,"是哪支宫分军?看得出来吗?"

二人摇了摇头,刘近回道:"他们打的是普通的五方五色旗,旗色上看不出来。"

田烈武又将目光转向颜平城,颜平城笃定地回答:"是积庆宫!"

刘近不由好奇地问道:"颜将军是如何看出来的?"

"我看见黄旗下的大将了,瞎了一只眼,脸上有很显眼的伤疤……"

"积庆宫都辖耶律雕武!"刘近马上反应过来,他睁大眼睛去寻找混战之中的辽军大将,但距离太远,根本看不清人的脸庞,对于颜平城这种超级神射手的非人视力,只能表示拜服。

"积庆宫……安平一役,耶律雕武仅以身免,积庆宫几乎全军覆没。"田烈武喃喃自语,"这是拼老底了……"

职方馆关于辽国宫卫军的情报,田烈武读过很多次。积庆宫正常能抽调八千左右的宫分骑兵,这些人基本上已全部折损在河北。但如果紧急情况下,抽调包括奴隶在内的所有适龄青壮年,总共可以征调的兵力将有三万五千左右,这显然不可能全部是骑兵,大部分是步兵与仆从兵。所以,如果对面的这一万骑兵全部出自积庆宫，那应该就是积庆宫的极限了，那就可以肯定，辽人征调了积庆宫的全部适龄兵员。

而积庆宫既然已经全体动员，十二宫卫多半也不会有例外。辽国这是举国应战了。虽然这是情报上早就报告了的事情，但亲眼确定之后，感觉完全不同。

仿佛是察觉到了田烈武微妙的情绪变化，章惇不屑地"哼"了一声，道："田侯勿忧，耶律雕武，败军之将而已！纵起举国之兵，也不过是困兽之斗！但安心看龙卫军破敌。"

说完，章惇朝左右低声吩咐了一声，不多时，几名卫士竟抬了一张大胡床过来，章惇踞坐胡床之上，拿了一卷《通鉴》，竟在战场上读起书来。

左右众将自田烈武以下，都知道他是故意作态，但也是奇怪，众人原本有些焦躁不安的情绪，竟不知不觉就此平复了下来。

而战场上的形势，也逐渐向龙卫军倾斜。每一次双方重整队列冲锋，辽军的队列都会变得更加稀疏，而龙卫军却是杀红了眼般，越战越凶悍，双方骑兵战斗力的差距，也越来越明显。

大辽的十二宫卫军，虽然堪称骑兵的摇篮，宫分军骑兵从小就生活在马上，接受各种各样的军事训练，一生的任务就是成为大辽的精锐骑兵，但是，有一个人们很少关注的误区：不是每一个从小骑马训练的人，都可以成为优秀的骑兵的。残酷的现实是，在天赋面前，努力从来不值一提。乌龟想要努力跑赢兔子，必须要指望兔子中途睡上一觉。努力只是能让人们兑现自己的天赋，但却不可能超越自己的天赋。身高、体格、臂力、平衡性、视力、箭术天赋、格斗天赋……有些人天生就能成为优秀的士兵，有些人拼死拼活也不过中人之姿。大辽的宫卫军制度，的确能够极大提高骑兵的合格率，在三万五千名从小骑马训练的青壮年中，能够挑出八千名精锐的骑兵，这已经是一种极为有效的骑兵培养制度了。指望余下的人还能同样出色，那就是不切实际了。

而相比宫分军物美价廉，培养成本极低，宋军的骑兵培养则是另一种完全不同的成本高昂的精英模式。他们首先挑选天赋高的青壮年入伍，身高体壮是最基本的要求，然后再对他们进行训练，优胜劣汰。能够进入龙卫军这样的主力马军接受骑兵技能训练的，几乎都可以确保是天赋出众的士兵。在起跑线上，他们就远胜于大部分宫分军，只要对他们进行严格规范的训练，让他们能够兑现自己的天赋，他们就会是比宫分军更出色的骑兵。

而这对于龙卫军来说，根本就不是一个问题。

他们普遍身材高大健壮，接受过严格的骑兵训练，仅仅靠着体型，在双方的交战中，龙卫军就可以占据极大的优势。而他们还有更加精良的武器盔甲，甚至在战马方面，龙卫军也全面占据优势。宫分军的战马是自己培育的，难免有好有坏，比如积庆宫不乏好马，但它们早已随着南征的八千将士留在了河北。这一批积庆宫宫分军所骑的战马，比起龙卫军的战马，无论是个头，还是速度，都要逊色不少。

在战斗开始的阶段，这支宫分军还能凭着血气之勇，和龙卫军打得平分秋色，但随着时间的推移，差距逐渐呈现。在人高马大的龙卫军的冲锋下，他们越发左支右绌，只能靠着信念顽强地与龙卫军对抗。

如果换一支马军，说不定他们就能抵挡下来，但是，这支龙卫军的都校是种师中！他将自己强烈的个人性格完全注入到了龙卫军的战斗风格之中，长枪举起，马刀拔出，就舍生忘死；认准了敌人，就会疯狂追着撕咬不放；对手越是顽强，龙卫军就越是兴奋，只要主将大旗依然矗立，龙卫军骑兵就会疯了一样朝着大旗所指的方向冲杀……在不断的列阵冲锋之中，气势最终完全倒向了龙卫军一边。

也不知道是第几次双方重整队列冲锋，就在突然之间，一根无形的弦断了，听着种师中又一次举刀高喊"龙卫军！冲锋！"见着对面浑身是血的宋军骑兵，仿佛不知疲倦一般举着长枪、挥舞着马刀，朝着己方冲来，辽军的心理防线突然就崩溃了。双方稍一接触，辽军就开始溃退，无数的辽军拨转马头，朝着城墙方向跑去。

战袍已被鲜血染透的耶律雕武，面目狰狞地砍倒身边一个又一个向后方逃跑的士兵，声嘶力竭地大喊着，试图重新聚拢阵形，但是，一切都是徒劳。他率领的，已经不再是几个月前的那支积庆宫精锐。几个月前，他丢下了他的部下，在安平仓皇突围逃命；几个月后，他想重整旗鼓和宋军决一死战，洗雪当日耻辱，但是，他的部下抛弃了他，率先逃跑。

望着身边溃败的情形,耶律雕武长叹一声,举起佩刀就要自刎,却被身边的亲兵死命抱住,生拉硬拽,拉着他往城中逃去。

见到敌人溃败,杀红了眼的种师中早已经忘记了他们所处的战场,一把夺过身边传令兵的号角,亲自吹响了追击的号角。

听到"呜呜呜——"的号角声响起,龙卫军士兵更加兴奋了,欢呼着大喊着,开始加速追杀溃败的辽军。

在后方掠阵的田烈武正在高兴,突然看到这一幕,几乎目瞪口呆,怔了一下才回过神来,急忙大喊:"鸣金!鸣金!"

顿时钲声大作,但龙卫军追得兴起,早已冲到城墙上辽军的弩、炮射程之内。听到后方急促的钲声,龙卫军这才反应过来,准备退兵,但守城的辽军怎么会放过这个机会?他们完全没有理会跑在后面的辽军死活,弩、炮齐发,密密麻麻的弩箭、石弹,如雹雨一样落在龙卫军的阵列之中。顿时,到处都是人仰马翻,血肉横飞,一时间也分不清是宋军还是辽军……

直到这里,龙卫军才真正清醒过来,慌忙勒住战马,向后方撤退。

积庆宫败兵慌乱退回城中,龙卫军狼狈后撤重新布阵,而铁林军的战鼓也重新响起。

阵列前方的士兵迅速变阵,灭虏炮再次突出到方阵的前方,在鼓点声中,宋军的方阵开始缓慢而坚定地向前推进。

这次,辽军已经没有机会再出城阻挠,城墙上的辽军紧张地给火炮、床弩、抛石机装弹、瞄准。鼓声之中,宋军的方阵已进入到二百步之内。

火炮与床弩率先发射,伴随着火炮的轰隆巨响,宋军再次迎来一波弩、炮的打击,被击中的宋军士兵甚至连惨叫都来不及发出,就被砸成了肉泥。巨大的步兵方阵,好像被什么东西啃过一样,出现了东一块西一块的空白。

但宋军的鼓声始终没有停止,铁林军的方阵依旧整齐,许多新补充进来的士兵双腿瑟瑟发抖,但在身后军法官的刀锋下,仍然咬紧牙关,靠着本能向前移动。

火炮被击中,就当场废弃,士兵被击中,马上有后备补上,没有任何牺牲,可以让方阵停下脚步。从二百步到一百步,平时很短的距离,此刻却是如此漫长……数以百计的铁林军士兵，就在这短短一百步的距离内，尸骨无存！

但幸运的是，这个距离，也只够辽军发动两到三波打击，更幸运的是，辽军的抛石机射程不够，铁林军的方阵，不需要经受三百斤大石弹的考验。

当方阵推进到距丹凤门瓮城一百步的距离之时，宋军的鼓声终于停了下来。

宋军的克房炮已经在一天前打光了全部炮弹，半数的炮管变形，但这种代价是值得的——辽军的火炮被消耗，更重要的是，幽州析津府南城墙上的马面、敌楼等等设施几乎被破坏殆尽，辽军安置于在这些位置的抛石机、床弩，也损失惨重。否则的话，铁林军的方阵想要推进到百步之内，损失绝对不止这一点点。

此时，宋军的两百多门灭房炮终于推进到一百步之内，虽然付出近十分之一的损失，但余下一百九十多门灭房炮，已经足以成为辽军的噩梦。

发射霰弹的灭房炮，在一百步的距离上，可以准确将炮火倾泻到城墙之上。宋军迅速部署好炮兵阵地后，进攻的鼓声再次响起，宋军开始了疯狂的炮击。

每一波齐射，都有数不清的铅弹、铁弹砸落，炮声、鼓声交杂在一起，震得人们的耳膜嗡嗡直响，许多人直接失聪。城墙之上的辽军，只能看到身边的袍泽张大了嘴巴痛苦的大喊，却听不见他们的惨叫声。几波齐射之后，丹凤门附近女墙之后的走道之中，几乎便已经看不到活人，到处所见的，都是辽军的断肢残躯，宛如地狱修罗场。

面对如此恐怖的火力打击，辽军的火炮与床弩根本无法抗衡，许多操纵床弩的士兵还来不及装好弩箭，就已丧生在灭房炮的铁弹之下。不用任何人下令，城墙上的辽军，此时唯一能做的事，就是寻找掩护，保住性命。

一波齐射，又一波齐射，又一波齐射……和克房炮不同，灭房炮在短时间内的射速极快，只要清理完炮管，就可以立即装弹发射第二波。不到半个时辰，宋军的灭房炮就对着丹凤门附近城墙，进行了八波齐射。

当宋军终于停止发炮之后，丹凤门附近四散的硝烟，已经浓密到让人伸手不见五指，城墙上、城墙下，竟出现了一阵短暂的寂静。

但很快，"呜呜"的号角声划破了寂静的战场，随之响起的，是震天的喊杀声。

铁林军的方阵中，宋军推出数十辆壕桥，飞奔着向护城河冲去，每八辆壕桥一组，转眼之间，就在幽州的护城河上架起了数座宽达三十七米的大桥。

紧随其后的，就是二十来架云梯，还有更多的构造简单但便宜的竹飞梯，由数十名精干的民夫扛着，飞奔过壕桥，架在了幽州的城墙上。

直到此时，守城的辽军这才如梦初醒，开始从各种掩护中跑出来，组织防守。一队队在城墙后方待命的辽军，也在将领的催促声中快跑着来到城墙上，补充各个位置的空缺。在之前炮击中幸存下来的火炮、抛石机、床弩也开始重新装弹发射。

但一切都似乎为时已晚，仓促组织起来的防守，处处都是漏洞，根本阻挡不了铁林军登上城墙。

一名执盾持刀的守阙忠士率先登上幽州的城墙，马上被一拥而上的十几名辽军杀死，但马上，另一处云梯，一名陪戎校尉也登上了城墙，他随手劈翻慌忙赶来的两名辽军，让出位置，紧接着，便有数以十计的铁林军校尉、节级涌入城墙。

到处都是漏洞，到处都是短兵相接的血战。

当铁林军的新任都校王师宜在亲兵的护卫下也终于登上丹凤门的城墙之时，在那一瞬间，他的胸中忍不住热血激荡——王师宜是追随石越参与过伐夏之役的，他也是见过大场面的人，但是，收复灵夏带给他的激动，完全无法与北伐幽蓟相提并论。要知道，伐夏之时，他还是热血青年，是军中年轻的后起之秀，而如今，他已经不再年轻。

但此时此刻，登上幽州城墙的王师宜，感觉自己比十三年前还要兴奋。他放弃枢密院油水丰厚的差遣，谋取铁林军都校之位，原本只是为了升官。收复灵夏之后，王师宜几年之内，就升到了昭武校尉。出身世家的他，在高太后垂帘之后，就意识到旧党将会占据优势，宋军从此多半会马放南山、止戈息武，于是果断离开军中，前往兵部、枢密院谋求差遣。不料转换文资失败，从此卡在昭武校尉的阶序上，十年不得升迁，更是错过了无数的机会。直到这次北伐，他才终于找到机会，来到铁林军接任都校，重新在自己的老上司章惇麾下效力。他做出这样的选择，并不是为了什么北伐的理想，甚至都没有封侯的野心，他只是想趁着还没有老去，再拼一次命，搏一分战功，让他迈过六品到五品这道坎。只要能迈过去，凭借他的家世，他就能安安稳稳靠着磨堪升到定远将军，未来就有机会在兵部某司郎中甚至军器监少监、枢密院都承旨这样的官位上致仕。如此,王师宜觉得自己的人生,就没有遗憾了。

但是,直到真正登上幽州城墙的这一刻,王师宜才发现,此前自己所谋划的,全是浮云!

每一个宋军将领,人生最大的愿望,就是亲自率军攻上幽州的城墙。

即便是封侯的荣耀,也比不过他这一刻的荣耀!

这就是他人生之中,最光彩的时刻。站在这幽州的城墙之上,王师宜觉得他的人生已经再无遗憾,纵使此刻战死,也已经是光宗耀祖了!

身为王家的子孙,基本上都是在享受祖宗的荫庇,可没几个人有资格背负"光宗耀祖"这四个字。但他王师宜,可以堂堂正正喊出这四个字了!

胸中激荡得难以自持的王师宜,忍不住纵声大吼,挥舞着战刀,如同一个普通节级士兵一样,冲向自四面涌来的辽军。

宝刀斫胡兵,断甲溅腥血!近身肉搏,刀剑接击,劳形案牍的王师宜,八年来,第一次如此酣畅淋漓。他左挥右斩,直刺斜劈,激战之中,竟已数不清砍翻了多少辽军,但面前的辽军似乎无穷无尽,丝毫不见减少。

待到浑身是血的王师宜终于从酣战中冷静下来,退后一步,观察城墙上的形势,才猛然惊觉——虽然登上城墙的铁林军越来越多,但从城中赶来支援的辽军,则是数倍于登城的铁林军!

"直娘贼!"出身世家的王师宜忍不住骂了一句粗话,马上又提起战刀,冲向辽军。

登上城墙,有时候意味着攻城的结束,有时候,却仅仅是攻城的开始。

此时的王师宜,心里只有一个念头——杀开一条血路,打开外瓮城城门!

3

城外,掠阵的田烈武脸色凝重,铁林军刚攻上城墙时的喜悦,早已一扫而空。

田烈武很清楚城墙上发生了什么,显然,萧岚做好了每一步的预案,这座北国名城，没那么容易易主。但现在，他什么也做不了。

增兵毫无意义，城墙上空间有限，登城的铁林军控制的区域还是太小。大量的铁林军拥塞于城下，一部分铁林军甚至开始尝试在瓮城两侧的城门附近堆积木柴，浇灌猛火油，试图火烧城门，外瓮城上的辽军察觉到宋军意图后，开始疯狂向城门下倒沙土。

神卫营和雄武一军抓住机会就会向城墙上开炮，辽人在城墙上的火炮、床弩、抛石机等重武器，几乎被再次完全压制。但是，铁林军登上城墙后，他们也无法再组织覆盖城墙的齐射，火炮能提供的支援，也已经被限制。

这次攻城的成败，此刻已完全系于铁林军之手。

如果现在攻城的还是张整那支铁林军，即便辽军人数再多，田烈武都会毫无保留地相信他们——城墙上有限的空间，对双方都是限制，铁林军的战斗力，足以让他们在狭路相逢中杀出一条血路来。

但这支铁林军有着太多新补充的兵员，这样的大战，对他们来说，考验还是太大了。

他心里隐隐有些后悔，这个时刻，如果在这里担任主攻的，是唐康和慕容谦的部队就好了。他不由得转头去看章惇，却见斜靠在胡床上的章惇，依然是胸有成竹的样子。

丹凤门内瓮城。

南院郎君高革指挥着三千渤海军，督促民夫将滚石、檑木、沙土、箭矢等等守城物资运上城墙各处。他四顾观察，尽管铁林军已攻上城墙，但一身戎装的萧岚仍然伫立城楼之上，摆出一副与丹凤门共存亡的态度，激励将士作战；永兴宫都辖耶律乙辛隐身披铁甲，率领七八千宫分军静坐于内瓮城内，正默默擦拭着佩刀，随时准备上城墙增援；城内不远的一处校场，耶律雕武正和他的骑兵在舔着伤口，只要有需要，他们仍然可以杀上城墙；而在他看不到的地方，还有更多的步军作为预备队在准备着……高革也不知道这析津府内，到底有多少辽军，他只能大概猜测——皮室军跟着皇帝、太子去了中京；宫分军大部分精锐骑兵都被耶律冲哥带走；萧岚手下的宫分军骑兵可能仍有数万之众，但其中精锐部队不会超过一万；城中的军队大多数是步军，至于步军的数量，高革无法估计，他不知道有没有二十万，但肯定远远超过了十万！

这也是萧岚选择析津府固守的原因，他的部队没有实力与宋军野战争雄。辽军的步兵单兵作战能力还行，但绝大部分都不擅长列阵作战，辽军也缺乏这方面的优秀将领，但倚城固守可以扬长避短，让他的步兵发挥最大的战斗力。

宋军这些天的火炮攻城，让高革极为震撼，但是，他很清楚，想要攻取析津府，绝不是一件简单的事。他们仍然需要攻占一座城门，让他们的骑兵进入城内……但宋军肯定从来没有想到过，有一天，他们的骑兵竟然会超过步兵，成为战场上的绝对优势，哪怕只是在局部战场上。

其实在理论上，宋军还有一个方案可以轻松攻下析津府，如果他们能够截断来自西京与中道的救援，那么根本不需要攻打析津府，只要将这座城池包围四个月以上，城中的辽军就会因为缺粮而不战自溃……但高革很怀疑，宋军的粮草可能还不如析津府的辽军坚持得久。

所以，归根结底，胜利的钥匙，仍然在攻占一座城门。

这也是高革想要寻找的机会。

不过，讽刺的是，高革此刻并不是以宋朝职方馆间谍的身份行事，而是被郑王耶律淳"收买"，帮助耶律淳向宋军献城！

南征折戟，辽国内部息战议和的声浪一波高过一波。终究还是年轻的郑王耶律淳也没有克制住，向耶律濬进言，建议遣太子至汴京为质以示诚意，并归还被掳宋人，两国互嫁公主，歃血为盟，永为兄弟之邦，以此争取宋朝内部旧党与温和派的支持，谋求与宋朝议和。耶律淳的建议得到辽国朝中不少大臣的支持，然而却引起了耶律濬的猜忌。

耶律濬以南征战败问罪耶律信，将之贬为东京留守，借机解除了耶律淳的父亲耶律和鲁斡东京留守的职务，将耶律和鲁斡召回中京任北院宣徽使，就近监视。自此，他父子再无半点儿兵权。为防止耶律淳和朝中大臣勾连，耶律濬回中京之时，又任命萧岚为南京留守兼南京都元帅府都元帅，萧忽古与萧阿鲁带为副元帅，耶律淳为南京副留守——名义上是委以重任，实际上南京道兵权操于萧岚与萧忽古、萧阿鲁带之手，耶律淳不仅毫无实权，而且还受到萧岚的严密监视。

这让耶律淳惶惶不可终日，他担心辽军打赢还好，耶律濬还可能留他一命，如果辽军战败，萧岚很可能会在城破之前将他处死，以免他声望更高，威胁到耶律濬的帝位。思前想后，耶律淳决定南奔，寻找宋朝的庇护。但正值宋军北伐，两军交战，戒备森严，他的一举一动又都在萧岚的监视之下，想要南奔，谈何容易？耶律淳只能暗中收买辽军的一些边缘人物，像高革这种受到萧阿鲁带的信任，却因兵败而受到连坐，在外人看来不甚得志的人，正是耶律淳重点收买的对象，更不用说两人在南征时，还有了不错的交情。

耶律淳的手段很简单，无非就是先试探高革对宋朝的态度，然后曲意拉拢，继而设计陷害，最后威逼利诱，软硬兼施，逼其就范。仿佛是命运在捉弄高革，一直处于彷徨、茫然、自暴自弃状态中的高革，完全丧失了应有的警惕，就这样简单地被绑上了耶律淳的战车。事后高革自己也不知道，在这个过程中，他是否曾经故意蒙上了自己的双眼……

总而言之，命运摆来摆去，高革仿佛又被摆回了原点。

宋军攻打析津府的战术是想以雷霆之势强攻夺取城池，而不是打算进行长期围困。因此，为了削弱辽军的抵抗意志，也是为了集中兵力，同时避免可能出现腹背受敌的情况，宋军对析津府采用的是围三缺一的战术，析津府的北边没有宋军的大部人马，只有小股骑兵进行骚扰、侦察。城中居民可以从北边的通天门、拱辰门出城砍柴，城内辽军也可以通过北门与中京道联系。而高革正是负责后勤补给的将领之一，有机会自北边出城。原本耶律淳的目的，便是想利用高革的身份，让高革帮他逃出城去。

但高革很清楚，这个计划是必定会失败的。萧岚虽然没有在北城布置重兵，但是对北边的监控从未松懈过，对于城内可能有间谍与城外宋军勾结，更是极为提防——南京析津府毕竟是汉人占多数的城市，由不得他对此掉以轻心。耶律淳即便混出北门，只要他试图向东、西方绕道，就必定会被辽军发觉、追杀。

耶律淳想要南奔，唯一的办法，就是和宋军里应外合。

耶律淳并不想出卖大辽，但他很快也意识到，大辽和自己的生命，他只能选一样。这个选择并不困难，因为想要他性命的，正是大辽的皇帝。

困难的是他和高革没有献城投降的实力。耶律淳自不用说,只有几百名亲卫、家丁可供差遣,这些人还被萧岚盯得严严实实,一有动静就会被发现。高革也好不到哪儿去,虽然没有人怀疑他,但是他统率的三千渤海军并不会追随他叛乱,他能够信得过的心腹之人,也就是三十来人,还不能保证这里面不会出现告密者。

面对保持高度警惕的萧岚,这点儿力量想要夺取城门献城,几乎就是痴人说梦。析津府不是什么小城,每座城门都有内瓮城、外瓮城、吊桥,外瓮城有三道城门,正面一道,侧面两道,在墩台被清除后,所有的外瓮城正门都被萧岚下令直接封死。想要打开侧门中的任意一道门,都不是耶律淳和高革能办到的。耶律淳一出门就会被盯上,而高革没有命令,大部分时间连内瓮城都进不了。

他们只有一个死中求生的可能,就是在宋军攻城时,寻找机会。只要宋军给的压力足够大,高革就有机会进入外瓮城,在兵荒马乱之中,一切皆有可能。

为了争取这一丝微小的机会,耶律淳又花了很大的代价,联络城外的宋军。耶律淳怎么说也是皇族,当今大辽皇帝的堂弟,虽说一直被架空,但在大辽还是有些势力的,得罪过的人不少,但受过他家恩惠的人也不少。耶律淳费尽心思,终于在军中找到几个人充当信使,趁着出城与宋军作战的机会,找机会投宋。但战场上刀枪无眼,前两名好不容易找到的信使,一个战死,一个不知所终,直到第三名信使,才终于将密信送到了章惇手中。

为了保护耶律淳,信是以高革的名义写的,内容也很简单,就是辽主无道,析津府中有贵人愿意投宋,但萧岚监视甚严,他们会在宋军攻城时,找机会里应外合,打开城门,希望章惇能事先知会攻城将领,辨清敌我。因为内外交通艰难,他们也不寄望城破之前,还能再次联络,如果章惇愿意接纳他们的投诚归正,就请于当晚三更,在城南发射三枚蓝色烟花。

这种事情,章惇没有不答应的道理,他还是继续原本准备的作战方针,事情是真,那是天助他章惇,是假,也没有关系,只要提醒攻城的将领小心提防这些献城的辽人就是了,除此以外,再无风险。

当天晚上,三枚蓝色烟花便准时在城南的夜空中绽放。

现在,就是高革找机会践诺的时候了,他和耶律淳商议,如果他能侥幸成功,就马上放出一枚特制的红色烟花,耶律淳看到信号后,再在城中发难,制造混乱。

这可能是史上最不靠谱的计划，一切都得看机会酌情发动，每一步都充满着不确定。

但除了坐以待毙，这也是他们所能想到的唯一计划了。

可现在的情形，铁林军虽已登城而上，城内的辽军也的确一片混乱，然而，高革却依然看不到他的机会在哪儿！

正苦着脸发愁，忽然，高革看见萧岚的一个家奴快步朝着自己走来，他识得对方名字，叫做萧若统，正要行礼，却听萧若统着急喊道："快，沙土，东侧门！"

高革顿时大喜，连忙答应，随手指了三十来个人，全是自己的心腹，他亲自带头，推起早已装好沙土的十来辆独轮车，便朝着外瓮城的城墙跑去。

萧若统没料到高革会亲自上阵，心中闪过一丝疑惑，但此时十万火急，他也不急细想，又朝着耶律乙辛隐跑去，喊道："都辖，外瓮城要增援！"

高革推着独轮车上了城墙，才发现城墙的战况，比自己想象的还要惨烈。

没有箭楼、马面，城墙防守到处都是死角可以被宋军利用，不仅丹凤门两侧的主城墙，连外瓮城的城墙也被宋军攻了上来，抬眼望去，感觉到处都有宋军和辽军在展开殊死的白刃战。更让他震惊的，是外瓮城东侧门处燃起的火光，上百名辽军在那里手忙脚乱地向城下倾倒各种东西，沙土、滚石、檑木……宋军应该是在东侧门投放了大量的猛火油，城门下的火势完全没有得到遏制。而在高革的前面，已经有许多辽军扛着一袋袋的沙土朝着东侧门上方的城墙跑去，而几乎所有外瓮城城墙的宋军，也都在疯狂杀向东侧门的位置，试图阻止辽军救火，更多的辽军则不顾一切阻止他们的推进……恍惚间，高革甚至觉得辽军的防守已经岌岌可危，宋军攻破城墙，已是迟早之事。

高革小心观察了一下形势，领着自己的独轮车小队小心避开正在激战的宋辽士兵，奔向东侧门方向。但是，看到独轮车上的沙土袋，沿途的宋军立即将他当成了最大的威胁，纷纷抛下自己的对手，前来阻止高革，而辽军同样将他看成最大的救星，一个个咬紧牙关，死死缠住身边的宋军，护住高革一行，保护他们通过。

高革一路躲避迂回，途中还撞开了三四名宋军，好不容易终于冲到了东侧门的上方。见到高革一行，早已将沙袋扔得一干二净的辽军大喜，马上围了过来，一人扛起一袋沙土，就往城下扔去。转眼之间，三十几辆独轮车上的沙土，便被扔了个一干二净。

然而，出乎所有人意料的是，这近两百袋沙土扔下去，城门的火势不仅没有得遏制，反而突然猛涨，便如烈火中浇油，火势愈发旺盛，一些火苗甚至直接窜到了城墙之上。稍有经验的人一看便知，大火已经彻底失控，外瓮城的东侧门，完了！

这突然的变故让东侧门上的辽军一脸茫然，哪里想得到，这些所谓沙土，全是高革事先准备在外瓮城放火的浸泡过猛火油的煤炭！此时正好配合宋军火烧东侧门。一名辽将向着高革冲过来，正要质问，高革已经从独轮车的车侧拔出一把长刀，朝着那辽将砍去，直接将他砍翻在地。他几十名心腹也纷纷发难，猝不及防间，东侧门上方的百余辽军，便被他们全部砍死。

然后，众人从怀中掏出一块红布，绑在左臂之上，高革大声朝着城下宋军大喊："某为北朝南院郎君高革，已与章大参相约，归正大宋，今如约献城！"

城下宋军顿时发出一声欢呼，高革又大呼："铁林军张将军何在？"

便听到丹凤门西侧的一段城墙上，一名铁甲上到处都是血迹的男子慨声回应："高将军，张都校已在河北殉国，大宋铁林军都校王师宜在此！"

高革不由愣了一下，因消息断绝，他并不知道张整已死，更没想到王师宜竟已经身先士卒，杀上了城墙。这一声大呼，却是将对方给出卖了。果然，王师宜附近的辽军听到铁林军都校在此，便如潮水一般，向着王师宜那边杀去。

高革既感于王师宜的豪迈，心中又觉愧疚，从怀中掏出一个烟花，随手扔到城下的大火之中。便听"哧"的一声，一道火焰直冲上天，然后"呼"的一声，在半空中绽放出红色的花火。

诸事已毕，高革大吼一声，率众朝着王师宜那边杀了过去。

但才冲出十余步，便见耶律乙辛隐亲自率领着几十名辽军朝着自己大步走来，眼中全是仇恨与愤怒。

"狗贼！"耶律乙辛隐低吼一声，提刀便砍向高革。

城楼之上，萧岚面无表情地抬头看着半空中渐渐消散的烟火，冷冷说道："这逆贼在城中还有同伙！立即下令，加强城中巡逻，但有可疑之人，立即杀了！"

身边一名家奴领命离去。

萧岚又接着下令："做好外瓮城失陷的准备，执行丙计划！"

几名幕僚也纷纷领命而去，萧岚看了一眼正和耶律乙辛隐苦战的高革，冷笑着骂了一声："逆贼！"顿了一下，似是突然想起什么，又下令道，"马上派人，盯紧郑王府！让郑王安安分分待在府里。"

郑王府内，一身戎装的耶律淳手按佩刀，坐在院子里喝着酒，不断抬头看向天空。院子里，一众亲兵家丁，都是全副武装。

忽然，南方的天空中，响起一道红色的烟火。耶律淳猛然站了起来，率领着亲兵家丁，一声不发朝着大门走去。

城外，看着东侧门燃起的熊熊大火，原本一直靠坐胡床的章惇猛然站了起来。但此时，谁也没在意他的风范不再，田烈武也是全神贯注盯着东侧门的大火，刘近和张叔夜都按捺不住心中的激动，击掌相庆："拿下了！拿下了！"颜平城也忍不住问田烈武："郡侯，要不要增兵？"

田烈武强行压抑住心中的激动，缓缓摇了摇头："且不着急，现在双方数万之众聚集于小小的丹凤门附近厮杀，就算烧塌东侧门，进入外瓮城，兵力还是施展不开。雄武一军那里应该还有点儿石弹，待铁林军进入外瓮城后，叫雄武一军送几门克虏炮进去，先试试看能不能轰开城门。轰得开城门，骑兵就可以长驱直入，若轰不开，就让龙卫军准备，从外瓮城内的两条马道杀上城墙！"

正讨论着作战方案，忽然，丹凤门上的天空中，绽开了一道红色的烟火，田烈武等人都是面面相觑。"这是……信号吗？铁林军发的？"刘近一脸茫然，"我们有这个约定吗？"

田烈武也是一脸莫名其妙，下意识地转头望向章惇。

章惇开始也是有点儿惊讶，但马上反应过来，高革的信是真的！他云淡风轻地笑了笑:"田侯毋疑,那不过城内辽人内乱。"

"辽人内乱?"田烈武看着章惇的表情,立即知道对方早就知情,心中不由生出一股不满之气。

"田侯不必理会,这仗该如何打,便如何打!"章惇却颇为坦然,他不告诉田烈武,正是不想被这种不确定的事情打乱己方的部署,此时依旧是如此。

田烈武心中却更是愤怒,但此时不是发作的时候,他强烈按下心中怒火,点了点头:"好!"再次转头望向远处的丹凤门。

大约一刻钟之后,便听轰的一声巨响,东侧门终于倒塌。

4

铛!高革背靠女墙,挥刀架住耶律乙辛隐劈向自己的一刀,虎口震得有点儿发麻。他用眼角的余光观察四周,他的三十多名部下,此刻已是死伤大半,而涌向他们的辽军却越来越多……就在这一刻,高革心中忽然生出一丝明悟——他大约已经没有机会见到铁林军那位王师宜都校了。

耶律乙辛隐已非自己所能力敌,面前的局面更是以寡敌众,自己大概已无幸理。但此刻的高革,内心之中却是十分平静,连一点儿波澜都没有。就这样死掉,死在析津府的城墙上,也没什么不好的。他甚至不再关心东侧门是否已经被烧塌,耶律淳有没有如约执行计划,宋军最终能不能攻下析津府……他的一生都在摇摆,有时候视宋朝为故国,有时候又效忠于大辽,帮着大辽攻城略地屠杀宋人的是他,出卖大辽成为职方馆间谍的也是他……他内心之中对辽军在河北的所作所为有罪恶感,但是,他也无法否定自己率领辽军作战甚至是打草谷时,心中那种满足感。高革自己也不清楚自己究竟是怎么回事,从河北归来后,本来想从此以后安心追求升官发财享受一世,没想到,又莫名其妙卷入了这样的事情当中。他甚至自己都不清楚,他这样做,究竟是为了什么?他并不痛恨大辽,甚至有点儿喜欢大辽,那么,这是因为自己在内心深处,还是认为自己是一个宋人吗?

高革不知道答案是什么，总之，如果就这样死掉，那就死掉吧。

然而，在心里闪过这种念头的时候，他又本能的一个侧身，避开了耶律乙辛隐又一次劈砍。但就在此刻，他听到了轰然巨响，感觉到了脚下城墙的震动——东侧门终于塌了——高革下意识地用眼角余光瞥向东侧门方向，但就这么稍稍一分神，高革感觉到左臂一阵剧痛，然后便看到了耶律乙辛隐狰狞的笑容。他右手提刀，猛刺向耶律乙辛隐的腹部，却见耶律乙辛隐长刀带过，他的战刀被撞歪。紧接着，高革感觉到自己腹部的盔甲被刺破，肚子里有什么东西流了出来。伴随着剧烈的痛楚，他感觉耶律乙辛隐从他的肚子里抽出了长刀，看见滴着鲜血的长刀在自己的头顶举起……

东侧门倒塌的灰烟尚未散尽，拥挤在门外的铁林军一拥而入，正对着外瓮城城楼前的女墙后，两百名辽军手持弓箭，整齐列阵，向着外瓮城内射箭。外瓮城残破的城墙上，耶律乙辛隐率领数百名步兵，依然在努力试图将宋军赶下城墙。

而涌入外瓮城内的铁林军在一名营将的指挥下，迅速布成了一个简单的方阵，他们一面举着盾牌遮挡漫天落下的箭雨，一面向着城墙上齐射还击。一名都兵使则率领部下高举盾牌，杀到西侧门附近，斩落门关，更多的铁林军涌了进来，而辽军居高临下的齐射，也更加急促，虽然铁林军的铁甲有着极好的防御弓箭能力，但依然不断有人中箭倒下。然而，这根本阻挡不了铁林军向着外瓮城内的两条马道推进。

铁林军校尉以上的武官，这一刻都很清楚，只要他们能通过那两条马道杀上城墙，就可能打破现在的僵局，甚至一举攻克幽州城。

但城楼上的萧岚依旧镇定。他侧过脸去，看见一名将领率着一队人马飞快朝着城楼这边跑来，再转回头看了一眼外瓮城内的宋军，嘴角不由露出一丝讥讽的笑容。

那队辽军很快来到城楼前，然后开始熟练地架起旋风炮。

全部十六架旋风炮，造炮的方法来自西夏，操纵的炮手也都是汉人、渤海人、党项人——在火炮的时代，这原本是一支应该被淘汰的部队，在大部分时候，他们也几乎完全派不上用处。但是,大辽始终是一个相对落后的国家,正常情况下,他们的更新换代总是非常缓慢,他们的火炮产量也极为有限。于是,这样一支本应该被淘汰的部队,不仅一直存在,还有一个独立的详稳司进行管理。

萧岚一开始的计划是和宋军打持久战,城墙上的弩、炮部队,都是以够用为原则,因此也没有将这支部队一开始就部署在城墙上,而是作为预备队使用。这也让这支部队幸运地躲过了宋军的炮击,完全没有遭受损失。

虽说萧岚完全没想到他这么早就需要动用旋风炮,但这个时候,有这么一支奇兵,萧岚觉得足以让外瓮城内的宋军喝一壶了。

迅速架好旋风炮,炮手们将一枚枚辽国自产的震天雷和石弹混在一起,放入装弹位,点燃长长的引线。

发炮!

十六枚震天雷,夹杂着数十枚石弹,飞向空中,噼里啪啦砸到了外瓮城内。

铁林军完全猝不及防,在小小的外瓮城内,遭受如此密集的弩炮打击,连躲避都找不到地方,四周都是自己的同袍。只是一波齐射,铁林军就伤亡惨重,数十人被当场砸死。来不及悲伤,侥幸没被第一波打击砸到的宋军,马上发现了燃烧着的震天雷引线……

"震天雷!""震天雷!""有震天雷!"

铁林军的阵形一阵混乱,好在这个时代的引线燃烧很慢,有一些辽军炮手经验不足,引线留得稍长,被宋军手乱脚忙地砍断。但仍然有半数震天雷爆炸,"呼呼""呼呼""呼呼"的巨响之中,弹片横飞,又是几十名宋军被溅起弹片击中受伤,外瓮城内响起遍地的惨叫声。

进入瓮城内的铁林军营将正迟疑着是撤退还是继续猛攻,旋风炮的第二波齐射又来了,宋军又是数十人的伤亡!

他的心理防线彻底崩溃,大喊:"撤——"

才喊出一个字,"轰、轰、轰、轰、轰!"连续五声巨响,将他声音完全淹没。五枚石弹朝着城墙上飞去,但炮手瞄得稍微高了一点儿,石弹掠过了女墙,直接砸在了城楼上,将城楼的一角直接轰塌!

突然出现的炮击,让所有人都陷入慌乱。

田烈武和他身边的谟臣，对火炮的了解也很有限，根本不知道在外瓮城如此封闭狭小的环境内开炮意味着什么——所有外瓮城内的宋军都被震得耳鸣，靠近火炮的十几名宋军，甚至直接失聪。而城墙上的辽军，猛然再听到炮击的声音，几乎都被吓得一哆嗦。城楼上的萧岚，在看见石弹飞来的瞬间，差点儿吓得瘫倒。在混战之中，城墙上的大部分辽军，都没有注意到宋军竟然推进来五门克虏炮！

"快！快打掉火炮！打掉火炮！"回过神来的萧岚发泄般的大喊，也不敢再逞强继续在城楼上指挥，让人叫来正在激战中的耶律乙辛隐，转交了城墙上的指挥权，在一众幕僚、家奴的簇拥下，匆忙离开了城墙。

刚刚接过指挥权的耶律乙辛隐还没来得及整理好自己的思路，就发现外瓮城内铁林军在迅速撤出。正在他莫名其妙的时候，宋军的克虏炮已经再次开炮，这次宋军的火炮调整了角度，三枚石弹击中城墙，一枚则再次击中城楼，还有一枚石弹恰好打在女墙上，不仅直接将女墙轰塌，石弹还弹进女墙之后，三名弓箭手当场就被砸死。

耶律乙辛隐吓出一身冷汗，也没心思再多想，连忙下令旋风炮还击。城墙上的辽军，也终于回过神来，纷纷朝着五门火炮的阵地射箭。

没有太多精准度的旋风炮忽略不计，但在狭小的瓮城之内，辽军的弓箭手却是致命的威胁，雄武一军的这五门火炮，瞬间淹没在辽军的箭雨之中……

城外，章惇、田烈武看见一队队铁林军狼狈地从外瓮城中撤出，都是大吃一惊。

章惇再无之前的从容，急声大问："怎么回事？怎么回事？！"

但没有人能够回答他。田烈武此时也不清楚，自己之前下了一个多么愚蠢的命令——再坚韧的士兵，也不可能在瓮城那种环境中，夹在克虏炮与旋风炮的炮击之中作战！

虽然犯下这样的错误也可以理解，或者说不犯类似的错误才不正常，毕竟宋军大部分将领对火炮的运用与理解，仍然很肤浅，他们也只是在试验着运用火炮作战。田烈武本就不是什么军事天才，事先也没有想到萧岚还留了一支旋风炮部队……

然而，纵使有再多可以原谅的理由，战场之上，这样的错误就足以令这一次的攻城前功尽弃。

随着铁林军从瓮城内退出，聚集在城墙下的其他铁林军也开始发生骚乱。如此激烈而复杂的战场上，大部分的将士是根本不知道别处的战斗情况的，前方的撤退，会让后方的将士以为战败，下意识地跟着后撤，然后又引发更多人效仿。很快，铁林军开始全线溃退。

见势不妙，田烈武果断下令鸣金。

听到后方传来的钲声，犹在城墙上苦战的铁林军都是大吃一惊，但也只能无可奈何地且战且退，沿着云梯撤退。

胜利来得如此突然，艰难守下丹凤门的辽军习惯性地就想乘胜追击，但眼见登城的铁林军大多数已撤下云梯，后方的灭虏炮再次开火，猛烈的炮击又一次席卷城墙。上一刻还在欢呼的辽军，转眼之间就不得不狼狈奔突，躲避宋军的火炮……

城内。

对丹凤门的战况一无所知的耶律淳，率领着部属朝着北边的通天门纵马疾驰。他从没想过完成和高革的约定，配合在城内放火制造混乱，从一开始，他就只是在利用高革。身为南京副留守，耶律淳掌握的城内辽军情况，比高革要多得多，他清楚地知道，高革的计划是行不通的。析津府这样有重兵防守的大城，攻破一座城门就失陷，这样的好事，自周汉以来便不多见。耶律淳暗中收买了通天门一带的一名守将，他真正的计划，是利用高革协助宋军破坏丹凤门瓮城城门，吸引宋军猛攻丹凤门，让萧岚无暇他顾，他则从北城墙上坠城而出，步行绕道，投奔宋军。耶律淳相信，单凭他的身份，就足以让宋朝礼遇他，宋朝皇帝绝不会亏待他，保留王爵毫无难度，而他掌握的大量辽军情报，则是他可以和宋朝进一步交易的筹码。耶律淳并不甘心在宋朝做个安乐的王公，借宋朝的力量返回大辽，并不是不可想象之事……

毫无阻拦地赶到通天门东边的北城墙，耶律淳翻身下马，还没来得及松一口气,就看到城墙上冒出一个熟悉的面孔——萧岚的家奴萧若统,心顿时沉了下去。

却见萧若统从城墙上扔下一个人头,笑道:"小人素知大王折节下交,与这萧家奴过从甚密,听闻大王出府巡游,遂来此恭候,果然没有错过。"

耶律淳一言不发,"唰"的一声拔出刀来,却见四面八方突然涌出数不清的弓箭手来,张弓搭箭,对准了自己。他四下环顾,长叹一声,掷刀于地。

5

宋军对幽州析津府的第一次总攻,结果草草收场。

责任并不在于田烈武的那次指挥失误,铁林军第一次攻城失败后,只休整了一个时辰左右,章惇和田烈武很快又组织了一次攻城,铁林军再度攻上城墙。这次,田烈武计龙卫军冲击瓮城马道,但苦战了一个时辰,无论是铁林军还是龙卫军,都始终无法再进一步。最终,因担心铁林军力疲,田烈武只好鸣金收兵。

而宣武一军和环州义勇的攻城同样也不顺利。他们几次攻上城墙,但都遇到辽军的顽强抵抗,最终都无功而返。

东、西面的战斗也差不多。陈元凤在东城面对萧阿鲁带指挥的辽军,几度强攻,都折戟而归。萧阿鲁带见攻城的宋军战斗力不强,干脆纵兵出城,与陈元凤部对阵,双方几次交战,宋军甚至稍落下风。而唐康与慕容谦在西城面对老对手萧忽古,也没有取得真正的战果,横山番军一度攻上城墙,但被辽军顽强地赶了下来。

唐康是被田烈武说服,才抱着相忍为国的心态,勉强率军来到幽州。原本他和慕容谦都以为会让他们打主攻,结果连个开阳门的辅攻都没捞着,两人一肚子牢骚,只是没办法和章惇争论。此时见损失太大,二人心中认定这幽州析津府非强攻所能下,便不肯再次蛮攻,只是做出攻城的姿态,佯攻牵制辽军。

此后接连数日,宋军反复攻城,结果都是相差无几。

面对宋军的猛攻,辽军因为各种城防设施被克虏炮几乎破坏殆尽,根本无法阻挡宋军攻上城墙,但他们利用城墙上地形狭窄的优势,消解了步军阵战能力不如宋军的缺点,再靠着兵力充沛的优势与宋军缠斗,让宋军始终难以再进一步。甚至在战斗中,辽军也渐渐摸索出了一套应对灭虏炮的办法,学会了利用城墙上的藏兵点躲避炮击,减少伤亡。

屯兵析津城下半个多月,却始终攻不下这座燕地名城,章惇也越来越着急,越来越心浮气躁,不复攻城之初的从容镇定。他甚至开始迁怒于唐康、慕容谦不肯尽力,屡次催促他们尽力攻城,但唐康和慕容谦根本不予理会。

天下之事,从来都是一顺百顺,一不顺百不顺。章惇越是心浮气躁,不顺心的事情就越是接踵而来。

就在此时,宋军从雄州运粮至涿州的车队,遇到大辽文忠王府都辖萧吼所率骑兵的奇袭,车粮全部被毁,护粮的军队和民夫死伤惨重。

宋军开战以来,最为担心的事情终于发生了。直到此时,宋军才知道,自开战以来,萧吼便率三千精锐宫卫骑兵,藏在幽蓟东南部的高梁河、安次一带,待宋军主力兵临幽州城下,他才小心翼翼避开蔡京的部队,前进到固安一带,伏击宋军的粮道。

宋军军粮本就不足,消息传来,简直如同晴天霹雳。章惇怒急攻心,田烈武夜不能寐。田烈武想要退兵,但章惇面对着摇摇欲坠的幽州析津府,终是不能甘心。

幸好天无绝人之路,唐康和慕容谦一直担心粮草问题,来幽州之前,唐康留了个心眼,悄悄让段子介率军回定州,押送一批粮草来军中——他原本是盘算着可能会和章惇分道扬镳,便决定埋伏上一手,以免到时候因为粮草问题受制于人。不料歪打正着,关键时刻,段子介护粮来到析津,这批粮草分到全军虽是杯水车薪,但总算稳定了军心,也让章惇和田烈武有了回旋的时间。

问题的关键是解决萧吼对于粮道的威胁,这对宋军来说,是真正心腹之患。

如果雄、涿之间粮道断绝的话,章惇除了退兵,再无他法。然而,想要对付游荡不定的萧吼,殊为不易。萧吼本就是一员猛将,所率领的又是精锐宫分骑兵,来去如风,一般的军队不是他的对手。如果派出精锐骑兵全程护粮,即便不去考虑其他各种问题,单单是从幽州抽调一支精锐马军离开,就足以令章惇攻取幽州的大计变得更加渺茫——那样的话，护粮还有什么意义？

章惇正在左右为难，陈元凤深知章惇指挥不动唐康和慕容谦，没办法抽调他们的部队，担心章惇将主意打到自己头上，于是先发制人，向章惇建议，将环州义勇撤出幽州，调归蔡京麾下，并责令蔡京率所部保护粮道。

章惇岂能听不懂他的言外之意？那就是不愿意抽调自己麾下的军队去护粮。思前想后，他也没别无选择，只能采纳陈元凤的建议。

但章惇没想到，原本以为根本不可能阻挡萧吼的蔡京，给了他一个大惊喜。

蔡京将环州义勇和麾下的骑兵合为一军，部署在雄州与涿州之间的新城，同时组织大批民夫，在雄州、涿州、固安之间的三角地带修筑了数十个简陋的烽火台，同时广布侦骑，只要萧吼一冒头，宋军立即就能知道他的动向。

萧吼的军队毕竟还是少了一点儿，在蔡京的严防死守之下，萧吼几次试图出击，都遭到宋军的阻击。虽然几番交手，萧吼都占据优势，但这毫无意义，宋军的粮车已经运到涿州，然后又在田烈武派出的骑兵接应下，顺利抵达幽州军中。

宋军粮道的危机，总算暂时得到解决。

然而，最终的一切，还是需要攻克幽州。

在这件事情上，宋军却丝毫没有进展。反复的攻城受挫，让宋军士气渐渐变得沮丧，将士也开始有了疲惫之意。眼见着幽州析津府的攻城战，即将陷入旷日持久的僵持。

转眼就到了四月下旬，从河东的章楶、种朴那里又传来一个更加不利的消息。

耶律冲哥已经擒斩磨古斯，彻底平定克列、粘八葛部的叛乱，此时已回师西京大同府休整。他的大军随时可能出现在山前，攻击宋军的侧翼。

辽军的意图已经昭然若揭，就是用步兵靠着幽州析津府的坚城消耗宋军，等宋军精疲力竭或者将士久战思归之时，耶律冲哥便可与萧岚一道，对宋军两面夹击。

但即便已经清楚知道了辽军的战略意图，幽州城下的宋军，却也无法轻易掉头了。

唐康、慕容谦和章惇之间，再次暴发激烈的分歧。

第二十三章 幽州画角

唐康和慕容谦认为幽州析津府已经不可能在短时间攻克，此前所有的作战计划都必须立即调整，宋军应该马上回师涿州，缩短战线，同时主动再次进攻蔚州，并封锁军都陉，谋求切断辽国南京道与中京、西京之间的联系，让萧岚在幽州慢慢消耗粮草，最终逼他出壳，争取在野战中歼灭萧岚的军队。

但是章惇认为行百里者半九十，此时正是最艰难的时刻，宋军固然陷入困境，但守城的辽军也好不到哪里去，这正是比拼意志的时候，只要再坚持一阵，就可以攻克幽州城，让辽军偷鸡不成蚀把米。张叔夜和刘近等参军也认为耶律冲哥善于用兵，此时多半已在蔚州部署重兵，即使没有，得知宋军动向，也会迅速增兵。宋军现在再攻蔚州，想要切断山前和山后的联系，几乎不可能实现，还不如齐心协力，争取先攻克幽州。只要攻下幽州，一切困境都会迎刃而解。

双方各执己见，但这一次，陈元凤转变了态度，没有支持章惇，而是采取了中立观望的姿态，田烈武心中也倾向于支持唐康与慕容谦，但他不愿公开与章惇对立，只能私下劝说章惇。

然而章惇已根本听不进任何谏言。

尽管章惇自己事前也做了很多预案，但他就像一个赌徒，在攻取幽州这张赌桌上，已经投入了太多的筹码，虽然形势不妙，但结果并未真正分晓。他怎么可能在揭盅之前，就离开赌桌？

如果在攻打幽州之前，没有这么多的争议，没有这么多的斗争，那章惇现在还有放弃的可能。而现实却是，如果他放弃攻打幽州，就是向所有人证明唐康和慕容谦才是正确的，他此前所做的决策全是错的……他在北伐军中的威信，在朝中的威信，在皇帝心目中的信任，全部会在一夜之间烟消云散。他所有的野心，所有的抱负，也将到此为止。

章惇并没有觉得他是在拿北伐的命运、宋军的命运来维护个人的荣辱，博取个人的前程。只是在此刻，他的确已经听不进任何反对的意见。原本就很自负的章惇，此刻更是坚定地相信，他的判断才是正确的。

现在就是黎明前最黑暗的时刻，这是所有成大事者，都需要战胜的那个最艰难的考验。只要再坚持一阵，最先崩溃的，必定是萧岚，能坚持到最后的自己，必将是笑到最后的人！

田烈武劝不动章惇，他内心深处同样也抱着一丝希望，希望章惇有可能是对的。无可奈何之下，他只能勉力维持，一面安抚军中情绪，思考攻城之策，一面试图调和唐康与章惇之间的矛盾。

但章惇不好劝谏，唐康也不是那么好说服的。

唐康争论无果，便直接上表，弹劾章惇刚愎自用，指挥无度，贻误国事。章惇早料到唐康会弹劾自己，就在唐康的奏章离开军营的同时，章惇的奏章也送离了幽州。他在奏章中弹劾唐康、慕容谦专横跋扈，目无纪律，不听节度，固执己见，攻城时私心自用，阳奉阴违，不肯尽心，致使幽州城迟迟不下，请求朝廷召二人回京，将其军队交由自己统率。如此，他愿立下军令状，不出半个月，必取幽州！

两人互相弹劾的奏章在同一天送到汴京，在北伐最关键的时刻，前线将帅不和至此，大宋朝廷，自皇帝赵煦至两府宰执，无不愕然。

就在唐康与章惇的奏章在汴京掀起巨大波澜的同一天，幽州析津府西南桑乾河畔的幽草寺。

马声踏踏，两名分着黑、白两色衫袍的男子骑着白马自远处疾驰而来，在幽草寺外翻身下马，黑袍男子抬头看了一眼幽草寺的牌匾，说道："云阳侯，就是此处了。"

一袭白袍的司马梦求点了点头，便要上前敲门，幽草寺的寺门突然自内打开，一名老僧走出来，朝二人低头合十为礼，高宣佛号："阿弥陀佛！檀越可是大宋来的云阳侯与刘昭武？"

一身黑袍的刘仲武完全没想到会被人识破身份，心中一阵惊愕，下意识地便用大笑来掩饰："呵呵，想不到这燕地高僧，连区区在下也知道，真是受宠若惊。"

司马梦求却是非常平静，只是淡淡说道："在下便是大宋云阳侯司马梦求，听闻有故人在幽草寺，特来寻友。"

那老僧再次合十一礼："二位请。"

司马梦求点头回礼，刘仲武正欲提脚迈步，却见司马梦求回头说道："子文且在寺外等候。"

刘仲武对司马梦求十分尊重，连忙恭敬答道："是。"

说完，刘仲武牵了两匹马找了一棵树拴好，自己斜靠树下休息。

司马梦求看了刘仲武一眼，转身朝老僧又点了点头，在老僧的引导下，步入幽草寺。

第二十四章

谁解春风[1]

◎◎◎

君子之伤,君子之守。

——《猗兰操》

---
[1] 出自文彦博《追和》:"除却高阳诗酒伴,人间谁解惜春风。"

1

山中兰叶径，城外李桃园。直知人事静，不觉鸟声喧。

进到幽草寺中，司马梦求便已知道这寺名的来历——寺内遍种兰草，此时只是晚春，兰花未发，但春兰葳蕤，幽丛深深，一入其境，便让人忘俗。随着老僧绕过松柏掩映之下的大殿，走进一座小院，竟隐约听到汩汩泉水之声，院中到处都是蕙兰，中间辟了一条石径，沿石径而行，便看到兰草环绕之中有一汪清泉，泉边摆了案几矮凳，一张案几上还摆了一具古琴，随随便便穿了一件素色直裰的潘照临，正坐在泉边煮着茶，旁边还有两名黑衣青年伺候着。

老僧引司马梦求至此，朝司马梦求和潘照临行了一礼，告退而去。潘照临朝身边的两名青年微微颔首，二人朝司马梦求欠身行礼，也悄悄离开。

司马梦求走到潘照临面前，拉了张矮凳坐下，一边帮着往炉子里拨弄木炭，一边笑道："先生可真是让我好找，职方司河北房全员出动，我把刘子文也从汴京喊过来帮忙，才知道原来先生竟在这幽草寺过着神仙日子。"

潘照临却是长叹了一声，苦笑道："我可真不想这么快被你找到。"

司马梦求凝视潘照临，半晌，才悠悠说道："太祖皇帝陈桥兵变黄袍加身，虽说有负周世宗，但五代之际，天子兵强马壮者为之，得禁军者得天下，后周的天下，也是这么来的。而且鼎革之后，赵家对柴家，亦可称仁厚。自南朝刘宋以来，朝代更迭，无论是禅让、夺位，还是起兵灭国，前朝皇室，便没有一个好下场的。唯有本朝视柴氏为国宾，以礼相待，封建南海，周国亦在其中——若说李昌济要谋反，我想得明白，但先生要谋反，是无道理。不说柴氏嫡系，便是你潘先生这一支，赵家也对得住你们……"

"对得住对不住，谁又说得清楚呢？"潘照临淡淡说道，"况且，我于赵家，并无怨恨之意。"

"那又是为何？"

"赵匡胤倒还罢了，好歹也算是一时豪杰，若这天下，是他的子孙，我也没什么好说的。但赵光义和他的子孙，纯父真的觉得，他们配坐这天下吗？"虽然说着大逆不道的话，但潘照临语气非常平静，"世宗皇帝一代英主，他打下的大好基业，却让赵光义之流糟蹋，他的子孙更是不堪，除了赵顼稍堪入目，其余诸君，又有多配做这皇帝？赵匡胤陈桥兵变，赵光义斧声烛影，赵家天下既是如此得来，若世有英雄，为何便不能取而代之？"

"先生若瞧不上赵家，想取而代之，这是先生和赵家的恩怨，大可自己举旗起兵，为何却要算计子明丞相？"司马梦求冷笑道，"子明丞相对先生，算得上解衣推食，视为腹心知己了吧？人以国士待先生，先生不能以国士相报，反倒暗中算计，又是何道理？"

"我何曾算计过子明丞相？"潘照临矢口否认。

司马梦求看着潘照临，忽然问道："安平之事，是先生的谋划吧？"

院子里突然寂静下来。

司马梦求给烧水的炉子加了块木炭，又说道："先生有先生的骄傲，先生不愿意承认，是因为知道我没有证据。但是，先生也不愿意当着我的面否认，因为先生知道，那样我会看不起先生。"

"这园子里除先生与我，再无旁人。其实先生承认不承认，都无关紧要。我管的是职方司，不是御史台、大理寺、开封府，职方司断案，有时候不需要证据。如果职方司怀疑一个人，而那个人又无法自证清白，那在职方司的眼里，那个人就一定是有问题的。其实涉及谋反的案子，便是御史台、大理寺、开封府来断案，同样也会要求嫌疑人自证清白。"

"先生证明得了自己的清白吗？！"司马梦求抬头问道，"虽然我相信，凭先生的手段，安平一事，先生绝对能证明自己是完全'无辜'的，将自己摘得干干净净。但是，先生隐瞒身份接近子明丞相，暗中软禁李昌济，还神不知鬼不觉地培植私属，先生的这些部属甚至和职方馆、职方司都有千丝万缕的联系……这些事情，以前无人注意也就罢了，如今既然怀疑到先生身上，先生以为真能做得不留一点儿痕迹吗？"

司马梦求的眸子盯着潘照临，目光锐利，语气也渐渐变得严厉："我记得朝廷组建职方馆、职方司前，子明丞相曾经当着先生和我的面说，从此所有的间谍细作皆归朝廷管辖,无论朝廷大臣还是边疆率臣,皆不得再有私属。还是说,先生要告诉我,这一切不是先生私自谋划,而是奉子明丞相密令行事吗?!"

潘照临听他滔滔不绝说了这么多话,忽然笑了起来,问道:"若我说是奉子明丞相之令,纯父会如此?"

司马梦求的手按到腰间佩剑剑柄上,冷冷说道:"我不会相信。"

"然后呢?"

"先生若欲陷子明丞相于不忠不义,那今日之事,便只有血溅五步!"

潘照临看着司马梦求,好一会儿,突然哈哈大笑,"都说司马纯父有前汉之风,果不其然。你放心,所有的事情,子明丞相皆不知情,全是我一人所为。"

"安平之事,子明丞相亦不知情?"

"不知情。"潘照临摇了摇头,"这又何必多问?子明丞相若知情,那当日唐康时又是在做什么?皇帝便是再昏聩,也不至于连这点儿道理都不明白。"

"先生既然知道,那又是何苦来呢?"

"我也料不到康时那小子……"潘照临摇头苦笑,"原本想着这么一闹,小皇帝必定无法再安心让子明丞相领兵,一定会召回子明丞相,如此我再找机会在军中稍稍挑拨一下,事情便无可挽回。但以子明丞相的性子,他轻易还是不会谋反的,到时候我再找韩持国、范尧夫等人说和,让子明丞相回朝请罪。以小皇帝的性情,有韩、范诸相阻挠,他杀不了子明丞相,却一定会将子明丞相软禁。如此一来,天下人皆知小皇帝是昏君,只要河北军中再闹点儿什么事情,正是辽军在野,社稷危亡之刻,我便有七成把握说服子明丞相,联络朝中诸相行伊尹、霍光之事……"

司马梦求听潘照临坦白自己的计划,虽然事情已过去很久,但他细细琢磨,竟觉得大有成功的可能,一时间心中不由生出一股寒意。

"但我千算万算,没算到康时会有如此急智,结果小皇帝虽然仍怀猜忌,但终不至于是水火难容了……"潘照临长叹了一口气,"或许这便是天命,安平之时,本是最好的时机。"

"先生这是将天下人都当成了手中的棋子啊!"司马梦求叹道,"待废立之后,子明丞相再领兵击退契丹,如此便可巩固大权,威行朝野,做完了伊尹、霍光，接下来就是做王莽、曹操了吧？呵呵！当今之世，也唯有潘潜光有这样的气魄了！"

他顿了一下，才又说道："想来，下棋的人，是断然不会考虑棋子的感受的。先生大概也不会在意，因为先生的谋划，契丹可能会肆虐河北更深、更久，会有成千上万的河北军民因此丧命……"

潘照临默然了一会儿，说道："欲行大事，牺牲总是难免。但只要事情成功，子明丞相登上帝位，就会有一个更好的时代。"

"更好的时代……"司马梦求苦笑摇头，"先生想过子明丞相自己的想法吗？想过子明丞相想不想当皇帝吗？"

"子明丞相只是感于赵顼知遇之恩，不欲辜负赵家罢了。"潘照临不以为然，"天将降大任于斯人，他自己的想法又何关紧要？到了那个位置上，他自然会改变想法。"

"原来如此。"司马梦求若有所思，又问道，"先生是从何时开始谋划给子明丞明黄袍加身的呢……难不成，熙宁初年进入子明丞相幕府之时，便已有此意？"

话说到这个份儿上，潘照临也没什么好隐瞒的了。世间再隐忍的人，也不可能完全没有表现欲。项羽不愿意"衣锦夜行"，或者让人觉得太市井可笑，但如果换一种说法，一位艺术家苦心孤诣造出一件精美绝伦的艺术品，世间却人无知晓，这恐怕是任何人都难以承受的残酷。如潘照临这样的人，以天下为棋盘，以当世所有的英雄豪杰为棋子，隐身幕后，搅动风云，他们虽然不会浅薄到喜欢和人炫耀，但如果遇到那个可以分享的人，他们往往会比任何人都坦率。这既是一种骄傲，也是一种想让和自己同级别的人知道自己成果的微妙心态。

"当年第一次见到子明，我就已经知道，他就是那个能给宋朝带来巨大改变的人……"潘照临的回忆中，流露出几分刻意掩饰的自得，"但他带来的改变，还是超过我的想象。熙宁之盛，泰半是因为子明丞相，没人比他更有资格坐上皇帝的位置。"

"先生还真是处心积虑，谋划深远啊！"司马梦求不由慨叹，"但是，恕我直言，先生你完全陷到了自己的谋划之中，却忘记了一些更重要的事情……"

潘照临怔了一下。

"本来，这些事情，凭先生的智慧，是可以轻而易举看见的。但是，先生心心念念的，只有你那些所谓谋划布局，结果却连最浅白的事情也忽略了。"司马梦求不知道已是第几次叹息，"在先生的心里，子明丞相只是你的棋子，充其量是最重要的棋子，先生大概觉得，你暗中谋划着让他做皇帝，完全是为了他好，绝不是在害他。毕竟，如果这也算害他，世界上不知道有多少人排着队希望你去害他们。"

"但先生在熙宁初年见到子明丞相时，就知道他是那个可以改变大宋的人，却没有看出来，他也是那种世间少有的对皇位真正不感兴趣的人！"司马梦求忍不住呵呵笑了起来，笑声中有遗憾，但更多的是悲怆，"先生觉得子明丞相做皇帝，会让这个天下变得更好，但稍有远见的人都能看到，如果那样的事情发生，这个天下不会变得更好，只会变得更差！"

"荒谬！"潘照临不屑地说道。

"太祖皇帝结束五代之乱世，可谓功在千秋。然而，便因为他在五代那样的乱世中夺了柴氏的江山，就仍要担心被人说成是得国不正，更害怕后世有英雄豪杰之士效仿，祸乱无穷，不得不制定曲防之法，重新褒扬儒教，宣讲礼义廉耻忠孝气节，以儒臣领兵……即便如此，至今日仍然有先生和李昌济这样的人，以为可以取而代之。而今日赵氏有国一百数十年，纵有千般不好万般不是，但赵氏以仁孝治天下，从未亏待过百姓，从未亏待过士大夫，也从未亏待过禁军将士。虽说朝中经常有大臣牢骚满腹，一时说此法害民彼法扰民，一时又说赋税过重差役太繁，但平心而论，周汉晋唐，哪朝哪代，真比得过本朝善待百姓？汴京贩夫走卒皆着丝履，汴京长安这样的大城市，牛肉一斤最贵也不过百文，猪羊肉一斤更不过三四十文，而在大臣奏章中苦不堪言几乎已无法生活的盐户，每天工钱都有近百文；朝廷凡有兴作，雇佣劳役皆要照付工钱，为了整治黄河，朝廷出价二百文一天雇河工，却连一个人都雇不到，最后被迫加到三百文；甚至连宫中的宫女大半也是雇佣的，皇宫狭窄也因不能强拆民居而无法扩建[1]……人人都夸颂文景之治、贞观之治、开元盛世，先生博古知今，敢问先生，文景、

---

[1] 本节数据、典故皆史实。

贞观、开元之时，百姓过的日子，真比得上我大宋吗？！"

潘照临冷笑道："纯父又焉知以后不会更好？"

"我不知道以后会不会更好。我只知道，赵氏恩泽施于百姓、士大夫、禁军一百数十年，没有做过辜负百姓、士大夫、禁军的事情。这一百数十年来，从士大夫到百姓，都粗识忠孝节义，坊间说个三分，讲到曹阿瞒倒霉，个个高兴，说到刘皇叔遇难，人人悲愤。世情如此，若有人行篡逆之事，我想知道，不杀个血流成河，他要如何才能坐得稳这江山？先生以为，这大宋朝，就没有尽忠之臣吗？这天底下，就没有别的英雄豪杰了吗？就算他真的手段过人，以力压服天下，但他死了以后呢？又当如何？新朝要不要讲忠孝节义？新朝要如何才能压住天下的悠悠之口，止住豪杰之士的勃勃野心？难道要靠着皇城司和职方司治天下吗？！"

"就算他们有办法吧，但那样的新朝，绝大部分精力，都将不得不放在防范、钳制国中豪杰之士上，这样的新朝真的会更好？先生，一个没办法理直气壮宣扬忠孝节义的新朝，顶多就是又一个曹魏、西晋。所有英杰之士都会盯着那个皇位，心里说着'彼可取而代之'，国家只会在不断的内乱中消耗，成千上万的百姓会为之丧命。那样的新朝，绝对不会更好！"

"更重要的是，这样的未来，大宋国中，稍有远见的人都会看得见。所以，除了那些野心勃勃想要谋取个人好处的人，其他人不会心甘情愿追随你们，哪怕那个人是子明丞相！你唯一能让他们屈服的办法，就是杀人，杀光所有的忠臣义士，杀得所有人都害怕为止。但这样的新朝，真的是先生想要的吗？"

司马梦求像叙着家常一样，轻声静气地说个不停。这些话在他心里已经憋了很久，就是想见着潘照临后，一个字不落地说给对方听。因为，他知道这是他们最后一次有机会这样慢慢说话。

但潘照临对司马梦求的长篇大论完全不以为然，他呵呵笑道："纯父未免把事情想得太复杂太悲观了，只要百姓能安居乐业，读书人能科举做官，天底下哪有那么多谋反之人？这世间之人，多是无情无义自私自利的，过个几十年，谁还会记得前朝的什么恩德？"

"只要百姓能安居乐业，读书人能科举做官……如果只是这点儿追求，先生又何必非要改朝换代？你不是口口声声说是要缔造更好的朝代吗？一个连宣扬忠孝节义都会触犯忌讳的朝代，真的可能是一个更好的朝代吗？"司马梦求讥讽道，"先生在策划安平之谋时，自己也说了，就算你再怎么挑拨，子明丞相也不会轻易造反。但先生想过子明丞相为什么不会轻易造反吗？"

不待潘照临回答，司马梦求便自己给出了答案："因为我并没有危言耸听，子明丞相也看得到那个未来，他也不会想要那样的新朝，哪怕他是皇帝！我不敢说子明丞相绝对不会谋反，但是，我敢肯定，只要还有一丝可能，他就不会走上那条道路。我们追随过的石子明，不是一个为了自己想做皇帝而可以牺牲一切的人，相反，他是一个为了这天下可以变得更好，而对做皇帝这种事不屑一顾的人！"

潘照临似乎并不想和司马梦求争辩，只是轻轻说了一声："书生之见！"

听到他的评价，司马梦求却忽然露出温润的笑容，"书生之见……先生，我本来就是一介书生啊！子明丞相也是一介书生。自熙宁以来，子明丞相的所作所为，都是为了让大宋朝变得更好，而不是为了谋朝篡位，所以，你的谋划才会如此艰难吧？做书生又有什么不好？书生虽然有时迂腐，但至少知道何事当为，何事不当为；虽然追名逐利，但不会狂妄地将自己置于天下之上。做书生没什么不好，真正有问题的，是那些手握大权之后，便忘记自己也曾是一介书生的人吧？说到底，魏武帝和汉光武帝之间的差距，也不过就是汉光武帝始终记得自己只是一介书生而已！我倒是希望，先生还能记得自己也曾经只是一介书生！"

潘照临脸上也露出一丝笑容，但那笑容，却带着明显的讥讽之意，"纯父一直是如此辩才无碍，但任你如何舌灿莲花，说到底，我们依旧是同类人。你我都有自己的志向，想要改变这个世界，但你我都没有这样的能力，只能寄望于能做到这一切的石子明。只不过，我有我看到的未来，有我期望中的石子明，你有你看到的未来，有你期望中的石子明，如此而已！"

他的话直刺内心，司马梦求默然一会儿，便坦白承认："或许便如先生所说，你心中想要的那个更好的世界，需要改朝换代才能实现，但我没有你那么大的野心，我曾经想象中的那个更好的世界，现在已经实现了。子明丞相甚至比我期望的，做得都更多、更好。我只要大宋朝顺着现在的道路继续走下去就足够了。"

"还真是目光短浅啊！"潘照临半开玩笑半讥讽地说道。

"人贵知足，做人不能太贪心。"司马梦求却是非常认真地回答，"现在的大宋朝，是我以前做梦都不敢想的大宋朝。所以，先生，我不会让你改变这一切。"

"你都到了这幽草寺，我还能做什么？"潘照临幽幽叹了口气，神情怅然，"这一局，已经结束了。"

司马梦求目不转睛地盯着潘照临，过了好一阵，才苦笑道："先生是想让我相信，自安平之事后，你便放弃了自己的计划，什么也没做吗？"稍顿了一下，又反问道，"若是如此，鄢陵白鹤观的李昌济等人，又何必在我走后，服毒自尽？"

"李昌济只是害怕连累雍王。"潘照临摇了摇头，叹道，"他不必死的！"

"是吗？那其他人呢？"

"其他人……"潘照临神情落寞，"其他人，都是为了保护我。"

但司马梦求并不相信他的说辞，"若只是为了保护先生，其他人也不必死。他们这么一死，反而会把事情闹大，让皇上心里认定先生有问题……"

"这件案子，是不可以公开的，皇上只是想知道真相，先生的那些私属，只要在职方司挂了号，便掀不起什么波澜来。他们只需离开大宋，前往南海，皇上也不会非要他们死不可。他们也有足够的时间甩开曹谌的追捕……"司马梦求脸上写满了怀疑，"但他们选择了服毒自尽，用如此激烈的手段，去坐实皇上心中对你的怀疑，同时也是加剧皇上对子明丞相的不满。"

"他们只是些小人物，又怎能知道九重之后皇帝的心思？"潘照临黯然道，"再厉害的谋划，也是需要时机的。安平的机会，错过了就是错过了，此后做再多的事情，也只不过是埋一些伏笔，若没有新的时机到来，并不会有施展的机会。"

"所以，先生是在这幽草寺等待时机吗？这可不像先生的风格，先生向来是主动创造时机的。"

"子明不愿意领兵，最好的机会，就是章惇重蹈曹彬覆辙……"

司马梦求的目光瞬间严厉起来，却听潘照临叹了口气，"但我始终是世宗的后代,让我主动帮着契丹击败章惇……"他摇了摇头,神情颇为无奈,"每个人都有心中的桎梏,除了等待机会,我也没有更多的办法。"

司马梦求的目光也随之温和下来,但他马上反应过来,"北伐如今的局势……先生所等待的时机……"

"近在眼前了。"潘照临苦笑,"但你来得快了一点儿。"

潘照临似乎不想再和司马梦求继续这么聊下去了,直视着司马梦求,说道:"事已至此,多说无益。说吧,纯父准备如何处置我?"

司马梦求迎着潘照临的目光,好一会儿才淡淡说道:"我想请先生写一封供状,所有的事情,都是李昌济在暗中谋划,所有人都是无辜的,连雍王也是被他教唆利用,罪大恶极的人,只有李昌济。他因石得一之乱失败,怀恨报复、陷害子明丞相,目的是挑拨大宋内乱,图谋不轨。而先生因为身世被李昌济所知,故此受他胁迫,贵属也并非先生的私属,而是效忠于李昌济的。阴谋暴露后,李昌济自知不免,故意自杀,行死间之计,以便将所有一切嫁祸于先生,目的仍然是陷害子明丞相。但李昌济的部属在得知其自杀后,群龙无首,遂将先生挟持至此,幸好被我与刘子文所救。而先生被救后,自觉无颜面对子明丞相,决意乘舟出海,立誓终身不复回大宋。"

"我被李昌济胁迫……"潘照临不由得呵呵笑了起来,"小皇帝会相信?"

"人都会选择相信自己愿意相信的事情。外人虽知先生之名,但除了子明丞相、我,还有陈子柔,或许还有唐康时,旁人并不知道先生究竟有多厉害。这些人即便心中有怀疑,但没人会宣之于口,我有足够的办法,让这件事情变成真的。我会把它办成铁案,它合情合理,皇上会相信的。就算皇上心里稍微有那么一点儿怀疑,但先生你已经去了南海,和大宋再无瓜葛,皇上也没有必要再介怀,最多让职方司派几个人去南海监视先生,不会更多深究。毕竟,这样的真相,对大宋朝是一件好事,对每个人都是好事。"

"职方司!呵呵!职方司!"潘照临面带讥讽地看着司马梦求。

司马梦求面不改色,"先生忘记了一件事,我不是职方司郎中,我是大宋朝的兵部侍郎,是朝廷大臣。"

"没错,朝廷大臣。"潘照临讥讽道,"所谓朝廷大臣,就是要做自己认为对国家、对皇帝最有利的事情。所谓真相，所谓无辜，在他们眼里不值一提。但纯父，刚才你义正词严和我说的那些话呢？为了你心中认为对的事情，你也不介意让无辜的人背上罪名啊……"

"李昌济已经死了，他也不是无辜的。"司马梦求淡淡地回答，"而且这些也无关紧要，儒者有经有权，离经背道，固不足取，不通权变，亦非圣人之教，善知经权之变，才是真正的中庸之道。先生觉得我们是同一类人，其实不然，我们虽然都用权术，但我是儒生，持经达变，心中始终有不可逾越的纲纪伦常，而先生已是纵横家，世间一切，皆不过纵横家手中的棋子，不复知中庸为何物！"

"论这舌辩之术，纯父才更似纵横家吧？"潘照临讥道。他刚刚说完，炉上茶壶里的水正好烧涨了，热腾腾的开水在茶壶里翻滚着。潘照临连忙将茶壶提开，又随手舀了一勺泉水浇在木炭上，将炭火浇熄。然后捡出两个茶碗，提起茶壶，倒了两碗茶水，顿时茶香四溢。潘照临放下茶壶，端起自己面前的茶碗，轻轻啜了一口，似乎嫌香料不够，又从怀中掏出一包香料，小心地撒进茶碗之中。

他这喝茶的法子，并非当时流行的点茶法，而是自唐代的煎茶之法演变而来的宋代煎茶法。此法相对点茶来说，程序非常简单，事先将茶叶碾成粉末，掺杂各种香料，倒入茶壶中，和水一起煮开，便可直接饮用。

因此司马梦求也不以为异，他也不客气，端过自己面前的那碗茶来，浅尝了一口，觉得香料的味道果然有点儿偏淡。但此时此刻，他也没有心情讲究茶汤的好坏。刚刚放下茶碗，便见潘照临的神情忽然颇为萧索，脸上露出有些诡异的笑容，说道："但这一次，即便纯父有苏张之舌，也终是无济于事。恕我不能让纯父如愿了！"

"先生何必如此固执？"司马梦求劝道，"便如先生所言，我已经到了这幽草寺，先生已经等不到你想要等待的时机了。就算先生还有什么谋划，学生不才，或许破解不了先生的棋局，但我总算也有一技之长，不会下棋，我就解决棋手，没了棋手，再厉害的棋局也只能结束。以先生大才，到了南海，诸侯必争相……"

他话未说完，已被潘照临打断，潘照临似笑非笑地看着他，说道："纯父这次却是错得厉害，没有了棋手，棋局并不会就此结束。"

司马梦求怔了一下，心中生出一种不祥的预感。

潘照临端起手中的茶碗，一饮而尽，望着司马梦求，轻声说道："纯父说我以天下人为手中的棋子，却似乎忘了一件事，我潘照临，同样也是天下人……"说完这句话，他嘴角之中突然流出一缕鲜血，潘照临用他那惯常的讥讽笑容望着司马梦求，轻轻说道，"将军！"

霎时间，司马梦求呆若木鸡地看着潘照临，但他马上反应过来，望着面前正讥笑着看着自己的潘照临，唤了一声："先生？"

但对面的潘照临毫无反应，他迅速起身，伸手探了探潘照临的鼻息，潘照临已经停止了呼吸。司马梦求的心顿时沉到了海底，他轻轻掰开潘照临的嘴角，仔细检查了一下，又拿起潘照临的茶碗，小心拨弄了一下碗中的残渣，便颓然坐下，口中喃喃自语："鸩羽[1]！竟然是鸩羽！"

司马梦求失魂落魄地呆坐在潘照临的对面，这是他万万没有料到的结果，口头的威胁是一回事，但他心里从未想过潘照临需要付出生命的代价。或许在旁人眼里，潘照临犯的是天大的事，但在司马梦求看来，这又算得了什么？他调查潘照临的目的，来幽草寺的目的，只是制止潘照临，让他彻底放弃自己的谋划，阻止他继续破坏皇帝和石越之间那脆弱的关系。但他万万没有想到，此行的结果，竟然是潘照临就这样在他面前饮鸩自尽！

此刻的司马梦求已经无法思考，无法想任何的事情，各种零乱的念头在他脑海里乱七八糟地涌现，一时是过往与潘照临之间的点点滴滴，一时是石越的笑容，一时是赵煦的面孔，一时又是潘照临死前那声轻轻的"将军"……搅得他脑子里一片混乱，让他胸口一阵烦闷，继之而来的，是恶心，想要呕吐。

过了很久很久，他才终于意识到，潘照临已经死了。

从此以后，他面前的这个人，再也不会开口和自己说话了，再也不会带着讥讽的笑容看着自己了，他也再听不到那声熟悉的"纯父"了……

忽然之间，难以抑制的悲伤，从他的心底涌了上来。永远温润如玉，永远翩翩浊世佳公子的司马梦求，竟怎么也控制不住自己的眼睛，泪水无法阻止地

---

[1] 鸩羽，即鸩鸟的羽毛，剧毒。鸩鸟是中国古代的著名毒鸟，它的羽毛有剧毒，可以用来调制鸩酒，是中国历史上第一剧毒。鸩鸟在宋代仍然广泛存在，宋以后便极少见于记载，可能已经灭绝。

流了出来，像决了堤的河流，怎么都止不住，就这样流个不停。他有点儿想要抽搐，想要哽咽，但他拼命控制住自己，只是呆坐在那里，无声无息，泪流满面。

就这样哭了很久，司马梦求的目光无意识地转动，看到了旁边的那具古琴。他木然地走到那具古琴前，端正地坐下，轻调琴弦，开始弹琴。

君子哀而不伤，此刻响起的琴声，却是如此悲伤。

司马梦求弹着韩愈的《猗兰操》，悲怆高歌：

兰之猗猗，扬扬其香。
不采而佩，于兰何伤。
今天之旋，其曷为然。
我行四方，以日以年。
雪霜贸贸，荠麦之茂。
子如不伤，我不尔觏。
荠麦之茂，荠麦有之。
君子之伤，君子之守。

仿佛是在用这样的琴曲，给潘照临送行。

2

汴京，左丞相府。

琴声入林细，幡影隔花遥。自左丞相府后花园中，不时传出悠扬的琴声。隐隐约约，还能听到一个女子的声音："东汉蔡邕著《琴操》，收录了十二首琴操，后来前唐韩愈删掉伯牙所作的《水仙》《怀陵》二操，只余《十操》，这一曲，便是孔子所作的《猗兰操》……"

紧挨着后花园的书房内，石越听到这声音，竟不由有些感慨，走到窗外，望着窗外的桐桥丝柳，悠悠叹道："何彼苍天，不得其所。逍遥九州，无所定处。

世人暗蔽，不知贤者。年纪逝迈，一身将老……"

发过感叹，却又是自失一笑，向石鉴问道："师朴相公推荐的这女先生，真的是现在汴京最出色的女琴师？"

石鉴笑道："小的打听过的，的确是今年最当红的女琴师。据说连晏小山请她去演奏一场，车马费也要一百贯，那还是看在大才子的分上，免了演出费用。若是寻常簪缨之家请她演一场，除车马费外，酬劳少则三百贯，多则上千贯。"

"这是疯了吗？"饶是石越也算见过不少世面了，也被这天价演出费给震惊了一把，他马上想到一种可能，惊道："莫非交钞又贬值了？"

"不曾贬，不曾贬。"石鉴被石越的反应逗笑了，笑道，"交钞还是很值钱，只是自从刘莘老罢御史中丞后，如今汴京的富贵之家，又悄悄开始竞相奢华了。小的听说，如今六部郎中府上，一个普通侍婢置衣装的钱，就高达两千贯。咱们相府前一阵想招几名婢女，结果但凡姿色好点儿的，能干点儿的，都不愿意来，嫌咱们相府太清苦了。夫人那边正商量着给下人涨月钱呢……"

"啊哈？"石越再次被惊到了。

"以前雇一个下婢，只需要一次先付大约五百贯作身价钱，每月的月例则由主人家随意赏赐。如今下婢的身价已涨到七百贯，吃住之外，月钱也不能低过两贯，至于那些有姿色或者有本事的婢女，那就没有个一定之价了。小的听说桑府前一阵买了个有点儿名气的厨娘，身价高达五千贯。"

石越听得已经不想再细问下去了，但想了想，还是问了一句："那……这女先生上课的费用是多少？"

"咱们相府管接管送，五十贯一个时辰。"石鉴笑道，"这还是看在给长公主上课的分上，特意打了个对折。"

"五十贯？一个时辰？就教些《十琴操》这种老夫子才弹的曲子？"石越突然感觉自己有点儿肝疼。五十贯一个时辰的学琴费，让他瞬间觉得女儿喜欢的女子相扑是多么物美价廉，可笑自己当时还觉得花了大钱买女儿高兴。

石鉴看着他的表情，不由给了他一个白眼，"丞相还是放宽心的好，整个汴京多少人家排着队都请不到呢。夫人说了，花钱学琴总比去搞什么相扑、赛马好。咱们相府门第太高，本来就不好找女婿，如今又成了什么长公主，更加难嫁了，再不好好学点儿女儿家的东西，以后长公主真要嫁不出去，找谁哭去？琴棋书画、女红针线，不指着样样精通了，好歹会一样，日后也有个说头，遮遮脸面。"

"真是杞人忧天！"石越还不愿意自己家白菜被猪拱了呢，但他也只能在石鉴面前发发牢骚，眼不见心不烦，他也不想再操心这些学费的事，转身走到书房的另一边，看着墙上挂着的幽蓟地图，上面画满了密密麻麻的各色小圈，不由叹道，"真是没一个省心的！"

他又想起了曾经给皇帝派过的定心丸，章惇和唐康闹得这种程度，而章惇到了这个地步，竟然还想着赌一把能否先攻取幽州城。石越只能感叹，不愧是章子厚，骨子里真有那种敢搏命的疯狂。但是，章惇想搏一把，皇帝会愿意拿着北伐的成败让他去搏大小吗？

石越暗暗摇了摇头，章惇没有这个分量啊！如果没有唐康也就罢了，将在外君令有所不受，章惇硬着头皮做了也就做了，反正成王败寇而已。但既然有唐康在，还有陈元凤、蔡京这些文臣在，就由不得章惇为所欲为了。就算皇帝同意，石蕤那个宗法上的舅舅，给她介绍五十贯一个时辰学费的女琴师的枢密使韩忠彦，也绝对不会同意啊！

那么，他真的要再度前往幽蓟做率臣吗？

一想到这个问题，石越脑海中突然又浮现出潘照临那张总是带着讥讽笑容的脸，仿佛听到潘照临在对自己说：子明，早知今日，何必当初？

这就是潘照临一直希望发生的事情吧？

但是……不知道为何，就在此时，石越心中突然莫名生出一种很不好的感觉，这种感觉无法形容，似乎是一种突如其来的情绪。这种情绪让他怔在那里，莫名其妙地向石鉴问道："你知道潜光先生去哪里了吗？"

同一时间，汴京城西，汴河金梁桥北，西梁院，职方司。

庞天寿神情严肃地在西梁院门口下了马，打了个手势，将随行的几名内侍留在门外，独自一人脚步匆匆地走进了西梁院。

西梁院内的职方司官吏，似乎比平时少了很多，少数几个在院中穿行的人，也是轻手轻脚，似乎害怕惊动了什么。一进入院中，庞天寿就看到了刘仲武，二人只是微微点头示意，刘仲武就领着庞天寿穿过院子，走进一间厢房。

厢房内停着一副棺椁，司马梦求和曹谌默默站在棺椁旁。司马梦求脸色淡然，而曹谌的神色却非常难看。

"云阳侯。"庞天寿朝司马梦求轻声行了一礼，又朝曹谌行了一礼："郎中。"

二人也简单回了一礼："都知。"

双方便不再多说，庞天寿的目光被房中的棺椁吸引，他缓缓走到棺椁旁边，轻声说了句："得罪了。"然后伸出脖子，朝棺中看去。

身着素色直裰的潘照临，正安详地躺在棺中。

禁中，崇政殿。

御案上面堆满了奏章、军情简报，巨大的幽蓟地图上画满了朱红的圈圈，还有猩红的箭头。地图的幽州城一带，分别用朱笔写着萧岚、章惇、唐康、陈元凤几个名字，章惇和唐康的名字上，被圈上了黑色的圈圈。而在地图的西边，有一个极为刺眼的红色大箭头，上面写着"耶律冲哥"四个大字，在这四个字上面，有一把红色的大叉。

但此刻，赵煦站在御案后面，目光根本没望地图看一眼，而是死死盯着殿中的司马梦求、曹谌、刘仲武，还有庞天寿，满脸的不敢置信。

"潘照临死了？！"

"是服毒而死。"庞天寿颤声回道，"是鸩羽之毒……"

"这个当口！这个当口！谁让你们杀他的？"赵煦几乎是在轻吼，"谁让你们杀他的？！"

曹谌、刘仲武扑通跪了下来，冷汗直流。

只有司马梦求依然镇定："陛下，潘照临是被歹人所害，非臣等所为。"

"歹人所害？"赵煦怔了一下。

司马梦求从袖子里取出一份厚厚的卷宗，递到庞天寿手里："此是臣整理的安平一案之原委始末，一切人证物证供词俱在，所有涉及调查经过的资料卷宗，俱在职方司妥善保存，若有需要，可以随时调阅查验。"

庞天寿接过卷宗，小心送到赵煦案前。赵煦打开卷宗，惊讶地问道："侍郎的意思是，你已查明安平一案的真相？"

"托陛下洪福，臣幸不辱命，所有一切，皆是原雍王府门客李昌济所为……"

"李昌济？"听到这个完全是意料之外的答案，赵煦先是一阵惊愕，然后脸色就沉了下来，他冷眼看着司马梦求，呵呵冷笑，"李昌济！呵呵！"

赵煦顿了一下，突然向曹谌厉声喝问："曹谌！这个李昌济，就是你说的那个被潘照临软禁在白鹤观的李昌济吗？"

曹谌顿时打了寒战，颤声回道："回陛下，便是那个李昌济。"

"那现在又是怎么回事？"赵煦寒声问道，但目光一直冷冷地盯着司马梦求。

司马梦求神色坦然，曹谌却是浑身发抖，"回陛下，臣……臣当时的……的确没……没有实据，可……可证明李……李昌济是被软……软禁的……"

"嗯？"赵煦不由愕然，目光也从司马梦求身上移开，望着曹谌，"你的意思是，你也不知道李昌济是否被软禁？"

曹谌总算冷静下来，低头回道："回陛下，臣……臣或是有些先入为主……"

"先入为主？！"赵煦怒极反笑，"好一个先入为主！"他愤怒地抓起一个砚台，恶狠狠地砸向曹谌，怒声喝骂道，"连这点儿最基本的事情都弄不清楚，你做的什么职方司郎中？！"

曹谌也不敢躲避，砚台飞过来，正砸在他头上，顿时鲜血直流。曹谌也不敢擦抹，只能任由鲜血流了一脸，但他犹自在叩头谢罪："臣办事不明，有负陛下重托，罪该万死。"

赵煦见他这模样，怒气稍遏，骂道："滚，滚出去！"

曹谌连忙顿首谢恩告退。方要退出殿中，却听赵煦又骂道："留下职方司的印信！"

他也不敢再顶嘴，小心解下印绶，交到庞天寿手中，狼狈退出崇政殿。

崇政殿中变得格外安静，只有赵煦翻阅卷宗的声音。

过了好一阵，赵煦才惊讶地问道："这个李昌济竟然是南唐元宗长子文献太子李弘冀之后？"

"正是，这是李昌济亲口招认的，并有他私属的供词佐证。"司马梦求平静地回道。

"原来如此。若他果真有这层身份,事情倒也不是说不通……"

赵煦说完这句话后,又继续翻阅卷宗,崇政殿中,再次安静下来。

又过了很久,赵煦终于读完了全部卷宗。他轻轻合上卷宗,手指轻轻敲击着御案,望着司马梦求,眼珠转动,不知道在想些什么。

司马梦求默默站着,耐心等待赵煦先开口发问。

"侍郎!"终于,赵煦打破了沉默,"卷宗中提供供词的李昌济私属,现在何处?"

"严刑逼供之下,已死于职方司狱中。"司马梦求从容回道,"臣以为,这些人亦无必要再活着。"

赵煦点了点头,似乎是同意他的说法,但又问道:"那么,侍郎拷问他们之时,可有职方司亲事官、亲从官在场?"

"兹事体大,为防泄密,臣不敢让小吏在场,只有职方司员外郎刘仲武相随。"

"刘仲武……"赵煦的目光转到一直跪在殿中的刘仲武身上,"这么说,你当时在场?"

"臣的确一直跟随司马侍郎调查此案。"赵仲武回道。

赵煦的语气变得严厉:"朕是问你,是不是亲耳听到了这些供词?"

"这个……臣实不曾亲耳听到供词。其时情况颇为复杂,李昌济四名私属皆是死士,司马侍郎拷问贼人,臣要负责看管其他贼人,防其自杀,警戒异常。所有始末,臣亦有报告,存于职方司。"刘仲武老老实实回答道。

司马梦求也证实道:"确是如此。臣是刻意让他避开此事。"

"这又是为何?"赵煦质问道。

"臣是为朝廷惜才,假以时日,刘仲武可为陛下掌管职方司,不会逊于职方馆的种建中。"司马梦求非常坦然,"这件事情牵涉甚广,让他知道太多细节,万一其中有什么不该他听到的话,对他没有好处,对朝廷、对陛下,都没有好处。"

"可如此一来,侍郎卷宗中,便再无一个活着的人证。"赵煦神色复杂地看着司马梦求,"李昌济和潘照临,一个是南唐之后,一个是柴周之后……潘照临隐瞒身份,真的只是怕犯朝廷忌讳吗?他真的是被李昌济私属毒死的吗?"

他再次望向刘仲武,"刘仲武,潘照临死时,你也未曾目睹吧?"

"臣的确不曾目睹。"

"先是蛊惑雍王,引发石得一之乱,事后竟安然逃脱,又能胁迫潘照临这样的人物,栽赃陷害于潘照临,离间挑拨朕与石越,意图引发变乱,从而火中取栗……若这一切都是真的,这李昌济倒真堪称奇士!李弘冀有他这样的后代,足以含笑九泉!"赵煦呵呵笑着,"一切看起来都合情合理,细节翔实,有人证,有物证,有供状,有旁证,无懈可击,呵呵……除了没有活着的证人——但这种案子,没有活着的证人,原本也是合情合理的事……"

"陛下。"司马梦求打断了赵煦,他抬头望着脸上写满怀疑的皇帝,目光平静如水,"臣就是活着的证人。"

"但朕可以相信你吗?侍郎!"赵煦看着司马梦求,问道。

"臣是陛下的兵部侍郎、朝廷重臣,替陛下掌管职方司!"司马梦求平静地回答道,"陛下既然让臣调查此案,臣也断不敢辜负陛下的信任!臣之忠心,可鉴日月!"

赵煦盯着司马梦求看了很久,突然长叹了一口气:"朕就是怕卿太忠心了啊!"他意兴阑珊地摇了摇头,"罢了!罢了!朕信了便是!"

沉默了一会儿,赵煦又说道:"不管怎么说,潘照临也是周世宗之后,好好安葬吧。"顿了一会儿,又补了一句,"此事先不要让石丞相知道,一切待北伐之后再说。"

"臣遵旨。"

……

待司马梦求和刘仲武告退离开崇政殿后,赵煦望着空空荡荡的大殿,忽然觉得自己心里也空荡荡的。

作为皇帝,赵煦从小就学会了不要轻易信任他的臣子,熙宁十八年的那场叛乱,更是给了他最深刻的一课。但这个世界上,只有少数人才能永远生活在一个极端。一直以来,他都小心翼翼地应付着许多人——垂帘听政的祖母,老谋深算的宰臣,野心勃勃的新进……这些人,都是赵煦所需要倚重的人,但也都是他最需要防范的人。但他不可能完全没有想去信任的人,即便这种信任不可能是全心全意的,即便这种信任有时候脆弱得经不起一丝考验。但是,作为

第二十四章 谁解春风

一个人，尤其是一个刚刚成年不久的人，总会有一些人是他发自内心想要亲近，想要认可，想要信任的。同时，当他付出了这样的感情之后，他也会想要得到同样的回报。

在赵煦的生活中，这样的人屈指可数。田烈武、桑充国，再加上程颐和司马梦求各算半个，可能就再也数不出更多的名字了。

而和其他人不同，赵煦对司马梦求的好感，源自于他身上的传奇。赵煦认可这些以任侠之名而流传后世的人，是因为他在内心中相信，给予对方信任，就一定能从对方那里得到忠诚的回报，就如同司马迁在《刺客列传》中所描述的那样……

然而，赵煦有一种感觉，他又要被现实教育了。抱着残存的一点点幻想，赵煦忍不住问庞天寿："天寿，你觉得司马梦求说的，是真相吗？"

"奴婢……"庞天寿完全不想回答这样的问题。

赵煦当然知道庞天寿心里在想什么，马上补充了一句："这次，就不要那么谨小慎微了！"

庞天寿有点儿惊讶，但跟随了赵煦这么久，他知道皇帝这次是认真的，所以，即便越界，他也只能硬着头皮说出心里话。

"是。奴婢以为，司马侍郎似乎没必要做假……"

"没必要做假？"

"以奴婢看来，司马侍郎如果要做假，多半是为了维护石丞相，但官家已经知道，安平之事，石丞相几乎不可能事先知情。如果司马侍郎是为了保护石丞相，那么只有两种可能，要么，这些贼人，且不管他们是不是李昌济，他们背后的主谋，其实就是石丞相，并且他们还露出了马脚甚至是亲口承认了……但如此一来，整个事件怎么也说不通，石丞相若真有谋反之心，就算安平之事不去讲它，如今他坚持不愿意北伐领兵，反而放弃兵权回朝，世间哪有这样的逆臣？他若真有一点点反意，怎么着也要学着做桓温，领兵北伐立不世之功，然后挟功回朝……"

"这个朕知道。"赵煦不耐烦地打断了庞天寿。

"这个道理，连奴婢都看得透，官家如此英明，当然看得清楚，司马侍郎自然也看得清楚……所以，那就只可能是另一种情况，那些贼人想要攀污陷害石丞相。但这种情况下，既然明知道石丞相是清白的，最好的选择，当然是留下活口，将贼人带回职方司讯问。以司马侍郎的能力和职方司的手段，不可能审不出真相，如此，司马侍郎完全可以光明正大地替石丞相洗清最后一丝嫌疑，而不必像现在这样，连一个活口都不留，职方司也无人参与审讯……"

赵煦微微点了点头。

庞天寿受到鼓舞，又继续说道："除了维护石丞相外，还有一种可能，就是为了维护潘照临。奴婢虽不清楚司马侍郎和潘照临的交谊，但以司马侍郎的为人，他想维护潘照临，倒也不无可能。但若是如此，潘照临就不应该死……所以，奴婢才觉得，司马侍郎没有理由去做假。"

"话是如此……可是……"赵煦的目光投向御案上的那份卷宗，冷笑道，"李昌济……你能相信吗？不管他有多少理由，这样的案子，这样的结论，司马梦求会不知道保留活口的重要？"

"这……这的确是有疑之处。"庞天寿在心里微微叹了口气。他当然也觉得有可疑之处，但是，这件案子里，所有的人都死光了，不管真相如何，都已经彻底查不下去了。此时再纠结于司马梦求说的是不是真话，又有什么意义呢？他只能宽慰着赵煦："但是，官家，这桩案子，说到底，也只有两个人可能是幕后主谋，要么是李昌济，要么便是潘照临。奴婢记得，一开始，也是司马侍郎主动冒大不韪去调查的潘照临，所以，司马侍郎对陛下的忠心，应该不需要怀疑。"

"司马梦求的忠心……以前朕的确觉得他是忠心的，但现在看来，从头到尾，他都在竭力担保石越非谋逆之臣，安平之事必定与石越无关。他的调查，也是为了洗脱石越的嫌疑。你说，他真的是对朕忠心吗？"赵煦有些诛心地问道。

庞天寿不敢接话。赵煦又叹道："但这些事情，不管他怎么想，朕都不怪他，因为他一直很坦诚，从来没有骗过朕，所有的话，都对朕说得明明白白。是朕到今日才真正明白，同样的话，不同的心境，竟然会是完全不同的意味。"

这种事，庞天寿就更加不敢接了，他勉强干笑了一声，劝慰道："其实不论如何，官家都不必再为此事伤神，当时让司马侍郎调查此案，也只是担心石丞相左近有奸小之人妄图非分之福，后来发现有此嫌疑的人，也就是潘照临一人。

既然如此，就算潘照临真的是幕后主谋，他也已经死了。既然有嫌疑的主谋都死了，不管什么案子，都可以算是结束了。"

"是啊！主谋都死了！'真相'也有了，案子也算结了。"赵煦已经不知道是第几次冷笑，"如今这个'真相'，纵使朕明知道它有问题，朕也可以忍了。但是你想过没有，这案子发展到如今的地步，倘若潘照临被认定是嫌逆倒还罢了，偏偏嫌逆却是什么李昌济……石越迟早是会知道潘照临的死讯的，他知道以后，就会知道朕在暗中调查他的左近之人。你说，到时候，石越会不会相信潘照临是被李昌济蓄养的私属所害？石越又会不会相信李昌济是什么幕后主谋？更加重要的是，石越又会不会相信朕已经'相信'了李昌济才是幕后主谋？朕又能不能相信石越会接受这一切？"

赵煦一连串的问题问出来，庞天寿听得后背直发凉。

"石越解兵权回朝后，朕虽然对他不支持北伐一直有所不满，但的的确确是已经不再怀疑他有非分之想。他折腾什么门下后省新制，朕虽然反对，但也不真怪他，朕总在想，说不定他是在用这样的方式，向朕证明他没有做权臣的想法……"赵煦苦恼地揉着额头，"便如你说的，朕调查此案，只是担心石越左近有奸人，所以，司马梦求给朕一个什么样的'真相'，其实都不重要，朕哪怕知道是假的，再生气，最后也会接受，也只能接受——朕还能怎样？朕又不能大张旗鼓调查此案！但是，他不应该让潘照临死啊！不管怎么样，都该保住潘照临啊！"

赵煦放肆地说出了自己内心真正的想法，但残存的理智，让他忍住了最后一句话。

尤其是在现在这个节骨眼上！北伐形势不妙，章惇和唐康互相攻击，他很可能就要指望着石越去救火！但现如今，他还敢用石越掌兵吗？

当天晚上，开封府中牟县，牟山。

在开封城西，牟山县城的北边，连绵着数十里的牟山。说是"山"，其实只有十余丈高，据说是当年曹操与袁绍官渡之战时，人工垒成的土山。经历岁月变迁，当年庞大的战争工事上长满了草木，郁郁葱葱，与普通的山岗再无分别，也成为当地人安葬先人的一处风水宝地。

赵煦有旨意好好安葬潘照临，司马梦求便决定将潘照临葬于牟山。原因当然与官渡之战无关，而是因为，这里离郑州新郑县的周世宗庆陵不算太远，只有几十里路。他不能将潘临照安葬到庆陵附近，位于开封与新郑中间的中牟县便是最好的选择了。但所谓"好好安葬"，也不过是选一座松峦叠翠的山岗，挑一副好点儿的棺椁而已。所幸的是，潘照临应该不会在乎这些。

职方司的亲从吏将黄土一铲一铲覆上棺椁，转眼之间，潘照临的棺椁就被掩埋不见，一座小坟包慢慢堆起，司马梦求站在坟旁，脸上看不出什么表情来。

但他的耳边，还在不断回响潘照临临死前说的那句"将军"！

一个棋手，将自己当成了棋子。

一个谋士，将自己变成了死间。

下了一辈子的围棋，临死之前，却突然将棋局改成了象棋！

司马梦求有许多的话，想对潘照临说。

他很想对他说："潘先生，讲点儿道理呀！"但眼前浮现的，是潘照临那讥讽的笑容。

他也很想对他说："潘先生，你象棋水平太臭了，哪有这般决绝的？"

但是，他知道自己已经一败涂地。

这是潘照临用自己的生命，下出的最后一手棋。包括他司马梦求在内，所有人都在他彀中，逃不脱，解不开。他之前设计的完美计划，瞬间变得漏洞百出，无论他怎么向皇帝禀报此案的经过，都变得毫无意义⋯⋯

活着的人证，呵呵，司马梦求怎么会不知道活着的人证至关重要。然而，他怎么也想不到，决绝的不止潘照临，他在幽草寺的那四名随从，也是如此刚烈。便如白鹤寺的那些人一样，司马梦求不知道潘照临是怎么调教的他们。所谓"审讯拷问"，不过是避开刘仲武，看着他们在自己面前一个个自杀，然后他再伪造拷问的痕迹而已。

一个脆弱的"真相"，再加上潘照临用自己的死，将一切都打成了一个无法再解开的死结，就这样，在赵煦与石越那无比脆弱的关系中，划下了一道永远也无法弥补的裂痕。

因为潘照临的死，一切都再也无法解释清楚，甚至无法去挽救弥补。这种互相的猜忌，让赵煦和石越之间只能愈行愈远，直至不可调和。

司马梦求觉得是自己搞砸了一切。

原本，石越已经用种种行动，很大程度上弥补了安平一事之后的裂痕，他和小皇帝之间的矛盾，已经缩小到前朝宰相与新朝皇帝之间的问题，顶多加上一点儿政见不和。那虽然依然是个大麻烦，但和现在的情况比起来，简直就不算问题。

结果，自己却将一切都搞砸了。

而且，他找不到任何办法去补救。

司马梦求现在唯一的一丝希望，就是石越了。也只有石越才让他相信，还有那么一丝可能，让事情不至于走向最不幸的局面。

看着面前的一抔黄土，司马梦求真的很想问潘照临一声："潘先生，值得吗？"

月色之下，松影摇动，笛声呜咽。

3

次日，崇政殿。

赵煦心神不宁地听着诸相的争吵，心中不由得一阵烦躁。

北伐一波三折，章惇速取幽州的策略未能实现，近二十万大军屯兵坚城之下，虽不能说师老兵疲，但攻城屡挫，未建寸功。耶律冲哥在西京虎视眈眈，而宋军却将帅失和以致互相弹劾……

如果说在此之前，对于石越在河北做率臣击退辽军，赵煦还只是从历史经验、大臣的奏折言谈中，用自己的理智了解、认可了石越的重要性，现在，赵煦则是真正理解了为何他的宰执们都如此推崇、重视石越。

统兵的率臣，真的不是那么好做的。

章惇绝非无能之辈，相反，他的能力、手腕、杀伐果断，都是朝野公认的！他的身份也足够尊贵，兵部尚书参知政事，当年韩琦、范仲淹在陕西，包括石越抚陕之时，都没有这样的身份地位！然而，章惇就是镇不住北伐诸将，自北伐以来，将帅不和，就一直是无法解决的大麻烦。

赵煦对唐康也有些不满，但他知道事情绝不只是唐康跋扈那么简单。韩忠彦在廷辩中说真正对章惇不满的人，其实是慕容谦、折克行、姚雄、吴安国这些将领，唐康只不过是出头说话的那个人——倘若这些将领对章惇心悦诚服，唐康不过一正五品上中散大夫，又如何敢轻易挑战一个兵部尚书参知政事的权威？

赵煦认为韩忠彦至少在这件事上，是正确的。

而且他也从这次事件中田烈武、陈元凤与蔡京的暧昧态度，敏锐察觉到问题并不完全出在唐康身上。在赵煦看来，唐康的问题只不过是太年轻、太刚直。

然而，越是如此，赵煦就越是烦躁。

他和石越的关系一直很微妙，自从宋军攻取涿州后，双方的关系就变得更加复杂。赵煦始终找不准那个和石越相处的平衡点。一方面，他对于驾驭石越没有信心，对石越在朝野举足轻重的影响力也颇为忌惮，同时更将石越视为自己真正控制朝政大权的最大绊脚石；然而，当石越表现出隐退下野之意时，他又无法接受石越就这样离开，他一直担心北伐出现变数，如果没有石越在朝中，他睡觉都睡不踏实。可是，倘若真要放手给石越大权，他又会害怕局面失控……

于是，赵煦对石越的态度也非常纠结，一时尊崇礼遇，一时又刻意冷淡。

而现在，因为潘照临之死和安平事件的所谓"真相"，赵煦在面对石越时，就更加纠结了。他甚至有点儿心虚的感觉，但在察觉到自己的这种情绪后，他又变得十分恼怒，对自己恼怒。与此同时，眼下的局面还让他的情绪中，夹杂着一种羞辱感。

因为石越当初不愿意出任北伐的率臣，虽然赵煦也认为这可能是石越在刻意证明自己没有非分野心，然而，他更深更直接的感觉，始终还是觉得石越不愿意支持自己，不愿意为自己效力——尽管他自己也知道，倘若石越真的愿意出任北伐的率臣，他又会有另外的担忧。但他是皇帝，皇帝的意思，就是他可以不选择你，但你不能够拒绝他。

尤其是当初为了得到石越的支持，赵煦还曾经刻意"收买"石越，给了石越许多的尊崇礼遇，但结果石越还是没有同意率军北伐。

第二十四章 谁解春风

这让赵煦一直有一种心态，他憋着一股气，很想向石越证明——北伐没有你也能成功。

"没有石越，北伐也能成功"，这本身也是北伐派说服赵煦下定决心的重要原因。但是，赵煦实际上并没有那么有信心，在涿州久攻不下之时，他一度因为过于担忧前线的军情而表现失态，直到得到石越的承诺，才安下心来。但石越也并不让人省心，他趁此机会，折腾起什么门下后省新制，很是给赵煦添了点儿麻烦。

幸好宋军很快攻取涿州，赵煦的心情也变得复杂。

石越的承诺，对赵煦来说，依旧是一颗定心丸。但与此同时，赵煦也更加不希望用到这个承诺，他更加希望在没有石越的情况下，赢下北伐。

赵煦很想用北伐的胜利，告诉石越和所有曾经怀疑过他、不支持他的人，他才是对的！他不需要他们的支持，同样可以赢下一场战争。

本来以为胜利就在眼前，赵煦对石越，也刻意变得冷淡。

但是，谁又能想到，转眼之间就风云突变。石越对他，再次变得非常重要。

而偏偏又在此时，闹出了潘照临这么一出事。

他的定心丸，突然变成了一颗吃下去可能会救命，但也可能会死人的毒丸。

此时此刻的赵煦，心里无比希望章惇是对的，希望现在只是黎明前的黑暗，希望只要再坚持几天，幽州就可以攻克……

然而，理智却在告诉他，这个可能性已经很小了。

当章惇和唐康互相弹劾的奏章抵达汴京之后，两府就炸开了锅，使者来往于汴京与幽蓟之间，不绝于途。大宋朝的宰执们，在这两三天时间里，吵得不可开交。

韩忠彦率先支持唐康，建议朝廷立即改变战略；但吕大防、许将、李清臣、王厚等大部分宰执大臣都认为先不管战略的对错，唐康不听章惇节度，就应问罪，以儆效尤！吕大防大谈用人不疑，疑人不用，称朝廷若不能用章惇之策，就当立即罢免章惇，另遣率臣，否则，就应该相信章惇。而包括许将和李清臣、王厚在内，朝中的枢密副使、参知政事、尚书左右丞……全都和吕大防站在了同一立场。

诡异的是，他的左、右丞相——石越和范纯仁态度暧昧，二人都没有明确表明立场。这让赵煦心中更觉不安。

倒是韩忠彦态度前所未有的坚决，他不仅上表为唐康说话，还当廷指斥众相对唐康的指责荒谬，称唐康是朝廷任命的幽蓟经略招讨左使，他完全有权利发表自己的意见，尤其是在宣抚左使章惇正在犯下严重的战略错误之时，唐康身为在前线的朝廷大臣，理所当然要站出来反对。

而今天的廷议中，韩忠彦的态度变得更加强硬。

他公然宣称倘若需要罢免章惇，另委率臣才能改变战略，那现在就应该马上召回章惇，另行委任宣抚使！

而众宰执的态度也因此发生了分裂。

吕大防转而表示赞同韩忠彦，他反复强调北伐以来，章惇始终没有足够的威信统率诸军，换掉章惇不失为一个办法。

而许将、李清臣等人却担心临阵换帅导致军心动荡，反对在此时召回章惇。

为此，众宰执又是唇枪舌剑，争吵不休。

这让赵煦心烦意乱，也很不耐烦。他决定无论如何，今天都必须要有个决断。现在北伐虽然陷入了僵持的局面，但如果不能尽快打破僵局，情况始终是对宋军不利的。

宰臣们争执的真正原因，赵煦心里面也很清楚。

赵煦在单独召见李清臣时，曾经试探过他的真实态度。

李清臣回答他，章惇性格强硬，倘若朝廷不支持章惇，就只能换掉章惇，而若换掉章惇，朝中又有谁能为率臣呢？

赵煦试探地问他若石越愿意复为率臣如何？

李清臣意味深长地反问他，石越能为率臣固然很好，北伐之前，他曾经受命前往河北游说石越，倘若石越在一开始就出任北伐率臣，他绝对会支持。但现在，他想过石越在临危受命打赢北伐之后的局面吗？

这让赵煦惊觉到一个自己此前从未深思过的问题。

如果石越是在安平之捷后继续北伐收复幽蓟，虽说到时候石越功业之隆，也是大宋开国以来前所未有，颇有功高震主之忧。但所谓"虱多了不痒"，石越的功业，本来就是大宋开国以来第一人了。而且往深里想想，远溯汉唐，这样的人物虽说很少，但也还是有的。朝廷总还能够找到和他相处的办法，到时候，也不是说非得兔死狗烹不可，做到鸟尽弓藏也就足够了。总之，可堪学习的历史经验很多，好的坏的都有一大把。

因为说到底，那和伐夏一样，只能算是开拓之功，属于锦上添花，甚至人们还会因为北伐的胜利，忘记河北御敌的困难与不易，有意无意地贬低这种成功的难度，人们会因此崇拜石越，称赞他、羡慕他……但并不会因此而感激他。

但现在的情况完全不同，因为章惇的失败，人们将无法回避取得这些功绩的艰难，人们会记起河北御敌的不易，而倘若石越再次挽救了北伐，那他会被认为是两次拯救这个国家！

人们对石越的感情，会是感激！

对石越不好的事情，会被当成是忘恩负义。

到时候要怎么和石越相处，会是个大麻烦。

能够做到宰臣的人，心里面都是有自己的骄傲的，没人会希望自己被别人挽救，也没人会认为需要被别人挽救。因为在承认自己被别人挽救的同时，也就是在承认自己的无能。

对于这些位极人臣的一时英杰来说，这是一件非常难堪的事情。

人心是非常复杂的。赵煦甚至想象，如果有一天，大宋危在旦夕，汴京被敌人重重围困，眼看就城破国亡。这时候，有一个英雄突然站出来，拯救了这座城市，这个国家。这个英雄究竟会被如何对待？

如果这位英雄底蕴深厚，在军中有极深的影响力，那么，大概会像郭子仪一样被客客气气供起来，实际上则是雪藏。但如果没有郭子仪在军中的那种影响力，不需要担心兵变，那么，这位英雄大概会成为所有人共同的敌人。

没人会希望看到他的存在，因为他只要存在，就是在提醒所有人，自己曾经是如何不堪。

但如果这个英雄竟然是石越呢？

赵煦能够想象得到，所有人都会既难堪，又害怕！

所以，他们不会希望这种事情发生。

尤其北伐并不是真正危在旦夕，大宋也不是到了生死存亡的关头。赵煦甚至有些恶意地揣测，对于他的宰臣们来说，就算北伐真的失败了，又能怎么样？大宋又不会亡国，丢脸的是皇帝赵煦，也不是他们。

当然，这其实只是赵煦的一点儿恶趣味，在一个个自命不凡的宰臣的经常性压力下，赵煦很愿意怀着恶意想象一下他的宰臣们的狼狈处境。

他当然知道李清臣真正暗示的事情是什么。

他们在担心到时候的石越，可能会效仿诸葛亮、司马懿，甚至是桓温。

赵煦曾经非常委婉地询问李清臣，为什么是效仿这些历史上的权臣，而不是直接谋反？

李清臣的回答是，石越不会这么笨。

在大宋建国一百三十多年后，士大夫阶层已经根植在这个国家的方方面面，得不到士大夫阶层广泛支持的事情，在这个国家，注定不会有好结果。大宋朝颇有点儿像晋朝。晋朝本质上是门阀士族的联合体，司马氏不过是门阀士族的代表，因此，两晋再如何外忧内乱，但司马氏的皇位，却始终似危实安，稳如泰山。直到门阀衰亡，北府军军阀崛起，才终于有禅代之祸。而大宋朝，则是皇帝与士大夫共治天下，而所谓士大夫，并不只是朝中的文官这么简单，他们同样也是乡坊之内的领袖，对普通百姓有着极大的影响力。更重要的是，他们塑造了一整套的价值观，从皇帝、后妃、内侍、宫女，到禁军厢军的士兵、商人、工匠、农夫，都完完全全在这套价值观下长大……在这个国家，任何人想要做违背这套价值观的事情，总会举步维艰，付出极大代价也未必能够成功。

因此，虽然不能说石越若谋反篡位绝对不会成功，但便如破坏一个鸡蛋，从外面敲碎很容易，但想从鸡蛋内部将它破开，就很不容易了。同样，想要毁掉大宋，自内部篡逆，也远比从外部用蛮力强行摧毁艰难。

所以，李清臣认为，石越绝不至于利令智昏去自取灭亡。

但他担忧石越会不会被迫成为大宋朝的第一个权相？

开疆拓土的大功臣，和拯危救亡的大救星，所能做的事情，是完全不一样的。

人们如果只是羡慕、崇拜石越，石越想做不臣之事，其实很不容易得到人们的谅解和支持，人们反而可能会更加怨恨他。

但如果人们是感激石越，石越只要稍稍找找借口，就有机会在朝野争取到足够多的同情与支持，更有足够的威信架空皇帝。

尤其是石越还有一个遗命辅政大臣的身份！

他可以回朝中做诸葛亮、司马懿，也可以效仿东晋的权臣居荆襄而制江陵，北伐成功后，随便找个借口，以使相的身份率军雄踞幽、冀，遥控汴京……双方不必完全翻脸，汴京朝廷甚至可能还得小心翼翼维护好和他的关系，保全他的脸面——这种局面比石越选择做诸葛亮、司马懿更糟。

取而代之也许很难，但只要不介意把天下搞得乱七八糟，权倾天下却是唾手可得。

虽然李清臣反复强调石越对大宋朝的忠诚——石越在河北击退辽军后，坦然回朝交出兵权，已足以证明一切。

但他还是传递给了赵煦一个道理——人性，还是少去考验为妙。非要将一个绝色美女推到一个男人怀里，然后寄望于对方是坐怀不乱的君子，这其实非常愚蠢。如果想要严男女之防，那么一开始就应该定好规矩非礼勿视。

石越也许本来没有什么非分的野心，但他李清臣能看得明白的事，石越同样也会很清楚。北伐成功后，万一石越眼见着可以轻而易举地做诸葛亮、司马懿或者桓温，于是不甘心回朝做郭子仪了，那就悔之晚矣。毕竟所有人都知道，石越和郭子仪不同，他是有政治抱负的。

因此，李清臣认为，最好一开始就不要冒这样的险。

此时，赵煦听着殿中诸相的辩论，发现几乎所有的宰臣们，都在默契地避开石越的名字。这也让他确定了一件事——那并不是李清臣一个人的想法，而是大多数宰臣的共识。这崇政殿中，没几个人希望石越重新去山前督护诸军。

他的判断是正确的。

李清臣并不比其他宰臣聪明，他能预见的事情，其他人都能预见到。只不过大家立场不同，角度不同，并不是每个人都方便向赵煦提起这种事情来。

甚至连一直相信着石越的范纯仁，也不愿意去考验那个时候的石越。

范纯仁其实是很希望石越再次出任率臣的，在他看来，所有困扰都可以迎刃而解。然而，一想到那难以预测的未来，他就缄默了。

但这反而让赵煦在这一瞬间，下定了决心。

倘若没有更好的选择的话，那就让石越履行他的承诺，再次出任率臣！

原本，赵煦一直在担心怎么对付石越的问题。

他做好了先发制人的准备，计划事先做好周密的部署，比如将石越的侍卫全部换成绝对忠诚的班直侍卫，并且扩大规模，派出可靠的内侍监军，监视石越的一举一动，同时监控好军队将领的家属等等……在北伐成功后，他会立即解除石越的兵权。倘若石越在得知潘照临之死后，有什么异常的举动，就马上采取果断措施，甚于不惜将石越处死。

做得决绝一点儿是必要的。有个简单的道理——做好事要慢慢做，施恩于人，不能一次做到极致，要一次做一点儿，慢慢长久地做，这样才不会反恩为仇，人们才会记住你的好；而做坏事则正好相反，要一次性做绝，一个不断做着小坏事的人，和一个做了一次大坏事的人，人们痛恨、讨厌的往往是前者，而后者只要"幡然悔悟"，人们通常会原谅他，尤其当这个人还是身居高位的时候。

赵煦不想让自己一直陷入忘恩负义的指控之中，那会让他极为被动。所以，倒不如一次性解决石越这个麻烦，反正到时候，朝中的重臣虽然口里会反对自己，但心里绝对是乐观其成的，毕竟不用他们做这个恶人，就能解决他们的一个大麻烦。万一到时候骂自己的声音太厉害，政局动荡得太严重，就下个罪己诏，然后做出悔悟的姿态，给石越平反，给他的家人殊荣礼遇，甚至将他请进孔庙，摆在亚圣颜渊之前也不要紧。

愤怒会平息的，而且那时候，人们甚至会羡慕石越，也会原谅作为皇帝的赵煦，甚至转而为他辩解。

赵煦觉得，这应该也不算是违背太祖皇帝的誓碑。

但这个计划有一个巨大的纰漏。

在大宋朝，想要绕过两府、御史中丞、门下后省，随随便便逮捕甚至是杀害一个大臣，就算是赵煦贵为皇帝，他也做不到。

这种事情，最起码要得到一个以上的宰执支持，才有机会实现。

否则，就只能是赵煦的一厢情愿。

因为没有人会执行他的"乱命"。

第二十四章　谁解春风

赵煦可以安排亲信的内侍与侍卫监视石越，但是通过一纸内降指挥，就让他们逮捕甚至杀掉朝廷的左丞相呢？

赵煦想都不敢想这种事情。

这和"不杀士大夫"的太祖誓碑无关，大宋朝知道太祖誓碑内容的，只有赵煦一人——他并不知道石越也知道。但这无关紧要，因为问题的关键并不在此。

正如石越如果得不到士大夫阶层的支持，就算他功勋盖世，却连权臣都很难做成。赵煦也同样无法越过士大夫的障碍，去做非分之事。

从范仲淹的时代开始，士大夫就已经开始在自觉维护本阶层的整体利益了。除非士大夫发生激烈的内斗，最终自己破坏本阶层的利益，皇帝想从外部进行破坏，几乎不可能成功。

所有的诏令，最终都是需要人去执行的。

但执行诏令的内侍也好，班直侍卫将领也好，不会不知道他们事后的下场——他们会被当成出气筒，受到疯狂报复。这甚至不是他们死就能解决的问题，他们的家人即便不被族诛，刺配流放也绝对逃不脱，而且永远都没有平反的可能。

反倒是违抗皇帝的命令，说不定还有一线生机。

人们效忠于皇帝，是为了功名利禄，服从于皇帝，是因为害怕皇帝的权威。但也因此，为了功名利禄，为了更让人畏惧的命运，人们会反抗皇帝。

赵煦知道自己的困境。

作为高高在上的皇帝，还是生于深宫的太平天子，他几乎没有机会与臣下之间有深厚的情感联系，更无法培养所谓没有思想的"死士"。如果有臣子甘愿为了他而死，那肯定也不是因为对他的感情，他们真正为之付出生命的，是他们心中的伦理道德。

尤其是现在的大宋，不要说班直侍卫基本都出身良家，绝大部分都是名门勋贵或者忠臣烈士之后，就算是内侍伶官，他们进宫当差，要么是祖传的事业，要么也是为了生活安乐或者富贵荣华。赵煦连真正改变一个人命运的机会都很难有——他也只能锦上添花，没机会雪中送炭。

能在入内省做到一定身份的内侍，都有千丝万缕的关系与背景，不是某个前朝大内侍的养子，就是靠着某位后妃、乳母的抬举，甚至会与某些外戚功勋之家关系暧昧，他们身后牵扯的各种势力，并不比外朝大臣们的关系简单。想靠着自己的聪明才智和机灵得到赏识，然后一飞冲天，这样的事情是很罕见的。从一开始做小黄门得到读书识字的机会，到争夺能接近皇帝的差遣，哪一个环节，背后少得了贵人的帮助？

指望他们拿着一纸内降指挥，不顾自己的性命，不顾自己背后的关系势力，不顾自己需要照拂一整个家族，去逮捕乃至杀害一个兵权在握的左丞相？且不说他们有没有这样的能力，赵煦能不能找到那个肯办这个差遣的人选都两说。

够资格做石越监军的大内侍，必然需要押班、都知这一级别，这已是内侍的极限，内侍省、入内省，有这个阶级的内侍加起来都屈指可数。而且，因为赵煦亲政未久，这些内侍大部分也都是前朝旧人，很难想象他们中间会有人因为一纸内降指挥，就愿意无条件执行赵煦的诏令。就算是赵煦最信任的庞天寿，也未必会这么做。

他们有勇气逮捕石越，将他送回汴京，将这个烫手山芋再次送到赵煦手中——赵煦就已经谢天谢地了。能做到这一点，他甚至都不介意事后将会面对的那个无法收拾的烂摊子。

但如果石越反抗呢？

他们的斗志恐怕会轻易瓦解。

因此，想要让这个计划成功，赵顼首先必须有一份真正合法的诏书，他不指望诏书上面会有范纯仁或者韩忠彦的画押，但最起码，他也得有一个以上的参知政事在上面署名，并盖上政事堂的大印，然后再秘密争取到一个给事中的支持……

原本，这是一个毫无希望的计划。

但现在，赵煦突然看到了这个计划成为现实的可能。

他根本没有过多去想计划倘若失败会发生什么，那毫无意义。如果没有把握在北伐之后迅速解除石越的兵权，没有把握在石越有异常举动时迅速解决掉石越本人，那他就不会再冒险启用石越。

而赵煦相信，他的计划足够周密，足以预防可能的风险。

头一次真正感觉到自己能掌控住石越的命运，赵煦整个人都变得自信起来。

这甚至让他心里隐隐有一丝兴奋！

他对听宰执们的争执不耐烦了，决定自己来主导议题。

赵煦伸手做了个手势，打断了正在说话的许将，目光望向韩忠彦，问道："韩枢密欲召回章惇，若朝廷用枢密之策，韩枢密以为何人可以代之？田烈武？蔡京？唐康？或是陈元凤？"

4

赵煦突如其来的发问，让崇政殿内的宰执大臣们吃了一惊。众人揣摩着赵煦的意思，似乎是决定采纳韩忠彦的主张，换掉章惇。一直反对换帅的许将和李清臣尤为惊讶，但二人都是胸有成府之人，并没有急着表态，而是决定先静观其变。

韩忠彦心中则是大喜，但他表面上仍是波澜不惊、面如平湖，老老实实实回答赵煦："此四人或资历太浅，或才具不足，皆难当此任。"

这是预料之中的答案，赵煦又继续追问："如此，何人可以代章惇为率臣？"他的目光扫视殿中，这一问，却是问所有人的。

吵了半天的崇政殿，顿时沉默了。

众宰执都低着头，在心里盘算着，揣摩着，不肯先开口。

过了一小会儿，才有人打破沉默。让赵煦稍有些意外的是，第一个开口的，竟是一直不怎么说话的范纯仁。

范纯仁在座位上朝赵煦欠了欠身，开口之前，先看了一眼石越，这才转过头来，清声说道："臣忝为右相，亦曾任枢密使，朝廷有事，本当出外为率臣领兵。朝廷果欲召回章惇，臣愿当此任。"

顿时满殿皆惊，谁也没想到，范纯仁竟然会主动请缨。

一直沉默不语的石越，也忍不住抬头看向范纯仁。正好，范纯仁的目光也再次转向他，两人目光相交，在那一瞬间，石越明白了范纯仁这样做的原因。

赵煦也是大感意外，这可不是他想要的答案。他马上想要拒绝，但国家有事，宰相出外为率臣，本来也是宋朝的传统，想要否决也得找个好点儿的借口。正在他搜肠刮肚之时，吏书吕大防已不客气地出声反对："臣以为不妥，尧夫相公虽做过枢密使，但恕臣直言，以尧夫相公的性情，不适合做率臣。北伐事关重大，稍有差池，不唯有负陛下，亦累国家！"

吕大防此语一出，众皆侧目。他这番话，简直就是出言不逊，范纯仁还好，气度雍容，没有太过介意，其他人却有点儿看不过去，尚书右丞张商英和翰林学士苏轼都有些蠢蠢欲动，想要为范纯仁打抱不平。

但赵煦哪容他们有机会开口，马上不轻不重地斥责吕大防："吕大参此言差矣！朕以为尧夫相公若能为率臣，朕可安枕无忧矣。"

说完，又转头望向范纯仁，温声说道："尧夫相公不辞王事，朕心颇慰，相公若能为朕分忧，更是美事。然相公为右丞相，朝中事务，多赖相公维持，方得井井有条。相公实乃国家之萧何，朕亦须臾不可离，北伐率臣，还望相公另荐他人。"

赵煦这番漂亮话一说，所有人便知道他也不希望范纯仁为率臣，众人便也不再轻易开口。范纯仁自然也听得懂赵煦的话中之意，他本来也不是特别想做率臣，皇帝既如此说了，又特意给了他台阶，他也不好再坚持，只能欠身回道："蒙陛下信任，不以臣愚钝，委以右相之任，臣已不胜惶恐，兢兢业业，谨得无失。臣之才具，本不堪为率臣，既蒙陛下下问，臣以为师朴相公可当此任。"

范纯仁举荐韩忠彦，倒尚在赵煦意料之中。

平心而论，韩忠彦的确是一个人选。

甚至连范纯仁，在赵煦看来，原本也是一个人选——赵煦其实并不认同吕大防的看法，范纯仁右丞相的身份让他地位崇高，远非章惇可比；他的品德、威望也都足够高，又做过枢密使，对军队的运作有相当的了解，在军中也有足够的威信；而且，范纯仁是范仲淹的儿子，不可能真的对军事毫无了解，范仲淹是大宋西军的两位缔造者之一，这会让西军出身占到绝对优势的宋军将领，对他有天然的亲近感与服从心……平心而论，在大多数时候，如果有范纯仁出任率臣，赵煦是真的可以安枕无忧的。

而韩忠彦则是比范纯仁更加合适的人选。他做过兵部尚书，现在又是枢密使，相比范纯仁，他的履历要更加完整，相应的，对军队的了解也更深，在军中的威望更远胜于章惇；在性格上，他比章惇更温和，比范纯仁更果决——至少熙宁十八年，他面对突发事件时，经受过考验；韩忠彦的父亲韩琦是西军的另一位缔造者，范纯仁有的优势，他全都有，甚至更多，比如他还是石越之外，朝中硕果仅存的遗命辅政大臣，比如韩琦在河北禁军中也有巨大的影响力，而石越的夫人在宗法上是韩忠彦的妹妹，这让他在处理和唐康、慕容谦的关系时可以游刃有余。不过，他本来也是唐康现在在朝中最大的支持者……

然而，人世间最可怕的事情，就是比较。

如果没有石越的存在，韩忠彦，不，有范纯仁就够了，赵煦绝对会非常满意。

但是，因为有了石越的存在，范纯仁被吕大防下意识当成了一个不能做率臣的纯粹文臣领袖，而韩忠彦原本无可挑剔的履历竟然让赵煦觉得也没有太大的说服力……

而赵煦根本没觉得他的心态有问题，章惇此前的履历也很漂亮！结果还不是搞得要临阵换帅？如今让任何人去替代章惇，赵煦都会下意识地在心里将之和石越做一下比较。在不知不觉中，赵煦给自己设置好一个陷阱，并且毫无觉察地掉了进去。一方面，他也的确在努力寻找石越的替代者，以摆脱对石越的依赖；另一方面，他在潜意识里又以石越作为标准，而且是以石越过往的辉煌功绩作为选人的标准……然后他就发现，除了石越，他无人可用！

但人类本就是离开了参照物便无法真正思考的一种生物，比较几乎是人类的一种本能。掉入类似陷阱的，不只是赵煦一个人。吕大防至少也陷进了一只脚，韩忠彦则陷得很彻底。

在此之前，韩忠彦还只是认为自己相比石越不是那个更合适的人选，但在章惇失败后，韩忠彦已经怀疑自己可能根本就不是合适的人选。这也是他没有主动请缨的原因，虽然明知道如果让石越再做率臣会有很复杂很麻烦的后果，但有石越在，主动请缨感觉根本不是在承担宰相的责任，而是在不负责任。

此时，突然间听到范纯仁推荐自己，韩忠彦的第一反应，竟是感觉莫名其妙。他看着范纯仁，又看了一眼皇帝，怔了一下，才苦笑摇头："若说尧夫相公不合适做率臣，臣与尧夫相公，亦不过半斤八两而已。"说完，他才意识到自己有些失言，但此刻他也没太在意这些细节，反倒是下意识地看了一眼石越，嘴唇动了动，但终于还是忍住了推荐石越的冲动，反而说道，"但若是朝廷愿意采纳唐康、慕容谦的策略，臣虽不才，愿为朝廷勉当此任。"

"从幽州退兵吗？"赵煦愣了一下，竟短暂忘记了自己想要将话题引向石越再任率臣的初衷，有些犹豫地说道，"虽然章惇坚持继续攻城，的确风险极大，但朕以为，章惇最大的问题，还是无法真正统领诸军。放弃幽州，退兵涿州，也未见得是个好选择。当年曹彬歧沟关之败，就是在涿州与辽军对峙，可见即使退到涿州，该有的风险还是同样有……"

"陛下所虑极是。"吕大防对唐康的新战略也不以为然，立即对皇帝表示支持，"两军交战，讲究的是一鼓作气。轻率退兵，看似谨慎，但退到涿州，同样会面临来自耶律冲哥和萧岚的两面夹击，诸军士气，亦不可能不受影响。臣以为师朴相公若能前往幽蓟督护诸军，自是朝廷幸事，然若对唐康、慕容谦辈言听计从，恐仍须三思。"

韩忠彦顿时有些不高兴，忍不住揶揄道："微仲公不是常说用人不疑，疑人不用吗？为何到了我这里，便要三思了？我素不及尧夫相公，微仲公觉得尧夫相公做不得率臣，我才疏学浅，更是难堪此任。微仲公何不干脆毛遂自荐？"

不料吕大防态度却也是极为刚硬，他马上厉声回道："尧夫做得枢密，但做不得率臣，师朴做得枢密，亦做得率臣。再说多少次，我也是直言不讳。但师朴对唐康过于信任，此我所不能苟同！此番唐康提出的应对之策，我大不以为然——两国交战，从来不只是战场交锋那么简单。朝廷二十万大军兵临幽州，却仅闻耶律冲哥之名便仓皇退兵，如此，自安平以来，我大宋与辽国军民之间的士气，将会完全逆转，且会令辽人作战的意志更加强烈，辽人不会再畏惧我大宋的军队，会相信胜利可以预期……如此种种，都会影响到北伐的结果，师朴若为率臣，又岂能不慎？唐康为何做不得率臣？并非因为他只是正五品上的中散大夫，而是因为率臣的眼光，必须要看得到战场之外的全局！"

说完，他又转向赵煦，躬身道："师朴相公问臣，为何不毛遂自荐？臣为朝廷吏部尚书参知政事，出任率臣，自无不妥。然臣以为，此次北伐，是从一开始就犯了错误，如今要做的，是要纠正错误。"

第二十四章 谁解春风

吕大防不去理会众人各异的目光，稍停顿了一下，便继续说道："朝廷故事，逢大征伐，必委任文臣为率臣，此乃以文御武、文武相制的祖训。然自朝廷定计北伐，便分设宣抚左、右使，副使、经略招讨诸使司，大抵皆由文臣出任，如此反令北伐诸军，政出多门，军令不一！说到底，是朝廷虽委任章惇为宣抚左使，却并不真正信任他，故而又令唐康、陈元凤、蔡京辈分领诸军。既然如此，臣以为其实不必勉强委任率臣，但遣一阵前观察使督护诸军，以便紧急之时，临机决断，平时仍由枢密院遥领指挥各使司便可。"

议题突然再次被吕大防主导，顿时激起了一些人的不满。张商英听到此处，终于忍不住讥讽道："吕大参这是恢复将从中御吗？"

"没错！"吕大防坦然承认。这让崇政殿内顿时哗然，赵煦也是吃了一惊。

却听吕大防又慨然说道："将从中御，虽有其弊，然密院有枢密会议，朝廷有御前会议，且河北道路已畅，汴京至幽州，急脚递也不过一昼夜多点儿，却是未必行不通。"他不屑地看了张商英一眼，又讥讽道，"况且，现在北伐诸使司凡有所议，动辄连章累牍上表交议，与将从中御，又有何区别？"

张商英方要反唇相讥，但吕大防回了他一枪后，便不再恋战，而是转头向赵煦正色道："臣以为，如今之计，不必再设率臣，但将北伐诸军仍交由宿将指挥使便可。朝廷不唯当召回章惇，除章楶远在河东，仍有必要设使司外，唐康、陈元凤、蔡京，皆当尽罢使司，复以慕容谦、王光祖、燕超诸将为都总管，而改任唐康、陈元凤、蔡京为阵前观察使！至于田烈武，虽忠厚似金日磾，然使其将十万之军，亦非其所能胜任，朝廷可再遣王枢副代之为都总管，田烈武副之，再令内侍监军李舜举任阵前观察使督军。如此，以武臣领兵、文臣内侍为督军，各都总管皆奉枢密院军令行事，督军除紧急之时临机决断，平时只负责督察诸军奉行密院军令，领兵之臣皆为武臣，必不敢轻易违抗枢府号令，北伐诸军自然军令畅通，可除今日以文臣领兵之弊。而一切战略决于密院，诸督军、都总管皆知奉行之战略便是最终决定，从此也不必再争来改去……"

将从中御！

赵煦认真听着吕大防的建议，一时间竟不禁颇为心动。

虽然极少公开谈论，但大宋朝的将从中御制度，主要是行之于太宗、真宗二朝，效果众所周知的很差，所以到仁宗朝，便悄然改变，开始实行派遣文臣为率臣统兵作战的制度。从范仲淹、韩琦至陕西抵御元昊开始，宋朝只要是采用文臣领兵的率臣制度的，虽说也有胜有负，但最后的结果都不算太差。而但凡采用将从中御进行指挥的，结果都很糟糕——包括在这个时空中没有发生的五路伐夏的惨败，也是因为赵煦的父亲赵顼没有采用率臣制度，而是采用了将从中御的指挥方式——但其实，在另一个时空中，赵顼也同样是知道将从中御的弊病的，他仍然采用了这种指挥方式，一个重要的原因，是因为当时他在朝中已经没有了可以真正信任的文臣去做率臣，所以，还不如由朝廷直接指挥。

赵煦如今的情况，其实也差不多。

将几十万军队交到一个人手里，不论对方是文臣还是武臣，"毫无保留""信任"……这些词，都只可能是相对的。皇帝做出这样的决定，即便是有一个值得信任的大臣，也是需要相当大的勇气与胸襟的。人们通常只看得到历史上那些臣子忠诚为国却被帝王猜忌而含冤惨死的悲剧，却不知这些所谓"忠臣"大多数经不起深究，更看不到，因为信任臣下而使君主遭到反噬的历史悲剧不胜枚举，远远多过不幸的忠臣。这种反噬不仅仅是指谋反，也包括因为信任的臣子无能，败军辱国，并引发一系列糟糕的后果。

石越先后几次出任率臣，都有其特殊的理由，但同时也有赵顼与高太后的勇气与胸襟。然而赵煦自认在这件事上，他没有他父亲和祖母那样的气度。

"猜忌""防范"都不是好词语，但对于君主来说，它们永远比"信任"更可靠，更不会背叛自己。

但如果吕大防的建议真的可行，真的可以采用将从中御的指挥方式的话，他也不是非得在石越身上赌一把，还得煞费苦心一边用他一边防他。

赵煦内心深处虽然很心动，他也愿意紧紧抓住军队的指挥权，但他觉得，既然有石越这个稳妥的选择在，似乎没必要去赌将从中御中是不是行得通。

北伐太重要了，赵煦在章惇身上已经赌输了一次，他不想再输一次。

只是稍稍想了一下，赵煦便决定先含混回应："吕大参所言虽不无道理，然恢复将从中御之制，牵涉甚多，仍需从长计议。"

说完，他便转头望向石越。

第二十四章 谁解春风

而正好便在此时,石越在听完吕大防的话后,也是惊讶地抬起头来,和范纯仁、韩忠彦无声地交换了一个眼神。

赵煦不知道,他的这三个宰相此时心里不约而同冒出来的念头,是吕大防的建议,竟未必不可行!

这个世界上,没有绝对好的制度,也没有绝对不好的制度。在宋朝,为什么保守的旧党有时会显得比追求革新的新党更切实际?因为各朝各代,制度之弊,多是因为过于保守落后,唯独宋朝,制度之弊却经常是因为太过于超前。宋朝那些被认为弊病丛生的制度,很多时候,并不是因为制度本身落后,而是它们不太适合当时的客观环境。

将从中御就是最好的例子。和陈腐的批评截然相反的事实是,这是超越世界八百年的先进理念与先进制度!然而,过于的超前,却让它变成了一项著名的弊政。

但在吕大防提出在北伐再次采用将从中御的指挥方式后,石越、范纯仁、韩忠彦却都敏锐察觉到了这项制度的一线生机。

将从中御用之于西北边境,因为地形复杂,距离汴京又过于遥远,自然弊大于利,但用之于幽蓟,却未必行不通。虽然国初之时在河北也有过失败的教训,但那时宋朝的驿政不完善,官道也没有现在畅通,因此,过去不可行的事,现在未必就不可行。

说到底,将从中御最大的问题,主要还是枢密院与前线军队的沟通效率问题。战场形势瞬息万变,一昼夜的时间当然还是太长,但如果枢密院能把握好尺度,便如吕大防所说的,给予阵前观察使与都总管足够的临机处置之权,枢密院主要负责战略决定,以及统筹各军调度、后勤补给,仅以幽蓟战场来说,虽然不好草率认定这种指挥方式一定行得通,但若不假思索断然否决,那其实也是一种偏见。

不过,此刻的赵煦,即使知道他这三个宰相的想法,也不会改变自己的决定。

毕竟在他心里面,还有石越这张"王牌",哪怕这张"王牌"是一次性的,打完就得废掉,还有难以预料的后患。但是,想要赢得这世间真正重要的东西,又怎么可能不付出一点儿代价呢?

赢得北伐,收复幽蓟,他就有机会超越他的父亲,甚至是成为宋朝历史上最伟大的皇帝，看看在他治下已经和将要发生的事情吧——在政变中继位，经历过祖母的垂帘听政，但终于平安亲政，亲政之初就击退辽人入侵，收复了失陷一百多年的幽州，并顺便铲除了前朝留下来的权臣，巩固了皇权，大宋在他的治下，注定将走向前所未有的鼎盛时代！

历史永远是以成败论英雄的，赵煦觉得自己的一生将会是一个传奇，他觉得自己甚至有机会成为继唐太宗之后最伟大的皇帝！只要一想到这种可能，赵煦就觉得自己的血液都沸腾了起来，身体都禁不住颤抖。

因此，有何必要再节外生枝？

他也不想被一而再再而三地岔开重点。

他望着石越，目光热切，却语气温和："今日之事，子明相公以为当如何应对？"

顿时，崇政殿中，所有人的目光，都投到了石越的身上。

崇政殿中，给二位宰相设的座位，都是金棱七宝装乌木制的折背样扶手椅，漆着深红近紫的漆色，方方正正，形制简单。所谓"折背"，是指椅背低矮，只有通常椅子椅背的一半高，因为它的目的不是用于倚靠，而是端正仪态，这也是当时士大夫们平时最喜欢坐的一种椅子。此时，石越端坐椅中，双手笼于袖内，抬头回视着皇帝赵煦，却恪守着礼仪，视线稍低，没有与赵煦的目光相对。

石越此时还不知道潘照临的死讯，更不知道赵煦在心里的谋划。但他知道，赵煦此时问他，是希望他履行当日的承诺。他曾经给皇帝派过"义不容辞"的定心丸，现在，赵煦在向他要求兑现。同时，他也知道如果自己在这个时候再度出任宰臣意味着什么……

李清臣能想到事情，他也想得到。

而且，崇政殿内他的同僚们的微妙态度，更让他知道他们在担心什么。

他其实没那么在乎皇帝或者他的同僚们都猜忌他，这是正常的。

石越担心的是自己。

虽然在外人看起来云淡风轻，也并没经历过什么动人心魄的事情，甚至都没找人好好商量过，石越就在安平大捷后，坦然交出兵权，做出了准备漂亮地离开舞台的决定。但这种事情,其实是如人饮水,冷暖自知,石越知道,这对他并不是那么容易。

直到现在,石越的内心深处,其实还是有些恋恋不舍。他只是一直在努力说服自己罢了,花更多的时候陪伴家人,有部分原因也是因为此事——他需要用亲情来克服自己对离开权力中央的不舍。

此外,安平阅兵时发生的事情,石越也不天真,他当然知道如果不是有人想陷害他,就是他左右有人想谋求非分之福。

而如果他再一次掌握兵权,机会就将再度出现。而且是比以前更好的机会——对很多人都是——这一次,成功的机会,比安平大捷后要大得多。

做诸葛亮大概是不太可能了,那得需要赵煦甘心配合做刘禅。所以,多半只能选择做司马懿或者桓温。

而犹为艰难的是,石越从来不认为司马懿或者桓温是"奸臣",这倒不是因为石越觉得忠君很可笑,很迂腐,甚至很"落后"。只要在一个正常的时代,忠诚就永远是宝贵的品质,哪怕是愚忠,也是值得尊重的。如果出现了相反的情况,出问题的也绝对不会是忠诚,而是别的什么。但司马懿和桓温的情况不同,如果说曹操还曾经背叛过他的同伴的话,司马懿所属的颍川士族,就从来不是曹魏的臣子,他们反而正是被曹操背叛的人。虽然在他们的时代,人们对忠诚有着极高的标准,但要说司马懿是"奸臣",还是太过分了。至于桓温,在石越心中,一直是个英雄。

如此一来,诱惑就更大了。

但拒绝的理由依然还在那里,没有任何改变。

而且桓温就是石越最好的教训。这个史上最不合格的权臣,对于抵抗他的士族,始终举不起屠刀,只是幻想能够北伐成功,收复中原,建立功勋,士族们就会心悦诚服,到最后,摆出一个偌大的阵仗,却连一个谢安都下不了狠心杀掉。

最终,北伐没有成功,东晋的弊政也没能改革,皇帝也没做成,在和东晋士族的扯皮中,英雄迟暮,徒然慨叹"树犹如此,人何以堪"!

石越自问自己的性格,大概比不上司马懿,顶多也就是另一个桓温。

说到底，他依然只是一介书生，是举不起屠刀的人。

所以，石越并不想让自己再度去经受诱惑、接受考验。这种事情，经得起第一次诱惑，并不代表经得起第二次；经起得第二次，也不代表经得起第三次。每一次都是全新的诱惑，全新的考验，永远不可能有免疫的说法。

他也更不想让自己陷入到非得做自己不擅长的事不可的境地。

然而，石越也下不了决心直接拒绝皇帝，对赵煦的承诺只是很小的一部分原因，石越已经不太在乎是否会得罪赵煦了。石越真正担忧的，是如今的北伐，已经确确实实有了兵败的危险。他虽然一再让自己学会放下，相信宋军就算受挫，也不会重蹈宋太宗和曹彬的覆辙，不至于遭遇过于严重的溃败；也相信大宋的国力今非昔比，即使大败，天也塌不下来……但是，真的要放下，其实很难。

如果未来真的发生了最坏的情况——不去谈任何高深的事情，北伐有数以十万计的军队与民夫，若真的再次遭遇大败，就是数以万计的人死在幽蓟，上十万的家庭因此破碎——而自己明明有机会挽救这一切，却因为种种原因放弃了责任，临阵退缩了。石越相信自己一定会后悔，一定会内疚。

这几天的时间里，石越虽然多多少少有了一些心理准备，却始终都没有找到太好的应对方法。但如今北伐的局势，即使赵煦不打他的主意，石越也做不到置身事外，而他从来都不是一个坐着等待的人，他已经习惯了在面对困境的时候，在前方看起来已经无路可走的时候，努力去开辟一条新的道路，寻求脱困的可能。

石越这几天中的沉默，并不是在逃避。

自熙宁以来，石越在这个时代，所见到的最好的东西，就是这个时代的士大夫。无论是韩琦、富弼，还是王安石、司马光，还是范纯仁、韩忠彦、吕大防……都是勇于担当的人，他们似乎永远愿意将天下的责任，担在自己的肩膀上，从无畏惧与退缩。

便在今天，石越又亲眼见到，范纯仁、韩忠彦在怀疑本身能力的情况下，也没有推掉他们应当承担的责任，愿意站出来出任率臣。

现实不是童话，敢于承担责任的人，当然也会犯更多的错误。过去的石越，经常在意的，是他们所犯下的种种错误，但和这些人相处了二十几年后，石越在改变着大宋的同时，也被大宋所改变。比如，此时此刻的石越，心里面是绝对认可并尊重范纯仁、韩忠彦、吕大防的责任感与担当心的。

有着这样同理心的石越，会选择妥协，选择放下，选择退让，但绝不会选择逃避，选择退缩。

他一直在耐心了解各方的想法，思考解决的办法，等待说话的时机。

他知道，赵煦迟早会将球踢到他脚下的。

果然，他感觉到了赵询投过来的目光，听到了赵煦的询问。

"陛下。"石越朝赵煦欠了欠身，但他没有直接回答赵询，而是提出了一个问题，"召回章惇，任命新的率臣，如此便真的能解决北伐的问题吗？"

5

石越的反问，让崇政殿中的众宰臣们都非常惊讶，因为他的话中似乎在暗示反对召回章惇。而赵煦在惊讶之余，更是以为石越为了逃避对自己的承诺，竟准备力挺章惇，心中不由有些恼怒。

"那以石相公之意，又当如何？"不快的赵煦连对石越的称呼都变了。

"孙子云，安国全军之道，在于兴师致战，当合于利则动，不合于利则止。"石越环视殿中诸人，淡淡说道，"喜恶、道德、名誉、历史恩怨，都不应当成为战争的理由。发动一场战争与结束一场战争，只能由一件事情来决定，那就是利益！"

"孙子说的话，当然不是圣人之道，甚至颇违《春秋》之义。"石越没有给蠢蠢欲动的反对者反驳自己的机会，"在何种情况下可以发动战争，我们自是应当奉圣人之教，以春秋大义为本。然孙子以善用兵而为后世尊崇，《孙子兵法》所论，皆是如何才能赢下战争，故圣人教我们应当为何而战，而孙子则教我们如何取得胜利，避免失败，二者亦不可偏废。不知为何而战固然可悲可叹，然应当打的战争，若不能取得胜利，则不仅毫无意义，更对国家有害。数以万计的军民会因为战败而死，朝廷的财力也会因此困窘，圣人亦绝不会支持这种愚蠢的战争。"

包括赵煦在内，殿中所有想援引儒家经典，尤其是《公羊传》驳斥石越的人，还未来得及开口，就已经先被石越这一番话，将一肚子话给生生堵了回去。

石越仿佛毫无觉察，只是继续说道："因此，若我们想赢下一场战争，还是应当抛开其他所有种种，单纯用'利'来考量，何时当发动战争，何时当结束战争。所谓'利'，亦有两面，一则为利益，一则为利害。"

"我大宋北伐的利益是什么？人人皆知，是收复山前山后的燕云故地，可以让河北变成大宋的腹地，让汴京变得更加安全，燕云的土地人民，相对来说倒没那么重要。一场大战下来，没个二十年，燕云诸州恢复不了元气，朝廷在二十年间，每年都要付出巨大的代价去反哺燕云诸州，为的，就是那个长远的安全。"

"但实现这一切的前提，是朝廷在庙算之时，认定安平之败后，辽军已无力阻止我北伐诸军。而北伐之利害，则正是倘若辽军并未如预想的那样无能为力，而是逐渐稳住了阵脚，甚至反而能威胁到我北伐大军的安危。倘若北伐战败，不仅一切预想皆成泡影，对我大宋来说，也会是一个沉重打击，这一场战争将是两败俱伤，甚至我大宋会伤得更重一些。"

石越的这些话，可不是赵煦想听的，他冷冷地打断了石越："石相公，北伐还没有战败呢！"

"这也是臣想说的。"石越不亢不卑不冷不热地回道，"此前，朝廷庙算，北伐利大于害，成功希望极大，故而兴师北伐。但如今之势，以臣之见，若仍用章惇之策，未来胜负之数，恐怕是负多胜少。而即便更换率臣，改弦更张，然无论由何人出任率臣，胜负之数，最多也只有一半一半，即便最终获胜，也必定是一场惨胜，代价会极为沉重。"

"石相公说什么胜负之数，这是能未卜先知不成？"赵煦忍不住讥讽道，"否则，这胜负之数，又是如何而来？"

石越也不生气，从容回答："臣非是能未卜先知，说到底，这也只是臣的一点儿愚见罢了。"

但并不只是赵煦不同意石越的判断，许将便忍不住说道："但子明相公所谓胜负之数，未免过于长他人志气。我北伐大军虽攻取幽州不甚顺利，然二十万大军未有损伤，而辽军乃新败之军，仅能龟缩于幽州城中，据城坚守。耶律冲哥在山后迟迟未增援幽州，说得好听一点儿，是虎视眈眈静待时机，但山前诸州是辽国财赋重地，战场之上瞬间万变，他又焉敢确信我军一定攻不下幽州？耶律冲哥坐视我军围攻幽州，必有其不得已之处，或是惧于我北伐大军兵威之盛，不敢轻举妄动；或是其平叛之后，士卒疲惫，不堪再战……然不论是出于何种原因，总之辽军之形势，亦并不乐观，胜负之数，无疑仍是利于我大宋。"

石越转头看了许将一眼，又扫了一眼殿中众人，见许多人脸上都露出认同之色，又耐心解释道："冲元公所言，不无道理，然我做此判断，并不只是因为耶律冲哥。"

不是因为耶律冲哥？众人都露出惊讶不解之色。李清臣忍不住问道。"莫非子明相公是在担心耶律信？"

石越摇了摇头，"辽人最难对付的，并不是两耶律。两耶律虽是一时名将，然巧妇难为无米之炊。无根之水，无源之木，是不足为虑的。辽人真正难以对付的，是萧佑丹！"

"但萧佑丹已经死了。"张商英立即知情识趣地接了一句。

石越朝他点了点头，又转向赵煦，幽幽叹了口气，"没错，萧佑丹的确已经死了，但他改革之后的宫分军制度仍在，他给辽国留下了一份殷实的家底，让辽国在危急之时，能爆发出让人不得不担忧的战争潜力。北伐于我大宋而言，或只是收复汉唐故土，然于辽国而言，却是涉及国家兴衰存亡之战。想要夺取幽州，不付出惨重代价，是不可能成功的。我大宋虽集结了二十万大军北伐，但辽人是在自己经营一百数十年的土地上作战，他们能集结的军队只会更多，萧岚已证明他不是无能之辈，耶律冲哥更是一时名将，辽主还率领着自己的御帐亲军在中京，随时也可能南下。无论谁做率臣，面对这般局面，能有一半的胜负之数，便已是不错。更可虑的是，据臣之估算，就算打赢和耶律冲哥的决战，在萧佑丹的宫分军制度下，辽国应该还能征召最后一次军队，才会彻底山穷水尽走投无路。虽说最后一次被征召的宫分军战斗力肯定远不如今，然我军的情况，到时候又能好到哪里去呢？"

"便如微仲公所言，战争之胜负，许多时候不只是由战场之上的因素决定。除非能够一鼓作气、势如破竹地击溃辽军，瓦解辽人抵抗的意志，否则，只要战局陷入僵持，北伐，就一定会是一场苦战。"

"那又如何？"赵煦慨声问道，"事已至此，难道还能退缩不成？狭路相逢勇者胜，畏首畏尾，又有何用？上下一心，戮力求胜，我大宋国力远胜辽人，不管付出多大的代价，获胜的，必是我大宋！"

"陛下，不惜任何代价这种话，用于两军阵前鼓舞士气可以，用于两国谈判时空言恫吓可以，用于报纸之上激励民心亦可以，然唯独不能用于这庙堂之上。"石越毫不客气地给热血沸腾的赵煦泼了一盆冷水，"世间的确有无价的东西，然而，会被陛下与大臣们在崇政殿中慎重会议的事物，都是有价格的。燕云十六州若果真是不惜一切代价也要收复的故土，那么太祖、太宗一直到高宗的历代列祖列宗，又为何没有那般去做？"

"放肆！"赵煦被石越问得语塞，不由恼羞成怒。

但大宋朝的宰相，没几个人会在乎皇帝这种程度的愤怒。石越只是朝赵煦欠了欠身，便继续说道："陛下若以为臣无礼，可治臣不敬之罪。然臣以为，如今是该慎重思考，北伐取胜所需要付出的代价的时候了，也到了该认真衡量，北伐战败的可能会有多大的时候了。"

说完，石越又转向殿中诸相，真诚地说道："诸公皆朝廷之肱骨，应当知道，若北伐需要付出的代价过大，战败的风险过高，朝廷最该做的是什么！至于多大的代价才是过大，多高的风险才算过高，每个人的看法都会不同，诸公心里也有自己的分寸，我无需置喙。我所乞望者，只是诸公此后所做之判断，皆是在认真权衡过利弊之后的结论。"

石越说完之后，崇政殿诸相，皆陷入沉默。

赵煦见此情形，只觉诸相皆在动摇，一时忧怒交加，不由怒声喝道："不论如何，朕都不允许北伐仓皇收场！"

"军国大事，恐怕由不得陛下任性！"石越还没来得及说话，吕大防已经先不客气地将赵煦给顶了回去，"北伐若有道理，臣等自会支持北伐；北伐若无道理，这天下也不只是陛下的天下。"

石越谈"利"，吕大防讲"道理"，赵煦心中暴怒，却发泄不出来，憋在心里，更是让他有一种抓狂的感觉。

第二十四章 谁解春风

然而,殿中没有一个大臣敢在这种事情上,站出来反驳石越和吕大防。只要瞥一眼正在殿角默默记录的史官,就知道此时站出来帮皇帝说话,几乎就是主动去国史《奸臣传》上预定一个名额,而皇帝又未必能回报在此时的支持。便如石越所说的,这崇政殿中的事情,都是有它的价格的。得不到足够的回报,便没有人会去无缘无故付出。

但这也让孤家寡人的赵煦越发觉得愤怒。

他盯着石越,眼睛里几乎冒出火来,咬牙切齿一字一字地问道:"那石相公的意思,是要朕退兵吗?!"

所有人的目光,都盯紧了石越。

石越摇了摇头:"臣并非主张此时退兵。"

小皇帝还是年轻了一点儿,有点儿沉不住气,但石越很清楚,如果他真的主张此时退兵休战,这崇政殿中,恐怕不会有人支持自己。要不然,他也不需要绕这么大一圈,讲这么多大道理,目的也只是提醒殿中诸相,认真去思考北伐的代价与风险。这个世界上,有一种东西叫作"沉没成本",大宋已经在北伐上付出了这么多,又没有真的遭遇战败,军国大事又不是儿戏,要提前中止北伐,没点儿切切实实的危险,不要说那些此前极力鼓吹、支持北伐的大臣不会答应,就算是范纯仁,也同样不会轻易同意。

只不过,殿中诸相都是经历过无数风雨的人,在石越没有真正表露自己的意图前,他们也不会着急表达自己的意见。

果然,此时听到石越说他并非主张退兵,殿中诸相都神色如常,没有半点儿惊讶。唯有赵煦一脸愕然,莫名其妙望着石越,不知道他在弄什么玄虚,但心里又不由得暗暗松了口气。

他忍不住问道:"那相公究竟是何意?"

"臣以为,若北伐的代价过高,风险过大,就该同时考虑战场之外的手段。北伐想要达到的目的,不见得非要通过战争才能得到。战争威胁比起战争本身,才是更有效的方式。"

赵煦愣了半晌,才明白石越的意思,"相公是想和辽人谈判?"但他马上摇了摇头,"朕不同意!"

"陛下为何不愿意？"

"谈判能谈出什么？"赵煦讥讽道，"纵有苏张为使，辽人难道会将幽州拱手让出吗？谈判只会给辽人更多整军备战的时间！"

"不试试又如何知道呢？"石越淡淡说道，"况且，谈归谈，打归打，北伐该如何还是如何，朝廷不会有什么损失，辽人也占不到什么便宜。两军僵持之时，原本就是谈和的最好时机，双方皆有所恃，又皆有所惧，那就有机会妥协让步，达成交易。"

"这便是相公想要的吗？"赵煦不以为然地讥讽道，"若辽人愿意归还燕云十六州，朕何乐而不为？朕愿意遵太祖皇帝之遗命，按燕云十六州的汉人户籍丁口，向辽主赎买！只要辽主肯答应，此后两国可以永缔盟好。"

"看来陛下并未明白臣刚才为何要请殿中诸公认真考虑北伐战胜的代价与战败的可能。陛下，唯有清楚地知道自己的处境，才能做出理智的决策。陛下的条件，若在北伐之前和辽人提出，未必不能谈一谈，然而事到如今，再提出这般条件，不过是自取其辱而已。"

石越用诚恳的语气，说着让赵煦觉得无比刺耳的话。他勃然色变，冷笑道："那相公以为什么样的条件，才不会自取其辱？相公不要忘记自己说过的话，要在和谈中，达到北伐想要达到的目的！"

"陛下若想要燕云十六州，靠和谈自然是没办法。但陛下若是想让河北成为腹地，汴京不复受到辽人的威胁，则未必不可能。"

"朕倒要听听相公的高见！"

"臣以为，于我大宋而言，最重要者是燕云十六州地理形胜之利；而于辽人来说，燕云十六州则是其财赋之命脉。如今两国数十万大军对峙，我军固然有战败之可能，然辽人更无必胜之把握，且辽人更害怕失败，更无法承担战败之后果，因为那很可能让辽国就此衰败乃至分崩离析，辽人只是为了避免那样的命运，而不得不决一死战。因此，若朝廷提出的条件，能够兼顾自己的利益与辽人的处境，双方便有可能达成盟约。"

赵煦讥讽道："只恐世间难得两全法！"

"若陛下真的能看清北伐如今之处境，两全之法，未必没有。"石越轻轻地顶了回去。

赵煦大怒，但想了一下，此时发作多半只能自取其辱，终于还是忍住。

石越又看了一眼正认真听自己说话的范纯仁、韩忠彦、吕大防、许将等人，方又继续说道："北伐大军如今已控制涿州、易州、固安等地，半个析津府已落入我大宋手中。若朝廷以让出现今占据的诸州，再加上一定的补偿为条件，与辽人商议换取其西京道的云、应、朔三州，和谈便有机会开启。"

"这个……"赵煦还没来得及说话，韩忠彦便已忍不住插话道："子明，恕我直言，这个条件，辽主是断然不会答应的。让出山后的云、应、朔三州，日后若朝廷撕毁盟约，辽人恐怕不仅守不住山前诸州，连中京都会处在我军的威胁之下。"

"这当然只是漫天开价。"石越笑道，"辽人虽然不会同意，但以燕换云，这个开价在表面上，仍在合理范围之内，辽人便会知道朝廷有谈判的诚意。"

"那子明最终想达成什么样的盟约呢？"范纯仁也不禁有些好奇。

"在现在辽国的南京道，建立三个独立的诸侯国，作为两国的缓冲！"石越的答案，让所有人都感到匪夷所思，"分割涿州范阳、蓟州渔阳、幽州析津府，建立三个独立的诸侯国，并从辽国宗室中挑取合适的人选，出任诸侯王。其中范阳国的诸侯王，由我大宋自辽国宗室中挑选，其余两国则由辽主自行决定。三国可以有自己的军队，自行任命官员，自行决定王位继承者，但三国也需要同时向大宋与大辽称臣纳贡，为两属之国，并须缴纳与绍圣七年诸州赋税相当或稍高的贡赋，宋辽各取一半，大宋此后再将应得的一半，转赠给辽主。作为回报，由大宋与大辽一同为其提供保护，若宋辽两国中，有一国背盟进攻任何一位诸侯，三诸侯便自动与另一国结为盟约，共同抵御背盟者……"

随着石越说出他的设想，殿中诸相都由最初的惊讶、匪夷所思、不以为然，转而开始认真思考这个设想的利弊与可行性。

"幽蓟之地，安禄山昔日曾以此乱唐，若单独只设一个诸侯国，假以时日，若有雄主，说不定会成为另一个祸患，不可不防。然一分为三之后，三个诸侯国都不足以对宋、辽两国造成威胁。而有此三诸侯国为缓冲，我大宋再也不必担心辽军会直接威胁到河北乃至汴京；辽国也不必害怕我大宋攻取幽州后，会威胁到中京。且辽国不仅仍能保有南京道的赋税收入，三个诸侯国也都是耶律氏的支属，此俗语所云肉烂在自家锅里，辽国依然有各种办法发挥其影响力，比起与我北伐大军拼个鱼死网破，最终即便取胜也会元气大伤来说，这是一个不错的结果。于我大宋而言，幽蓟地区本就以汉人为主，在其从辽国统治中独立之后，即便其诸侯王仍是耶律氏，但迟早也会变得亲宋，尤其是辽国每年都要征收其巨额贡赋，而我大宋却分文不取。比起强行攻取幽蓟需要和辽国拼个你死我活，即便获胜也要付出惨重代价相比，若能通过和谈获得这般结果，亦足以满意。"

"那只是相公满意，朕并不满意，北伐二十万将士也未见得满意！"

石越的说辞，让范纯仁、韩忠彦、吕大防等人明显流露出意动之色，连许将、李清臣等人也若有所思，显然在认真权衡这个方案对于自己、对于宋朝等各个方面的利弊，这让赵煦再度焦虑起来。这样的结果，是他绝对不甘心的。

"朕不同意相公所说的条件，朕已经向辽主开出了议和的条件，相公的条件顾全了辽主的脸面，那朕的脸面又由谁来顾全？"赵煦质问石越，"除非相公所说的三个诸侯国，皆由我大宋宗室任诸侯王，否则，朕满意不了！"

他现学现卖，当场向石越漫天要价，给他的主张设置障碍。但扫了一眼殿中诸相的表情，赵煦便知道自己仓促之间，开价离谱了一点儿，连忙又补了一句："总之，在形势明朗之前，朕不会同意议和，议和也议不出对我大宋有利的条件！"

这殿中一众重臣，虽然对石越所说的议和条件很感兴趣，但大多数人，心里面还是有些不甘心的，多多少少，都抱着再等一等，让形势明朗一点儿再做要不要谈判的决定也不迟的想法。赵煦无意中说的这句话，却正好歪打正着了。

但赵煦并未觉察到这一点，他担心继续在这个话题上纠缠，情况会变得更加复杂，趁着没有人插话，便赶紧转移话题，质问石越："石相公可还记得当日答应过朕什么？"

"臣自不敢忘。"石越欠身回道："国家有事，臣义不容辞。若陛下肯答应臣所提条件与辽人议和，臣明日一早，便赴河北，保证绝不负陛下、朝廷所托。"

一开始计划的如意算盘，一个也没打响。石越又给所谓承诺，加了这么一个附加条件。赵煦气得哆嗦，他板着脸看着石越，冷冷说道："相公若不愿意，朕亦不勉强！议和之事，休要再提！"

讨论了大半天，最终什么结果也没有，还憋了一肚子气，赵煦也没心思再讨论下去了，正要退朝，突然瞥见一直没怎么说话的枢密副使王厚一副欲言又止的模样，不由得没好气地问道："王枢副可是有何话要说？"

王厚的确是有话想说，但他是个武臣，不得不多考虑一下场合问题，正在那里犹豫，冷不防被皇帝点名，吓了一跳，但此时也只能硬着头皮站了出来，说道："陛下，朝廷计议已久，然至今难以定议，但幽州城下一直放着章惇和唐康不管，亦不是个办法，臣在想，是否先权宜处置一下？"

他一面说，一面小心看了一眼石越、范纯仁、章惇、吕大防、许将等人一眼，心里惴惴不安。因为他想说的并非只是纯粹的军事意见，如今这个场面，由不得他不小心翼翼，生怕一不小心踩进什么漩涡里，再也爬不出来。

但这是这一天以来，赵煦听到的唯一稍稍顺耳的话。

"卿欲如何权宜处置？"

"朝廷既想再试一下能否攻下幽州，又担忧山后的耶律冲哥不得不防，不如稍稍做点儿长久打算，让唐康、慕容谦部退守涿、易，与蔡京、燕超一道，保护后方粮道并防范耶律冲哥东出，同时干脆下令章惇放弃急攻幽州的打算，让他和田烈武、陈元凤做好长久围困幽州的打算，停止攻城，在幽州城外扎好营垒，筑起长墙围困幽州，朝廷则尽快给章惇、田烈武补充兵员，增调禁军或者干脆组建几支新军去增援田烈武，助其围城……"

王厚还是不希望冒险。他这个方案，如果是在今天朝议的开始阶段提出来，绝对是两面不讨好，恐怕立即就会被所有人异口同声地否决。然而，在这个时间点提出来，给人的观感却全然不同。

在韩忠彦等支持唐康的人听来，王厚的方案和唐康的主张本质上没有太大的区别，都是认清现实，由战略进攻转入战略相持，只不过唐康和慕容谦想要做得更彻底的一点儿，他们想要全线回守涿、易线，降低宋军补给难度，做全面相持的打算；而王厚的建议就真的只是权宜之计，他将双方的立场折中了一下，宋军继续维持对幽州城的压力，保留了章惇的一丝脸面，也保留了章惇的一丝希望，同时也是赵煦的一丝希望。

如果真的实施这个计划，宋朝的投入将成倍增加。一方面，要维持在幽州城下大军的长期补给，成本将极其高昂，而且风险也会很大；另一方面，从现在的情况来看，如果唐康、慕容谦部撤离幽州，所谓"围困幽州"就是一个笑话，双方顶多就是在幽州一带对垒而已，宋朝必须加大兵力投入，保守估计也要增兵五万以上，才能重新恢复围城的可能。然而，缓不济急，无论是增调禁军，还是组建新军，最快也得一两个月。

所以，韩忠彦等人觉得王厚的建议，实际上就是在最近一两个月内，宋军由攻转守，不过是唐康和慕容谦去涿、易构垒防线，而章惇、田烈武和陈元凤一道，就在幽州城外构筑营垒进行防守。

而在赵煦等人听来，王厚的建议避免了章惇那种孤注一掷的风险，也没有要求放弃幽州，还做出了积极进取图谋幽州的姿态。这是一个增加兵力，以便兵分两路，让唐康、慕容谦去防守耶律冲哥，让章惇、田烈武去专心攻打幽州的稳重而不失进取的方案，并且兼顾到各个方面的立场……

在经历了漫长的争吵、争论，一个个新方案提出来，又一次次被否决，加上吕大防的将从中御，石越要求的和谈，皇帝的坚持，顺带还夹杂着皇帝与石越火花四溅的冲突……所有人都觉得，这个时候，有一个妥协的过渡性方案，真是松了一口气。

于是，赵煦简单征询了一下众相的意见，王厚的方案，竟戏剧性的无人反对。

但范纯仁和韩忠彦马上就对他们此时的妥协感到了后悔，他们根本没想到，受到了刺激的赵煦，爆发出了前所未有的行动力。

他立即决定采纳王厚的建议，并下令王厚马上挑选将领，募集兵士，组建四支新的步军，列入振武军编制，同时令许将负责计算、筹措新增的军费。

许将早就预料到军费可能不足，趁机当廷叫苦，要求政事堂同意发行一笔短期盐债，否则他无论如何，也不可能筹措到足够的军费。而到了这个地步，范纯仁等人再不想增加军费，也不可能眼睁睁看着北伐陷入困境而完全不做任何妥协，况且是刚刚同意的事情，想反悔也开不了口。一番激烈的讨价还价之后，范纯仁等人总算同意，增发一笔为期三年、总价三百万贯的盐债充作北伐军费。

这点儿钱显然不够，范纯仁等人的想法是，稍稍做点儿让步，顾全下赵煦的面子。这笔钱就当成是给北伐的备用补给了。想新建四支振武军，六万禁军步兵，光是盔甲、兵器、战袍等基本费用，就需要近五百万贯才能置办得下来……一文钱难得英雄汉，何况缺口是几百万贯。

然而，他们没想到许将早有准备，他马上又借口军费仍然不足，提出大举拍卖一百座矿山，以筹措一千万缗的经费，将其中一半用于北伐，另外一半，则用于建立火铳局，负责对屯兵厢军、教阅厢军、各路巡检、衙役捕快进行火铳训练与换装——许将的理由是，可以以此为诱饵，趁机扩大拍卖生产、贩卖包括火铳在内的指定兵器的公牒，也就是特许牌照。只要将这个全面换装火铳的消息传出去，并向外宣布初期换装经费就达到五百万贯，这一批计划拍卖的十张公牒，他至少都可以卖出五百万贯，而这笔收入可以全部调拨为北伐军费。

这两个计划，哪怕是范纯仁都难以反对了。和发行盐债不同，这两个计划背后，将会至少有数十个家族由此受益，表面上是公开拍卖，但实际上一般人也入不了场，受益的家族，必然和朝中手握实权的大臣们有着千丝万缕的联系……反对肯定是没用的，况且旧党和石党本来就主张将矿业生产与兵器生产交由民间运营，所以，每次只要有新党的宰执提出类似的计划，在朝中基本上就不会遇到阻力。

但如此一来，王厚的方案，竟诡异地得到了全面实施。此时连韩忠彦也只安慰自己，组建四支振武军，就当是有备无患了。

而手里突然之间多出了一千三百万贯的北伐预算，虽然因为计划要组建四支新的振武军，盔甲、兵器、战袍等基本费用，加上其他各种开支，就花掉了一大半，再加上剩余部分还要用于北伐诸军的补给，基本上钱还没到手，就已经花光，但这对赵煦来说，已经是难得的宽裕了。他终于可以挺直腰杆下令，加大向西夏、青唐、大理采购马匹的规模，也终于能够从中拨出一笔钱来，下诏征发天下囚犯至雄州，重修雄州城……

有了钱以后，连做皇帝这件事，似乎都要愉快多了。

到这次廷议结束之时，赵煦的心情，也总算平遂了许多。

但是，这并不意味着赵煦就能够原谅石越的"背叛"。

回到福宁殿，赵煦回想起在崇政殿发生的事情，依旧郁郁难平。他在寝殿稍稍休息了一会儿，但总觉气闷，坐也坐不住，也没有心思看奏章，想了一下，遂决定摆驾熙明阁，又让内侍召李清臣去熙明阁陪驾。

熙明阁位于禁中西南，和两府就隔了一条街，赵煦到熙明阁时，在政事堂值日的李清臣，早已在阁前等候。

赵煦也不让其他人跟随，只让庞天寿和李清臣陪同，三人缓步登阁。

这熙明阁内，收藏着高宗赵顼的手稿及各种遗物，阁顶则供奉着赵顼的遗容，并有熙宁一朝一些已故重臣的画像配享陪祀。

赵煦自入阁之后，便一直沉默不语，只是在他父亲的各种遗物前流连观看，一直到登上阁顶，向赵顼的遗像上香拜祭后，又久久伫立于遗像之前。皇帝明显有心事，李清臣和庞天寿也不敢多嘴，只是小心陪着。

也不知过了多久，赵煦才终于离开他父亲的遗像，扭头看向陪祀左右的王安石与司马光的遗像，正好王安石画像前的香堪堪燃尽，赵煦信手从香案上拈起三炷香来，亲自点上，插进香炉。然后，没头没脑地说了他到熙明阁后的第一句话："日后石越也会陪祀熙明阁吧？"

李清臣愣了一下，但皇帝有问，他不好不答，只好老老实实回道："以子明相公的功绩，入阁陪祀的殊荣，应当不会旁落。"

"王安石在左，司马光在右，那他应该在王安石的下首？"

"应当如此。"李清臣小心回道，"熙宁诸臣，除王舒王和司马陈王外，子明相公居第三，亦是实至名归。"

赵煦又问道："韩琦、富弼、文彦博他们，依礼法，该在宝文阁？"

"宝文阁供奉仁宗、英宗御集、御书，韩琦、富弼、文彦博功业，主要还是在仁、英二朝，自当陪祀宝文阁。"

赵煦点了点头，说道："也难怪石越不肯为朕尽力，当年韩琦、富弼、文彦博，亦不肯为高宗尽力。"

皇帝这轻飘飘的一句话，李清臣心中却宛如炸起一个惊雷。他和石越交情本就淡薄，前几次朝议，和石越更是多有分歧，自是无意为石越说话，但这种话题，牵涉太广，由不得他不小心翼翼，当下只能委婉回道："陛下，高宗曾御笔亲题韩忠献公两朝定策元勋……"

但话未说完，已被赵煦打断，"石越亦未始无定策之功，熙宁十八年平石得一之乱，石越功莫大焉。然定策平叛，他效忠的是先帝，而非朕……"

李清臣到此时，已经知道今日这熙明阁之行的话题轻松不了了，他连忙打起精神来，小心应付："高宗与陛下父子，本是一体。"

"终究还是不同的！"赵煦摇了摇头，忽然说道，"参政，安平的案子，幕后之人，十有八九，是石越原来的门客潘照临。"

李清臣心中又是一声惊雷，但他脸上什么也没有显露出来，只是试探地问道："可是职方司查到了什么证据？"

"哪有什么证据？！"赵煦冷笑道，"职方司的结论，和潘照临毫无关联，潘照临反倒是受害者……"

"那陛下便不可言潘照临是幕后之人。"李清臣并没有多问细节，而是语重心长地劝道。

赵煦又是一阵冷笑，"朕当然知道，说了又有何用？无凭无据，死无对证！"

李清臣又是一惊，"陛下说死无对证……"

"潘照临死了。"赵煦语气冷淡地说道，旋即又补充了一句，"和职方司无关，和朕、和朝廷都无关……"

李清臣听到"潘照临死了"五个字时，脸色都白了，直到听赵煦说完，才稍稍松了口气，问道："石相公知道了吗？"

赵煦摇了摇头，却又语带讥讽地说道："朕正想着将此事告诉石越，顺便，将职方司调查安平一案的卷宗，也给他瞧瞧！"

"若如此，石相公便只能辞相了。"

"辞相便辞相罢！"赵煦突然愤愤地低声吼了出来，"朕于石越，已是格外优容，他却始终不愿为朕尽心尽力，一直敷衍以对，此是人臣事君之道吗？！既然如此，又何必让他再在朝中尸餐素位？！"

石越要罢相，李清臣本是乐观其成，但他又理智地觉得这个时机不太妥当。此时罢免石越，必然会引起朝野清议的轩然大波，会有无数人反对、劝谏。虽然是石越主动辞相，但李清臣甚至担心门下后省会有给事中封驳……最终的结果，反而是在增强石越的影响力。更何况，在这个时间点罢相，日后北伐若真有什么万一，所有的责任就真的和石越完全无关了，人们到时候反而会加倍想念石越,这几乎是在为他复出埋下伏笔。

正琢磨着怎么样劝皇帝再忍耐一阵,却听赵煦又愤愤不平地说道:"参政一直对朕说,石越实无不臣之心,韩忠彦也一直和朕说,石越绝非权臣——安平大捷之后,缴解兵权回朝,足见其忠,改革门下后省事,亦非权臣所为,今日又是宁可与北朝议和,亦不愿为率臣率兵收复幽蓟——便如参政所言,这是能做司马懿、桓温的机会!呵呵!有此三事,可谓天下咸知其忠!自今日之后,若尚有人疑石越之忠,大约会被人嘲讽为有眼无珠、用心叵测罢?"赵煦几乎是有些刻薄地反讽着,"便如安平一案,人人皆说,就算潘照临真是幕后之人,石越亦必不知情。呵呵……理虽如此,然潘照临如此奇士,其投身石越幕府,又岂得无缘由?!"

皇帝这番诛心的话说出来,李清臣几乎有些同情石越了。而一旁的庞天寿,更是听得冷汗直冒,小心地将自己缩在一边,不敢弄出半点儿声响来。

却听赵煦又讥讽道:"呵呵!忠臣!难道当日太祖皇帝,便不是周世宗的忠臣吗?!"

他话音刚落,熙明阁外的天空,几乎在刹那间,突然便阴沉了下来,一时狂风大作。

赵煦走到窗边,望着熙明阁外,席卷整个禁中大内的大风,脸色黑沉如铁。

便在此时,自楼梯处传来一阵急匆匆的脚步声,一小会儿的工夫,已经做到内东头供奉官的童贯出现在了熙明阁顶楼的门口。

入内省内东头供奉官的职掌中,很重要的一项是负责通进边疆奏报与机速文字,就是凡是不经由通进银台司、进奏院进呈,不经过两府直呈皇帝的奏章,也就是其他朝代所谓"密折",皆由内东头供奉官进呈。而宋代的"密折专奏之权",与其他朝代大不相同,其主要目的其实是防止给事中泄密——盖因经正常途径上呈的奏章,都要经给事中之手,而许多"无法无天"的给事中,根本就不管奏章是不是"实封",是不是涉及机密,只要是他们感兴趣的人或者事,拿起剪刀就剪,暴力拆封,毫不掩饰。对此皇帝与宰相都无可奈何,只好另辟一条上呈奏章的途径,专供报告紧急军情以及一些需要保密的事件。因此,宋朝这个制度,有一个极为独特之处,并不是皇帝决定谁有这个"密折专奏之权",这个权力,是需要经过两府宰相的审核，才能获得的。并且，即便拥有这个特权的人，一般事务，也是不允许经由入内省上呈奏章的，否则结果必定是吃不了兜着走。

但也正因如此，童贯这个内东头供奉官如此匆忙地出现在熙明阁中，让赵煦、李清臣和庞天寿心中都是一紧。

童贯见到赵煦，快步过来，行了一礼，果然便从袖子里掏出一封封得严严实实的奏章来，双手呈上，一面禀道："官家，殿中侍御史杨畏急奏。"

"杨畏？"赵煦有些莫名其妙，童贯这个阵仗，他差点儿以为章惇和唐康那边出什么大事了，这时听到奏章来自杨畏，松了一口气的同时，却又生出一丝不快来，"杨畏能有何事？用得着你这般急急忙忙？"

"这个，奴婢不知。"童贯老老实实地回道，"但杨殿院还在内东门司候着，等官家召见。"

赵煦稍稍认真了一点儿，将奏章递给庞天寿，庞天寿拆开封皮，取出奏章，又交还给赵煦。赵煦打开奏章，才读了几行，脸色便涨得通红，待到读完，气得双手直颤，愤怒地将手中奏章掷于地上，口中直呼："岂有此理！真岂有此理！"

童贯吓得慌忙趴倒在地，口称"死罪"，庞天寿也垂首躬身，不敢出声。

李清臣不动声色地捡起地上的奏章，打开扫了一眼，亦是满脸惊愕——原来，杨畏的奏章，竟然是在弹劾石越擅遣吴从龙与辽国秘密议和！奏章中并称石越以前的门客潘照临，最近突然出现在雄州吴从龙府上。杨畏怀疑其是奉石越密令，前往幽蓟，与辽人接洽。

李清臣迅速读完奏章，脑子里的第一个想法，竟是"真快"！杨畏没有资格参加今日的朝议，毫无疑问，这是朝议的内容被泄露了，杨畏一定是早就掌握了这些情况，只是在等待时机，而现在，就是最好的机会！

投奔过王安石，又得到过刘挚的提携，然后反戈一击造成刘挚下台，杨畏为了向上爬素来不择手段。他绝对不会因为畏惧而放弃一个扳倒石越的机会，而且他又是殿中侍御史，若要从朝中找一个人来对石越率先发难，杨畏的确是最佳人选。但这件事背后肯定不只是杨畏一个人，他的背后至少还有一个翰林学士以上的人物，甚至是宰执大臣。李清臣脑子里迅速闪出一串人名，想要揣测和杨畏联手的那人究竟是谁，但一时之间，竟全无头绪。

脑子里闪过这一串念头后,他才想起,原来石越今日所说议和之事,竟早已在暗中筹划至此。他禁不住冒出一个想法——难道今日石越所说的条件,竟是他和辽人不断暗中交涉后得出的结果?甚至,他和辽人之间已有默契?辽主竟然愿意接受那样的条件?

但赵煦没有李清臣这样细腻的心思,他愤怒地质问道李清臣:"私自交通敌国,擅遣使者议和,够不够下御史台狱?!够不够下御史台狱?!"

李清臣心里回答:当年范仲淹就差点儿因此下台狱。但这把火,轮不得他来点,这个时候,他只需要保持默然就好了。

"让杨畏来见朕!即刻遣使往雄州,令吴从龙分析!写完奏折,叫他自己去御史台见杨畏!"怒气难遏的赵煦急促地连下几条旨意,犹自余怒未息,又大喊道:"石越在哪里?朕要见他,朕要他当面跟朕解释!"

熙明阁外的狂风越来越大,终于,就在此时,大滴大滴的雨点噼里啪啦落了下来。紧接着,遥远的天空深处,响起了一连串沉闷的轰隆声,一场倾盆大雨,就这样漫盖了整个汴京城。

街东,熙明阁的东南方向,西府枢密院,韩忠彦听到天空中传来的闷雷声,放下了手中的朱笔,走出办公的厢房,来到门外的走廊上,看着淅淅沥沥的大雨,不由得一阵心烦意乱。自古以来,人们都喜欢选在秋季进行战争,这是有原因的,冬季寒冷多雪,春夏又经常下雨,这样的暴雨只要下得几天,不仅交战双方都得高挂免战牌,对运送补给的车队,更是一场灾难。但这北伐,就是想要打辽国一个立足未稳,如果拖到秋天,黄花菜都凉了……韩忠彦看了一会儿雨势,摇头叹了几口气,又慢慢踱回了自己的房间。

枢密院的东边,东府政事堂,范纯仁独自一人在厢房内批阅着堆积如山的公文。闷雷声连珠般地响起,范纯仁开始尚不为所动,但雷声由远而近,不绝于耳,他终于不胜其扰,掷笔于案,拿起桌案上的一册书读了起来。正读得入神,一名堂吏走到门口,向他叉手行礼请安。被打扰的范纯仁不动声色地将书册合拢,便见书册封面上赫然印着"晋书"两个大字,左下角更有一行小字——"卷九十八"……范纯仁随手将书册压到正在处理的公文下面,招呼堂吏进来,一面下意识地瞥了一眼窗外。

与范纯仁的厢房隔窗相对的,正是石越的房间。范纯仁知道,此刻,石越并不在他的房间中。就在差不多一刻钟前,兵部侍郎司马梦求前来求见石越,然后,两人便一道离开了政事堂,不知道去了哪里。

6

开封府中牟县牟山,潘照临墓。

时近黄昏,大雨滂沱。松林之间的新坟已被一道石墙围了起来,坟前竖起了一块数尺高的墓碑,碑的正面用阴文简单刻着潘照临的生卒年月,正中间是"潘公照临之墓"六字,左下角则是"宋云阳侯兵部侍郎司马梦求奉诏立石"一行小字。

没有营造墓室,自然也没有壁画、陪葬,连神道碑都没有。地表也没有墓园,没有请人写行状,同样也没有墓志铭……即便在讲究薄葬的宋代,也是简陋得连一般的富室都不如。

石越、司马梦求和石鉴三人,穿着油绢制成的黑色雨衣雨帽,冒雨缓步来到墓前。跟在石越和司马梦求身后的石鉴,一见到墓碑上"潘公照临"四字,便不由得悲从中来,呼了一声"潘先生",踉跄着几步,冲到墓前,扑通跪倒在被雨水浇得泥泞不堪的地上,放声痛哭起来。大雨顺着雨帽流到他的脸上,雨水和泪水夹杂在一起,哗哗流个不停。

石越一步步慢慢走到墓碑前,伸手触向冰冷的墓碑,脑海里回想的,是熙宁三年在戴楼门旁边张八家园宅正店潘照临第一次跟自己打招呼时的情形……那应该是在十月,立冬之前,转眼之间,二十三年便已经过去了!

自己竟然在不知不觉间,和长眠在此的这个人,认识了二十三年,同行了二十三年!

在来此的马车之上,司马梦求已经将前因后果,详详细细地告诉了石越,包括皇帝要求他瞒着石越,包括潘照临临死前说的那句"将军"……但是,从别人口里听到潘照临已经死了,让石越始终没有真实感,即便他到了此处,亲手触摸到了被雨水浸得冰凉的墓碑，石越依然有点儿不相信，他甚至闪过一丝怀疑——这下面真的躺着那个人吗？

二十三年来，潘照临，一直是石越所倚重，甚至是依赖的对象。哪怕到了后来，石越知道潘照临一直存着撺掇自己做曹操、王莽的意思，两人表面上看起来也渐行渐远，但实际上，只有石越知道自己始终信赖着这个人。

他对潘照临的所有小动作都视而不见，也毫不在意他手里掌握着自己数不清的把柄——其中一半可以让他的政治生命随时终结，另一半则可能让他政治生命终结的同时，在这个时代身败名裂……换上任何一个人，石越绝对不会允许他有脱出自己控制的可能，然而，对这个男人，他却有一种莫名其妙的信任，他始终相信他绝对不会背叛自己，不会出卖、陷害自己。他做任何事情，石越即便并不认同，却始终会认为，这个人是自己人。潘照临，是那种他可以放心托付后事的人。

石越也同样信任其他人，他信任司马梦求、石鉴、陈良，也信任范纯仁、韩忠彦，当然，也信任着桑梓儿、桑充国、唐棣、唐康……虽然人性的本质充满着谎言与猜忌，不能信任任何人更是政治家的日常，但一切事情，有阴暗的一面，就必有阳光的一面。对石越来说，如果不是许许多多他可以信任的人，他成不了今日的石越，也绝对不可能改变这个时代！

然而，即便如此，潘照临也是不同的。

他对潘照临，是一种完全不同的信任。对司马梦求，他可以托付生死；对石鉴，他可以托付秘密；对桑梓儿、桑充国、唐棣，他可以托付家庭；对范纯仁、韩忠彦，他可以托付国家……然而，唯有对潘照临，他才可以放心托付自己不那么光彩的一面。

再光彩夺目的人，也有无法让其他人知道的一面。这样的一面，是无法让父母、挚爱、儿女知道的，也同样无法告诉信任的朋友或者有着共同目标与梦想的同僚。这无关于品格，也无关于感情，或者，正因为在意着这些人，才无法让他们知道自己小心隐藏起来的另外一面。

但这个世界上，偶尔，也会出现那样一个人，让我们觉得，让他知道自己藏起来的那一面，也是可以的。

潘照临，对石越来说，就是那一个人。

所以，如果安平事件真的是潘照临策划的，石越倒是一点儿也不意外。司马梦求觉得他是因为自己的身世，因为他是什么周世宗柴荣的后代，因为什么家国之恨，才策划了那样的事情……但石越知道，并非如此，绝非如此！

这二十三年来，石越在世人眼中，即便不是大宋朝的纯臣，也绝对是可以信任的忠臣，然而，私底下，石越不知道多少次冒出过在这个时代的人看来，绝对是大逆不道的念头。虽然他未曾宣之于口，也没有刻意做过某种暗示，因此，这样的时刻，这样的心情，连桑梓儿和石鉴这样亲密、亲信的人，都无法察觉，但石越知道，潘照临绝对可以捕捉到。

所以，潘照临只是在做着他觉得石越心底里想做却被某种东西束缚着而放弃了的事情。

只不过，即便是潘照临，也无法知道，真正让石越放弃的原因究竟是什么。他大概误以为，石越是被儒家的政治伦理，又或者是被他和赵顼之间的君臣之义、知遇之恩诸如此类的东西所束缚，所以，他才打着自己身世的名义，去暗中策划这样的事情。

他想解开束缚在石越心上的那条锁链，也不愿意让石越去背负难以承受的污名，所以，他才用自己的身世为借口，来背负一切污名。

而石越却没有办法让他理解、相信，他放弃的真正原因是什么。

想让世人认可的那个自己，和内心深处中真正想成为的那个自己，很多时候的确是南辕北辙的。无论石越对潘照临说什么，潘照临都只会认为，那只不过是想让世人认可的那个石越在说话！

或许事实也的确如此。

但石越也没有真正花过多少心思去说服潘照临放弃，因为，在此之前，他的确从未想过，潘照临竟会做到这样的程度。他以为潘照临也就是找机会游说下自己，最多就是搞点儿小动作而已……

但他更没有想到的是，潘照临竟会因此而死！

潘照临会死，这种事情，石越根本想都没想过，他不相信这世间会发生如此匪夷所思的事情。那个男人，从来都是他设计别人，玩弄人于股掌之间，他怎么可能如此轻易就死了？

简直是荒谬！

即使站在这里，站在潘照临的坟前，石越也忍不住怀疑，这是不是潘照临和司马梦求合谋串演的一出苦肉计？

可惜，冰冷的雨点打在石越的手背上，让他此刻的头脑格外清醒，他的理智清清楚楚地告诉他，司马梦求所说的一切都是真的。

因为司马梦求和潘照临不同，司马梦求对大宋的忠诚，并不亚于对他的忠诚。他只会努力去弥合自己与皇帝赵顼的关系，而不会做相反的事情。

然而，石越依然感觉如此的不真实。

石越默默触摸着潘照临的墓碑，脑海里不断闪过这二十三年来的点点滴滴……

从熙宁三年的冬天，张八家园宅正店的初见，到再次见面，两人一起定策要让自己逐步成为赵顼在王安石之外的第二个选择，到两人反复推演如何改良青苗法，到他支持自己创立兵器研究院，又和自己一起面对桑充国入狱事件，一起化解白水潭学院生死存亡的大危机，此后，军器监奇案，身世危机……两人不知道共同应付过多少宋朝内外的敌人，解决过多少无法解决的危机。每一次，不论石越处于什么样的绝境，潘照临都永远坚定地站在他的身后，他的影子里……

二十三年，无数的回忆，在石越的脑海中回闪，交织在一起，最后，融成了潘照临的那个笑容，那个腹黑的笑容。

石越没有流一滴眼泪，只是轻轻掀开雨帽，任由大雨落在自己的脸颊上……

如此许久，直到石越转身离开，他都没有说一句话。

下山之后，马车回转汴京，直到牟山在大雨中渐渐隐去，石越才突然对同乘一车的司马梦求没头没脑地说了一句："除死无大事，潜光兄太痴了。"

"是学生的错。"司马梦求对潘照临的自杀，本就耿耿于怀，此时见石越如此，更是自责，"是学生失察，学生没料到潘先生竟会如此执着，宁愿一死，也要将他的棋局继续下去。"

不料石越却是摇了摇头，叹道："什么棋局？！纯父真当潘潜光是神仙吗？

在纯父找到李昌济的那一刻,他便已然一败涂地了。"

"所以潘先生才会死……"司马梦求情绪低落,"他用自己的死,将丞相与皇上的关系,将一切都打上了一个死结。"

"死结!呵呵!"石越苦笑道,"我和皇帝的关系……呵呵,又何须如此麻烦?纯父虽然掌管职方司,但内心深处,始终是一个真正的儒臣,始终相信着许多美好的事情。所以,纯父会相信,只要大臣能证明他的忠诚,君主就终将信任他——可是,潘潜光是不会相信这种事情的。即便他和你说了什么,那也不过是君子可欺之以方而已。在潘潜光的心中,我和皇帝的关系,早就是个死结了!"

"况且,就算潘潜光真的是想让我和皇帝互相猜忌,也不会选择在这个时刻做这种事。毕竟他所做的一切事情,都需要我能够顺利掌握兵权……"石越苦笑道,"即使我担心皇帝猜忌我,而因此极力去争取掌握兵权,但皇帝又如何会放心我呢?"

"但皇上和朝廷,是离不了丞相的。学生听说今日朝议上,皇上……"

"连我都弄不清皇帝在想什么,明明知道了这件事情,却还极力想让我再去做率臣……"此时此刻,石越对赵煦的想法完全是莫名其妙,但他绝不会天真地相信,这是因为赵煦突然信任他的忠诚了,或者是因为赵煦以为可以将潘照临的事一直瞒着他……小皇帝一定有其他他所不知道的考量,但此时此刻,他也没心情去猜测那究竟是怎么一回事,"今日之事,无论如何,都不可能是潘潜光能事先预料得到的,这只是一个意外而已。"

"学生以为,应该是潘先生预知到幽蓟的战局,在未来会发生极大变化,让朝廷不得不启用丞相,而丞相也因为那种未知的变化,无法拒绝……"

"呵呵,要出现那般情况,只能是章惇和田烈武遭遇惨败——但如今的情形,虽然对北伐不利,然而即便最悲观的人,也不会相信北伐真的会重演国初伐燕的惨败。"

与其担心那种事情,倒不如担心大宋与北朝,会因北伐而两败俱伤,最终导终北朝失去对草原各部族的控制力。塞北如果动荡,长远来看,将影响到大宋整个北方边境的安全。

即便是别无选择,石越也不相信,潘照临会用自己的生命来压注这样的事情。

这不是他所了解的那个潘照临会做的事情。

石越摇了摇头，再次坚定否决了这种可能："况且，尺有所短，寸有所长。用兵之事，终非他所长。这绝对不会是潘潜光做出那种选择的理由！"

"可潘先生临死前对学生说了'将军'……"

"虚虚实实，实实虚虚。潘潜光虽然不是败给了纯父，但终结他这盘棋局的最后一颗棋子，终究是纯父落下的，以潘潜光的高傲性子，他会服气吗？"想着潘照临的心情，石越嘴角竟不由得流露出一丝带着苦涩又带着怀念的笑意，"别人都是人之将死，其言也善。但潘潜光，临死也不想服输。他故意小小地捉弄你一下，只是想提醒我，他这盘棋，不是输给了纯父你，而是因为我而输的！"

司马梦求怔住了，但他回味着石越所说的话，又觉得无法反驳，心中不由百感交集，各般滋味，难以言说。

石越却是满脸苦涩地说道："是我让他一败涂地，满盘皆输的！以他的性子，又如何会活着去面对皇帝，去面对纯父你？他根本不觉得是你们赢了他。纯父，潘潜光这个人，只是看着像个纵横家罢了！他的骨子里，和纯父你一样，其实都是东周时代的贵族，是真正的国士！他看透世情人性，自己却是绝对不肯苟且的！"

司马梦求痴痴地听着，心里突然再度涌起难以言说的难过与悲伤。这一次的悲伤，仿佛是从心底的深处涌出来的，完全无法阻挡。

他拼命忍住泪水，抬头去看石越，却见石越不知何时，已是泪流满面。

"潘潜光不是用他的死在算计我，不是用他的生命来逼迫我和皇帝决裂。他是走投无路了，所以，才向我以死明志。他是在用这样的方式告诉我——他从来没有算计过我，他做的一切，都是他心底里认为是对我好的，对这个国家好的事情！他是在告诉我，他从来没有算计过我啊！从来没有……"说到此处，从来都沉稳冷静的石越，已是泣不成声。

司马梦求再也无法控制自己的感情，泪水夺眶而出，也是低声抽泣起来。

当石越回到汴京之时，城中正是骤雨方停，华灯初上。

司马梦求在进城之前，对石越说另有他事，便告辞离去。当马车回到左丞相府时，车上已只有石越一人。他和石鉴刚迈进大门，便有家人来报，来传旨召见的内侍，已经先后来了五拨，范纯仁和韩忠彦府上，也分别派了人来相请。石越正奇怪又出了什么事情，唐康府上又有心腹家人匆匆赶来求见，并告诉石越，入内省的童贯童供奉，悄悄到唐府告诉他们——殿中侍御史杨畏自内东门上密奏，弹劾石越密遣门客潘照临至雄州，谕令吴从龙与辽国私自议和，皇帝正在暴怒之中！

石越这才知道皇帝为何这么急着召见他。

但这一天发生的事情，实在太多了。在石越看来，这根本就不算是事。潘照临的死讯，让悲痛的石越心情十分烦躁，他很想做点儿什么去回应潘照临，虽然将潘照临之死归咎于赵煦并不公允，然而，石越在此时，亦很难做到不迁怒于人。

做桓温就做桓温吧！

石越的心里，反复闪过这样的念头。如果那是潘照临宁可死，也希望他做的事情，那做了便如何？反正，若是没有潘照临，他可能早在熙宁四年白水潭之狱时，便已然将一切搞砸。即便那一次幸运过关，在熙宁初年的步步风波中，他也必定会在某一次倒下……那么，他石越也好，宋朝也好，也就不会有今日的局面。

没有潘照临，是不会有今日的一切的。

就算还给他的也可以！

答应皇帝再次去做率臣，如果皇帝变卦，就将此事泄露出去，朝野的清议一定会站在自己这边，劝说皇帝和朝廷立即任命他为率臣的奏章，会如雪片一样飞向赵煦，将他淹没在这巨大的声浪中。到时候，除非任命范纯仁或者韩忠彦为率臣，否则赵煦不会再有其他办法平息这风暴，而范纯仁和韩忠彦同样也会面临着不容一丝失败的巨大压力，石越只需要设法说服他们二人就行。一旦争取到范、韩的支持，今年虚岁才十八岁的皇帝，没有足够的理由，是绝对抵挡不住来自整个朝野的压力的。

但赵煦不可能找到足够的理由。

安平之捷后，石越没有一丝犹豫地回朝缴还兵权，已经足够让天下人相信他。

而潘照临的事情，不要说无法公开，就算公开，经过司马梦求这一番修饰，也没有任何证据再指向潘照临和石越，反而只会让朝野同情石越，抨击赵煦刻

薄寡恩、猜忌忠臣……

当石越开始认真考虑争取北伐率臣的位置之时，他突然惊觉，也许，司马梦求也是对的，在这件事情上，他一开始想错了。

潘照临既是用自己的死，在向他传递着只有石越才能听懂的遗言。但同时，他也的确是在用他的死，让他的这盘棋局，保留了继续进行下去的可能。

潘照临将最后的选择权交到了石越手里。

一如既往，他不动声色地帮石越踢开了所有的绊脚石，让石越自己来做最后的抉择！

而从牟山下来后，石越胸中，就有一股郁郁之气，一直翻涌不息。

他的确很想放纵一次，不去考虑任何结果，只是为了自己的快意，做一件快意事，去回应潘照临的期待！

哪怕因此将自己想要守护的一切，全部葬送。

处在如此心境中的石越，根本没有心情去安抚小皇帝的大惊小怪。

久等石越不至，赵煦又派庞天寿亲自登门传旨。但石越甚至不想见庞天寿，他让石鉴回复庞天寿，他出门遭遇风雨，偶感风寒，身体不适，只能告病，并请庞天寿转告皇帝，他已知道皇帝因何要召见他，但潘照临与此事无关，是他尚在做宣抚使时，亲自给吴从龙下的命令。他也并未与辽人"议和"，而只是派吴从龙与辽使"接洽"，所有一切，明日他自将明上奏章，条上本末，详细说明，到时皇帝若仍以为不妥，他愿意辞相负责。

吃了个闭门羹的庞天寿只能无奈回宫。

得到如此回复的赵煦更是大怒，却又无可奈何。石越的所谓"明上奏章"，意思就是他的奏章会走通进银台司，并且奏章不会"实封"，该司官员与给事中都会先读上一遍，做好摘要，再进呈皇帝。以这年头省探们的活跃程度，石越的意思，就是打算让全天下都知道此事。即便赵煦以事涉军国机密禁止报纸报道，但他阻止不了给事中们上书对此事发表意见，而给事中们是绝对不会上什么密奏的，他们只会恨不得让每个人都知道他们说了什么。所以，结果也不会有太大的区别，北伐和战是所有人都关注的事情，得到这个机会，凡是有资格发表意见的宋朝官员，都不会自甘寂寞。

赵煦已经可以预见到，汴京朝廷，马上将掀起一场不大不小的风波，而最后会发展到什么样的局面，已不是他所能控制的。

这是石越接过棋局后，下出的第一手棋。他要先将北伐的事情，捅到整个朝廷上，打破御前会议的垄断。御前会议对于顾全大局有利，但如果打算和皇帝博弈，以现在的局面，石越在宰执以外的官员之中，会有更多的支持者与更强大的力量！

此时，司马梦求正在自己的书房中，轻抚七弦，弹着一曲《古风操》。

相传是周文王创作的《古风操》，是一首颂扬"太古淳风"，表达对上古时代人们"甘食乐居"美好生活向往的一首曲子。这是一首很难弹的琴曲，弹此琴时，首尾前后，缓急轻重，都要不疾不徐。许多弹琴名家都弹不来这首《古风操》，因为这是一首弹不快意的琴曲，若弹琴时，心态不能始终中正平和，琴曲就会失去它应有的意味。

司马梦求一生都没有弹好过这首《古风操》，他平时更擅长弹慷慨激昂、情绪激烈如《广陵散》那样的曲子——那是讲述刺客聂政的故事。

这应该是他一生中，《古风操》弹得最好的一次。起承转合，呼唤照应，有节有顿，有正有引，有放有收，轻重位次，井然不紊，每节每句，都恰到好处。

唯一可惜的是，如此完美的演奏，却没有听众。

也许正是因为没有听众，司马梦求才能如此完美地弹奏出一曲中正平和的《古风操》。

与此刻的心情不同，司马梦求今天过得并不平静。

从牟山回来后，司马梦求其实没有什么要事，他下了石越的马车后，便去了白水潭。他一个人在白水潭漫无目的地走着，看着白水潭的学子，有人在酒楼里醉酒吟诗，有人在操场拉弓射柳，有人在蹴鞠场上横冲直撞，还有人在摆满了算筹的讲堂内讨论着他完全听不懂的话题……这一切，都将司马梦求带回到二十多年前的熙宁五年，他虽然没做过白水潭的学生，但那个时候，他似乎也是如此热血而年轻。在白水潭，也有许多他的回忆，他第一次和石越说话，便是在白水潭……

离开白水潭后,他又去了会仙楼喝酒,那应该是他第一次和石越见面的地方。那个时候,在会仙楼,有许多至交好友对未来充满憧憬,都想用自己的一生来改变这个国家,让大宋朝变得更好。他记性很好,甚至记起了当时还是个捕头的田烈武……谁又能想到,当年开封府的一个捕头,如今竟然会贵为阳信侯,正统率着二十万大军屯兵幽州城下呢?

司马梦求走了很多很多的地方,每个地方,都有他过去的回忆。

最后,他回到家中,从书房中翻出了被他深藏在箱底的一本《三代之治》,一本《历代政治得失》,还有一份泛黄的邸报,邸报的内容是关于青苗法改良的。这些,就是他当年离开成都,来到汴京寻找石越的原因。

他就是从这里,看到了改变大宋朝积弊的一线希望。于是,他抱着这样的希望,出剑阁,下江南,又来到了汴京,找到了石越。

二十多年过去了,便如他对潘照临说的,石越做的,比他当年预想的多得多,好得多。

司马梦求怀抱着济世救民的理想,但同时,他也是一个极为务实的人,他从来不会有不切实际的希望。他是真的没想过要让大宋朝变成一个理想中的世界,便如《古风操》中所描绘的世界。他想要的很少,他只希望大宋朝能够今日变得比昨日更好就行。永远别放弃大宋朝可以变得更好,也值得变得更好的理念就够了,但也不必操之过急。

只要方向是对的,并且在向前走,走得慢点儿也没关系,哪怕偶尔需要停下来歇一歇也可以。

也许是因为在石越出现之前,司马梦求原本对现实就已经不抱希望。他从来不认为凭着自己就有能力改变现状,甚至有过遁世的念头,所以,司马梦求比旁人更容易感到满足。

这二十多年来,石越所带来的改变,他已经很满足了。他愿意付出一切去守护这份成就,而绝不希望看到大宋朝突然改变方向。

他翻着封皮已然全黄的《三代之治》,脑海里,却始终回响着潘照临死前的那句"将军"!

他并不相信石越所说的,潘照临只是因为骄傲而捉弄一下他。

那个人,是潘照临,潘潜光!

那是自己就算是胜券在握,但在他面前,只要稍稍大意一点点,就可能前功尽弃的人。

司马梦求对此,有着如此苦涩的体验。

他怎么还敢掉以轻心?

在从牟山归来的马车上,他也感觉到了石越对潘照临的愧疚、自责,还有胸中的愤懑。

石越说得是对的,潘照临之所以一败涂地,是因为他输给了石越。

这世间,也唯有石越才能让他一败涂地。

因为,潘照临和自己一样,所有的抱负都系于石越,需要通过石越才能实现。

潘照临不惜用自己的生命,也要让他的棋局继续。

而在马车上,司马梦求也做出了同样的决断。

我不杀伯仁,伯仁却因我而死。既然如此,就当是还给潘照临好了,他用生命坚持着他的棋局,我也用生命,来终结他的这一局棋。

在那一刻,司马梦求的心中,冒出了一个词。

"死谏"!

只要是还活着,就会一直对潘照临抱着愧疚、自责之心,就没有办法好好去解开他设下的困局。事到如今,这已是他唯一能想到的,对潘照临的回应。

而在白水潭、会仙楼……种种地方的旧地重游,让司马梦求更坚信,这是值得的。

所以,回到家中,弹起从未弹好过的《古风操》时,他的心情格外宁静,便如雨歇风停后,那无声的落花。

琴尽之后,香烬灰落,司马梦求又重新燃上新香,轻轻研墨,开始写给妻儿的遗书。他当然会很不舍,但不如此,又如何守护这分安宁?乱世若起,公卿之家,便能安稳吗?写完给家人的遗书,又写给皇帝的遗表。最后,是给石越的谏书,反反复复,写了好几次,又点燃烧掉,最终只写了短短一页纸。他放下笔来,静待墨干,将纸折好,封入信封,又在信封上写上"石丞相启"四个字,这才一切安顿完毕。

然后，司马梦求挨个走过妻儿的房间，看了已然熟睡的妻儿最后一眼，给踢掉被子的幼女轻轻盖上被衿，方又回到书房。他看了一眼剑架上的昆吾剑，走到书柜前，拉开一个抽屉，从里面取出一个上了锁的玉盒，开锁打开玉盒，里面放着一颗圆净的丹药。

他捏起丹丸，轻轻放入嘴中。

7

次日，清晨。因为深夜又下了一场大雨，到寅末时分方停，雨后的清晨，水光潋滟，残滴悬枝，远山媚楚。整个天地，都格外清新。

托病在家的石越，一大清早就起来，到书房草拟好向皇帝解释遣吴从龙与辽使"接洽"一事始末的奏章，交给石鉴抄篆工整后，签押盖印，便准备派人送往通进银台司进呈。

便在此时，有家人前来通传——司马梦求的长子求见。

石越心中不知为何，顿时生出极为不好的预感。他知道司马梦求的长子不过十岁，怎么会突然前来求见他？这必然是出了什么大事。

此时石越也顾不得其他事情了，先让人领着司马梦求长子到他接见客人的"皎皎堂"相见。

司马梦求的长子是由他家的一名老仆陪同前来的，石越到了皎皎堂，一见到二人身上的孝服，脑子里就"轰"的一声。虽然人还站在那里，他看得到二人向自己行礼，看得见二人在自己面前痛哭诉说着什么，但什么也听不见，只感觉整个世界都在离自己远去，心里头只有一个念头——司马梦求没了！司马梦求也没了！

他好不容易才控制着自己，生硬地安慰了二人两句，从司马梦求的长子手中接过遗书。但直到魂不守舍的石鉴送走二人回来，石越才发觉，自己不知什么时候，已经回到了书房，在书桌前呆坐了不知道多久。

他看了一眼手中的信封，上面写着"石丞相启"四个端正的正楷，熟悉的笔迹让他心中又是一痛。他找出一把小刀，小心裁开信封，从里面抽出一张雪白的鸡林纸，纸上密密麻麻写满了细细的楷书：

梦求西蜀之人，本凡庸之才，幸遇丞相，缪与宾佐，扪躬自省，素怀愧幸。既蒙深知，遂有自重之意。廿一年来，丞相佐朝廷成大宋之盛，梦求以青蝇附骥，佥任枢机，复至兵部，兼掌职方，日夜厉精，仅得无过，然得见此太平之美，平生亦可无憾。今手铸大错，悔之无及，既负朝廷、丞相之恩信，亦愧对于潘公，梦求已无面目立天地之间。且潘公虽死，而丞相明其心迹，则其死亦无憾矣。梦求虽存，而丞相不知梦求之志，虽存亦无益。《诗》云："凡民有丧，匍匐救之。"梦求有欲救之心，而无救民之才，唯出此下策，望丞相明梦求之志，怜之救之。然梦求亦深负丞相矣。愧怀之情，难以尽言，感荷激切，不知所报，唯愿丞相起居万福，万万以时自重。临别之言，不知所云。

梦求再拜顿首

司马梦求的遗书是如此平静，便仿佛一封日常问候起居的家书一般。对于石越，却像是有人在他的心口上狠狠剜了一刀一样，那是一种钻心的疼痛，还有一种无法喘气的窒息感。

他的耳边，传来石鉴带着哭腔的询问："丞相，这，这是为什么啊？！"

"纯父这是在死谏！"石越无力地放下手中的遗书，"他在以死，向我进谏。"

"死谏？这又为什么呀？"虽然帮着石越篆抄奏章，但石鉴并不明白那份奏章背后的深意。对石鉴来说，潘照临、司马梦求都是亦师亦父的存在，两天之内接连听到他们的死讯，他的精神也几乎接近崩溃。

石越无法回答石鉴这个问题。

他当然知道是为什么，只是无法对石鉴开口而已。

到此时此刻，他才真正明白——不是那种明白某一个道理，而是真正从内心深处感受到的明白——他不是做皇帝的料！

他做不了皇帝，做不了曹操，做不了王莽，甚至连桓温都学不了！

还没开始动手,潘照临和司马梦求便已经先后自杀,而一旦真的动手,还会死多少人?

石越已经真正明白,他没有办法做到看着身边的人,一个个因为这种事情而毫无价值的死去,看着原本有着共同理想、共同目标的人,反戈相向,自相残杀。

在史书上读这样的故事很轻松,然而,当这样的道路真正出现石越面前时,石越才知道,这条路,对他来说,还是太过于残酷了。

他没有办法这样前进。

自古以来,想要到达这条道路的终点,只靠着杀敌人,是绝对做不到的。

然而,石越已经真正明白,他无论如何也做不到踩着同伴的鲜血,去攀登那张权力的宝座。

但他真正明白这一点的代价,是司马梦求的生命!

这代价沉重得让石越无法呼吸。

这一刻,是如此萧索。

石越知道,他的路,走到尽头了。

他无法继续向上,也无法停留在原地。

这局棋,到结束的时候了。

"我终究,也只不过是个书生而已!"石越默默叹了口气,对石鉴吩咐道,"将早上的奏章烧了吧。"然后起身离开书房,走向后院。

左丞相府的后院内,韩梓儿和石蕤正在下着打马棋,对外面的事情一无所知。看着石越过来,母女二人便要起来和他说话,石越轻轻摇了摇头,示意她们继续。他静静站在旁边,看着她们下完这局打马,然后,突然没头没脑地问了一句:"我们离开汴京可好?"

"离开?"韩梓儿愣了一下。

"好啊!好啊!"石蕤却是高兴地跳了起来,"阿爹,去哪里?"

"去杭州,如果还不行,就去海外。"石越微笑着说道。

韩梓儿脸上闪过一丝忧色,但立即藏了起来,点了点头,温柔地说道:"好啊,大哥说去哪里,就去哪里。"

石蕤却是高兴地跳到了父亲身上,紧紧抱着他的脖子,高兴得大叫:"太好了！阿爹！我早就想去杭州，去海外逛逛了。我们可以买一艘大船……"

巳正时分，禁中。

结束又一次漫长的早朝，赵煦刚刚回到福宁殿，屁股还没坐稳，又盘算着石越遣吴从龙议和的事情，忽然见到童贯慌慌张张进来，朝自己行了一礼，便急匆匆禀道："官家，不好了！"

"什么不好了？"赵煦没好气地问道。

"昨晚，昨晚，兵部侍郎司马梦求服丹自尽了！"童贯还没从这个消息中回过神来，说话都有些结巴。

赵煦却是惊得站了起来："你说什么？！"

"昨晚，兵部侍郎司马梦求服丹自尽了！"童贯又说了一遍，"通进银台司已经收到司马梦求的遗表，两府的相公们也知道此事了，正往福宁殿这边过来……"

"司马梦求……司马梦求……"赵煦失魂落魄地坐了回去，嘴里喃喃自语，根本没关心童贯在说什么，也没关心兵部侍郎暴毙必然会引发的朝野哗然，只是不断地问道，"这又是为何？这又是为何？"

正震惊之时，却见庞天寿急匆匆跑了进来，见到赵煦，趴倒在地，慌乱禀道："官家，出大事了，出大事了！"

"又出什么大事了？"赵煦此时还没从司马梦求的死讯中回过神，只是本能地问了一句。

"官家，石相公，石相公走了。"庞天寿急得不知道说什么了。

"石相公走了？"赵煦反问了一句，才猛然惊觉这是什么意思，他腾地再次站了起来，盯着庞天寿，问道，"你什么意思？说清楚点儿，石越走了？"

旁边的童贯也是惊呆了，怔怔地望着庞天寿。

庞天寿啄米似的点头，一边从怀里取出一份奏章，禀道："石相公挂印辞相，离开汴京了。这是通进银台司刚刚紧急送来的石相公的辞表。"

"挂印辞相？"赵煦张大了嘴巴，"他去哪儿了？"

"不知道。"

赵煦接过奏章，却没有马上打开。此刻，他的心情是如此复杂，有惊愕，也有对石越如此轻视自己的恼怒，还有淡淡的失落，但更多的是如释重负。仿佛长久以来，压在心头上的一块重石头，突然就那么消失了。赵煦长出了一口头，缓缓坐回座位，打开石越的辞表。

与此同时，韩忠彦、范纯仁、吕大防、许将、李清臣诸相，正在前来福宁殿的路上。众人刚刚走到垂拱门，便见一名内侍跌跌撞撞地小跑过来，见着众相，慌忙禀道："诸位相公，出大事了，石相公挂印辞相，不告而别了！"

"什么？"众相面面相觑。

"辞表已经送到官家那里，石相公还给韩枢密和范相公留了书信，送到了两府。庞都知让小人赶来告诉诸位相公一声……"

范纯仁率先回过神来，打断了他，问道："可知石相公去哪儿了？"

"小人不知。"

范纯仁二话不说，扭头就走。韩忠彦见他如此，连忙问道："尧夫，你去哪里？"

"找石越！"范纯仁头也没回，丢下这句话，就往右掖门方向走去。

留下韩忠彦与诸相你看着我，我看着你。过了一小会儿，李清臣才问道："师朴公，我等该如何是好？"

韩忠彦看了一眼远去的范纯仁，转过头来，说道："先去见皇上！"

随着右丞相范纯仁在右掖门外上马疾驰，纵马穿过汴京的大街小巷。左丞相、燕国公石越挂印辞相不告而别的消息，几乎是在瞬间传遍了整个汴京。

整个汴京都震惊了。每个人都惊愕莫名，开口的第一句话，都是"为什么"。所有的报馆都疯掉了，撤版、加塞，重印……内探、省探、衙探们疯了似的前往宫中、两府与各个官署，打听消息，记下每一种猜测。左丞相府外面，温江侯府外面，还有桑充国府外面，都是各种大报小报的人，连《汴京新闻》的外面，都被其他报馆的人挤满了。

正在印刷作坊检查三代社新一期社刊排版的桑充国，刚刚离开印刷坊，就被一家小报的衙探给发现了，堵着他追问内情。从衙探口中得知石越离去的桑

第二十四章 谁解春风

充国在瞬间的惊愕之后,便面无表情地上了自己的马车。没有人知道,这个皇帝的老师,在此刻,心中究竟是一种什么样的感情。

和他截然相反的,是正在学士院值日的苏轼。得知石越离去的消息后,苏轼惊讶之后,便掷笔大笑,连声大呼:"真名士也!真名士也!"

汴河之上,一艘大船缓缓顺流而东。石越、韩梓儿、石蕤、石鉴四人,站在船头的甲板上,迎着徐徐清风,看着汴河两岸如画的风景,其乐融融。放下一切的石越,感觉到了久违的心旷神怡。

忽然,自河岸传来一阵隐隐的呼喊声:"子明!子明!"

石越循声望去,见范纯仁正在河边纵马急追,一边朝着自己大喊。

韩梓儿、石蕤、石鉴也听到了范纯仁的呼声,石蕤看到追赶的范纯仁,眨着眼睛望着石越,担忧地问道:"阿爹,不会走不成吧?"

石越笑着摸了摸她的头,笑道:"放心。"

然后吩咐靠岸停船。

大船缓缓靠向岸边,韩梓儿带着石蕤回到船舱中,范纯仁下马跃身上船,望着石越。他一路追来,本来是想劝石越留下的。可是,见着石越后,心中千言万语到了嘴边,却变成了一句他从未想过自己会说出来的话:"子明,珍重!"

石越也笑着点点头,回道:"尧夫也珍重。"

范纯仁点了点头,回到岸上,转头向石越挥手,石越忽然喊道:"尧夫!"

"什么?"

"记住太皇太后的话!"

"太皇太后的话?"范纯仁反应过来,惊讶地望着石越。石越如何知道的?是那日自己喝多了说的吗?

正胡思乱想着,却见石越的座船已渐渐离岸远去,石越朝着自己挥手大喊:"尧夫,陌上花开,可以归矣!"

尾声

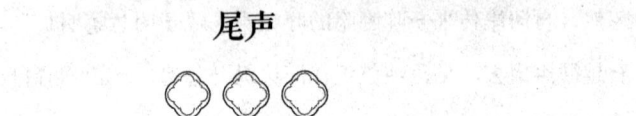

1

绍圣八年五月，左丞相燕国公越挂印辞相，辞表至禁中，帝召韩、范诸相问去留。韩、范皆劝帝遣使召越慰留，而吏书吕大防、户书许将、刑书李清臣、工书曾布皆以为当全其志。帝遂允之，仿王安石故事，遣使拜越观文殿大学士、平章军国重事，赐宅杭州居住。

当日，耶律冲哥兵出蔚州，军容极盛。

——《绍圣编年》

吾曾见韩魏公四世孙某，谓其祖（指韩忠彦，时为枢密使）曾与言绍圣八年左丞相石越挂印辞相事，实帝欲罢越久矣，越知之，恐被祸，故挂印而去。时吕大防、许将、李清臣诸执政，皆以越功高名重，亦不欲越久相，工书曾布，或谓"石党"，亦惧越久留不去，帝迁怒于己辈，故皆劝帝全其志，而帝终不慰留。

——《淇水纪闻》

2

绍圣八年五月，燕公辞相，耶律冲哥兵出蔚州，而唐康、慕容谦方至涿州，乃遣折克行、吴安国为前锋，先战于紫荆岭，再战于易州，皆不利。冲哥至涿州，唐康、慕容谦屡战不利，据城拒之，冲哥遂垒于涿州之南。

章惇、田烈武攻幽州不利，又闻冲哥至涿州，大惧，引兵还涿州。萧岚遣萧阿鲁带追之，田烈武令种师中断后，与萧阿鲁带战于桑乾河南，斩首百余级，萧阿鲁带稍却。章惇至涿州，见冲哥兵势，大惧，叹悔不听燕公之言，上书言辽军虽败于河北，然国势未衰，未可轻易，欲图幽蓟，须为持久计。上闻惇言，大怒，遣内侍李舜举至军中，宣布诏旨，令诸军固守涿州，敢辄退者，即斩于阵前。又令蔡京、燕超护粮至涿州。

先，萧岚阴遣大将萧吼袭粮道，萧吼，辽之枭将也，上既令固守涿州，唐康忧军中不可无粮，遂密遣吴安国至燕超军中，燕超大喜，示弱设伏，诱萧吼来攻。萧吼不察，与超战于固安之东，吴安国起兵攻其后，吼大败，仅以身免。

时萧岚亦引兵至涿水北，筑垒列阵，萧吼败归，自缚请罪，萧岚释之，复给兵万余骑，令其仍游弋雄、涿之间，乘隙断官军粮道。吼复领兵至固安，藏兵固安、安次之间，蔡京、燕超皆不知其已复至。

月余，章惇以师久无功，将士皆有归心，与田烈武、唐康谋与冲哥决战，陈元凤固谏，不听。唐康欲以吴安国前锋，遂召回安国。

吴安国与冲哥战于涿州之南，连斩五将，辽将望之皆侧目。时军中吴安国、折克行、姚雄、种师中辈，皆骁勇敢战之将，冲哥每与交战，败多胜少，然官军死伤亦众。冲哥名将，多机诈，官军欲战，则稍退以避锋芒，欲走，则引骑兵蹑其后。章惇既不能战，亦不能走，遂于涿州城外筑垒，欲谋持久，而冲哥以火炮攻垒，惇亦令火炮回击，然垒竟不能成。

久之，军粮将尽，章惇复令蔡京、燕超护粮至涿州。

初，雄州通判吴从龙奉燕公密令，与辽使议和，上知之，大怒，令从龙至御史台自辩。会燕公辞相，右相范公乘隙为从龙从容言之，上意稍解，贬其本官，仍通判雄州，军前效力。而从龙以得罪朝廷，自燕公辞相，每惶恐不自安。

蔡京与从龙善，知之，以涿、雄间久无辽骑在野，乃致书从龙，劝从龙率兵护粮至涿州，立功折罪，以邀上意。从龙遂引雄州兵与超护粮往涿州。

萧吼侦之，竟率军攻雄州。时雄州州城残破，朝廷发数万囚犯复建雄州城，至此修葺未半，外城仅高丈余，雄州守军，亦不过镇北与拱圣新练之军而已。萧吼既至，镇北、拱圣诸将，皆不知所措，各据营自守，不敢出战。

尾声

独拱圣军副将刘延庆引所部兵与萧吼战，不利，萧吼遂破雄州，焚城而去，并毁章惇所建粮仓十三座。

从龙闻之，急引兵回，道遇萧吼，战于刘李河畔，将败，会蔡京率援军至，萧吼遁去。

至雄州，从龙解冠向南，再拜顿首，竟自刎于城前。

章惇闻雄州之败，以镇北、拱圣诸将遇敌怯懦，皆下狱送卫尉，独延庆得免。

然雄州之粮十不存三，章惇乃上书极言退兵议和之策，上大怒，不许，而诸相皆知事不可为，力谏不已，上不得已，许之，欲分幽蓟为三，以诸侯王之。辽主闻之，大笑，与左右言：向使石越在，或当许之。南朝既罢石越，乃欲为此，可得乎？韩拖古烈闻之，问辽主：陛下言此，欲南朝复用石越乎？辽主乃悟。乃遣使议和，然止许重申熙宁旧盟。

唐康闻朝廷欲议和，乃与章惇言：便欲议和，若不能使冲哥、萧岚辈知吾辈之能，可得乎？章惇悟。以冲哥名将，不可轻图，令种师中、姚麟、贾岩，皆奉唐康号令，谋攻萧岚。

初，唐康与章惇常不和，朝廷忧之，乃欲召回章惇，至冲哥出蔚州，章惇深省已过，而唐康亦悔昔日过刚，反得同心协力，共图国事。

萧岚守幽州，破雄州，屡得志，颇自矜，以卫、霍自况，或言萧佑丹复生，亦不过如此。至是，闻朝廷遣使议和，与左右大言：南朝有一石越而不能用，复熙宁之盟则可，不然，且复澶渊之盟矣！又与人言：南军中唯唐康、慕容谦可虑，章惇、田烈武辈，豚狗而已。常于军中狎妓宴饮。冲哥闻之，遣使相劝，岚稍敛痕迹，然骄矜不改。冲哥忧形于色，复遣使至岚军中，说岚曰：南朝大国，以河北之捷，骄而兴兵，遂有今日之忧。吾等虽得小胜，然两京残破，战战兢兢，犹恐有失，岂可再蹈南朝覆辙？臣闻狮虎搏兔，亦用全力，南军未出幽蓟，愿大王常怀慎惧。岚正容谢之，而终不以为然。

唐康与慕容谦常观辽军军容，至是，见冲哥兵容严整如昔，未尝少懈，而岚军军容，渐不复如初。七月乙未，以累日暴雨，涿水大涨，岚军以官军必不能渡河，竟不设备，各居营中避雨，或有迁营高处者。唐康与慕容谦亲率姚雄、折克行、吴安国、种师中、姚麟、贾岩诸将,率所部兵,皆弃马步行,夜渡涿水,奇袭辽营。萧岚一军皆溃,败退十余里,唐康大破辽军,斩首六千余级,生擒萧阿鲁带。北朝震恐。

冬十月,南北议和,辽主欲为太子求燕国长公主为妃,上不许。遂以涿、易二州之地建范阳国,以辽郑王耶律淳王之,为宋辽两属之国,其余边境,复如战前,两朝重申盟好。

十一月,罢右相范纯仁。

——《绍圣纪事本末·绍圣北伐》

3

长女蕤,绍圣间,高宗钦圣献肃皇后以其性似延禧长公主,收为养女,赐公主号,世称嘉乐长公主。

……

——《国史·石越传·附嘉乐长公主传》节选

4

"半烟半雨溪桥畔,渔翁醉着无人唤。疏懒意何长,春风花草香。江山如有待,此意陶潜解。问我去何之,君行到自知……"

阳春三月的西湖之上,橹声悠扬,二八少女烂漫的歌声,远远传来,清丽旖旎。岸边绿柳桃红,古寺深深,粉墙黛瓦,炊烟袅袅,江南的春色,莫过于西湖。

一艘精美的画舫上,石越带着韩梓儿、石蕤,围坐案前,一面赏春,一面浅斟慢饮。不知不觉间,画舫驶入西湖学院附近,远远听到湖边传来喧嚣的声音,瞬间打破了这悠然寂美的春景。石越和韩梓儿苦笑着摇了摇头，正要吩咐人驶出这吵闹的地方，石蕤却是喜欢看热闹的，在他开口前，已是兴奋地喊道："快，划过去，听听他们在吵什么！"

石越只能无奈地和韩梓儿对视一样，任由着女儿高兴。

很快，船近岸边，可以清晰地看到，湖边柳树下，一群西湖学院的士子正在激烈争辩着，而且是上百人在围攻一个穿着白袍的中年男子。

画舫泊到湖边，但谁也没有注意到他们的靠近。石越一家也没有下船，就在船上听着他们的辩论。

只听到那白袍男子激动地高声大呼："即便是石学七书的内容，若我不清楚它们真正的意思，我便有理由不接受！"

石蕤听到这话，更加兴奋了，拉着石越袖子，幸灾乐祸地笑道："阿爹，他在说你！"

石越笑着低饮了一杯，笑道："我不是说不得的人。"

其余那上百名士子却不是如此认为，众人顿时哗然。

"足下这是离经叛道！"

"尔既不相信石学七书，又何必来此西湖学院？"

"尔又是何人？尔信与不信，何人在意？在此狂言！"

"尔曹才是凡夫庸子，只知盲从盲信，与鸡豚狗彘何异？"在众人的质疑声中，那白袍男子的气焰，反而更加嚣张了，"石学七书所言之事，大抵皆未有严谨之证明，为何质疑不得？世间万物，只要有可怀疑之处，便可质疑！唯一可以相信者，只有我们自己之所思所想！不明白这个道理，读再多石学七书，亦是枉然！"

"狂妄！"

"狂徒！不知所谓！"

各种谩骂之声，渐渐淹没那白袍男子的声音。

趴在船窗前看热闹的石蕤越发觉得有趣，笑道："阿爹，那人真是狂妄啊！"

她扭头去看石越，却见石越也已经转过头来，正望着那白袍男子发呆。

"阿爹？怎么啦？"

"没事，没事。"石越回过神来，自失一笑，"这热闹没甚好看的，阿爹带你去个好玩儿的地方。"

"好啊好啊！阿爹，咱们去哪里？"

石越笑了笑，没有回答，只吩咐着画舫，离开了这湖边的争吵。

5

荆湖南路邵州有说话[1]吴衣，猖狂好酒，某日酒醉，乃于街市酒店说本朝史事，谓绍圣八年，章惇攻幽州不利，帝固请石燕公复为帅，燕公以潘照临之死，疑帝不贤，欲行伊霍之事，或说燕公效桓温故事，遂允之，至幽州，率军与耶律冲哥、萧岚战，屡挫北军。然冲哥亦名将，北军虽数败，官军死伤亦众，燕公怜之，又终不忍以私怨而害国，竟与北朝私盟议和，裂幽蓟为三郡，建立诸侯，皆以辽主诸子为王，为南北两属之国。和议既成，朝廷始知，朝中范、韩诸相欲允之，帝大怒，竟使人伪刻中书、门下后省印，颁伪诏，斥燕公与北朝私盟，是欲勾连北朝，行不臣之事，密令内侍、卫士即于军中诛之。时内侍李舜举、童贯在军中，乃谋奉诏诛燕公，逢燕公大宴诸将，温江、观城诸将皆赴会，舜举遂率三千卫士发难，诸将见诏，皆不敢妄动，唯阳信、温江、观城三侯大呼：本朝无军中诛大臣之法，燕公果有罪，当缚之送阙下明正典刑，宰相岂能死阉宦之手？遂率亲兵与舜举战，燕公有心腹名石鉴者，亦率左近与舜举战。然事起仓促，终不能敌。阳信侯力尽被擒，观城、石鉴死于乱军之中，燕公亦为舜举鸩杀，唯温江素与童贯亲善，竟得脱，至军中，举兵诛舜举及诸卫士殆尽，童贯亦死于军中。温江乃为燕公发丧，三军皆恸哭。或劝温江率军南归，行废立之事。温江斫刃于石，道燕公若果有反意，取天下如反掌，燕公既不负大宋，终不能因己之故，使燕公负篡逆之名。竟率心腹三百余众，亡奔契丹。辽主闻温江来奔，大喜，以天不亡辽，竟封温江为王，以公主妻之，拜北府宰相，

---

[1] 即说书人，宋人称为说书为"说话"。

亲信过于众臣。朝廷闻变乱，帝乃欲诛温江亲族，军中诸将，皆不自安。时韩忠彦为枢密使，以帝举止狂乱，枉杀大臣，恐有疑疾[1]，乃与右相范纯仁、参政吕大防谋，奉太后诏废帝，告于太庙，并立皇七子某为帝。当年冬至，朝廷乃为燕公发丧，追封燕公为燕王，谥文，配享孔庙，居亚圣颜渊之次。并遣使北朝，欲召回温江，温江闻之，踌躇良久，终不复归宋云云。其诽谤帝相先贤，悖逆至此，或告于州府，太守欲杖之，吴某大惧，泣曰：酒后狂言，本不知所云，以言获罪，岂燕公所愿闻？太守大笑，竟释之不问。

——《荆南见闻录·吴衣狷狂》

（全书完）

---

[1] 疑疾，指精神病。

后记

一直在犹豫要不要写这篇后记。这几年来，随着年岁渐长，我一直告诉自己，我是一名写作者，我有任何想要表达的东西，都可以放在我的作品中，不需要再说多余的话。所以，我几乎不发微博，微信朋友圈也仅限于基本的人情往来，乃至作品的前言、后记，我都认为是多余的。但最终，我决定还是多此一举一次，因为，《新宋》对我来说，永远是特别的。它不仅是我的第一部作品，也不仅仅是我的所谓"成名作"，更重要的是，这部作品，伴随了我的成长与变化。从2004年到2019年，我用了长达十五年的时间，才完成她，她也见证了我的得意与迷茫，成功与挫折，青涩与成长……《新宋》帮助我成为更好的自己，让我有机会在未来成为一个更好的写作者，所以，她对我来说，是无可取代的一部作品。同样，我也知道，《新宋》也伴随了许多人的青春与过去，对此，我始终抱着谦卑的心态，始终用我最大的诚意，去创作关于这部作品的一切。

我一直是一个完美主义者，因为《新宋》这次的出版，我也得以有机会去重新检讨、审视这部作品。坦白说，瑕疵还是有不少，比如原《十字》部分的青涩，除非重新改写，否则我也只能接受它的存在了。而最后的几十万字，因为创作的时间过长，部分章节中，作为作者的我，存在感也常常过于强烈——而此时此刻的我，却已经没有勇气去触碰修改……这些都是让我感到遗憾与惭愧的地方，我没有做到让陪伴着这部作品一起成长的各位，有最完美的阅读体验。这也是我决定写这篇后记的重要原因，并非想为自己辩解，亦非为了道歉，因为总体来说，我觉得自己做得还不错，然而，生活就是如此，总是莫名其妙就有我们需要去妥协的地方。有一支我很喜欢的乐队，这支乐队以前的徽标是哪吒自刎，而今日，他们的徽标却变成了三太子合十——哪吒削肉还母、剔骨还父，是中国传统文学形象中，最具反抗精神的代表人物，象征着对以父权为核心的传统秩序最激烈的反抗。然而，到了今天的这个时代，我们喜欢的，却是父慈子孝的哪吒故事，老的一套已经过时，无所谓好坏，这就是时代。三太子合十，既是和时代的妥协，也是和自己的妥协。而对我来说，我留下的这些遗憾，既是我丧失勇气的铁证，也是我和自己妥协的标注。

可能很多书友读不懂我的语无伦次，不要紧，十几年前，当《新宋》第一次出版时，我的愿望是，这部作品五年后还有人看，如此，便是成功的。今日，我依然是同样的愿望，若能实现，其他种种，皆不重要。

最后，这次的出版，从开始的顺风顺水，到出现许多意想不到的挫折，让许多的书友久候，我仍要很诚恳地说声对不起，希望我没有让你们白白等候，希望一切的等待，都是值得的。

在此，也要感谢为这次出版尽心尽力的所有人，不一一具名，但十分感谢。

诸君，江湖不远，后会有期！

阿越

2019年10月12日于重庆清云山居

附录一

攻战志

很高兴您终于翻到了这一页,现在,我们可以换一种心情来阅读这个附录了。《新宋》有大量篇幅,在描写那个时空的激烈战争,而当您欣赏完《新宋》的战争之后,欢迎您能来到真实的宋代战争世界。

我们将分五个篇章,来向您展示一千年前的中国战场。正如您所知道的,宋代处在华夏文明的一个重要的转折点上,这并非一句空话,它表现在我们能想到的每个方面。若从战争这一方面来看,那么真正严谨的历史学者都会承认,宋朝是冷兵器战争的巅峰。不过,历史是不会简单地给我们画一条泾渭分明的界线的,所以,热兵器在宋代也已经粉墨登场,并且在战场上发挥重要作用。

毫无疑问,在冷兵器时代,城池的攻守,是战争艺术的最高表现形式。最困难者莫过于攻城,最忌讳者莫过于攻城。在一座座被围困的城池内外,往往云集着那个时代最先进的武器与器械,拥挤着那个时代最优秀的工匠与战士……

《攻战志》,当然要从攻城术开始!

一、攻城术

（一）战术原则

没有人愿意攻城——这是宋代攻城术的至高法则。

如果政治可以解决的话，不要选择战争；如果必须选择战争，那么不要选择攻城。不过战争从来都无法杜绝，所以攻城也不可避免。但攻城依然有所讲究。宋代攻城，需奉行以下战术原则：

1．三个优先：优先进攻敌军必须固守的城池；优先进攻敌军一定会救援的城池；优先进攻敌军主将所在城池。

原因：一座城池往往能吸引、牵制，乃至是消耗数倍甚至数十倍的兵力，而攻城方则要尽量避免分散兵力，尽量避免无谓地消耗自己的有生力量，所以要优先进攻敌军的要害部分，变被牵制为反牵制，让士兵的牺牲变得更有意义。

2．两种情况采取急攻战术：敌我势均力敌，而敌军更有强援将至；敌军粮多而人少。

原因：敌我势均，而敌军援兵将至，若分兵打援则兵力不足，为防腹背受敌，必须在敌人援军赶到之前，先攻下城池，以求各个击破，所以必须急攻。敌军粮多人少，粮多则不怕围困，人少则不利守城，避敌之长，攻敌之短，可以急攻。

3．围而不攻也是一种有效战术，特别是当我强敌弱，敌无援军；或者查明敌军粮少人多时。

原因：尽可能减少无谓的牺牲，并且降低战争的风险。

4．攻城前一定做的两件事：（1）准备齐全攻城器械；（2）派遣间谍探查城内粮草储备。

原因：历史上，元丰年间宋军五路伐夏，败于灵州城下，很大原因就是没有遵守第一条战术原则。之前的澶渊之战，辽国强攻瀛州城，战死三万余人，伤者倍之，辽军缺少攻坚准备，只能在城外临时制造，亦是重要原因。缺少攻城器械，在冷兵时代，城池很可能便是无法攻克的堡垒。而事先派间谍查探粮草，则是决定是攻是围的重要依据。

5. 攻城时的几个注意事项：（1）必须同时切断敌军粮道，扼守敌军撤退路线，形成孤城之势；（2）围城军队当部署于距城墙三百步以外；（3）主攻一面城墙时，其余三面也要同时发动佯攻；（4）严禁挖掘敌方坟墓、严禁屠杀老幼妇女、严禁纵火烧毁民居、严禁污染城外民用水源、严禁毁坏神祠佛像。

原因：（1）敌军若有补给援军，坚城将成为消耗我军战力的绞肉机；（2）城墙之外三百步，在弓弩有效射程之外，并且这一隔离带可以有效防止间谍活动；（3）佯攻是为牵制、迷惑敌人；（4）暴行不一定会让敌方屈服，也可能激怒敌方，使敌军形成哀兵之势，并会影响我军士气、军纪。

6. 攻城之后的两个战术原则：（1）所攻取城池如非地处要害、有险可守，不得分兵镇守；（2）所攻取城池若与我军控制区域较近，则须固守，以储备军资补给。

原因：（1）无选择地分兵镇守，会使我军分散，而削弱战力；（2）得到前进基地，可以节省转运费用。

7. 如果敌军城池坚固，兵卒众多，援军将至，欲以坚城吸引、消耗我军有生力量，则严禁攻城。

原因：即使是必须攻下的城池，如果注定是失败的结局，也不应当攻击。这是一个浅显的道理，无数将军的惨败，正是因为他们忘记了这件事。

（二）常用的攻城战术

攻城战术，是战争艺术的大展示，即使是所谓"蚁附"这样下下等的攻城方法，也不是那么简单的。

地道术 挖地道无疑是最常用的攻城战术之一，悄悄挖上一条地道，通往城内，趁夜间不备，里应外合，打开城门。地道可以让城池形同虚设。在西方某个时期，甚至出现过极端的情况——守城方可以派遣使者来查看地道是否开挖，一旦确定，便立即投降。挖掘地道是相当庞大的土方作业。宋代攻城地道之标准规格是，宽约二点五米，高约二点四米。每挖一宋尺的地道，便要用木头支架四面支起，上方的叫"罨梁"，下面的叫"横地栿"，竖于两侧地道壁的叫"排沙柱"，以防止塌方事故。

在宋代，地道攻城术已经有极大的发展，许多时候挖地道并不是为了使部队通过地道突袭城内，而是通过地道对城墙地基进行破坏。当地道挖到城墙地基之下时，便在其中堆集木柴，纵火焚烧，使地基松动，导致城墙坍塌。

在古代中国，守城方对于地道术是非常警惕的，所以，宋代出现了挖掘地道的专用车辆——头车。头车有着复杂的结构，并且装有轮子，提高了机动性，又增加了前面的屏风牌，对工兵提供全方位的掩护，车顶甚至可以防御炮石与燃烧性武器攻击。除非出城进行攻击，否则守城方很难威胁到头车。所以，当使用头车之时，攻城方往往是光明正大地在守城方眼皮底下进行地道作业。这样做当然不是为了炫耀，而是因为在采用地道术攻城时，多节省的任何一点儿距离，都是很重要的。

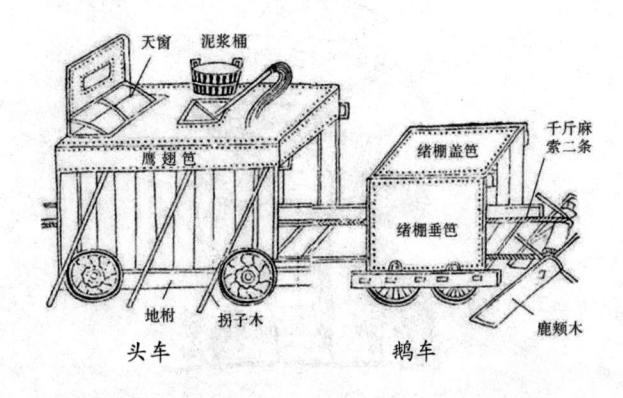

不过,在宋代的实战中,应用最多的却是头车的简化版,或者说是"轒辒车"的增强版——"鹅车洞子",又叫"尖头木驴"。头车有十对轮子,尖头木驴只有六个轮子;头车可以载三十名乘员,而尖头木驴只能载十名。它车顶的斜度很大,车脊是较坚固的大木。在历史上,尖头木驴害怕火攻,但在宋代,它又做了改进,车的尖顶用生铁外裹,内部则是湿毡,增强了对火攻的抵御力。尖头木驴在各项防御指标上,显然是不如头车的,但是它有一个最大的优点,就是结构简单,成本较低,而且更为灵活。

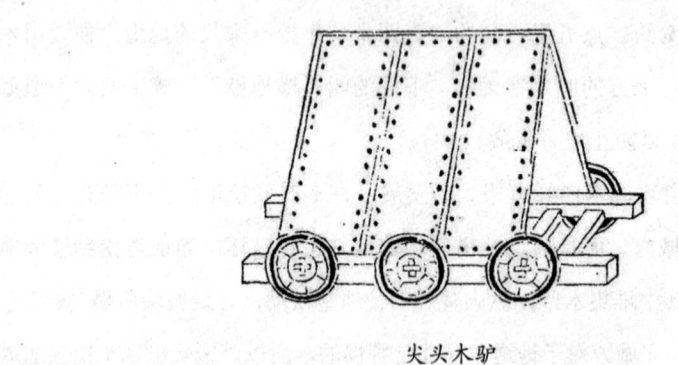

尖头木驴

土山术 土山术也是一种常用攻城战术,其目的在于抵消城内居高临下之优势,直接威胁城内目标。但在冷兵器时代,双方的有效射程是对等的,所以堆土山也是一件危险的工作。运土的士兵必须用生牛皮做成小屋,用来躲避城中的打击。往往挖地道的土,运出来后,便用来堆土山。

与土山功能相近的，还有望楼与巢车。不过这二者的目的，主要是用来侦察城中敌军调动情况，与土山各有侧重。望楼高约二十五点四米，观察者称为"望子"，望子借助叉手木攀爬至顶上小屋中，手持白旗，采用简单旗语联系。无敌情则卷起旗子，敌军进攻则张开旗子，敌军靠近则将旗杆横置，敌人退走则缓缓举旗。望楼加上四轮车座，便成望楼车。

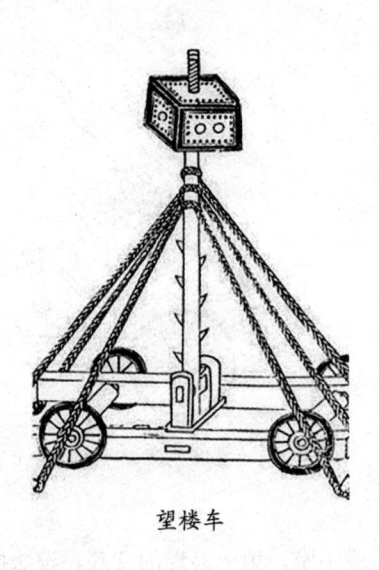

望楼车

巢车实际是望楼车的改进版，它有八轮车座，双竿支撑，竿的高度可以根据城墙高度而不同，但一般会高过宋代城墙的高度（约十五点六五米）。观察用的吊舱采用生牛皮防护，由双竿顶上的辘轳举起。

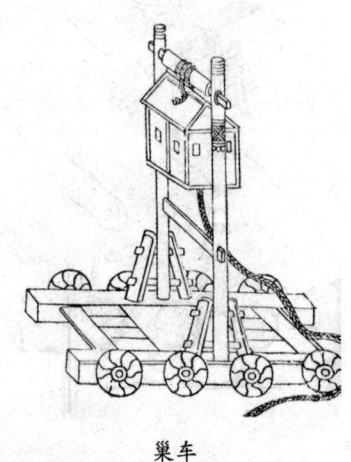

巢车

火攻术 火攻，大都为辅助攻城之法，约有三种方法。一是配合地道术进行火攻；一是在蚁附攻城之时，使用"火车"对城门进攻火攻；一是用"雀杏法"对城内进行火攻。"火车"的车中是一个炉子，炉子上面是一个盛满油的大铁锅，用火将油煮沸，四面堆满木柴推到城门楼下纵火。敌人不知有油，必然用水浇火，结果反助火势更盛。

火车

雀杏法是将杏子掏成中空，填上易燃的艾蒿。设法捕捉敌城中雀鸟数十只以上，将杏缠在鸟腿上，黄昏时点火，放鸟回巢，引起城内火灾。

雀杏

除此之外，还有行烟之术。攻城超过十天，可准备易燃的干草或薪束约一万束，一束以人力能够背负为准，至城的上风处，以干草为中心，周围堆上湿草，点燃烧出浓烟，可以熏逐城上守军，配合攻城。但点火处不可离城太远，须防守军攻击。

类似的还有扬尘车。这是一种配备专用吹石灰装置的车，二三十辆车在远程武器的掩护下，同时逼进城边，向守城士兵鼓吹石灰，迫使其不能正常作战，借此掩护云梯部队攻城。

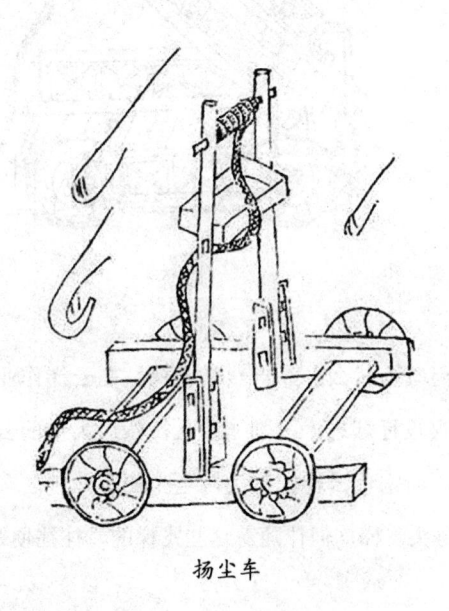

扬尘车

蚁附术 虽然蚁附术因为伤亡太大，是最下等的攻城之术，但是它也是最常用的攻城术。地道术耗时太多，而且受制地形，并且可能被敌人反制；土山术与火攻术只能成为辅助攻击方法；当这些方法失效或者不能使用后，倘若又无法在计谋层面解决问题，便只得采用蚁附术。但是，像辽军在瀛州城下命令奚族士兵每人背块木板攻城那样的蚁附术，依然是下等与原始的。毕竟在宋代，器械的改进，早已经让蚁附术增添了很多技术含量。

对付护城河怎么办？丢沙袋填平吗？不，太笨了。我们有壕桥和填壕车。壕桥应用了销轴、辘轳等机械装置，它的前端有两个用来固定的小轮，可以深陷入对岸的土中。它宽一丈五，八具壕桥同时使用，可以迅速架起一道宽度超过三十七米的大桥。如果护城河太宽了，还可以使用折叠桥。最重要的是，壕桥可以就地取材制造。

壕桥

过了护城河，爬城墙怎么办？当然是云梯。在云梯作业之前，先用炮队打击城墙敌人，借助火攻行烟之术，削弱敌人，然后大量的云梯一拥而上，这就是所谓"蚁附"了。而宋代云梯的种类，至少便有九种之多。其中有构造简单的飞梯、竹飞梯、蹑头飞梯，但伴随着这些飞梯的，往往便是惨重的伤亡。

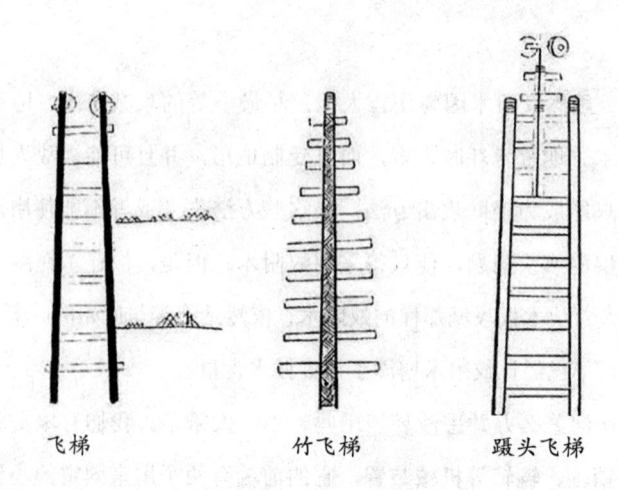

飞梯　　　　竹飞梯　　　　蹑头飞梯

而宋人研发的重型云梯，则可以有效减少部队在攀墙前的伤亡。最具代表性的，便是折叠式重型云梯，它是车型设计，可以迅速抵达城墙之下；二节折叠梯设计，可以缩短架梯的时间；车的四面裹上生牛皮，可以在攀墙之前保护攻城士兵，具备一定的防护能力。

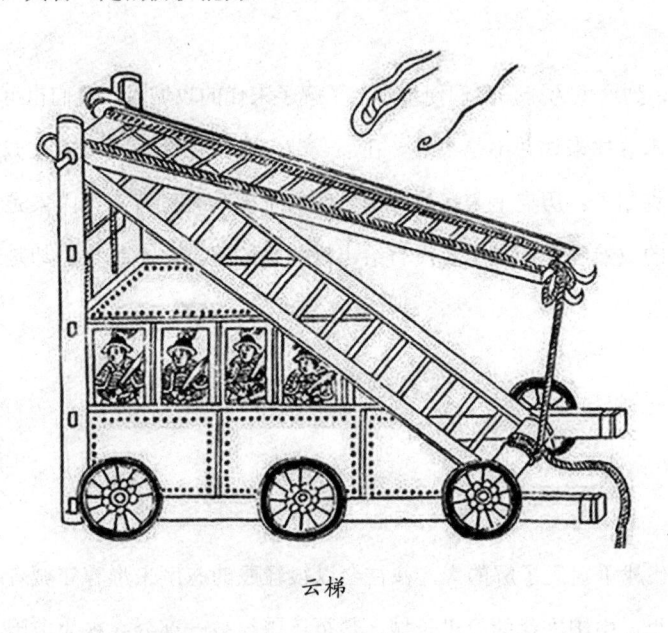

云梯

当士兵们开始攀爬云梯之后，是否就只能直面守城者的矢石了呢？不，我们还有木幔。一种机动式的屏障，它会在蚁附攻城之时，设法挡在城堞与攻城的士兵中间。

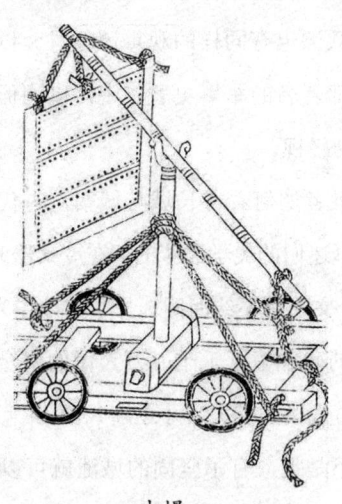

木幔

水攻术 水攻术是一种历史悠久、行之有效，但同时受到自然条件局限的攻城战术。实施水攻术之前，必须先借助测绘工具测量水源高低，确定水源高于将要实施水攻的地区，才可以采取水攻术。为将者若不重视此术，便可能像五路伐夏时灵州城下的宋军一样，被守城方用水攻击败。

好啦，到这里为止，我们便基本上了解了宋代的攻城术，我们也可以发现，攻城的战术总体来说并不是很多，在下一节，我们还会发现很多攻城术都被守城术成功克制了。历史上宋辽夏三国之间的平衡，究竟有多大因素是由于城池攻防体系的成熟呢？历史学者没有给出过明确的答案。不过这也却是一个令人着迷的问题。

二、守城术

对古代战争缺乏了解的人，往往会以很轻蔑的态度来形容守城者。在很长一段时间里，中国古代的万里长城，甚至还曾经被一部分人视为中国人不思进取、故步自封的象征。但显然，这种观点是不公正的，甚至是无知的。不过我们可以原谅这种无知，因为像霍去病那样统率骑兵纵横漠北，战必胜、攻必克，封狼居胥，的确比较能给人们以幻想，也更能令人心潮澎湃。而且这种思想其实不止中国有，在欧洲也有同样的观点流行过，以至于《剑桥世界战争史》的作者们，曾经在这部著名的军事史著作中，以调侃的语气谈起文学青年们对骑兵的崇拜与对城墙的轻视。

不过，无论后世者如何看待长城与城寨，古代的将军与战士，是不可能去考虑文学青年与伪军迷们的美学品味的。在冷兵器时代，城墙的作用毋庸置疑，所以，人类绝大部分文明都不约而同选择了城墙作为最佳与最常见的防御手段。而坚固的城池，也的确庇佑了千千万万人民的安全。城池的作用，只是随着火炮威力的增大、城市规模的扩大，才逐渐式微。

当然，这也并不是说，有了坚固的城池就可以万无一失。在战争中是不存在"万无一失"这样的成语的。我们可以这样形容冷兵器时代城墙的作用——城墙不是万能的,但没有城墙是万万不能的!

再好的城墙,也需要懂得利用它的守卫者来守护,才能发挥它的威力。

于是,就有了守城术。

(一)战术原则

什么是守城术?守城术就是针对城墙防卫的战术弱点来进行补足的战术。换言之,要懂得守城术,一定要先了解城墙防御的弱点与局限性。否则,面对灵活多变的守城术,你将无所适从。每一座城寨的地理位置不同,面临的情况也各异,所以,在这里,我们只会介绍最常见的战术与战术原则。假若你是一位守城的将军的话,要采用什么样的战术守卫你的城寨,只能由你自己根据具体情况来处理,所以,请千万不要闹出削足适履的笑话,那可是关系到千千万万人的性命的。

一个有责任感的将领,在守城之前,是不会回避这样的事实的——在某些情况下,有些城池,将是无法固守的。所以,守城的第一项战术原则,是判断会不会出现令人沮丧的必败情况。然后再从战略层面来判断,是要明知不可为而为之,还是进行战略性的弃守,以保存有生的力量。虽然这一般来说是枢密院或者宣抚司的责任,但是我们知道,枢密院与宣抚司的家伙,有时候是很不负责任的,作为身处第一线的守将,我们理应根据自己的判断,向枢密院或者宣抚司递交合理的建言。

根据宋军的战术原则,认定有以下情况的城池,将很难固守:

1. 城中壮年与成年男子少,而少弱人口多;
2. 城大而可用之兵少;
3. 人多而存粮少;
4. 粮草军资储备在城外而不在城内;
5. 城中豪强不肯效命;

6. 城池建在位置低平的地方，而城外河流地势较高；

7. 土脉疏漏而护城河与壕沟较浅；

8. 严重缺少守城器械；

9. 城中没有可靠充足的水源与木柴供应。

这九种情况，有些是先天不足，有些是平时准备不充分，但无论是哪一样，一旦到了战时，面对强敌压境，就可能成为致命的弱点。这时候抱怨无济于事，要求和平时期的居民事事考虑军事防卫之需求也不切实际。身为守将的你，在战争开始的时候，就应当善尽职守，认真审视你的城池有没有以上缺陷，并尽可能事先预防弥补。若以为城墙建得很高大很坚固就可以安枕无忧，那后果就会极其严重。

那么什么才是守城战术中的理想城池呢？

汴京枢密院的兵学家们的断定标准如下：

1. 城墙与护城河时时修葺保养，没有出现豆腐渣工程；

2. 有完备的守城器械；

3. 城中粮食储备充足；

4. 城内民众团结一心，上下和睦；

5. 守将坚持严刑重赏；

6. 城池居高山之下、大河之上，地势高而水源充足，得河之利而无河之害。

这六点就是兵学家们心目中的完美城池了，看起来虽然像夸夸其谈的废话，但也是很有道理的。最经典的战例便是南宋末年的钓鱼城之战。钓鱼城称得上是一座战争史上真正难攻不落的堡垒，纵横世界岛的蒙古人用了几十年时间，付出成千上万的伤亡，也无法攻克。细看它的条件，几乎就正是对这六条标准的完美阐释。

事实上，除了第六点算是先天的要求以外，其余五点，也完全是可以努力达到的。

胜利的守城者，一定是有充足准备的守城者，所以，战争初期的战术判断与准备是非常重要的，不过，一旦兵临城下，再考虑这些就有点儿来不及了。这时候即使你的准备尚有不足，也不要沮丧，战争从来不是孤立的，此时你只要遵守下面的战术原则，你也许就可以坚守足够长的时间，期待你的敌人出现错误，或者等待友军救援，甚至是战争形势出现向对你方有利的方向转变。作为守将，你一定要明白一件事，屯兵坚城之下的敌人，无论他们表面如何猖狂，但内心深处一定比你更加恐慌，现实处境也比你更加危险。

战术守则1：敌军将至，将城外五百步之内一切桥梁、房屋毁坏，草木焚烧砍伐，井水填埋，水泉投毒。凡城外居民，木、石、砖瓦以及一切民生用具，尽数徙入城内，来不及徙入，则焚烧干净。

原因：坚壁清野，增加敌人长期围困之难度。

战术守则2：主将检阅守城器械，在棚楼下随处堆积檑木、檑石、枪、斧及其他的短兵器，架设弩车炮架，棚楼、女墙上加设笆篱、竹笆，城中立望楼。尽可能准备从粮草布帛到芦苇、石灰、沙土等一切可能用到的材料。城中日常物用甚至饮水，都限量供应。又在城中先多打井，以备万一。

原因：有备则无患，事先多一点儿储备，少一点儿浪费，远比事到临头再想办法要周全。

战术守则3：敌军虽然兵临城下，不必慌乱，也不必担心人手不足，一定要组织人手，如平时一样对城池进行整修维护甚至是增建战时设施。可组织成年男子补充守城兵力、成年女子负责杂役、老弱负责饮食、饲养、放牧、樵采。

原因：所谓"三里之城，万家守之足矣"，有时不是人力不足，而是调派不得法。任何坚固的城池，也不可能在日积月累的各种攻击之下不出问题，这是违背物理法则的。所以战时的检查修补尤其重要。千万不可以认为修葺城池是平时的事情。

战术守则4：敌军兵临城下时，下令城中保持静默状态，让敌军摸不清虚实；

不知敌军虚实，严禁随便出城拒敌，以免给敌军可乘之机；待敌军进入弓弩有效射程，方可设法攻击。

原因：尽管一味收缩在城中并不可取，但是更多的事例证明，许多城池都是因为在不知道敌人虚实的情况下随便出城拒敌而陷落的。

战术守则5：事先布置足够的弩台，狙击敌军重要将领。一旦发现机会，立即采用饱和攻击，若能击毙敌军主将，其军心沮丧之下，必然逃遁。

原因：澶渊之战中，宋军掌床子弩的虎威军头张环一举击毙辽国统军使萧挞凛，虽是偶然，却也是战术中的必然。这种战术之下，即使不能击毙敌军主将，也可以吓阻敌方重要将领的行动，从而间接打击敌军士气。宋军射程最远的弩，可以达到骇人听闻的三宋里！

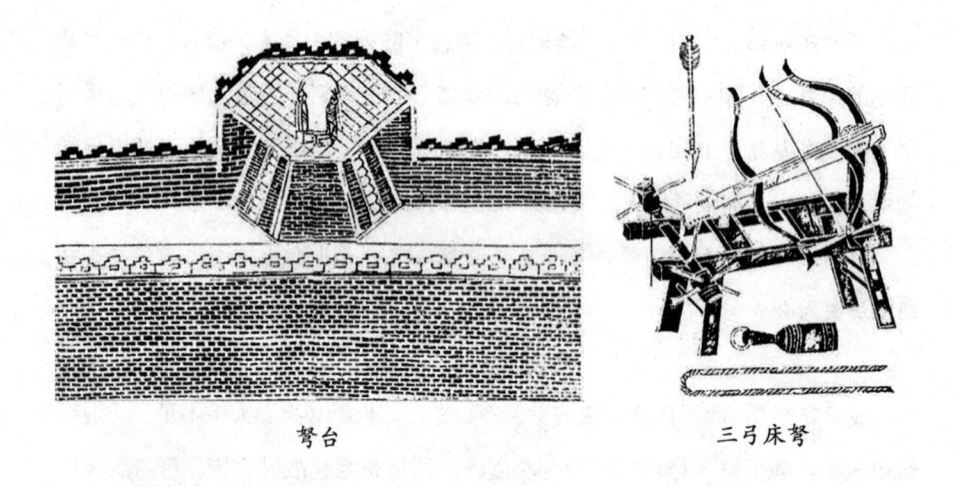

弩台　　　　　　　三弓床弩

战术守则6：若敌人声称要投降或者建议和谈，严禁就此放松戒备，反而应加强守备，以防敌人诈降。

诈降这看似不可能成功的方法，却屡屡奏效，证明人类其实是很容易上当的种族，不能不防。

战术守则7：若敌军攻城已久，不胜而去，这是所谓"疲师"，原则上可以追杀；但要谨防敌人因坚城难克，故意诱我出城。

（二）常用的守城战术

我们也许不知道世界上是先有鸡还是先有蛋，但是我们可以这样相信，这世界上一定是先有了攻城术，后来才会有守城术。因为，大部分的守城战术，都是为了应对攻城战术而生的。所以，必须承认，多数的守城战术，是被动的。

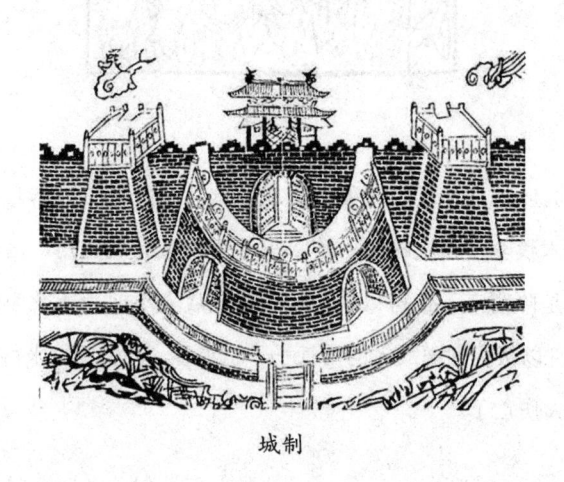

城制

1. 如何防奸细

守城最可怕的，是出现里应外合的局面。因此防奸细为守城第一术。而秩序则是奸细的天敌。所以，自围城开始，城中街巷要通夜张灯，防人趁暗夜私相交通。如果城中失火或者有非常之事，主将令击鼓五次，城中军民听到鼓声之后，不得擅离职守，不得在城中奔走。严禁城中随便举竹竿等高物，严禁吹奏乐器，以防为内应。又令虞候领战队，持符契巡城，严防奸细活动与敌军偷袭，同时也可成为战时预备队。若情况严重，还须不定时调防各守城军队防区。敌军若有使者与飞书，任何人不得擅自接见或打开观读，必须送交主将。

此外，凡是通晓星气术数之辈，围城开始，便须加以软禁。以防其妖言惑众。

2. 如何对付蚁附攻城法

对付蚁附攻城法，可以采取多种打击方式。

首先，虽然你被困守城中，但是城外也绝对不能轻易成为敌人的乐土。城里城外，随处都可以挖上四宋尺深以上的陷马坑，每三个坑一组，排成"巨"

字形,在里面插满削尖了的竹签、鹿角枪,上面用干草覆盖,更绝一点儿的,在上面种上草苗,敌人就更难发觉了。对了,千万别忘记,竹签要经火烤一下,这样将更加坚韧噢。

陷马坑

除了陷马坑以外,还可以到处埋上鹿角木(鹿角形的坚木),铺上地涩,散上铁蒺藜、木蒺藜,摆上拐蹄,连水里都可以撒满铁菱角。这样一来,整个城外,到处都是陷阱,不仅可以杀伤敌人,让敌人不敢为所欲为地使用骑兵,布成方阵,还可以极大削弱敌人的士气——想想看,甚至还没来得及接近城池,敌人就蒙受很大伤亡了。

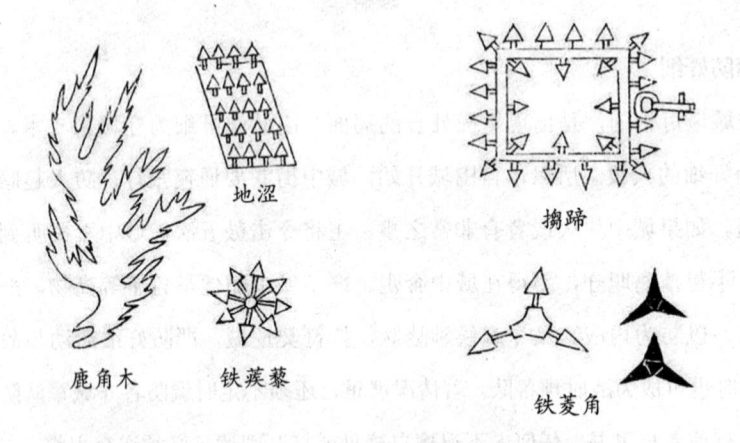

地涩　拐蹄

鹿角木　铁蒺藜　铁菱角

当然,仅凭着陷阱,是不能令敌人知难而退的。通常敌人在攻城前,会用弩炮进行火力压制,比如金兵攻打太原城时,曾经使用三十座炮进行攻城战,在汴京攻防战中,甚至动用恐怖的五千多座抛石机!而另一个典型战例则发生在德安,军阀李横用七座炮车连续不停地轰炸了德安城十四昼夜。作为守将,对抛石机攻城,一定要有足够的心理准备。

不过也不必担心,在敌人用弩、炮攻击的时候,你可以用布幔、皮帘、木立牌、竹立牌防护，用弩炮进行还击。一般来说，攻城一方只能使用旋风炮、单梢炮、虎蹲炮这样的轻型炮，而守城一方，不仅可以使用轻型炮，还可以使用威力与射程都更大的重型炮。

布幔伸出去离城墙有七八尺远，可以缓冲矢石的冲击力。也可以用粗绳子结成，挂在城楼、女墙外面，一样可以起防护作用。

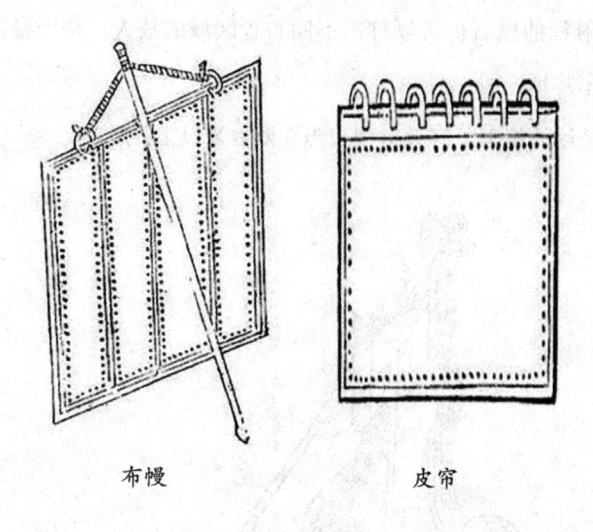

布幔　　　　　皮帘

而皮帘、木竹立牌其实就是大号的盾牌。

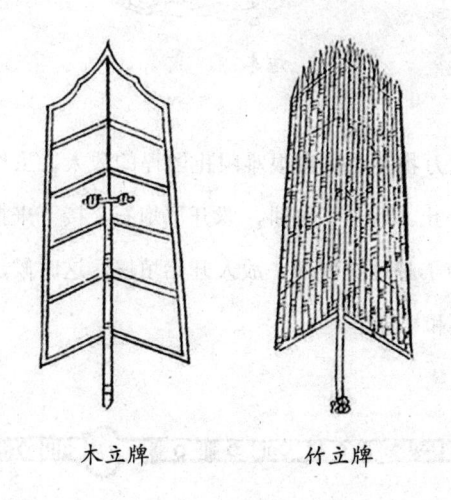

木立牌　　　　　竹立牌

当然，更重要的就是守城利器——炮车，即抛石机。最初因为技术上的优势，炮车的确可以从容占据制高点，随心所欲地打击敌人。但随着攻城方对炮车的运用，守城炮的隐蔽与保护就显得十分重要了。所以守城炮最好不要安置在城墙上面，而应当安置于城内，按城墙上面的指示进行打击。同时也应当注意梯次配置，不同射程的抛石机可以打击不同布置区域的敌人，毫无疑问，重点是消灭敌方的炮车阵地。

宋军射程最远的炮车，有效射程应当在四百米以上。

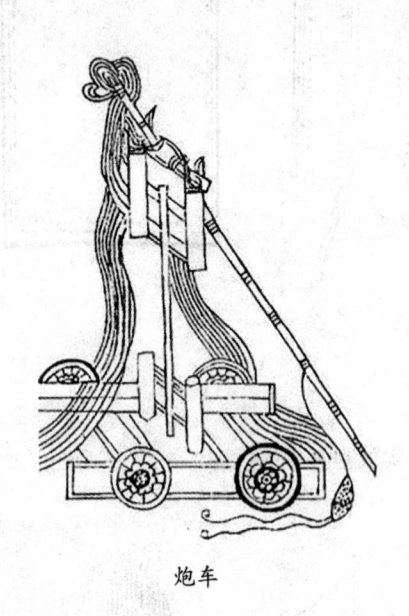

炮车

不过，即使是万物齐全，也很难阻止凶悍的敌人，虽然伤亡惨重，但是敌人的进攻还不会停止。避开了陷阱，躲开了炮石，接下来摆在敌人面前的，就是护城的壕沟。为了越过护城壕，敌人开始填壕，这时候，你就可以用火药鞭箭焚烧他们的壕桥和填壕车。

火药鞭箭

或者事先在壕沟上布置机桥，平时有机括，来去稳便，一旦战时，取去机括，一旦敌人踏上机桥，桥立即翻转，敌军也难免人仰马翻。

机桥

而北宋末年太原之战，宋将王禀的妙策也可供借鉴。当时金兵动用了五十余辆木驴运送木柴、土石填壕，而王禀却悄悄事先在护城壕壁内挖了地洞，装上风箱。等到木柴堆积多了，他就下令在水中放灯，这些灯碰到木柴后点燃湿木，待火势稍大，王禀就下令鼓风，转瞬之间，金兵的木柴等物，竟是烧了个干干净净。

如果敌人身着重甲、装备优良，竟然越过了护城壕，那么不要迟疑，立即扔出你的飞钩。重装步兵攻城之时，戴着重重的头盔，是无法抬头仰望的，这时候把飞钩往敌军密集的地方扔下去，一钩可以就以钩住两三个敌人，钓上城来。

飞钩

当敌军开始登城时，事先准备好的檑石檑木就可以发挥作用了。檑木有一次性的，还有可以反复使用的车脚檑和夜叉檑，都需要使用绞车放下收回。夜叉檑更有一个有趣的外号，叫"留客住"，要用湿榆木制成。

车脚檑　　　　　　夜叉檑　　　　　　狼牙拍

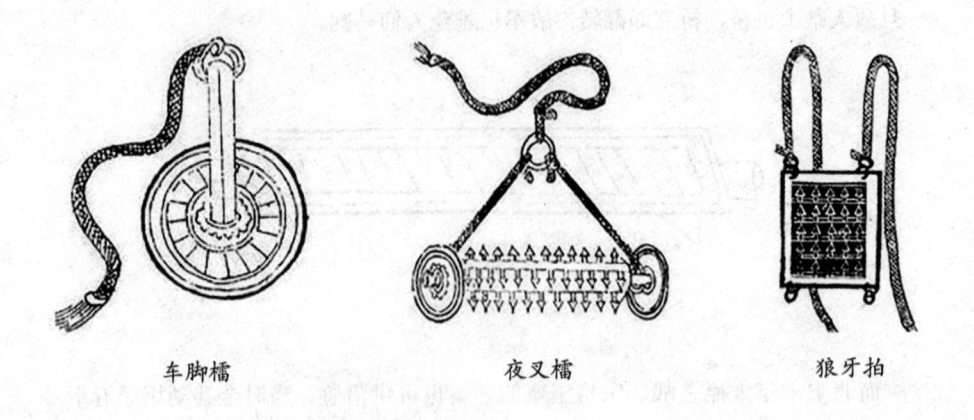

  同时用飞矩焚烧敌人的器械与士兵，用铁火床或者用行炉熔铁汁灼伤敌人，散石灰等物灼伤敌人眼目。如果登城者渐多，就用狼牙铁拍攻击；当其用手攀到城墙里，用连枷棒击打、挫手斧砍手。一面狼牙拍上有二千二百个五寸长六两重的铁钉，四面有刃，用麻绳挂着，杀伤力极大；而一面铁火床上可以缚二十四束草火牛，除了烧伤敌人外，还可以起到夜战照明的功效。

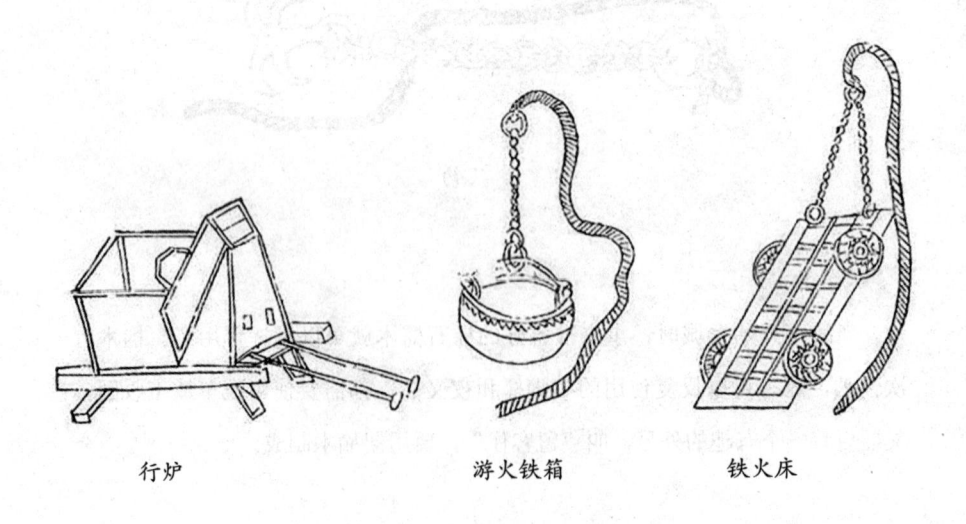

行炉　　　　　　游火铁箱　　　　　　铁火床

除此以外，对于不同的攻城器械，也有专门的方案应对。敌军使用冲车，我军则用穿环（用锻铁做的大环，用锁链系住）套住撞木，一面拉扯，一面从两旁射箭，冲车必翻无疑。这时候再射杀车中士卒，用猛火油烧毁冲车。猛火油一般要用猛火油柜施放，还可以烧浮桥、战舰。

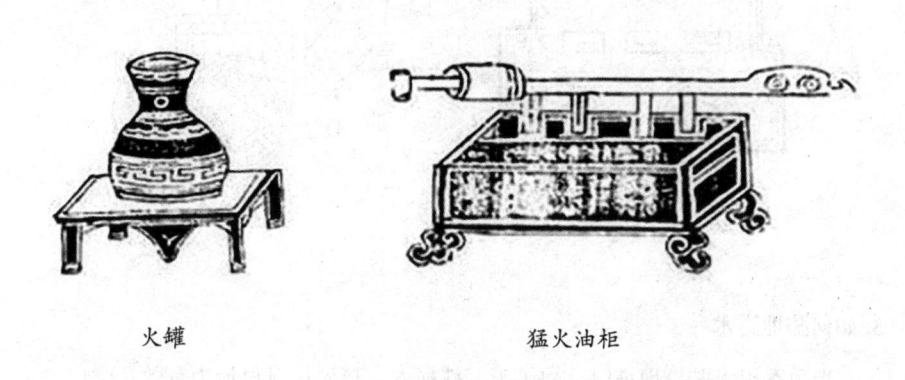

火罐

猛火油柜

敌军使用云梯，可以用叉竿叉，用撞车撞。也可以用绞车，只要看见敌军的飞梯木幔逼近，就令善抛索钩物的士兵抛出钩索，用绞车将敌人的飞梯木幔整个没收了。

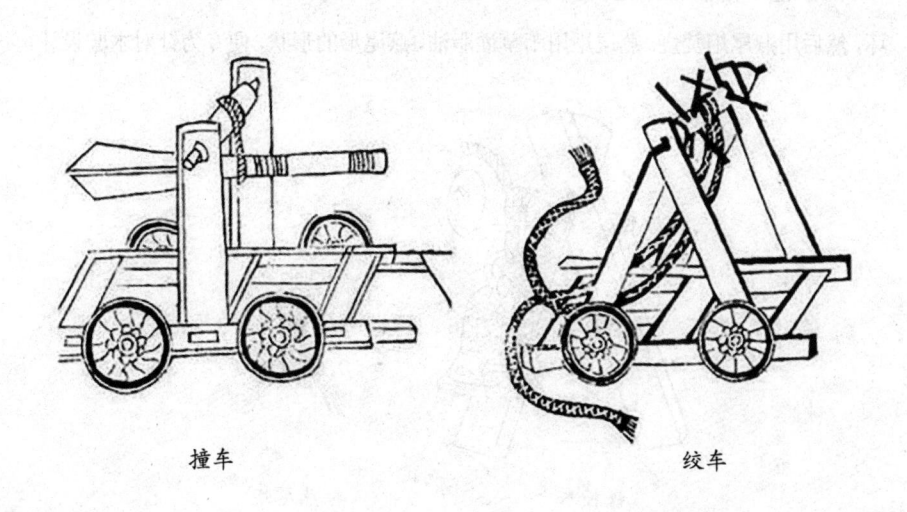

撞车

绞车

如果敌军将女墙摧毁，可迅速用木女头代替；即使是城门被攻坏，也不要慌张，如果你事先准备好了塞门刀车的话，这时候就可以派上用场了。

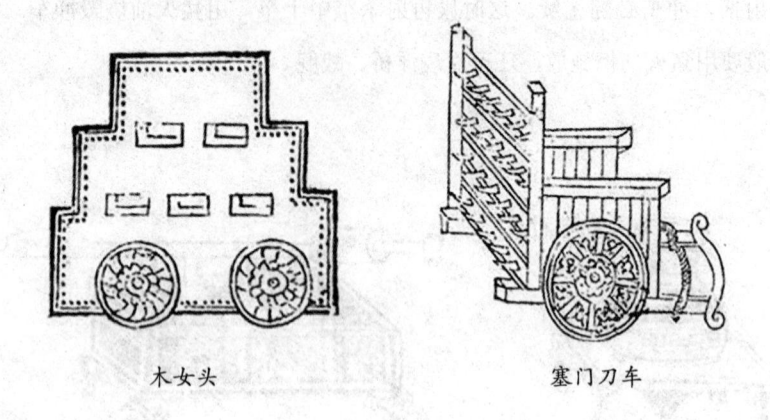

木女头　　　　　　　塞门刀车

3. 如何防地道术

当敌军用木驴挖地道时，用绞车、铁撞木、燕尾炬对付最为有效。

绞车对付木驴时，与对付飞梯有所不同。再精准的抛索手，也不可能钩住城下的木驴。这时候必须等木驴到城下，先用大木檑石攻击，然后用小石攻击，令木驴中的敌兵不敢乱动，这时候用辘轳、铁索放下一个铁制皮屋，选两名勇士坐在屋中下城，钩住木驴，再一道拉入城中。

而铁撞木与燕尾炬则要组合使用。先用辘轳挂着铁撞木将木驴的皮革保护层撞坏，然后用燕尾炬焚烧。燕尾炬用苇草灌脂油，燕尾形的形状，便专为针对木驴设计。

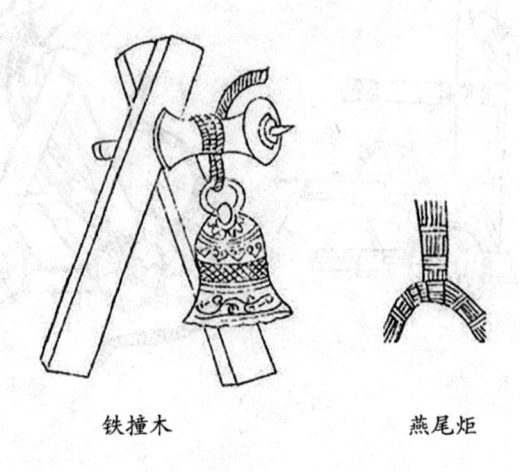

铁撞木　　　　　　　燕尾炬

若缺少这些器械，就可以使用瓮听、地听，测知敌军地道方位，主动挖地道出击，以地道对地道，用霹雳火球、毒药烟球、游火铁箱等烧熏敌人。

地听和瓮听一样，必须在城内八个方向，各挖一个两丈深的地洞，将地听扣在地洞内，令一个听觉灵敏的人坐在地听之内，距城数百步之内，任何挖掘地道的声音都可以听得清清楚楚，并可以估算远近。

地听

在地道争夺战中，还可以用风扇车扇石灰、烟火熏伤敌人；可以在地道两侧挖十人左右的藏兵洞，用土色的毡帘遮住，偷袭敌人。

4. 如何防土山术

对付土山术，有两个办法，一是挖地道到土山下面，使土山崩塌；一个是在城中也堆起土山，以高度对高度，用弩、炮打击。对付望楼也是如此，其要点就是争夺制高点。

5. 如何防火攻与行烟术

防火攻需要事先准备，首先一切木质的，可能被火攻的地方，都应事先覆上毡子，涂上泥巴；并且在城上准备救火工具。敌军若采用火攻，可以用水袋、水囊、唧筒灭火，用麻搭保护。水袋用动物皮制成，一袋可装水三四石，用于棚楼等处着火。每个城门有两具便足够使用。水囊用猪牛胞衣制成，如果敌人在城下堆积木柴，将就水囊扔进其中灭火。唧筒则是一种竹制的喷水装置。而麻搭实际上就是蘸满泥浆的散麻缚在长杆上，可以起到很好的防火效果。

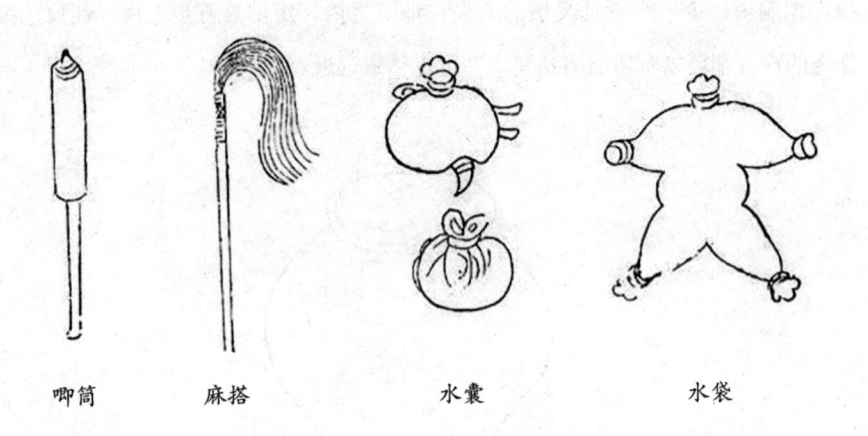

唧筒　　　麻搭　　　水囊　　　水袋

不过，如果敌军是用火车烧城门，那就一定要用湿沙灭火，千万不能用水。

如果敌人采用行烟术，可以在城墙上摆上一列瓮罂，里面醋浆水各五分，城墙上的将士把脸覆于其上，就可以不怕烟熏。

6. 如何防水攻

敌人如果百般攻城，都不能得手，就可能采用水攻，引水灌城。这时我军虽然处境危急，却不是只能坐以待毙的。一面要堵好四门与一切洞穴，防止渗漏，并且挖土筑城；一面要军队照常防备敌人。同时细心察看地势，在可以泄水之处，十余步开挖一个井，各井内相互连通，可以帮助泄水。另一方面，可以募集善于水战的死士，带弓弩、短兵器、铁铲，乘夜驾船而出，破坏敌人堤坝，偷袭敌军营寨。

7. 如何防夜间偷袭

围城之下，不可不防夜袭。可以在城外每五十步系一条战犬，并放好狗食。敌人靠近，战犬必然吠叫，这时城上就可以举火下照。又可以在城墙的中段，每隔十步悬一灯笼；还可以用芦苇束成外椁，插上松明、桦皮，也可以照明城上城下。这样，敌军想要趁夜偷袭，就绝不可能了。

8. 诱杀敌军

如果敌军勇悍，必然会遣精锐来突击我方城门。此时身为守将的你，可以假装不知，在道路上设陷马坑、机桥，在重墙曲巷内设伏兵掩击，即可一举而歼灭之。或者待其突入城内有一两百人，出其不意放下重门插板，就可瓮中捉鳖。

城门之内，另有闸门，这就是城门的重门，用绞车上下开合。有些闸门上面有数十枪孔，可以从中用枪矛刺杀，甚至可以用强弩在门后射击。

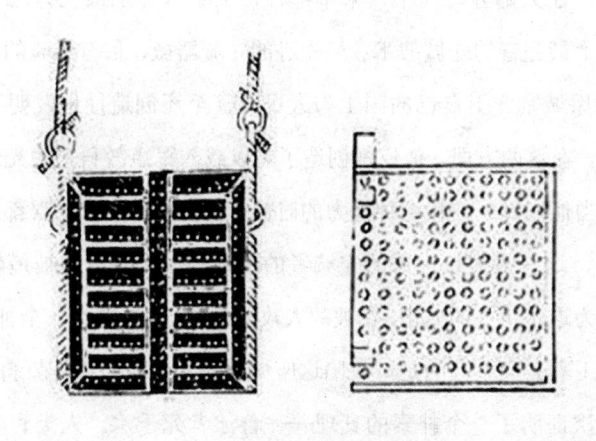

重门

9. 主动出击

但凡守城之术，所谓"婴城自守"，只是先为不可胜之谨慎战法。真正善于守城的，必不是只会困守城中。所以城门之内，各有暗门；又有兵法家认为城门越多越好。其目的都在于以战代守，出奇用诈。

凡是敌军初至、营阵未整之时；又或者夜间敌军不备之时；又或者敌军第一次攻城刚刚结束之时；又或者敌军围城已久，已生怠意之时，都可以选精骑死士，出其不意，主动出击。但是必须注意，这时候即使小败敌人，也不得随便追击。倘若我军方出城击敌，而敌军忽然突门而入，就必须当机立断，从城上不断抛下巨石击压敌人，并且用巨石阻断其出入城门的道路。

好了，啰唆了这么多，守城术也终于介绍完毕了。事实上，宋军的守城术还远不止于这些，其他的兵法家也提出过许多颇有见地的主张，比如对城制的改进，对羊马城的利用，增加城墙的数量，更加重视抛石机的作用……《新宋》中有过描写的章楶将军，甚至还发明了用城堡进攻的浅攻战术，在几十年内，打得西夏几乎没有还手之力。

但这些，限于篇幅，我们都不能详细介绍了。

平心而论，在大部分时间里，宋军都称得上是世界上最优秀的守城者。他们有当时世界上最完善的守城战术、最先进的守城器械、最有经验的守城将士；他们不仅会利用城寨守卫自己的国土与人民，甚至还创造性地发明了用城寨攻击敌国的战术，在这两方面，他们都创造了足以载入军事教科书的光辉战例……但悲哀的是，当他们过分依赖这种能力的时候，他们的每一次失误都足以致命；而更讽刺的是，这些人类最优秀的守城者的国都，最终却成为被最轻松攻陷的城市之一！因为这座伟大的城市，在被敌人攻陷之时，竟然是由一个神棍领着"六丁六甲"在守卫着！而不巧的是，攻陷这座城市的人，信的却是萨满教。

这也再一次证明了一个朴素的真理——善泳者死于水。人类有限的历史告诉我们，任何一个文明，它最先进的、最拿手的、最倚赖的、最引以为傲的优点，也几乎必然是它最致命的弱点所在。这是历史的另一个辩证法。

三、水战术

自古以来，所谓"用兵之术"，说白了，就是用兵者如何绞尽脑汁地利用自己的长处，去打击敌人短处的方法。所以，无论是身为领军的将领，还是运筹帷幄的两府决策者，在战争之时，首要的事情，就是要弄清楚敌我双方各自的长处与短处，这就是所谓"知己知彼，百战不殆"的真正含义。

具体以宋军而言，在许多的领域，他们都保持着一些传统的优势，而其中最有名的，除了守城术以外，便是水战术了。这一特点，可能也与宋人本身是一个技术民族有关。因为无论是守城还是水战，对于技术水平的依赖性，都是相当高的。

宋军除了众所周知擅长于内河内湖的传统水战之外，较鲜为人知的是，宋朝也是中国历史上最重视海军的时代。在某一段时间内，宋军曾经拥有相当庞大的海军，甚至还设置了中国历史上最早的海军部——沿海制置使司。

但海军的建设并不顺利。较为直接的原因可能令人感到惊讶，南宋最为积极进取、最想恢复中原故土的皇帝与他的大臣们，为了这一未曾实现的雄心壮志，将军费开支大量向陆军倾斜，从而令得急迫性没那么强的海军发展遭受重大挫折。

不过这并非最根本的原因。最根本的原因来自一个历史的铁律——人类所有的军队建设，都是以"够用就好"的原则进行的。军队这种东西，向来都是根据它的敌人或者潜在敌人而进行针对性发展的。正是因为在周边缺乏挑战，才令得宋朝海军缺少了前进的动力。一个反面的证据就是，宋朝海军发展最快的时代，正是宋朝的海防受到最严重挑衅的时代。在宋代，女真曾经是一个在航海领域享有相当声誉的民族，女真海盗曾经是平安日本与王氏高丽最头痛的困扰之一。但在宋金对抗的初期，强大的金兵在宋朝水军面前吃尽苦头；而南宋政府也一次次将大海视为他们最后的庇护所。为了征服南宋，金国的女真统治者们曾经决心重拾这一失落的光荣，组建强大的海军，泛海而下，夹击南宋。这种现实的刺激比什么样的大道理都管用，南宋迎来了一个海军大发展的时代。

在金主完颜亮南侵之时，金军曾以六百艘战船，七万水军（包括水手）的规模，大举南下，由此爆发了中国历史上规模最大的海战。这次海战的结局是，在陈家岛，故岳飞将军的部将李宝将军，凭借着拥有强大火药武器的优势，仅仅以一百二十艘战船，三千弓弩手的兵力，竟然全歼金国海军。

从此以后，来自北方的海上威胁，便几乎仅仅只停留在纸上了。而随着时间推移，宋金力量对比逐渐转换，金国灭亡南宋的可能性也越来越低，海军的意义也终于降至最低。直至有一天，宋人终于被灭国于海上的战船之上。

呃，这不是我们为历史折腕叹惜的时间，还是来看看拥有十一世纪的强大水军的宋军，究竟是凭借什么建立他们的声誉的吧。

1. 战船的等级与种类

宋军拥有种类繁多的战船，与我们计算排水量不同，宋军的船舰以"料"或者"石"为单位。在宋代，这两个单位可能没有太大的区别，一般相信，一料就是一石。必须承认，这是一个不易理解的、完全不同的系统。更让人感到头痛的是，在宋代，所谓"民料"和所谓"官料"是不同的，据说一艘官料为三百料的船，可能相当于民料的六百料船。为了统一，除非特别说明，我们接下来的"料"，都只指民料。

一般相信，宋军拥有的战船，最大的达到两千料级别，大约相当于轻排水量六百吨。这样的庞然大物，每艘船可以载有七八百名士兵与水手。有证据表明，宋军曾经同时拥有至少四十艘以上这样的战船。

而宋军的主战战船，一般是千料级的。轻排水量大约在二百五十五吨。这种战船适用于海战，也可以驰骋于大江大河之中，每艘战船一般装载两名梢工，四十八名水手，二十五到三十人不等的战士。

而数量最多的，则是官料三百料的普通船只。它的轻排水量只有一百吨左右，主要适用于内河水军之作战。

不过，我必须说明一下，呃，我们对轻排水量的换算，略微有点儿……嗯，可能是比较……比较保守。

事实上，在船只的大小等级上，可能因为无此必要，宋军并没有实行严格的标准化，很多船只又是军民两用，所以如果你在宋军的战船中看到一百四十料，五十料，五百六十料这样的数据，也请不要太惊讶。

说到这里，也许有人已经感觉到思维混乱，请冷静下来，事实上连大宋枢密院的专家们，对此也很是头痛，所以他们用别的方法来给他们的战船分类。

在枢密院的官僚们眼中，所谓战船只有两种，一种是正儿八经列阵打仗的，这种包括楼船、斗舰、走舸、海鹘；另一种是用来潜袭的，这种包括蒙冲、游艇。什么？你说还有别的，抱歉，那是民船好不好？枢密掌军，我们不管民船的。什么？你说还有八橹战船、先锋战船这样的名目？嗯，请你弄清楚一点，那只是下面将士的俗称,我们枢密院是高级政府机关,我们这里只说学名……

呃,这的确是一种省事的好办法。

还是先来看看枢密院的大人们说的楼船、游艇究竟是啥东西吧……

楼船 所谓的楼船,就是船中间建楼,一般是三层。当然,也有建到五层的。船上面有女墙战格,除了战旗以外,到处是弩窗、矛穴,外面有毡子、皮革之类的东西来防火。船楼上面有投石机、檑石、铁汁。此外,拍杆也是必备装置——这是厉害家伙,当年杨素伐陈,陈军十几艘战船就是被这拍杆砸碎了。长一点儿的楼船,可以在上面跑马来着。简而言之,楼船就是仗着自己船大船高,欺负人家船小船矮。不过楼船有一个致命的弱点,如果遇上暴风,这种又大又笨的船,根本无法控制。所以楼船其实不是特别受到宋军重视。

楼船

斗舰 斗舰可以视为楼船的精简版,是宋军的主力战船之一。它在船舷上设半人高的女墙,在船中间设战棚,战棚上面又设一层女墙,相当于一小楼船。

斗舰

走舸 走舸没有斗舰那么大,它的特点是棹夫特别多,航速比斗舰快很多。一般来说,走舸上面,都是比较精锐的战士。在船中间,都设有金鼓旌旗。

走舸

海鹘 海鹘船是一种全天候战船,船头低船尾高,船身前宽后窄,舷的左右各有四到八具浮板,可以在风浪中稳定船只,阻挡侧浪,外形看起来就像一只展翅飞翔的鹘鸟。即使在恶劣的天气中,它也能进行快速攻击。这种战舰在唐代发明,但宋军在它的船舷两侧加装了铁板,在船首加装了犀利的铁尖,用以冲击敌舰,称为"铁壁铧嘴平面海鹘战船"。

宋军的海鹘船有大有小,大的据说达到千料级,分成十一个水密隔舱,左右各有五橹,能载战士一百零八人,水手四十二人,完全称得上主力战舰;小的有所谓"四橹海鹘船",不过官料一百四十料而已。

海鹘

蒙冲 蒙冲是一种历史悠久的攻击型快艇。船形狭长,航速极快,专门用来突袭。这种船用生牛皮蒙背,用浆为动力,前后左右都有弩窗矛穴,用以攻击敌舰。

蒙冲

游艇 请不要误会，这只是一种灵活快速的快艇。它的作用主要是侦察，但如果碰上特别有性格的主帅，这小小的游艇就可能成为主帅的座舰！

游艇

好了，看了这么多，我们差不多……且慢，且慢……怎么没有车船？怎么没有无底船？还有神舟呢？怎么宋军和唐军的船一模一样？该死的枢密院官僚，原来都是抄杜佑的……岂有此理！

让我们抛开这些官僚，去温州找个造船的工人问问……嗯，原来是这样……水密隔仓、平衡舵、船壳包板、企口拼接、硬式平衡纵帆、桅杆起倒……还有完美的横剖线与斜剖线……嗯，细节决定成败。宋朝的水军经常能在大雷电大暴雨中作战击败敌人，有一部分的功劳，的确必须归功于温州、明州的这些造船工人们。

这里，有一个常识，也请诸位不要忘记，帆船时代的木质海船，除非是铁犁木造的，否则全寿命期也不过九年。而且下水一年以后，就需要开始保养维修。

2. 指挥体系

帆船时代水战最重要的是什么？呃，风向。那最麻烦的是什么？对了，指挥。没有无线电，也没有发明完善的旗语，在战斗中的指挥，是所有水军将领最苦恼的事情。如果平素缺少训练，战斗一旦开始，后面基本上就没主将什么事了……

当然，宋军还是有一个简单的指挥体系的。

在战斗中，各战舰都必须时刻注意主将将旗，将旗向前低垂，同时鼓声响起，就是全军前进，此后将旗会恢复直立；听到钲声响起，就要立即停止前进；如果同时将旗放倒，那就是退兵了。

如果有友军被敌人包围，需要救援，这时就要注意主将的红色大旗，红旗向敌军一点，则可以进兵相救，每点一下，便意味着派出一艘战船。如果红旗向前低垂，那是命令战船缓缓退兵；如果红旗向内点，每点一下，就是命令一艘战船退出战斗。

不过，这种旗语指挥，即使是训练有素的水军，在激烈的战场上，也难免也会出现纰漏。金鼓也一样靠不住，毕竟敌军也是要用金鼓指挥的。所以，在这样的条件下，要展现将领的指挥艺术，实在是一件很困难的事情。

但凡事总有例外，在宋军中，也不乏这样特立独行的水军将领，他们会甘冒危险，坐上快艇，在自己的战舰间来回穿梭，直接向每一艘战舰发号施令，指挥调动。这可能也是在这个时代，唯一能展现水军统帅指挥艺术的方式。宋军水军名将虞允文，就是其中的身体力行者。

3. 战术原则

枢密院只给水军制定了一条战术原则——帆橹轻便为上。

这条战术原则，与火炮时代的"大船胜小船，多炮胜寡炮"定律，似乎有点儿格格不入。但事实证明，枢密院的这条定律，有无火炮的帆船时代，是很有道理的。宋军曾经为忽视这条原则，付出了极大的代价。著名的黄天荡之战，韩世忠将军的大船虽然在初期取得优势，但是当金军灵活快速的小船略加改造，趁着无风的时间出击，仅仅用火箭射帆这一简单的战术，就将韩世忠将军的八千水军烧了个全军尽墨！

也许，必须承认，枢密院的官僚们看不起笨重的楼船，也不是没有道理的。

不过，鉴于宋军的主力战舰都是千料级以上的战船，鉴于宋军常常可以无视暴风骤雨而发动袭击，这些事实也表明宋军并非不重视大船，而应视为他们想在大船与速度、灵活中追求着某种平衡。

对火药武器的大量运用，可以认为是大宋水军成功的重要原因之一；但这是一把双刃剑，当他们的敌人也掌握了这种武器之后，便也立即成为宋军的挑战。

呃，对宋军水战术的简单介绍，就到这里为止了。最后的总结就是，枢密院的大人们真是让人捉摸不透啊……

四、野战术（上）

严格来说，我们今天所讲的，应当叫"阵战术"才对。因为宋军在传统上，是非常重视结阵而战的军队。明白了这个，我们才能理解当年正统派出身的宗泽将军见到草根出身的岳飞将军这位军事天才时，为什么要特意传授他阵战术，并且认为只有懂得阵战之术，岳飞将军才能进入一流将领的行列。

其实宋军中也有一些兵法家与将军们对重视阵战的传统很不以然，他们相信阵战术是才质平庸的将领才需要使用的。但在枢密院的军事典籍中，对这种意见进行了反驳：诸葛亮靠着对八阵图的重新理解与改进，以巴蜀数万弱卒，让司马懿这样的出色将军，统率着十万大军的优势兵力，也只能坚壁不出；马隆将军凭借三千步兵与八阵图，转战千里，击破数万骑兵，收复凉州！这的确是很有说服力的案例，无论如何，将诸葛亮和马隆视为用兵庸才的人，也只会是那些只懂得纸上谈兵夸夸其谈的人而已。不过，到宋军的时代，诸葛亮和马隆的阵法早已经没有人会用，宋军真正继承的，是唐代名将李靖的阵战术。

了解了这些历史，在开始进入介绍宋军的阵战术前，我们还必须先澄清一个误会，很多人一听到宋军的阵战术，就会条件反射似的想起著名的"平戎万全阵"，想起所谓"授阵图"与"将从中御"……

但显然这只是一个影响极大的误会而已。一个简单的常识就是，由宋太宗皇帝在雍熙年间御制的"平戎万全阵"，需要十四万九百三十人布阵，而且主要是针对河朔地区对契丹的防御。但是，从雍熙开始，一直到宋太宗逝世，宋军的战史上就从来没有发生过十四万余人集结在一个地方作战的事件！在宋军的战史上，唯一一次有可能使用到"平戎万全阵"的事件，发生在宋真宗皇帝整顿边防之时，当时宋军曾经聚集镇州、定州、高阳关三路大军，在定州布起一个半永久性的大阵，构筑第一道重兵防线。不过这次整顿河朔边防的行动，在档案中只记载是出于宋真宗与他的谋臣们之手，因此它采用的是"平戎万全阵"的可能性极低。所以，所谓"平戎万全阵"，也许把它当成一种从未应用于实战的战术研究成果来看待，可能更加符合事实。

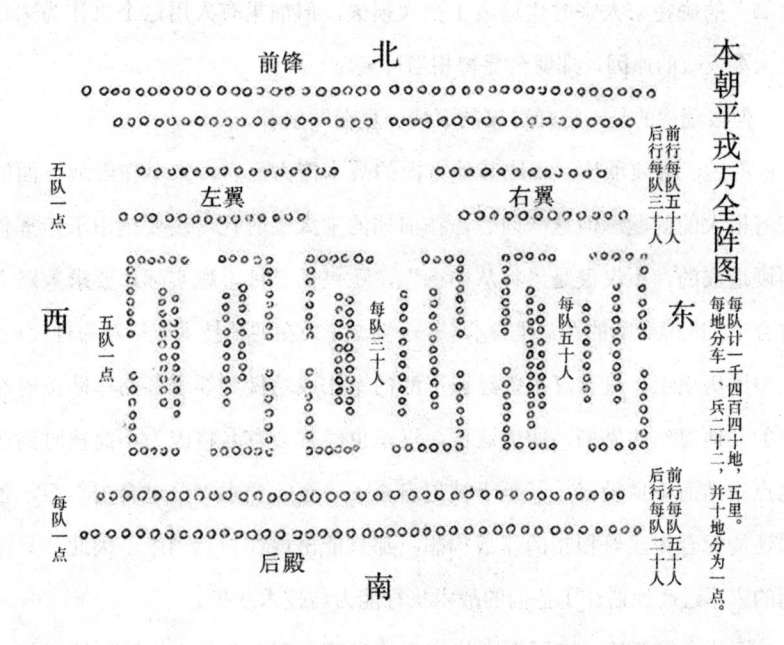

本朝平戎万全阵图：每队计一千四百四十地，五里。每地分车一、兵二十二，并十地分为一点。

而所谓"授阵图"与"将从中御"，则的确是曾经发生过的僵硬教条主义事件。不过，必须明白两点：

首先，"授阵图"主要只是一种在防御时部署兵力的手段——皇帝（也许还包括他不为人知的高级参谋）在战争前，下令某位将军与他的军队在某个地区建筑某种半永久性的阵地工事来防御敌人的进攻——这才是"授阵图"的本质。它最主要的问题是，宋军的地图测绘水平还不够先进，所以常常出现阵图不符合实际地理情况的问题，但因为是皇帝亲自颁布的，所以不是每位将领都会有勇气要求皇帝修改错误……

而所谓"将从中御"实际主要是指，皇帝与枢密院可以随时根据前线传回来的战报，修改、变更前线将领的作战任务。必须说，这种理念其实相当先进，问题是，它太先进了，而配套的通信设施与情报搜集能力，却远远没能跟上……

其次，这二者从中后期开始，便逐渐被修改、完善，乃至于取消。

所以，这两件事，在某种意义上，只是宋军超前的作战理念所导致的历史悲剧，但它们指向的，其实正是历史发展的方向。如果我们以动态的眼光来看待宋军的话，将此当成一次失败的新式战术实践便可以。"授阵图"与"将从中御"的确在宋太宗时代造成了很大损失，但如果有人用这个来作为宋仁宗时代宋军失败的原因，那就会显得相当可笑。

但很荒谬的是，这样可笑的事情一直在发生着。

不过，必须承认，相比其他方面的战术能力而言，宋军在野战方面的确存在着很大的问题。但这些问题，在前期的宋太宗时代，主要是由于指挥体系的僵硬造成的，不仅仅是"将从中御"，还包括那种不顾实际，要求数路大军分进合击、准确会师的"无理战术"——要知道，在通信技术取得革命性突破之前，在中国历史上，只有汉军曾经以严酷的军法成功做到要求各路军队按时在作战区的某地集结的先例，即使这样，汉军也经常会有名将因为不能按时到达指定地点集结而下狱受审，甚至于被迫自杀——至于要求"分进合击"后，各路大军还能配合得丝丝相扣的作战构想，那只能出现在神话当中。因此，只能说前期的宋军过高地估计了他们的战术执行能力与技术水平。

而从中期开始，宋军在野战方面的劣势，则主要是由于缺马造成的。军队机动力的落后，让宋军陷入了先天的被动。在这种情况下，几乎任何指挥上的失误，都会被无限放大，带来惨痛的后果——这是非常悲惨的事实，因为实际上的战争与许多文学作品的描写往往相差甚远。战争在实际上，常常是由一连串的失误组成的，获胜的一方，只是失误较少的一方。

这也是宋军中期以后越发重视阵战术的主要原因，同时也是造成我们后面将介绍到的宋军阵战术上的缺陷的主要原因。

请绝对不要怀疑宋军重兵集团的作战实力。著名的君子馆之战，宋军犯下一系列的指挥失误，最终让自己陷入重围，并且还是在缺少冬衣的情况下，在严寒的天气中与辽军正面对决——在这种占尽劣势的情况，虽然数万宋军最后全军覆没，但辽军的伤亡人数竟然也大体相当，连辽军名将耶律休哥也受了重伤！最初可能谁也想不到，耶律休哥几近完美的谋略，换来的，竟然是一个接近两败俱伤的结局！甚至有很多人认为，当年如果不是因为恶劣的天气条件让宋军几乎无法张弩拉弓，耶律休哥的这种轻率举动，也许真的会弄巧成拙。

所以，辽军"成列不战"的战术传统，其中也是有血的教训的。

不过，"结阵而战的宋军不惧怕任何敢于正面交锋的敌人"虽然是事实，但意义有限。因为战争的本质就是以己之长，击敌之短，要求敌人堂堂正正的对决，是非常荒谬的。如果宋军成功引诱敌军与自己的大阵正面对决，那是宋军将领的本事，但责怪敌人不肯配合，就未免就太天真了。

那么，宋军在野战方面的看家本领"阵战术"，究竟是怎么样的呢？

枢密院的官僚们一厢情愿地相信他们继承和发展了自古代流传下来的各种阵战术，但实际上，宋军只有两种阵战术，那就是方阵和圆阵。其中主要是方阵。

让我们先来看看宋军最基本的战斗阵形——"常阵"。宋军的常阵由中军阵、东西拐子马阵、前阵、先锋阵、策先锋阵、拒后阵、无地分阵组成。

其中最核心的部位，是由"车营"组成的中军阵，俗称"大阵"。中军阵往往根据地形，布成长阵或者方阵。如果是方阵的话，那就在最外围布置拒马、大车，然后便是步兵的陌刀手、枪手、盾牌手、标枪手，一般来说，每十个士兵里面，必须有四个枪手，一个陌刀手。这些被称为"阵脚兵"。在阵脚兵的后面，就是弓弩手与双弓床子弩搭配排列。而阵中间，往往布置的是骑兵与中军大将的旗鼓。骑兵（如果有的话）之意义相当于预备部队，分成"战队"与"驻队"，在战斗中，他们可以通过中军阵的四个门轮流出阵与敌人作战。而最核心的当然是中军阵中大将的旗鼓，在战斗中，各阵之间的配合作战，便全由中军旗鼓指挥调动。

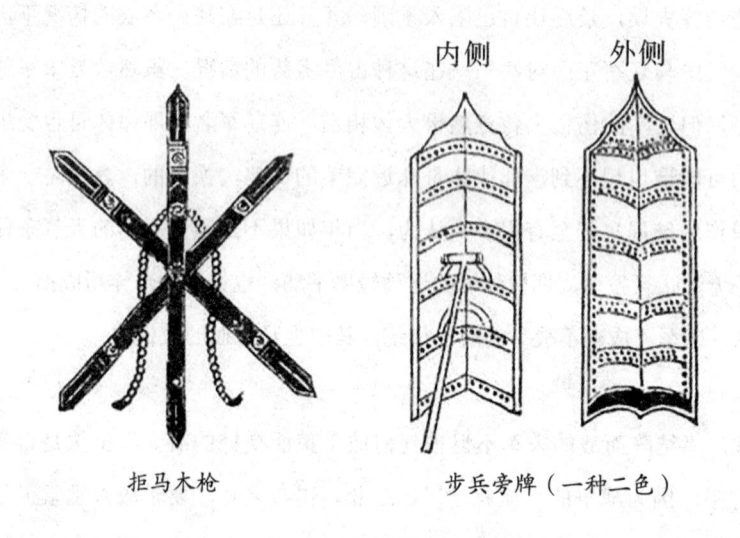

拒马木枪　　　　步兵旁牌（一种二色）

而在中军阵的左右，又有所谓"东西拐子马阵"。宋军的敌人最常用的战术，就是集结重兵，从侧面攻击大阵，所以宋军在布阵时，会根据中军阵的兵力，临时抽调兵力，组成拐子阵，保护中军的两翼。

前阵则在中军阵的前面，它的兵力约相当于中军总兵力的三分之一。

有关前阵，曾经发生过一件很拉风的事情——辽军在与宋军作战的时候，有一次，竟然布成十几万军队的大阵，而单单在前阵中，便聚集了三万骑兵！

我们知道，在当时一般情况下，布阵时每个骑兵占地面积至少是纵横两步，我们简单地将这三万骑兵摆成一个正正方方的大方阵，占地面积就多达七平方宋里！而事实上，这样的编队是不可能发生的，单单一个前阵中，最后一列的骑兵与最前一列的骑兵，距离竟然达到七宋里之遥，这实在是太过于荒唐了。而且，在布阵的时候，也不可能采用正方形的平均分布态势，而一般是用五比三的比例排布前列与后列的兵力。而且为了保证战斗力，一般也会以五十人分为十列，组成一队，每队正面宽度五十到六十五步，各队之间至少相隔十步左右。如果是以这样的标准布阵的话，即使辽军的纵深长达二十队即一百排，辽军的这个前阵的正面宽度，也将长达八宋里！而实际上，一百排的纵深，也是极不可能的。要知道，宋军骑兵的纵深，一般不过十排而已。所以，辽军这三万骑兵的前军，我们几乎可以肯定它的正面宽度超过了十宋里！

这样的阵容，看起来的确是旌旗密布，声势惊人，如果我们再考虑到他们背后还有一个十万兵力的中军阵，那种场面上的震撼，实在是任何大片都无法比拟的。不过很不幸的是，这样的布阵，实际效果往往是难以指挥，首尾不能呼应。

对中国古代战争缺乏深入了解的人，是很难理解当年韩信对刘邦说"陛下能将十万众"是拍了一个多大的马屁！实际上，在古代，真正能够有效指挥十万大军作战的将军，无一不是一时名将。所以，宋军中不乏有很多将军，带着几千人几万人，就打得风生水起，屡战屡胜，一旦给他十万兵力，反而就只会结阵自保了。辽军当年敢如此骚包地布阵，实在是有点儿欺宋军无人。

不过这种排场，在当时也只有辽军摆得出来。早期的宋军集结三万骑兵倒也并不难，但没有人敢这么摆排场。大宋皇帝御制的"平戎万全阵"，在当时来说，至少在设想上也算是大手笔，但太宗皇帝就算是纸上谈兵的想想，这里"平戎万全阵"里骑兵的总兵力也不过三万多点儿……这真是人比人，气死人啊。呃，好像扯远了，回到正题……

在前阵的前面，还有先锋阵与策先锋阵。

先锋阵类似于今日的前卫部队，一般由最精锐的士兵组成，由两到三名悍将统率，担负全军最重要的攻坚任务。策先锋阵是策应先锋阵的部队，一般由骑兵组成。

而在中军阵的后面，又有拒后阵。拒后阵的任务，是防止敌人抄掠粮道。拒马河之战，君子馆之战、望都之战，宋军都在粮道上吃了辽军的大亏，真是刻骨铭心。所以后来在拒后阵的基础上，又加了"策殿后阵"，来接应殿后部队。

除此以外，还有所谓"无地分马"，这是由中军大阵直接控制的轻锐机动部队，布置在中军大阵的四周，供随时调动。

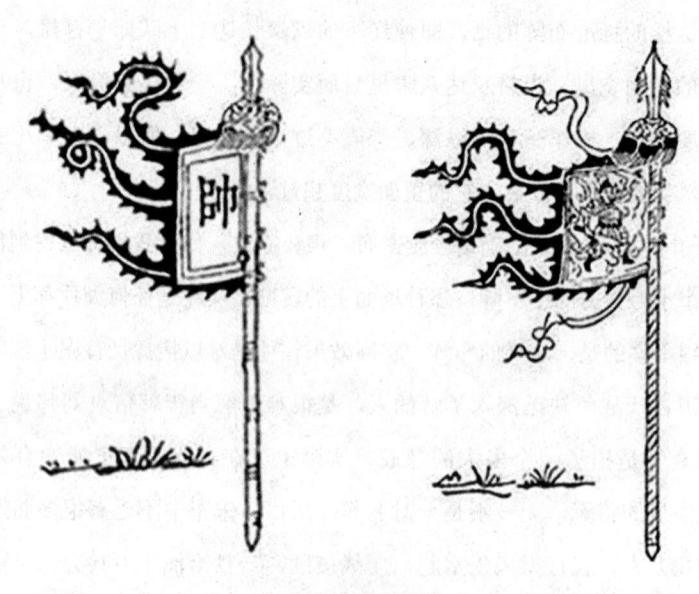

宋军军旗之两种

  以上就是宋军所谓"常阵"的构成了。这个结构看起来似乎还不错，面面俱到，攻守兼备，有正有奇。在兵力上，少到一万多，多到五六万甚至上十万，都可以使用。不过，这个常阵的最大缺点，就是有点儿不切实际。因为中后期以后，宋军的骑兵已经比较少，所以，常阵中很多原本要用到骑兵的地方，就不得不用步兵代替。而在思想上，常阵上所有骑兵的运用，都不是为了打击敌人的队形，扰乱敌军，追杀敌军，只是为了在关键点上抵御对方骑兵的冲击。

  换句话说，方阵原本是一种进攻阵形，但不幸的是，在宋军手里竟变成了防守阵型。而最让人哭笑不得的是，宋军的"本朝八阵"（实际只有七阵，车轮阵即是圆阵，以下按相克顺序排列）——牝阵（却月阵）、牡阵（鸟翔阵）、冲方阵（直阵）、车轮阵（圆阵）、罘置阵（鱼丽阵）、雁行阵、方阵——很不幸的，除了车轮阵以外，其余阵形在本质上都变成了方阵，而且，全部是防御性的方阵！比如说，冲方阵，是一种窄正面、大纵深，适合在狭窄地形作战的阵形，但到了宋军手里，竟然变成了正方形！幸好宋军还没把它变成四面防御的正方形……

不过，我们前面也说了，要用动态的眼光来看待宋军。所谓"常阵"也好，所谓"本朝八阵"也好，在《新宋》所描写的时代，也就是历史上的熙宁、元丰年间，都已经被取代了。早在熙宁二年的时候，在赵顼的领导下，宋朝君臣掀起了一场有关阵法的大讨论。赵顼练兵的决心不容忽视，于是，当时所有"帅臣"都被要求说明自己对阵法的看法，然后由汴京进行总结，完善阵法，先在京师选兵操练，然后向各地推广。后来征求意见的范围又扩展到全国军民。大致上，宋朝君臣恢复了李靖的阵法。最初被试验的，是李靖的六花阵法，但六花阵只是圆阵，赵顼对此并不满足，他对于六花阵主要只适用于平原宽阔地带作战尤其不满，下诏说敌人不可能特意将就宋军来选择平原作战，于是又下令在李靖阵法的基础上，研究、恢复方阵，此后逐渐定下了修改版的方、圆、曲、直、锐五阵法。

元丰五阵法在赵顼去世前一年才全面在军中普及，它对宋军战斗力的影响，是在赵顼去世以后才展现出来的。此后相当长一段时间内，宋军能一直保持对西夏的战略攻势，我们相信有三个原因，第一个自然是赵顼在位时付出惨重代价才夺来的对横山地区的部分控制权；第二个可以归功于著名的"浅攻战术"；第三个，就应当归功于五阵法的持续推行。

从这件事情上，我们也可以看出阵法对宋军究竟有多重要……

呃，宋军的阵战术，就简单介绍到这里。我们的《攻战志》还剩下最后一节，在最后这一节，我们将要了解的是宋军的行军、扎营、情报战等等细节。

五、野战术（下）

战争的成败，很多时候是由细节决定的。所以，在战斗中，除了结阵作战以外，军队的行军、扎营、谍报，这些战术上的细节，往往会起到至关重要的作用。抓住敌人在这些细节上犯下的错误，甚至设计诱使敌人在这些细节上犯错，是打开胜利之门的一把钥匙。

在《攻战志》的最后一节中，我们要介绍的，便是宋军在这些细节方面的一些战术规定。因为篇幅所限，我们的重点将放在"行军"这一部分上。

（一）行军

在战斗中，行军是一门大学问。如果是由不懂用兵的人来带兵，其实根本不需要等到两军交锋，军队一旦出兵，灾难就已经开始。而且，他们统率的兵力越多，灾难就越彻底。将一支军队从一个地点转移到另一个地点，绝非一件容易的事情。在敌境内或者战场附近就不用说了，即使是在己方境内行军，也会迷路、掉队、混乱、疲惫、速度缓慢……在军队接近敌人时，因为行军导致的编制混乱，队伍脱节，将士疲惫不堪，士气低落，最后无法形成战斗力，被敌人一击即溃，在战争史上是很常见的事情。

所以，行军有度，素来为中外用兵家所重视。

而在实际战斗中，根据侧重点的不同，对行军也有不同的要求。有时候，行军主要侧重于要求军队能够编制完整、舒适地到达目的地集结，尽量不要在行军过程中损失本来可以使用的力量；而另一些时候，行军最重要的就是要求部队能够按时达到某一地点集结。侧重点不同，对行军的具体要求当然也会有所区别，不可生搬硬套。

但不论是哪一种行军，有些东西却是共通的。

1. 分割部队

军队人数越少，越方便行军。

假设你统率的是十万人的大军，那么我们首先可以确信一点，你不可能要求这支十万大军在同一天到达你的目的地。然后我们会发现，如果你不分割部队，而让他们排成纵队行军，那么这支十万人的大军很快将会令你抓狂，它的行军速度将异常缓慢，而且无论你平时怎么样训练有素，无论士兵怎么样精锐，它都很快会被疲劳和混乱包围。

所以，大宋枢密院的第一个要求是很明确的。

在行军时，先切割你的部队。

宋军在行军时，在原则上被要求分成以下的部分，依次序行进：

首先出动的，是先锋将的部队；接下来是策先锋将的部队，左助将统领的前军部队，中军，右助将统领的后军部队，策殿后将的部队；最后是殿后将的部队。

整支军队，将被分成七部分，每部分都是以马军在前，步军在后的队列行进。

当然，这种分割方法只是一个指导原则。因为首先必须确保分割的每一个部分都可以独立形成有效战斗力，而这又必须根据敌我兵力的实际情况进行配置，所以无法做出生硬的规定。唐代名将李靖主张，大将出征，以两万人为基本战略单位（其中一万四千人为作战部队，六千人为守卫辎重部队），行军时少则一千八百五十人，即可以构成一个独立作战单位。

但在宋代，这个情况更加复杂。

宋军编制由"厢＝十军＝五十指挥＝二百五十都"组成。最小的战术单位是"指挥"。一般来说，一个步军指挥大约是五百人。在理论上，"厢"有二万五千兵力，可以构成基本战略单位。但在实际上，到《新宋》所描写的时代以前，也就是英宗在位的时候，厢一级编制已经名存实亡，厢都指挥使成为将领的一种名誉性加衔。而"军"一级编制也十分混乱，理论上的一军由五个指挥构成，二千五百人编制，在实际上，可能扩充到十指挥甚至是二十指挥，而军下又分军，有时候析成上下军，有时候甚至析成上下、左右四军。以二十指挥而论，这样的一军，实际兵力就达成一万人，几乎可以成为一个基本战略单位。

这种编制上的混乱，在某种程度上，可以视为是对宋朝为了防止武将擅权，而无视战争规律，积极削弱"厢"这一战略编制的反动。

而这也是小说中进行军制改革，重新整理宋军编制的历史背景。

在这里，我们顺便说说宋军积极推行的极为超前的"将不知兵、兵不知将"策略。宋军平时驻扎、训练都以指挥为单位，调动作战时，便从各地抽调若干指挥集结，交由统兵官指挥。所谓"将不知兵，兵不知将"，指的便是统兵官对各指挥的战斗力缺少了解，和各指挥的指挥使之间相互也缺少了解。

尽管历史学者们对这个策略经常横加指责，但其实，这种原则本来是没有问题的。它的问题仅仅出在指挥这一作战单位实在太小了，在规模稍大一点儿的战斗中，难以承担独立作战任务。所以，历史上，王安石的"将兵法"，推出了"将—部—队"这一全新的编制体系。"将兵法"最大的意义，并不是它取代了更戍法，而是它对宋军编制的革命性改变。以蔡延庆任泾原经略安抚使时推行的将兵法为例，"部"这一最小战术单位，辖二十五队一千二百五十人，几乎已经可以独立作战。而每将由四部组成，达到五千人。当调动作战时，统兵将官指挥的，是许多"将"这样有能力独立作战的单位。

这样的改变被证明效果显著。其实早在仁宗时代，文彦博和范仲淹就曾经在西北进行过类似的局部改革，当时的事实即已证明，每将两三千人的规模，以此为独立作战单位，就可以大幅提升军队的战斗力。

《新宋》中的整编禁军编制，按"军—营—指挥—都"四级组成，表面上变化不大，但实际上是对症下药，指挥是最小的战术单位，营则可以承担较大规模战斗中独立作战的任务，军可以构成基本战略单位。细心的读者一定早已经注意到，小说中禁军往往是以营为最小单位驻扎、调动的，而不是如历史上一样，以指挥为最小单位驻扎、调动。

不过虽然小说中的编制参考了许多历史经验，但阿越也不能保证这种编制一定是完美的。毕竟，宋军也一直在摸索，究竟多少兵力可以构成最恰当的独立作战单位，也许宋军也一直没有得到完美的答案。

所以，在行军时要如何分割部队，并没有一成不变的规定。大概来说，兵力越多，就越要谨慎分割部队，兵力越少，就越不需要分割部队，也不用害怕行军中的分散。

2. 队列与旗帜、战鼓

行军时为了保持秩序与应付突发状况，队列与旗帜至关重要。古罗马人深知这一点，他们行军时最小的单位，一般是百人队。每个百人队各有自己的旗帜，旗帜上标有字母，除此以外，从百夫长到十夫长，每个队长的头盔上，都醒目地标着他们的号码，士兵们的盾牌上甚至会刻着他所在行列的号码和他所在行列中的点数的数码。这样，一旦遇到突发状况，只要旗帜立定，士兵们很快能找到自己在队列中的位置。

现在已经不可能知道宋军是不是如罗马人一样，精细到给每个士兵都标出过他们的位置。但我们还是知道，宋军行军时最小的单位，是五十人队。在历史上，熙丰变法之前，这是宋军中"都"的单位；将兵法推行后，是"队"的单位；在《新宋》中军制改革后，是"大什"这一单位。每五十人队有一面自己的旗帜，行军时，士兵们跟着自己所在队的旗帜前进、休息、列队。考虑到汉字的繁复与识字率的问题，宋军各队的旗帜乃至各指挥的旗帜，主要通过颜色的不同来辨别，也允许在旗帜上画上各种禽兽，总之这并无一定之规，目的只是方便士兵在战场上迅速找到自己所属的队列。

五十人队以上，各级作战单位也都有自己的旗帜。统兵大军总建五方五色旗指挥，以黄旗标识中军。

行军时的队列，若道路较为狭窄，以五十人为行军单位，分单位通过；若道路宽阔，允许五队，即二百五十人并行通过。辎重部队则跟在作战部队的后面。

当随时可能遭遇敌人时，枢密院要求每个有独立作战能力的行军单位，按行军方阵行进。这种行军方阵是将全单位分成四个部分，每部分又分成四纵队，以两支作战部队"战锋队"以纵队居于两翼，而以两支"辎重队"以纵队居于中间。四部队依次行进，一旦遇敌，第一部分的两纵列战锋队，左侧者左转居第一排，右侧者右转居第二排，辎重队也以此原则分别居第三排、第四排，迅速转换成横队，组成战斗方阵的正面；第二部分、第三部分的右侧战锋队与辎重队，则构成方阵的右面；第二部分、第三部分的左侧战锋队与辎重队，相应构成方阵的左面；第四部分则转换成方阵的后面。

如下是两张简单的示意图，前者是行军方阵，后者是行军方阵转换的作战方阵。

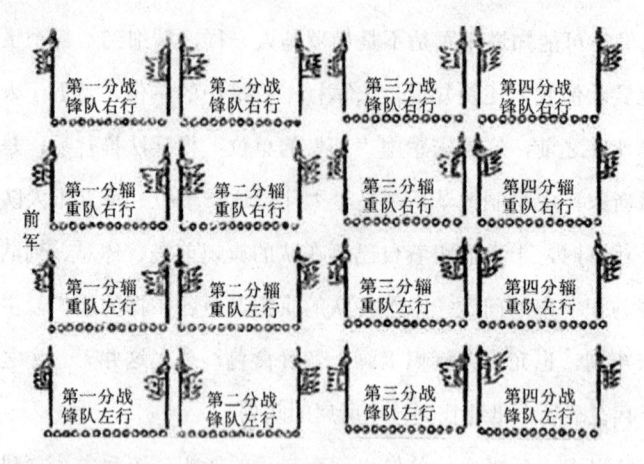

行列方阵图

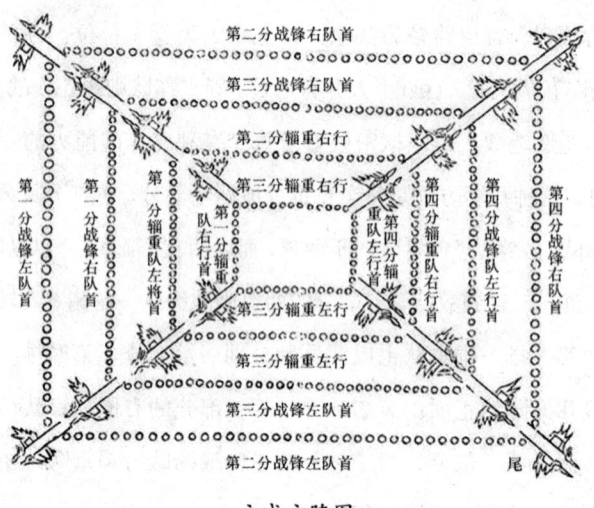

立成方阵图

至于战鼓,这是和旗帜一起配合使用的指挥工具。枢密院对此有明确的规定:行军时,听到前军或后军鼓响,中腰抽兵支援;中腰鼓响,由前军抽兵支援。

3. 行军速度与补给

宋军标准的行军速度,要求是每日六十宋里。每走十里,全军停整休息;三十里吃干粮,六十里扎营。在十一世纪,这应当是一个不错的行军速度,但在实际作战中,很少有部队能保证平均日行六十宋里的行军速度。我们知道,十九世纪的普鲁士军队在长途行军时，每日只能保证行军约十五公里，常行军也不超过二十三公里。如果是连续行军，每日走六十宋里，其实可以视为是强行军了。在中国古代，一般的行军标准是日行三十里。

将普通人个人的行走速度与军队的行军速度进行类比是荒谬的，因为二者的劳累程度不可同日而语。以宋军为例，传统上的每人自带干粮三斗，是不可能的事情，宋军一般的要求是士兵自带干粮一斗，粗略换算，每人就大约接近六公斤的负重！而这仅仅够五日食用。

所以宋军在传统上，必须要求辎重部队与补给部队随大军前行。而因为道路与运输手段的原因，转运之困难，更会拖累军队行进的步伐。我们几乎可以确信，大宋枢密院提出来的标准，最多只适用于宽阔的平原地区。

在这里还必须强调，连续行军对牲畜、车辆、人员的损害，都是非常大的。在中古以前的战争中，假设有位将军连续行军超过两个月，而他麾下的军队没有因为病号、掉队损失超过三分之一，那么我们有理由将其视为人类历史上罕见的军事天才。

4. 其余注意事项

下面随便罗列大宋枢密院指出的一些行军中的注意事项：

（1）向导很重要，前方须有斥候随时报告道路情况；

（2）途经高处时，须令三五个骑兵踏高四顾，以防不测；

（3）辎重要安排在阵中，以防敌军焚掠；

（4）军队通过，方圆三里之内，要禁绝行人；

（5）无法布阵通行的狭隘山路，部队要紧密相连，以枪旗弩弓居于两侧，缓缓通过；

（6）盛夏途经草深无际之处，须结方阵而行；

（7）进入敌境，无论是桥梁还是要道，都要先行试探，才能通过；

（8）进入敌境，骑兵除战具外不得有任何其他负重；步军除战具外，负重不得超过十宋斤。

（二）扎营

扎营与行军往往是一而二，二而一的事。

宋军扎营，从形制上来说，主要有所谓方营法与偃月营法之别。方营法适用于宽阔平原，偃月营法适用于背险列营。

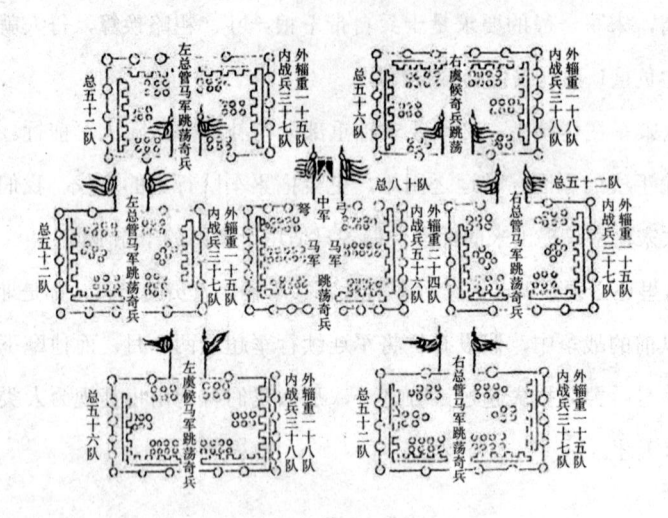

方营图

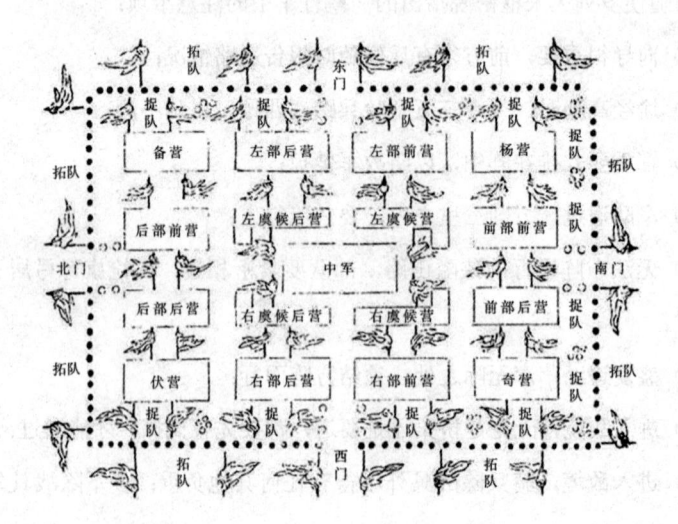

方营图

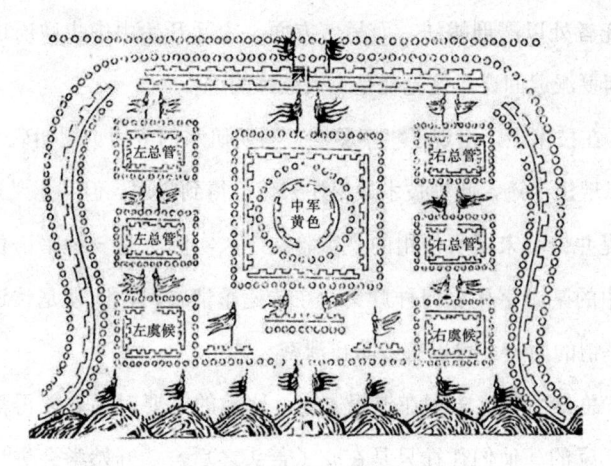

偃月营图

而从扎营的方法来说,则又有九种。

如果军队并不久驻,只是临时扎营,一般采用立枪营法、桃枪营法、车营法、拒马营法、绳营法;若军队久驻,则可以采用柴营法、掘壕营法、城营法、木栅营法。

因为篇幅的关系,这种九种扎营的方法,我们不再一一介绍。总之,宋军扎营有以下几个原则:境内扎营时,不得靠近城市及田地,须离城市十里以外,以避免扰民;尽量选择两旁有草泽泉水,背靠山险,面向平地,可以采樵伐木的地方扎营;原则上,扎营要居高临下,并且不惧敌人的火攻与水攻。

(三)谍报

在战争中,间谍之重要毋庸置疑。但即使在宋代,用间的方式依然比较落后。像小说中职方馆那样的机构,在历史上是并不存在的。只有皇城司部分承担了内外安全之责。皇城司远不成熟,而且其主要探事职能,更接近于一个早期的对内特务机构。宋军对间谍的作用虽然重视,刺探敌情、策反、离间、反间,无所不用其极,但主要还是依赖于边境的"率臣"们各自为战。

当然,宋军的谍报系统,也出现了一些让人惊喜的亮点。

因为在间谍战上吃尽苦头,甚至直接导致几次军事上的失利,在反间谍领域,宋朝中央政府曾经公开悬赏,捕捉元昊的间谍,最高赏额一度达到一百万文,并且对包庇者处以严刑峻法。而另一方面，宋廷开始由中央政府出资，鼓励边境率臣向西夏派遣间谍。这无疑是令人鼓舞的进步。

此外，在技术上，出现了"字验法"与明矾水的应用。用明矾水写字晾干，浸水后可以现出字迹，此种技术最迟在宋代已得到应用。但其意义远不能与"字验法"相提并论。宋军所使用的"字验法"，实际上是一种暗语传递，它事先约好某诗中的某个字代表何种意义，在传递军情之时，即使是传递情报者，也不能知道军情的内容，可以有效防止泄密。

不过，总体而言，宋军在谍报方面，比他的主要对手表现得都差，这一点也是不用怀疑的。他们往往只是在吃了苦头之后，才开始学会进步，可进步的程度，呃，真是让人不敢恭维。

好啦，《攻战志》到这里就算全部结束了。要完完全全介绍宋军是如何运转的，用这么简单的《攻战志》看来是不太可能做到了。比如我甚至没有来得及介绍宋军与唐军在对弩兵使用上的重大区别……但是，不管怎么样，希望这篇《攻战志》没有浪费大家的时间。至少，呃，至少我们应当知道了，宋军的战斗力，没有想象中的那么糟。

附录二

典章志[1]

Ⅰ.中央

中枢

尚书省：令，一人，超品；左右仆射各一人，正二品；参知政事，若干，正三品。

属官：左丞，一人，正四品上；右丞一人，正四品下；左司郎中一人，从五品上；右司郎中一人，从五品下；左司员外郎一人，从六品上；右司员外郎一人，从六品下。

属吏：各房都事，从七品上；主事，正八品上；令史，正九品下；书令吏，从九品下……

职掌：熙宁新官制，以尚书省总领百官，原中书门下之事权多移于此。尚书省为外朝领袖，代理最高之行政、立法、司法诸权。政事堂为最高决策机构。尚书令不除大臣，待储君监国之用。左右仆射为宰相，参知

---

[1] 在真实的历史上，赵顼在位的元丰年间（亦即小说中的熙宁十一年至熙宁十八年这段时间），曾经有过一次著名的"元丰改制"。这次改制前后，宋代之官制发生了很大变化，讨论宋代官制，必以此为分水岭。在《新宋》中，同样也发生了一次官制巨变，但它并不只是对元丰改制简单的复制。为了方便理解小说之内容，将小说中的"熙宁新官制"简单附录于此。但限于篇幅，只介绍主要部门。如内侍省、入内内侍省、皇城司等部门，以及勋、爵等制度，都未能附列，具体请参考小说与相关史料。

政事为副相，由诸部寺长官兼任，其中六部尚书必兼参知政事。左右丞掌行政监督之职，分管诸部寺监司事务。左右司郎中、员外郎分掌各房具体事务。都事掌点检诸房事务；主事分押各房文字。

枢密院： 知枢密院事，资深者称枢密使，正二品，位左右仆射后；同知院事，资深者称枢密副使，资浅者称签书院事、同签书院事，若干，正三品，位参知政事后。

属官： 都承旨，一人，正五品上；副都承旨，一至二人，从五品上；各司、各房知事，正六品上；同知事，从六品上。检详官，正七品上；计议官，正八品上；编修官，正八品下……

属司： 沿海制置使司，北面房，河西房，在京房，广西房，东南房，编修所，审官司，职方馆，检阅司，侍卫司，知杂房……以上诸属司隶都承旨。另设两个独立属司：枢密会议，武经阁。

职掌： 熙宁新官制，枢密院与尚书省对掌文武大柄，为最高军政机关，掌军国机务，兵防、边备、戎马之政令，同时亦是皇帝之最高军事参议机构。知枢密院事，掌枢密院事，军国大事，得列席政事堂会议。同知枢密院事，掌副枢密院事。都承旨，掌承宣旨命，通领院务。各房主官不再称承旨官，改称知事，掌各房事务。检详官、计议官为慎政官员。编修官，宋制本不入衔，新官制其职掌为专门编修如《武经总要》等军事书籍，以及颁布之军政令，条例等。沿海制置使司，掌沿海防务，海军军政。北面房，掌临辽国诸路之防务、军政。河西房掌临西夏诸路之防务、军政。在京房掌京师诸路之防务、军政，兼理川峡。广西房，掌沿交趾、大理诸路之防务、军政。东南房，掌其余东南诸路之防务、军政。审官司，掌六品以上、三品以下武职人事。职方馆，掌地图测绘，军机档案等，同时亦为对外情报机构。检阅司掌督察三衙训练，发布演习命令等。侍卫司，掌侍卫事务。知杂房，掌诸杂事。枢密会议由枢密使、副，三品以上功勋武官，元老重臣，三衙都指挥使等组成，提供战和攻守建议，为皇帝最高军事顾问机构。武经阁为储才之所。废枢密学士等，建武经阁，设大学士、学士、侍读学士、直学士、待制、侍讲、侍读、修撰等职名。凡三品以上武官，无实任且未退役者，从三品拜武经阁待制；正三品拜直学士；从二品拜侍读学士；正二品拜学士；从一品拜大学士。凡侍讲、侍读、修撰，为三品以下武官之加衔。待制以上，入阁则拜，出阁实任即去职。

门下省： 侍中，一人，正二品，侍郎一人，从二品；

  属官： 左散骑常侍一人，正三品；左谏议大夫二人，正四品上；左补阙四人，正七品上；左拾遗四人，从七品上；

  属司： 起居院，符宝司……

  属吏： 录事，从七品上；主事，从八品下；令史，正九品下；书令吏，从九品下……

  职掌： 熙宁新官制虽保持唐之三省制，但实为一省制，门下省与中书省主要为储才之所并分掌谏权，门下省并掌郊祀之礼。侍中，虚位，非元老重臣不除。侍郎为副，为实际长官，掌省务。左散骑常侍、左谏议大夫、左补阙、左拾遗为高、中级顾问官、谏官。

中书省： 令，一人，正二品；侍郎一人，从二品；

  属官： 右散骑常侍一人，从三品；右谏议大夫二人，正四品下；右补阙四人，正七品下；

  右拾遗四人，从七品下；

  属司： 中书舍人院……

  属吏： 主书，从七品上；主事，从八品下；令史，正九品下；书令吏，从九品下……

  职掌： 中书省与门下省分掌谏权，并掌外制诏令、传旨。中书令，虚设，以待元老重臣。侍郎为副，为实际长官，掌省务。右散骑常侍，右谏议大夫，右补阙，右拾遗掌如门下省等官。中书舍人掌外制，参议表章，诏旨制敕等。

门下后省： 都给事中，一人，正五品。副都给事中，一人，从五品。

属官：诸科给事中各一人，正七品上下。

属司：通进银台司，进奏院……

属吏：录事，从七品上；主事，从八品下；令史，正九品下；书令吏，从九品下……

职掌：熙宁新官制中，门下后省为最重要之慎政部门。门下后省掌上下封驳权，下以直驳正百官章奏，上以封还诏敕，并掌上下书读权。都给事中掌省事，副都给事中佐贰，按部门分设给事，掌上下封驳权和书读权。通进银台司原由通进司、银台司、发敕司、封驳司组成，新官制裁并为通进银台司，隶门下后省，掌中央各部门之奏牍，大臣之表疏，并具目分类以呈递皇帝，批示后分付有司颁布内外；凡进奏院之奏章、案牍，依然经由通进银台司进呈。进奏院掌地方于中央之邮递事。

辅枢（六部九寺四监）

吏部：尚书一人，正三品；侍郎二人，分左右，从三品；

属官：郎中六人，分文选、司封、稽勋、考功四司，文选司二人，分左右，余司各一人，正五品上；员外郎，四司各一人，从六品上；四司主事各二人，从七品上……

职掌：吏部掌六品以下文官之铨选。凡品阶勋爵俸禄之制，选官、分职、功赏、考绩之事皆总之。尚书掌部事，总文武官之选试、注拟及迁授等等之政令。侍郎佐贰。郎中掌司事，员外郎佐贰，主事总各案文书。

户部：尚书一人，正三品；侍郎二人，分左右，从三品；

属官：郎中四人，分户部、度支、金部、仓部四司，户部司二人，分左右，余司各一人，正五品上；员外郎，四司各一人，从六品上；四司主事各二人，从七品上……

职掌：户部掌全国户口、土地、钱谷、赋役之政令。尚书掌部务，总军国用度并掌审核州县废置升降以上尚书省决议。侍郎佐之。

礼部： 尚书一人，正三品；侍郎一人，从三品；

属官： 郎中四人，分礼部、仪部、祠部、主客四司，各一人，正五品上；员外郎，四司各一人，从六品上；四司主事各二人，从七品上……

属司： 贡院，设判院事一人。以礼部郎中或员外郎兼领。

职掌： 礼部总邦国贡举、礼仪、祭祀、朝会等之政令。尚书掌部务，总邦国礼仪、祭祀、贡举、朝会、吉庆凶丧等大典之政令。侍郎佐之。

兵部： 尚书一人，正三品；侍郎一人，从三品；

属官： 郎中五人，分武选、兵籍、职方、驿传、库部五司，各一人，正五品下；员外郎，五司各一人，从六品下；五司主事各二人，从七品下……

属司： 废武学，设讲武学堂，山长由侍郎兼。培训军使以上，指挥使以下军官。

职掌： 兵部掌六品及以下武官品级的补选、升调转迁，征募兵员、士兵的迁补，退役；驿传，后勤军资等。武选司掌六品及以下武官品级，补选和升调转迁等人事及武举事宜。兵籍司掌士兵征募、迁补、退役、抚恤等。职方司掌国内地图之测绘，烽侯，督察城隍要寨之修筑等事，同时为对内之情报机构。各军、营皆有掌地图测绘之军官，随军测绘地图，上报职方以及枢院职方馆。驿传司掌传驿之事。库部司掌军资料账。凡各军所需军资，报三衙审核批准，由库部司复核发出。

刑部： 尚书一人，正三品；侍郎一人，从三品；

属官： 郎中六人，分刑部、都官、比部、司门四司，刑部司二人，分左右，余各一人，正五品下；员外郎，四司各一人，从六品下；四司主事各二人，从七品下……

职掌： 刑部掌律法，按覆大理及天下案件、依赦宥条格决定犯科官员的赦免和录用并报尚书省决定。

工部： 尚书一人，正三品；侍郎一人，从三品；

属官： 郎中四人，分工部、屯田、虞部、水部四司，各一人，正五品下；员外郎，四司各一人，从六品下；四司主事各二人，从七品下……

职掌： 工部掌城池、屋宇、街道、桥梁等公共设施修建，舟、车器械百工制作及掌屯田、营田、职田、学田、官庄、堤堰等，并山泽、苑囿、畋猎、伐木及各种矿产资源开采废置，沟洫、津梁、舟楫、漕运等之政令。尚书掌部事，侍郎佐之。

太常寺： 卿一人，正四品上；少卿一人，从四品上。

属官： 丞二人，正六品上；主簿二人，从七品上，博士二到四人，从七品上；太祝四人，从九品上；奉礼郎二人，从九品；协律郎二人，正八品上，录事二人，正九品下。

属司： 郊社局，太乐局，祭器所，庙祀局……

职掌： 太常统掌礼乐之事。凡大朝会、祭祀所用之雅乐和器服及郊社、宗庙、社稷、非宗教祠祀等具体祭祀均其总领。卿总领寺事，少卿佐之，丞参领；主簿稽考、点检本寺之文书并掌出纳文书。博士掌讲定五礼仪式并掌文武官议谥并拟其谥文，祠祭时，掌监视仪物，行引导、助理事。协律郎掌礼乐指挥；太祝掌颂读；郊社局掌社稷和四方郊庙、坛、宫等事；太乐局掌大礼用乐、祠祭登歌等，并管训练音乐事；祭器所则管祭祀器物。庙祀局掌非本朝宗庙。

宗正寺： 卿一人，正四品上；少卿二人，从四品上；

属官： 丞二人，正六品上；主簿二人，从七品上；录事二人，正九品下。

属司： 玉牒所，诸陵台，太庙局，宗子学……

职掌： 宗正掌皇族事务，举凡奉宗庙、诸陵寝、园庙荐享、皇亲承继、皇族教育、训谕、考试、政令、纠察违失、宗室纠纷、法例等皆其统理，凡皇族奏事，必经宗正而后闻。卿总寺事，少卿佐贰。丞参领并掌撰写笺奏。主簿掌勾稽文书，并通管本寺杂务。玉牒所掌修本朝历代皇帝玉牒。

诸陵台皇陵，太庙局总宗庙事。

光禄寺： 卿一人，正四品上；少卿一人，从四品上。
 属官： 丞一人，从六品上；主簿一人，从七品下；录事二人，从九品上。
 属司： 太官局，物料局……
 职掌： 光禄掌朝会、祭祀、宾宴等膳食之储备、政令及格式等。太官局掌宫廷供应事务。物料局掌管理调配之物料事务。

卫尉寺： 卿一人，正四品上；少卿二人，从四品上。
 属官： 丞二人，从六品上；断丞四人，从六品上；司直六人，正七品上；评事十人，从七品上；推丞四人，从六品下；主簿二人，从七品下；检狱一人，从七品下；录事二人，从九品上。
 职掌： 熙宁新官制，卫尉寺职权变化最大。与旧制相比，卫尉寺仅存其旧名。新制卫尉掌监军、军法诸事。军中旧制之虞侯，改制后隶卫尉寺，为随军军法官。三衙设都虞侯，下设护军虞侯、护营虞侯、虞侯、将虞侯、押官等。大征伐，随帅营置行营护军使，统管诸军之军法系统，监视统军将领，有事则设，无事则省。卿掌寺务，少卿、丞各二人，分左右，左掌监军，右掌军法。

太仆寺： 卿一人，正四品上；少卿一人，从四品上。
 属官： 丞一人，从六品上；主簿一人，从七品下；录事二人，从九品上；
 职掌： 太仆寺掌全国马政。

大理寺： 卿一人，正四品上；少卿二人，分左右，从四品上；
 属官： 正二人，正六品上；断丞四人（二人专检法，二人专议案，不互兼），从六品上；司直六人，正七品上；评事十人，从七品上；推丞四人，从六品下；主簿二人，从七品下；检狱一人，从七品下；录事二人，从九品上。

职掌：大理总掌断刑及治狱之政。分左右厅，左厅断刑，右厅治狱。卿总寺务。少卿分二左少卿佐掌断刑事，即左厅事。右少卿佐掌治狱事，即右厅事。左厅官：左少卿（断刑少卿）、断丞、司直、评事；右厅官：右少卿（治狱少卿）、推丞、检狱。议司：卿、左少卿、断丞；断司：正、司直、评事；议司分二，卿、左少卿、断丞组成大议司，掌覆议经大理正审定之大案、要案和死刑案或断司审决之公案、命官案；左少卿、断丞组成小议司，掌覆议经大理正审定之非死刑案。议司若同意断司之决断，则交刑部覆审。若有疑义，可交付断司重新审定。

鸿胪寺：卿一人，正四品上；少卿一人，从四品上
属官：属丞一人，从六品上；主簿一人，从七品下，录事二人，从九品上。
属司：礼宾院，都驿馆，往来国信所，海外事务局……
职掌：鸿胪寺总少数民族事务及海外殖民、盟约之藩属事务。卿掌寺事，总国境少数民族之事务，凡羁縻之封赐、承袭等务及海外殖民、盟约之藩属皆理之。少卿佐之，丞参领。礼宾院掌外国宾客来朝之安顿馆所。都驿馆掌诸番部使来朝之安顿馆所。往来国信所掌外国来往之书信。海外事务局掌海外殖民事务。

司农寺：卿一人，正四品上；少卿二人，分左右，从四品上
属官：丞一人，从六品上；主簿一人，从七品下，录事二人，从九品上。
属司：粮务局，草场局，排岸司，常平司……
职掌：司农寺掌中央直属之粮草仓场之储积出纳并其漕运之事，并兼掌园苑种植、作物引进、改良诸事。

太府寺：卿一人，正四品上；少卿二人，分左右，从四品上
属官：丞一人，从六品上；主簿二人，从七品下，录事二人，从九品上。
属司：左库藏局，右库藏局，征榷局，盐铁局，商税局，市易局，和市局，河渡局，

市舶局，医药局，互市局，交钞局……

职掌： 熙宁新官制后，太府掌邦国财货库藏、交钞、商税、市易、各类专卖、官营商业等等之政令，为国家重要财计部门，与户部分掌全国财计。

国子监： 祭酒一人，正四品下，司业二人，从四品下。

属官： 丞二人，从六品下；主簿一人，正八品上；录事二人，从九品上。

属学： 国子学，太学，律学，天文学，医学，算学，艺学，番学……

职掌： 国子监掌全国教育及官立学校之事务。祭酒掌监事，并掌全国学校教育之政令。司业佐之，一司业分掌教育及各地学校事务，一司业分掌国子监属学。丞参领，亦分。主簿掌勾稽文书，并通管本监杂务。博士、教授、助教、学谕分各学务，并掌专讲学科。学正、学录则为掌佐博士、教授、助教施行教典，执行学规。

军器监： 监一人，从四品上；少监一人，正五品上。

属官： 丞一人，正七品上；主簿一人，正八品下；录事二人，从九品下。

属司： 兵器研究院，霹雳投弹院……

职掌： 熙宁新官制后，军器监掌全国军器生产、研发事务。

将作监： 监一人，从四品上；少监一人，正五品上。

属官： 丞一人，正七品上；主簿一人，正八品下；录事二人，从九品下。

属司： 八作司，材料计量局，物料管理局……

职掌： 将作监掌邦国土木工匠板筑造作具体之事。

都水监： 监一人，从四品上；少监一人，正五品上。

属官： 丞一人，正七品上；主簿一人，正八品下；录事二人，从九品下。

职掌： 都水监掌河海、渡口、堤堰、川泽浚治疏导之事。

附枢

学士院： 翰林学士承旨，从二品；翰林学士，正三品。翰林侍读学士，正四品上；翰林侍讲学士，从四品上；翰林侍读，正六品上；翰林侍讲，从六品上。典籍二人，从八品上；录事二人，正九品上。

属官： 国史馆、实录院……

属司： 学士院掌国朝大除授及重要书诏的起草、撰述，包括立储、纳后、封爵、

职掌： 拜相、国书、法令、德音、赦命等，并掌修纂国史亦其所掌。翰林学士承旨、翰林学士掌内制及参赞政事，顾问备详。翰林侍读学士、翰林侍讲学士，掌同翰林学士。新制以经筵、国史隶学士院，翰林侍读、翰林侍讲掌经筵之事，备顾问经史。国史馆掌编修正史、实录、会要等事。

翰林院： 知翰林院事一人，正七品下；同知翰林院事一人，从七品下。

属司： 司天台，太医局……

职掌： 翰林院掌邦国重要专业技术事务。知翰林院事、同知翰林院事总本院庶务，两者不并设，只设其一。司天台掌察天文变化，以占吉凶及刻漏、钟鼓，定时间、考历数；祭祀设神明位版；遇大事选黄道日；造新年历颁布四方等。太医局掌医官资格及医人政令等。

秘书监： 监一人，正四品上；少监一人，从四品上；

属官： 丞一人，从六品上；著作郎一人，从七品；著作佐郎二人，正八品；秘书郎二人，正八品；校书郎四人，从八品；正字二人，从八品。

属司： 著作局，印书局……

职掌： 秘书监掌经籍图书之政令并修注两省记注之事，并付国史馆及撰写祭祀祝辞及并刻印、出卖经籍等事。

监察

御史台：大夫一人，正三品；中丞一人，从三品；侍御史一人，正四品上。

属官：主簿二人，从七品下；录事二人，从九品下。

属司：殿院：殿中侍御史，正七品上；

监院：监法御史，从七品上；

察院：监察御史按府路设人，从七品上；

职掌：御史台掌纠察百官，肃正纲纪之务，为邦国之监察机构。大夫虚位，以命崇官；中丞掌总台事，侍御史佐贰。主簿掌本台文书并通管杂务。殿院主京朝百司监督；监院主法律监督；察院主地方监督。殿中侍御史主察京朝百官，分部门设立，大事奏劾，小事举正。另，朝会之左、右巡使权，祭祀之监祭使权，后宴之廊下使权，国忌之监香使权，此五使权均以殿中侍御史临时差遣；监法御史主监督大理寺所判审案件；监察御史主监察地方官吏，并稽核该府路刑名案件。

登闻鼓院：凡四方官吏、士民冤枉上封事、书牍等，通受奏之。设判登闻鼓院事二人，以谏官兼领。

登闻检院：掌官民章奏申诉无例由都进奏院或阁门通进者，投诉登闻鼓院者，事关国家机密之事者都由其接受。设判登闻检院事一人，以谏官兼领。

理检院：登闻检院受而仍有冤屈者则受此院，由御史中丞兼。

馆阁贴职

诸殿学士： 观文殿大学士；资政殿大学士；观文殿学士；资政殿学士；端明殿学士。
 诸阁： 龙图、天章、宝文阁学士、直学士、待制。
馆阁贴职： 集英殿修撰；右文殿修撰；秘阁修撰；直龙图、天章、宝文阁；直秘阁。

II. 地方

路、京府

安抚使司： 安抚使一人，正三品。
 属吏： 参议一人；判司文书六人，分吏、户、礼、兵、刑、工六曹；都事二人；差遣若干。

转运使司： 使一人，正四品上；副使一人，从四品上。
 属官： 判官一人；户曹参事二人；工曹参事二人；都事二人；差遣若干。

提刑使司： 使一人，正四品下；副使一人，从四品下。
 属官： 判官一人；刑曹参事二人；都事二人；差遣若干。

指挥使司： 使一人，正四品下；副使一人；从四品下。
 属官： 兵曹参事二人；都事二人；差遣若干。

学政使司： 使一人，正四品下；副使一人，从四品下；
 属官： 礼曹参事二人；都事二人；差遣若干。

职掌： 熙宁新官制，实质是将路一级行政机构实体化。保持旧制之基本特征，并进行名实两方面之调整。安抚使，熙宁前常置者仅以西北、西南诸路，新制亦不常置。安抚使掌一路兵民之事、统领四司并境内禁军；参议掌参赞机务；判司文书掌档案、机宜文书等；都事、差遣理杂务。旧制设安抚副使，不常置，并充武臣，新制不设。凡置安抚使司，必置监察虞侯，隶卫尉寺，掌监察安抚使。每路分四司，互不隶属。转运使司掌一路之民政、财政等事。使主本司事务，副佐贰，判官参领庶务；提刑使司掌一路之按察、刑狱公事。提刑使司不与转运使司同城开府。指挥使司掌一路之兵事。学政使司掌一路典礼和学校之事。

京府： 牧一人，正三品；知府事一人，正四品上下；同知府事一人，正五品上下。东京以外，各设通判。

属官： 判官一人；推官一人；司录参军一人；参军六人，分吏、户、礼、兵、刑、工六房；巡检若干；左、右厢公事各一人。

职掌： 京府者，即东京开封、南京应天、西京河南、北京大名四府。牧仅授皇子亲王，知府事、同知府事不并置，判官、推官协理府务；东京各设一人，其余三府不并置；司录参军掌民事案件，并总理六房案牍；巡检掌一府之治安；左、右厢公事掌检覆推问，论决斗讼事轻者。

府、州、军、监

府： 知府一人，正五品下；通判一人，从六品上下。

属官： 判官一人；录事参军一人；参军六人，分吏、户、礼、兵、刑、工六房；巡检一人。

职掌： 知府掌一府兵民之政，通判佐贰，判官裨赞；录事参军掌府院庶务，纠诸曹稽违并总理六房案牍。

州： 知州一人，正六品上下；通判一人，从六品上下。

属官： 判官一人；录事参军一人；参军三至六人，分三房或六房；巡检一人。

职掌： 熙宁新官制，改七等州为三等，即州分上（原雄、望、紧）中（原上、中）下（原中下、下）三等，而又依旧制，以地位之高低分节度、观察、防御、团练、军事州五格。上州为上阶，余皆为下阶。州设各职所掌同府之各职，唯上州六房备而中下州并合吏兵刑三房；下州判官、录事参军只设其一。

军： 知军一人，正六品下；通判一人，从六品下。

属官： 判官一人（或录事参军一人）；参军三人，分户、礼、工三房；巡检一人。

监： 知监一人，正六品下。

属官： 判官一人（或录事参军一人）；参军三人，分户、礼、工三房；巡检一人。

县、军、监

县： 知县一人，正从七品上下；丞一人，正从八品上下。

属官： 主簿一人；尉一人。

职掌： 熙宁新官制后，原八等县改为三等县。上县为正七品上下；中县为从七品上；下县为从七品下；丞、主簿亦同。尉则上县为从九品上，中县为从九品下，下县属未入流。上县四职并备，中县以下丞、主簿只设其一。知县主持一县之政，丞佐贰；主簿掌稽考簿书，出纳官物，赞正印官之治；尉掌一县治安。

军： 军使一人，正七品上；通判一人，从七品下；

属官： 判官一人，巡检一人。

监： 主簿一人，正九品上；巡检一人，不入流。

羁縻州县

州：知州一人，正六品下；通判一人，从六品下；判官，从七品下；参军，正九品下。

县：知县一人，从七品上；丞，从八品上。

职掌：少数民族聚居区而朝廷之藩属者称羁縻州县，令其族长贵人为官，世袭罔替，由其所隶州府奏朝廷以任。

Ⅲ. 文武散官[1]表

文散官

				从一品	开府仪同三司		
正二品	特进			从二品	光禄大夫		
正三品	金紫光禄大夫			从三品	银青光禄大夫		
正四品上	正奉大夫	正四品下	通奉大夫	从四品上	太中大夫	从四品下	中大夫
正五品上	中散大夫	正五品下	朝奉大夫	从五品上	朝请大夫	从五品下	朝散大夫
正六品上	朝奉郎	正六品下	承直郎	从六品上	奉直郎	从六品下	通直郎
正七品上	朝请郎	正七品下	宣德郎	从七品上	朝散郎	从七品下	宣奉郎
正八品上	给事郎	正八品下	承事郎	从八品上	承奉郎	从八品下	承务郎
正九品上	儒林郎	正九品下	登仕郎	从九品上	文林郎	从九品下	将仕郎

---

[1] 熙丰新官制之文武散官，名称虽与旧制相同，但实质发生根本变化。新制之文散官相当于以前的"本官"，武散官略同于后世之军阶。

武散官

		从一品	骠骑大将军		
正二品	辅国大将军	从二品	镇国大将军		
正三品	冠军大将军（怀化大将军）	从三品	云麾将军（归德将军）		
正四品上	忠武将军	正四品下	壮武将军	从四品上	宣威将军	从四品下	明威将军
正五品上	定远将军	正五品下	宁远将军	从五品上	游骑将军	从五品下	游击将军
正六品上	昭武校尉	正六品下	昭武副尉	从六品上	振威校尉	从六品下	振威副尉
正七品上	致果校尉	正七品下	致果副尉	从七品上	翊麾校尉	从七品下	翊麾副尉
正八品上	宣节校尉	正八品下	宣节副尉	从八品上	御武校尉	从八品下	御武副尉
正九品上	仁勇校尉	正九品下	仁勇副尉	从九品上	陪戎校尉	从九品下	陪戎副尉

节级：忠士、守阙忠士、锐士、守阙锐士、弘士、守阙弘士、效士、守阙效士、毅士、守阙毅士

附录三

历史年代对照表

《新宋》中宋朝年代	历史上宋朝年代	公元年代
熙宁二年—熙宁十年	熙宁二年—熙宁十年	1069—1077
熙宁十一年—熙宁十八年	元丰元年—元丰八年	1078—1085
绍圣元年—绍圣九年	元祐元年—元祐九年四月	1086—1094
绍圣九年—	绍圣元年（即元祐九年）—	1094—

《新宋》中辽国年代	历史上辽国年代	公元年代
咸雍五年—咸雍十年	咸雍五年—咸雍十年	1069—1074
太康元年	太康元年	1075
大定元年—大定五年	太康二年—太康六年	1076—1080
太平中兴元年—	太康七年—	1081—

《新宋》中西夏年代	历史上西夏年代	公元年代
乾道二年	乾道二年	1069
天赐礼盛国庆元年—天赐礼盛国庆五年	天赐礼盛国庆元年—天赐礼盛国庆五年	1070—1074
大安元年—大安七年二月	大安元年—大安七年	1075—1081
兴庆元年—兴庆六年	大安七年—大安十一年	1081—1085
	天安礼定元年、天仪治平元年	1086
此五年用宋朝年号	天仪治平二年—天仪治平四年	1087—1089
	天佑民安元年—天佑民安二年	1090—1091
天佑元年—	天佑民安三年—	1092—

附录四

新宋大事简表

熙宁二年

十月	石越于大相国寺初会唐棣、陈元凤、李敦敏及柴氏兄弟
十一月	石越与桑充国等人撰《论语正义》
十二月	桑氏印书坊成立

熙宁三年

一月	石越初会苏轼
三月	皇帝殿试召见唐棣、陈元凤、李敦敏、柴氏兄弟
四月	石越出版《疑古文尚书伪作论》《三代之治》
五月	吕惠卿判司农寺,同年丁忧返乡
六月	石越出版"石学七书"
七月	白水潭学院建立
八月	宋夏交恶,韩绛宣抚陕西
九月	司马光权知永兴军,后改判西京御史台
	苏轼受劾
	皇帝以石越为白水潭书院山长,并赐紫金鱼袋
	白水潭学院开学
十月	石越初见潘照临

附录四 新宋大事简表

	十一月	王安石任礼部侍郎、同中书门下平章事、监修国史
		石越改良青苗法，建立钱庄
	十二月	二程、邵雍受聘于白水潭学院
熙宁四年		
	三月	陕西兵败，韩绛罢相
		王安石拜昭文相
	四月	白水潭学院建讲演堂和辩论堂
	九月	白水潭学院分明理、格物二院
		《白水潭学刊》创刊
		石越权提举虞部胄案公事
	十月	兵器研究院成立
	十一月	桑充国入狱
		桑梓儿于大相国寺初见楚云儿
	十二月	宣德门叩阙
		石越罢白水潭山长
熙宁五年		
	三月	白水潭十三子建西湖书院
	四月	沈括发明投掷式震天雷
		萧佑丹出使宋朝
		《汴京新闻》创刊
		宋廷颁布《皇宋出版敕令》
	五月	保马、市易法之争
		王韶大捷
		石越授直秘阁、著作郎，加检正中书刑房、兵礼房、工房三房公事，罢提举胄案虞部事
	七月	"军器监奇案"
		石越、桑充国失和
		石越认唐康为义弟

	赵岩研发黑火药颗粒化技术
	石越权知兵器研究院事
闰七月	吕惠卿复出，任天章阁侍讲、判司农寺，兼判知军器监事
	白水潭、嵩阳、横渠、太学，四书院之会
	《三经新义》《经义局月刊》《国子监月刊》《皇宋新义报》创刊
	石越罢权知兵器研究院事
八月	欧阳修去世，石越赴江西吊唁
	《嵩阳学刊》创刊
	《西京评论》创刊
	桑充国办义学
	司马梦求至汴京
	白水潭图书馆成立
	石越授礼部郎中、朝请大夫、骑都尉
九月	张商英劾文彦博、吴充、蔡挺，被罢
	文彦博出外，吴充拜枢密使
	司马梦求、陈良、吴从龙、范翔、曹友闻、秦观、吴安国、田烈武，会仙楼之会
	白水潭运动会举办
	田烈武入石越门下
	司马梦求入石越幕府
	吕惠卿同知贡举
	石越同知贡举
十一月	少华山山崩

熙宁六年

二月	省试风波，白水潭学院中进士一百零六人，帝赐田奖赏
	讨论方田均税法
	搁置市易法

改革军器监

研制霹雳投弹，霹雳投弹院成立

研制座钟，研究青铜弩机

三月　设计干船坞

创办技术学校

淑寿出生

白水潭佘中成为状元

韩琦认桑梓儿为义女

石越拜翰林学士、权判工部事兼同知军器监事，免检正中书三房公事

吕惠卿拜天章阁学士

五月　石越与桑梓儿成婚

楚云儿返回杭州

托梦事件

发明沙盘、马蹄铁

石越除宝文阁直学士、朝奉大夫、两浙路转运副使兼提举常平副使兼知杭州军州事，罢翰林学士、权判工部事兼同知军器监事

卫朴赴西湖学院创办格物院

六月　唐炯办《谏闻报》

编纂《大宋地理志》

石越离京

七月　蝗虫自辽入境

王韶平岷州、洮州、叠州

潘照临离间吕惠卿与王雱

石越至杭州

西湖学院设译经馆，"百年翻译运动"开启

文焕中武状元

段子介、薛奕、吴安国武进士及第，田烈武武进士出身

八月　蔡京组建官船队

薛奕节制杭州市舶司水军事

熙宁七年

一月　薛奕与曹友闻出海，通商高丽、日本九州

二月　河北路旱灾、蝗灾，流民

三月　郑侠上《流民图》，王安石辞相

五月　薛奕、曹友闻返回杭州

六月　赵顼下罪己诏，罢方田均税等新法

石越赈灾

三十日，天大雨，瞎木征降，王韶平河州

七月　王安石罢相，行吏部尚书、位特进、上柱国、太原郡开国公、知江宁府事

吕惠卿拜翰林学士，旋任参知政事

桑充国与王昉订婚

八月　王安石出守金陵

九月　契丹陈兵边境，要求改约

十月　韩琦病逝

潘照临见富弼

萧佑丹与萧禧使宋

萧佑丹诬石越为石敬瑭之后

熙宁八年

一月　萧佑丹归国

司马梦求前往辽国

二月　石词案

潘照临助石越伪造身份，托名石介妾生子

三月　韩缜与辽国谈判，割地七百里

桑梓儿有孕，石越制跳棋

四月	桑充国与王昉完婚
	石越上《变法图强札子》
	沈起开边衅
	沈括出使交趾
	薛奕海战大胜交趾
闰四月	官制改革
	军事改革
	耶律濬改革
	《海事商报》创刊
	程棚见王安石
	三司火灾，曾布贬知广州
	司马光拜参知政事兼户部尚书
	《升龙府盟约》签署，吉婆岛、归义城归宋
	石珍案
	桑梓儿流产
	楚云儿病逝
五月	石越拜参知政事兼太府寺卿
	吕惠卿拜尚书右仆射
	十香词案，御帐之乱，耶律濬登基
	耶律乙辛遁逃
六月	司马梦求归宋
	职方馆设立
	薛奕购凌牙门
七月	兵器研究院爆炸事件
	唐康与文彦博孙女订婚
	程棚见石越
八月	先贤祠、忠烈祠设立
	王雱去世，入先贤祠

	阿沅失踪
九月	辽国内战
	苏石奏折案
	沈括发明棘轮
十月	荆湖南北、广南东西四路军屯制置使司，开发湖广
	废持兵令，许兵器民营
	辽帝拔耶律信于行伍
	何畏之见石越，蒸馏酿酒法
	阿奴律陀王统一蒲甘
	高丽开京，顺天馆会议
	唐康欲纳金兰为妾
	高丽征女直
十一月	狄詠、清河大婚
	宋辽新盟，全面通商
	耶律濬潢河大捷
	赵顼决意纳高丽公主为妃

熙宁九年

三月	司农寺齐民馆设立
四月	净慧院案
六月	薛奕与交趾联军灭渤泥国，立渤泥三侯
	耶律信克上京
七月	章惇筹划设卫尉寺分析局
九月	桑梓儿第二次怀孕
十一月	耶律信破高丽、女直
十二月	初七，皇六子出生，母朱德妃
	赵顼昏厥
	太皇太后曹氏重病，密见司马光
	太皇太后曹氏赐杨士芳《汉书》第六十八卷

嘉王赵頵受命巡视天下宫观，当日离京，昌王赵灏称病，与李昌济密谋夺位

皇六子赐名佣，封均国公

新化县蛮夷叛乱

熙宁十年

一月　均国公赵佣晋延安郡王，尚书令

　　　柔嘉私见石越

　　　石越安抚陕西，加端明殿学士，罢参知政事兼太府寺卿

　　　宋朝驻军江华岛，购济州岛

　　　蔡确贬凌牙门都督

　　　石越潼关遇到史十三

二月　火炮实验

　　　石越沙苑监遇刺

　　　石越往渭州途中遇袭

三月　赵顼遣狄詠赴陕西

　　　秦观出使高丽

四月　平夏城之战

　　　文焕被俘

　　　吴安国入云翼军

　　　卫棠初遇柔嘉

　　　卫棠办《秦报》

五月　梁乙埋天都山夺李清兵权

　　　石越上《论宣节副尉文焕无罪札子》

　　　平夏城之战大捷

　　　何畏之夜袭讲宗岭

六月　初六，皇七子出生，母王贤妃（高丽公主）

　　　石蕤出生，小名璐璐

七月　皇七子赐名俟，封信国公

　　　　　交钞发行全国

　　　　　石越晋新化县开国侯

　　八月　向皇后收养赵佣、赵侯

　　　　　颁行《交钞法》

　　　　　石越陕西改革驿政

　　　　　向安北案

　　　　　文焕诈降

　　九月　柔嘉削县主封号，高遵裕罢渭州知州

　　　　　石越至庆州

　　十月　夏主李秉常亲征绥州，绥德之战

　　　　　环州之战

　　　　　狄詠守环州，兵败自尽，何畏之被俘

　　　　　吕惠卿拜尚书左仆射

　　十一月　庆州之战

　　　　　"绥德逆袭"，宋军大捷

熙宁十一年

　　一月　向安北案结案，章惇由卫尉寺卿贬兵部职方司员外郎，高遵裕罢官

　　二月　桑充国著《天命有司》

　　　　　百官郊迎石越

　　　　　《白水潭藏书总目》编成

　　　　　石越晋阆乡侯

　　　　　石蕤受封桐庐县君

　　三月　创建汴京动物园

　　　　　研发克虏炮

　　　　　李清清封栎阳县君

　　五月　辽夏结盟

　　　　　石越归陕

| 九月 | 曾布都督凌牙门，蔡确都督归义城，薛奕削侯爵 |
| 十月 | 大安改制 |

熙宁十二年

| 一月 | 宋辽互派常驻使节 |
| 十月 | 太皇太后曹氏去世 |

熙宁十三年

一月	夏主李秉常封文焕溥乐侯
	梁乙埋发动"己丑政变"，李清、史十三死难
二月	萧佑丹创设通事局
三月	白水潭会议召开，《义利集》出版
	文焕遇刺
	耶律濬兵围大同
	石越诛种杼、姚凤，吴充罢兵部尚书
四月	石越加西讨行营都总管
	吴充病逝
	宋军准备伐夏
五月	"熙宁西讨"
	种谊兵败磨脐隘，刘昌祚破磨脐隘
	王厚攻兰州
	宋军取银州、夏州
六月	拱圣军克宥州、龙州、洪州
七月	拱圣军兵败，符怀孝令残兵降夏，自尽
	折克行大破梁永能
八月	盐州降宋
	吴安国再破梁永能，梁永能自尽
	章楶、慕容谦至河套
九月	种谔攻灵州
	擒耶寅，叶悖麻自尽

	折克行、吴安国兵临兴庆城，逢大雪，退兵
	夏主李秉常遣使求和
闰九月	姚兕杀虎，仁多瀚内附
	王安石拜荆国公，赵颢晋曹王，赵颢晋雍王
十月	"熙宁归化"，乞弟之乱
	石越遣归耶寅
	文焕任职方馆主事兼广州房知事，前往南海
十一月	大同兵变，耶律濬重新统一辽国

熙宁十四年

一月	夏主李秉常政变，杀蒐名荣、梁乙埋父子；弑梁太后
二月	李秉常西迁，改元兴庆
三月	平乞弟之乱
四月	李秉常迎娶辽国宗室女
五月	李秉常至黑水城
	宋军取兴庆并贺兰山以东
	石越拜观文殿大学士、枢密副使，闭门谢客
六月	唐康任戎州知州

熙宁十五年

一月	石越加太子太傅
五月	苏轼使辽
十月	石越辞太子太傅，罢枢密副使，任提举编修敕令所

熙宁十六年

一月	李秉常破黄头回鹘
三月	伊州之战，秉常大破高昌，高昌乞和

熙宁十七年

五月	李秉常灭高昌，破黑汗军
六月	西南夷之乱
	"渭南兵变"

七月	种谔受命平叛，病死军中
	萧佑丹使宋
	陈元凤任益州路转运判官
	赵顼中风
	薛奕返京，游说对注辇开战
	唐康通判大名府
	石越封鲁国公
八月	桑充国、程颐为太子师（资善堂直讲）
	宋丽贸易贷款协定
	舒亶办陈世儒案
九月	王安石任益州路巡边观风使
十月	永顺钱庄案
	舒亶下狱
	吕惠卿罢相，拜观文殿大学士，建国公，出判太原府
	司马光拜尚书左仆射
	石越拜尚书右仆射
	王安石拜侍中兼平章军国重事
十一月	钱庄总社成立
十二月	交钞危机
	高遵惠、陈元凤平"陈三娘之乱"

熙宁十八年

一月	赵顼病逝，以王安石、司马光、石越、韩维、王珪与韩忠彦为辅政大臣
	石得一之乱
	田烈武、杨世芳、呼延忠，以功拜阳城侯、武城侯、娄烦侯
	定赵顼谥号，庙号高宗
	太皇太后高滔滔垂帘，罢王珪
	李昌济被潘照临软禁

二月	发行盐债
三月	与辽国更盟
四月	封建南海
六月	三佛齐吞并丹流眉
七月	薛奕破三佛齐水军
八月	宗泽克三佛齐都城詹卑，擒三佛齐国王
九月	薛奕献俘
	封三佛齐国王违义侯，赐名赵守忠
十一月	以三佛齐旧地分为三国，西为周国，东为邺国，仍以赵守忠之子、镇海侯赵惟礼守三佛齐社稷
	丹流眉复国
十二月	曹国王赵颢去世，太皇太后高滔滔赐医、药，并遣六世卿辅政

绍圣元年

闰二月	赵宗汉、柔嘉就封
三月	阿沅改名楚沅，在汴京办"杭州正店"
七月	赵惟礼勾结注辇国叛乱
八月	新邺围解
	三佛齐、注辇联军攻南邑
	薛奕解南邑之围
九月	注辇再攻南邑，柴若讷退走凌牙门
十月	三佛齐、注辇联军再攻新邺
十一月	三佛齐、注辇联军七攻凌牙门
	凌牙门监察御史陈克庄战死
	宋援军大至
	升凌牙门为凌州
十二月	周、邺约为婚姻
	周国以柴远为国相
	柔嘉出猎，擒三佛齐将领皮袜

绍圣二年

一月	邺国与阇婆国约为婚姻
二月	注辇再攻新邺不下
三月	薛奕细兰海大捷
四月	赵惟礼请降
五月	柴若讷返南邑
	柴远取哥富罗沙（今马六甲），置来远郡；蓝武里国臣服周国
十月	邺康公赵宗汉去世，子赵仲琪继位，国事决于东都（柔嘉县）
	仍以赵惟礼为镇海侯，封地三百里，守三佛齐之祀
十一月	开封雪灾

绍圣三年

六月	京西路大旱；陕西路大旱
七月	越国就封，赵令廊为越国公；楚国就封，赵令劤为楚国公；魏国就封，赵仲来为魏国公；燕国就封，赵仲恕为燕国公；鲁国就封，赵仲先为鲁国公
八月	陈国就封，赵士关为陈国公；韩国就封，赵仲历为韩国公；蔡国就封，赵仲约为蔡国公；吴国就封，赵宗绛为吴国公

绍圣四年

二月	河北干旱
七月	岐国就封，赵仲佺为岐国公；洋国就封，赵仲骘为洋国公；英国就封，赵仲谕为英国公

绍圣五年

六月	濮国就封，赵宗晖为濮王
七月	岐国公赵仲佺染病，太皇太后高滔滔赐太医十名；加赐岐、英、洋三国东南禁军各一指挥，并赐给铠甲千余副
十二月	筑东岐城

绍圣六年

　　十一月　唐康、童贯使辽

　　十二月　广平甸之乱，萧佑丹父子死难

绍圣七年

　　一月　宋辽复旧约

　　　　　辽主拜萧禧为北枢密使，召北枢密副使耶律信回朝，以耶律冲哥任西京留守

　　　　　王安石病逝，谥号"文"

　　　　　赵煦于宝相寺吊唁王安石

　　二月　耶律濬鸳鸯泊点兵

　　三月　田烈武至河间府，为云骑军都校

　　四月　辽国南侵，章惇罢参知政事

　　　　　辽军犯雄州

　　　　　御前会议

　　　　　司马光去世

　　　　　小李庄之战

　　　　　完颜阿骨打降宋

　　五月　拱圣军遇辽军前锋，姚咒守深州

　　　　　司马光谥号"文正"，赠太傅、陈王

　　　　　赠王安石太傅、舒王

　　六月　石越任河北、河东、京东三路宣抚大使

　　　　　吕惠卿任太原都总管府都总管

　　　　　苦河之战

　　　　　唐康、李浩退守衡水

　　七月　深州失陷

　　　　　太皇太后高滔滔病逝

　　　　　仁多保忠攻武强，不利

　　　　　唐康、李浩歼萧阿鲁带所部

鼓城之败

阜城失陷，郭元度殉国

耶律信攻东光

八月　辽主至武强

辽以宋太皇太后去世，遣使致哀，欲议和

宋以唐康为和议正使

九月　姚咒以兵败罢官

何畏之、和诜袭取饶阳

十月　章楶、折克行攻辽国西京道

吴安国夜袭灵丘，取飞狐城，至易州与吕惠卿、段子介合兵

章楶以折克行遇伏退兵

吴安国等袭取易州、容城

折克行取蔚州

石越赴安平劳军

种朴兵败

陈元凤率军援河间府，解田烈武、苗履之厄，张整伤重不治

安平大捷，韩宝战死

辽主北归

十一月　李清臣、庞天寿至乐寿

追赠石介

唐康、种师中约为婚姻

河间阅武式

石越拜燕国公

朱克义等拦驾请愿北伐

吴从龙、黄裳雄州密会耶律昭远

克列、粘八葛部之乱

庞天寿、师怀秀密查安平劳军事件

白水潭学院树王安石、司马光雕像

石越见李清臣，反对北伐

潘照临大名府密会柴逊

十二月　刘挚罢御史中丞，出判光州

折克行自蔚州突围，会段子介于定州

高丽兵过大同江

苏辙罢参政兼户部尚书，出判洪州

石越拜左丞相

石蕤封嘉乐长公主

林希修撰《高宗实录》

绍圣八年

一月　颁布《北伐诏》

章惇、王厚率军北伐

二月　王厚回朝，田烈武代之

唐康、慕容谦攻易州，章惇、陈元凤攻岐沟关

唐康、陈元凤会于涿州城下

三月　耶律冲哥大破克列、粘八葛

高丽兵败辽东

李昌济白鹤观自尽

许将主持修撰民法典，李清臣主持修撰刑法典

慕容谦、折克行取涿州

四月　北伐军围攻析津府

高革被杀

潘照临幽草寺自尽

五月　创设火铳局

司马梦求府中自尽

石越辞相离京，归隐杭州，拜观文殿大学士、平章军国重事

耶律冲哥兵临南京道，北伐军退守涿易

六月　吴从龙雄州自尽

七月　唐康、慕容谦大破萧岚

十月　　宋辽和议,建范阳国

十一月　范纯仁罢相

出品 地球旅馆

全国总经销
捧读文化
触及身心的阅读

出 品 人　张进步　程 碧

特约编辑　孟令堃
封面设计
内文设计

新浪微博　　　微信公众号

发　　行　谭 婧
法律顾问　天津益清（北京）律师事务所王彦玲
出版投稿、合作交流，请发邮件至：innearth@foxmail.com
了解新书、图书邮购、团购、采购等，请联系发行电话：13522821582